RECURSI-BLE

リカーシブル

RIKAASHIBURU
by Honobu Yonezawa

이 도서의 국립중앙도서관 출판예정도서목록(CIP)은 서지정보유통지원시스템 홈페이지(http://seoji.nl.go.kr)와
국가자료공동목록시스템(http://www.nl.go.kr/kolisnet)에서 이용하실 수 있습니다.
CIP제어번호 : CIP2016008481

요네자와 호노부

RECURSI-BLE
리커시블

リカーシブル

엘릭시르

RECURSI-BLE

차례

리커시브(recursive) (형용사) 재귀적인. 자기 자신에게 돌아오는.
프로그래밍 언어로는 처리 중 자신을 호출하는 처리를 말한다.

서장

↺

이 도시에 처음 왔을 때 일은 잘 기억나지 않는다.

날 밝기 전에 출발했기 때문에 차 안에서 내리 잠만 잤다. 잠이 꽤나 얕아서 엄마가 "아아, 도착하고 말았어"라고 중얼거리는 소리만으로 깼다. 엄마는 내가 듣고 있으리라고 생각하지 않았을 테니 아마 혼잣말이었을 것이다. 나는 흐리멍덩한 의식으로 "그래?"라고 말한 것 같다. 엄마는 역시 혼잣말처럼 "돌아왔어"라고 말했다. 여느 때처럼 다정한 목소리였다.

좁고 구불구불한 길을 올라가고 또 올라가는데, 이 길이 어디론가 이어질 것 같지 않았다. 엄마는 도착했다고 말했지만 우리가 어딘가에 도착했다는 생각은 들지 않았다. 차가 비탈을 넘으니 그제야 시가지가 보였다.

실눈을 뜨고 본 사카마키 시는 아침 안개 속에 잠겨 있었다. 고갯길 아래 펼쳐지는 시가지는 작고 회색이고 부옜다. 내가 앞으로 그곳에서 산다는 게 잘 실감이 나지 않았다.

새집에 가면 할 일은 얼마든지 있다. 잠을 자두는 게 낫다. 그렇게 생각해서 눈을 감았다. 그 뒤 차가 서고 엄마가 흔들어 깨울 때까지 아무것도 기억나지 않는다.

그렇기에 그 기묘한 도시에 도착했을 때 사토루가 뭔가 기억이 났는지, 아니면 아무 기억도 나지 않았는지 나는 모른다.

제1장

↺

1

뭘 하려고 했던 건지 생각나지 않아 내 동작을 재현해보았다.

뒤축이 꺾인 스니커를 꿰고 집을 나섰다. 조금 전 밖에서 급히 들어왔을 때 뭔가 깨달은 게 있었다. 똑같이 급히 들어오면 생각날 듯했다.

집을 올려다보니 역시 뭔지 모르게 마음에 들지 않았다. 이층집이고, 함석지붕은 타르를 발라 검게 빛난다. 널을 댄 벽과 도로로 내민 차양, 현관 위에 달린 큼직하고 둥근 전등. 지저분한 것도 아닌데 하나같이 심하게 낡아 보였다. 이런 건 우리집이 아니다. 우리집은 흰 벽으로 둘러싸인 삼 층 연립주택의 방 두 개짜리 집이다. 물론 이제는 아니라는 것을 알지만.

내 짐은 아직 하나도 풀지 않았다. 그러니 실제로 우리집이라 부르기에는 아직 이를 것이다. 전에 살던 집에서 쓰던 화살깃 무늬 커튼을 걸면 조금은 익숙해질까.

거기까지 생각했다가 비로소 기억이 되살아났다. 그래, 창문이다. 조금 전 현관으로 들어갈 때 '2층 창가에 상자가 너무 높이 쌓여 있으니까 사토루가 무너뜨리기 전에 내려놓자'라고 생각했다. 어차피 사토루는 언젠가 뭔가를 뒤엎게 돼 있다. 피해는 적을수록 좋다.

콘크리트를 부었을 뿐인 현관에 신발을 아무렇게나 벗어놓고, 굴러떨어졌다가는 목이 부러질 만큼 가파른 계단을 달려 올라갔다. 내게 주어진 세 평짜리 방의, 간장이 밴 듯한 색깔의 장지를 열자, 아니나 다를까 내 방에 들어와 있던 사토루가 겁에 질린 눈으로 쳐다보았다.

"하루카!"

사토루는 네 층으로 쌓여 있던 상자를 조금씩 어긋나도록 옮겨 계단 모양으로 만들고 왜 그런지 맨 위 상자를 손으로 짚고 있었다. 허둥지둥 손을 빼려다가 상자 가장자리를 쳤다. 상자 탑이 휘청거리다가 허물어지는 것을 나는 냉담한 기분으로 바라보았다. 어차피 이렇게 될 것이라고 생각했던 일이 눈앞에서 실제로 벌어지면, 뭐라 말할 수 없이 어이없는 기분이 든다.

'하루카 문구용품'이라고 쓰인 상자가 사토루를 향해 쓰러졌다. 그렇게 무겁지도 않을 텐데 사토루는 버티지 못하고 엉덩방아를 찧었다.

사토루는 키가 작고 말라서 힘이 없고 발도 느린데다 울보다. 올해 초등학교 3학년은 누구나 그럴지도 모르지만, 목소리도 그렇고 얼굴도 그렇고 사내애인지 계집애인지 분간이 안 된다. 지금도 상자를 끌어안은 채 처량한 목소리로 "하루카……" 하고 나를 부른다.

삐걱삐걱 소리가 가까이 다가오는 것을 알아차렸다. 나는 조금 넌더리가 났다. 겨우 이깟 일로 엄마가 달려왔기 때문이 아니다. 기껏 내 방이 생겼건만 저렇게 계단이 삐걱거려서는 드나들 때마다 빤히 알겠구나 싶어서다.

장지는 열려 있었다. 사토루는 엄마가 들어오는 것을 보더니 끌어안은 상자가 장아찌 누름돌로 변하기라도 한 듯 그 밑에 깔렸다. 신음 소리도 일부러 내는 티가 난다. 엄마는 사토루를 흘끗 보더니 내게 물었다.

"무슨 일이니?"

"아무것도 아냐, 엄마. 상자가 쓰러져서 그래."

"그래."

엄마는 장난을 나무라듯 사토루를 야단치는 척했다.

"자, 일어나렴. 하루카가 웃겠다."

편들어줄 사람이 없다는 것을 알자 사토루는 입을 다물고 상자를 밀어냈다. 역시 그렇게 무겁지 않았다. 일어나더니 밑을 보며 중얼거렸다.

"전에 살던 연립이 좋았는데."

조금 전 엄마는 내가 웃을 것이라고 했다. 하지만 나는 사토루를 비웃지 않는다. 비웃으면 분명히 사토루가 좋아할 것이다.

엄마는 언제나 다정하다. 사토루에게나 내게나 차별을 두지 않고 다정하다. 지금은 일단 울상을 지은 사토루에게 다정하게 대해주기로 한 모양이다. 무릎을 꿇고 사토루와 눈높이를 맞추었다.

"응, 그러게. 엄마도 그래. 미안해, 사토루. 어쩔 수 없단다."

그리고 나도 그냥 두지 않는다. 어깨 너머로 돌아보며 미소를 짓는다.

"하루카는 잠깐 산책이라도 하고 오지 그러니? 꼭 오늘 내로 이삿짐을 정리해야 하는 것도 아니니까."

나는 가볍게 고개를 끄덕이고 방에서 나왔다. 계단에 발을 디디니 삐걱거렸다. 그 소리에 섞여 엄마가 사토루에게 상냥한 목소리로 말하는 게 들렸다.

"괜찮아. 금방 다 좋아질 거야. 금방이야, 진짜 금방."

그게 정말인지 아닌지는 알 수 없다. 내가 알기로 우리의 뭔가가 좋아질 이유는 아무것도 없었다.

그렇다고 무슨 방법이 있는 것은 아니다. 나도 사토루도, 친구도 없고 길도 모르는 이 거리에서 마음에 들지 않는 낡은 집에 살며 어떻게든 살아가는 수밖에 없다.

이 집은 내내 빈집이었다고 한다. 회사에서 빌려준 연립주택에서 쫓겨나게 됐을 때 엄마는 전에 알던 사람을 통해 고향인 이곳에 셋집을 찾았다. 집세는 꽤 싸게 준 모양인데 엄마는 착해서 내게 액수를 가르쳐주지 않았다.

이사하기 전 엄마는 "사람이 살지 않는 집은 금세 상하니까 유령의 집 같을지도 몰라"라고 했다. 실제로 먼지와 거미줄이 엄청났다. 바닥도 군데군데 발이 빠질 듯한 느낌이 든다. 밖으로 나오니 심하게 낡은 자전거가 널벽에 기대어져 있었다. 전에 살던 사람이 놓고 간 모양이다.

하지만 나쁜 일만 있는 것은 아니다. 전에 살던 연립보다 훨씬 넓다. 비록 계단이 삐걱거린다지만 자기 방이 있다는 것은 행복한 일이다.

엄마 말대로 산책을 가기로 했다. 사흘 뒤면 새 학기가 시작되니 사토루가 울부짖든 말든 얼른 짐을 정리해야 한다는 생각이 들었지만, 엄마가 산책 가라고 하니 어쩔 수 없다. 나는 엄마가 하는 말은 뭐든 다 듣기로 했다.

집 앞 도로는 폭이 좁다. 이 집처럼 낡은 집들이 들쑥날쑥 들어서 있다. 포장은 금이 갔고, 커브의 볼록거울은 차가 들이받았는지 기묘한 형태로 구부러졌다.

동네 사람을 만나면 인사할 생각이었다. 전에는 굳이 모르는 사람에게까지 인사를 해야 한다고 생각하지 않았지만, 작은 집이 다닥다닥 붙어 있는 주변을 보다 보니 아무래도 '나와 상관없는 일'이라는 태도를 취했다가는 여러모로 손해 볼 것 같다. 하지만 다행히 아무도 보이지 않았다.

새집은 강 가까이에 있다. 사이카와 강이라고 하는데, 상당히 커서 양 기슭으로 넓은 제방이 있다. 제방이 너무 커서 그런지 그 위를 도로로 쓴다. 가드레일도 없는데 차들이 씽씽 달리는 게 보인다. 강변길은 쭉 직선으로 이어지니 무심코 속도를 내는 것이리라.

제방을 올라갈 수 있는 계단을 발견했다. 거뭇한 콘크리트인데 경사가 꽤 가파르다. 난간도 없다. 계단을 올라갔다. 차도 밑으로 보행자를 위한 길이 나 있지만 조망을 위해 끝까지 올라갔다.

제방 위에 올라서자 트럭이 엄청나게 빠른 속도로 눈과 코앞을 스치고 지나갔다. 풍압으로 머리가 나부끼는 것을 알 수 있었다. 하마터면 몇십 센티미터 차이로 트럭에 들이받혀 인생 끝장날 뻔했다. 만약 그렇게 됐다가는 운전자가 불쌍하니 좌우로 잠시 차를 살폈다.

눈 아래 사이카와 강이 흐른다. 쉴 새 없이 지나가는 차 소리에 섞여 물이 콸콸 흐르는 소리가 들린다. 강물은 탁한 갈색이었다.

아버지가 가르쳐준 적이 있다.

"강물이 탁할 땐 말이지, 상류에 비가 온 거란다."

나는 탁한 강물을 멍하니 바라보았다. 낯선 거리의 낯선 강, 상류라니 상상도 할 수 없다. 청소하고 짐 나르느라 몰랐는데 벌써 날이 저물어가고 있었다. 앞으로는 이 풍경 속에 사는 것이다.

강 건너 시가지가 펼쳐져 있다. 엄마가 태어난 고향, 이제부터 내가 살아갈 곳, 사카마키 시. 하늘을 가로지르는 전깃줄에 빛바랜 함석지붕. 군데군데 삐죽 솟은 굴뚝 아래 공업소가 있는지 목욕탕이 있는지 나는 아직 모른다.

얼마를 바라봐도 황혼이 드리운 거리는 어디나 친절함은 눈곱만큼도 느껴지지 않고 서먹서먹할 뿐, 도무지 나를 받아들여줄 것 같지 않았다. 물론 기분 탓이다. 어떤 곳이 됐든 배에 힘을 주고 붙임성 있게 생긋 웃으면 당연히 어떻게든 될 것이다.

그렇게 믿지 않으면 버틸 성싶지 않다.

저녁은 온메밀국수였다.

"옛날에 알던 사람 가게가 아직 있지 뭐야. 원래는 배달시켜 먹을 형편이 아니지만, 이사하면 국수 먹는 거니까 오늘만 특별히."

국수는 이사를 도와준 사람에게 대접하는 게 아니었나 싶었지만 물론 기쁘게 먹었다. 오느라 시간이 걸렸는지 너무 식어 미지근했다. 맛있다 아니다 말할 수 있는 상태가 아니었다.

아직 불을 켤 수 없었다. 냉장고는 아까 봤을 때 작동했으니 전기는 들어올 텐데 잊어버리고 전구를 못 산 탓이다. 해가 완전히 지면 캄캄해질 것이다. 그전에 이불을 깔지 않으면 잠도 잘 수 없다. 얼른 먹어버리자고 젓가락을 놀리는데 엄마가 물었다.

"여기 어떠니? 마음에 들 것 같아?"

"마음에 드는지 아닌지는 모르겠지만…… 어쩐지 적적한 느낌이 들어."

나는 솔직하게 말했다.

화를 낼지도 모르겠다고 생각했는데 엄마는 쓸쓸하게 미소를 지을 뿐이었다.

"그럴지도 몰라. 그렇지만……."

바람이 불어든다. 창틀이 헐거워진 것이다. 바깥은 점점 어두워진다. 얼른 이불을 깔아야 하는데. 그 생각만 했다.

그래서 엄마가 한 말이 잘 들리지 않았다.

"곧 다 좋아질 거야."

2

입학식 날, 나는 타지 사람이라는 것을 들키지 않았다.

사월에 이사했고 내가 이번 사월에 중학교에 입학해서 다행이었다. 이곳 초등학교를 졸업한 백 몇십 명의 중학교 1학년 사이에 감쪽같이 섞여 들 수 있었다. 다른 시기였다면 교단 위로 끌려나가 '전학 온 고시노입니다. 잘 부탁합니다'라고 말해야 했을 것이다.

시내 A 초등학교에서 온 그룹은 나를 B 초등학교에서 왔다고 생각했다. B 초등학교 출신은 나를 C 초등학교 출신이라고 생각하는 모양이다. C 초등학교 애들은 못 보던 애인 나를 A 초등학교 졸업생이라고 생각했다. 대충 이런 식이었다. 덕분에 나는 자연스레 반 아이들과 어울릴 수 있었다. 다들 중학교라는 새로운 환경과 새 교복에 얼른 익숙해지려고 애쓰고 있다. 아무도 내게 딱히 주의를 기울이지 않는다. 그런 줄 알았다.

하지만 그런 얕은꾀는 달랑 하루 만에 끝났다.

입학식 다음날은 오전 수업이었다. 수업이라고 할지, 중학생으로서 가져야 할 마음가짐에 대한 훈시와 선생님의 자기소개로 한나절이 다 갔다. 홈룸이 끝나고 나는 일찌감치 집에 갈 준비를 시작했다. 집에 가고 싶은 것은 아니었지만 하찮은 볼일이 있었다. 아직 새것인 교과서를 가방에 넣는데 갑자기 뒤에서 말을 걸었다.

"얘, 너…… 고시노라고 했지? 너 전학 왔지?"

뒤를 돌아보자 깡마르고 눈이 동그란 애가 의기양양한 표정으로 나를 보고 있었다. 반에서 별로 눈에 띄는 애는 아니었지만 이름은 기억하고 있었다. 아리와라 린카였을 것이다.

아리와라의 말투에 악의는 없었거니와, 나도 언제까지고 입다물고 있을 수는 없으리라고 생각하던 차였다. 당황하지 않고 웃음을 지었다.

"응, 전학 온 건 아니지만."

"최근에 이사 왔다는 뜻이야?"

"이번 달에."

교실에 학생이 이렇게나 많이 남아 있었나 싶어 놀랄 만큼 같은 반 여자애들이 우르르 모여들었다.

"어? 고시노, 여기 사람 아니야?"

"어디 사는데? 아니, 그보다 어디 살다 왔는데?"

"말하지 그랬어. 너무하네."

나는 적당한 정도로 장난스레 말했다.

"미안, 어째 긴장해서 말 못 했지 뭐야."

아리와라가 큰 소리로 웃었다.

"에이, 거짓말. 하나도 그렇게 안 보이던데."

또다시 환성이 터져 나왔다. 교실 여기저기에서 대화에 끼지 못하는 남자애들이 이쪽을 살피며 제각기 사정을 파악하고 이해했다는 표정을 지었다.

나는 내가 이곳 사람이 아니라는 게 알려지는 가장 위험한 고비를 무사히 넘겼음을 알았다. 내 편은 한 명도 없다는 것을 남들이 아는 순간이 두려웠는데, 아리와라의 명랑함 덕에 살았다.

작은 감사의 마음을 담아 아리와라를 향해 웃음을 지었다. 의미를 알았을 것 같지는 않지만 아리와라도 웃음으로 답했다.

"어디 살아?"

누가 묻기에 아직 입에 익지 않은 주소를 가르쳐주었다. 아리와라가 기뻐하며 말했다.

"진짜? 나랑 같은 방향이네. 얘, 우리 같이 가자."

바라지도 못했던 일이다. 이제부터 학급 내 서열을 정할 때 훨씬 유리할 것이다.

"그럴까. 너 아리와라지?"

"맞는데, 린카라고 불러도 돼."

"응, 그럼 난 하루카."

같은 반 여자애들에게 둘러싸인 가운데 이렇게 해서 나는 린카와 알게 되었다. 이제부터 시작될 긴긴 중학 생활, 출발은 더없이 훌륭한 듯했다.

린카는 딱히 미인이거나 예쁘지는 않아도 웃는 얼굴이 매력적이었다.

목소리가 낭랑하고, 활기가 있고, 그러면서도 무리해 연기를 한다는 느낌이 없었다. 다만 지나치게 깡말랐다는 게 이상했다. 잡지 같은 것을 과신해서 무리하게 다이어트를 하는 애는 전에 다닌 학교에도 있었다. 린카도 그런 애일까.

아니면 몸이 좀 약할지도 모르고.

린카가 맨 처음 물은 것은 "하루카, 동아리는 어떻게 할 거야?"였다.

"관심은 있는데 정하질 못하겠어."

거짓말은 아니었지만 사실도 아니었다. 동아리에 관심은 있다. 어떤 운동이든 상관없으니 마음껏 몸을 움직이고 싶다. 하지만 어떤 동아리에 들어가든 용품 등에 적잖이 돈이 들 텐데 엄마에게 달라고 할 수는 없다. 적당히 봐서 아무것도 안 사도 될 듯한 문화 계열 동아리를 선택할 수밖에 없을 것이다.

"린카는?"

내가 묻자 린카는 입술을 삐죽 내밀었다.

"집에서 일 도와야 할 때가 많아서. 아무때나 땡땡이칠 수 있는 동아리가 없을까 궁리하는 중인데, 역시 문화 계열이려나."

"그렇구나."

이유는 달라도 같은 생각을 하는 모양이다. 어쩌면 같은 동아리에 들어갈 수도 있겠다.

문득 생각난 게 있었다.

"있지, 사회 선생님. 미우라 선생님이랬던가?"

"아아, 우랏치?"

오늘 3교시에 처음 만난 선생님이건만 벌써 그런 별명이 붙었나. 역시 학급 내 정보를 못 따라잡고 있는 것 같다.

"응, 우랏치, 역사부 지도교사라고 했잖아? 그 선생님이라면 아무때나 땡땡이칠 수 있을 것 같지 않아?"

미우라 선생님은 자기소개를 할 때조차 우리가 안중에 없는 듯했다. "음, 이름은 미우라, 사회를 가르친단다. 입학 축하한다. 다들 잘 부탁하마"라고 하더니 "선생님은 사회 과목 전반을 가르치는데, 좋아하는 건 일본사야. 세계사도 나쁘지 않고. 지리는 별로 안 좋아하지만 최선을 다해서 가르칠 거야. 가르치는 건 익숙하니까 걱정 안 해도 돼. 일본이 맨 처음 문헌에 등장하는 건 3세기, 『위지 왜인전魏志倭人傳』이란 책에서인데 말이지. 야마타이국國이란 이름으로" 하고 이야기를 시작했다. 잡담인지 수업인지 몰라 당황하고 있으려니, 청산유수로 "음, 위지 왜인전, 좋지. 제목 참 좋아. 이건 말이지, 위지 중에 왜인전이란 거야. 그런데 선생님은 야마타이국이 규슈에 있다고 생각하거든. 이유가 뭔가 하면, 응, 그건 뭐 됐고" 하고 자기 세계에 빠져들기 시작했다. 키는 큰데

호리호리하게 말랐고 아마 이십 대일 듯한데, 어째서 직업으로 학교 교사를 택했는지 모르겠다.

그런데 린카는 눈살을 찌푸렸다. 그녀는 웃음뿐 아니라 어떤 표정을 지어도 묘한 매력이 있다.

"그럴지도 모르지만, 어째 '동지' 취급당할 것 같지 않아?"

듣고 보니 그럴 것도 같다.

"……그러네."

"그렇지?"

우리는 마주보고 킥킥 웃었다.

집에서 학교까지 오는 길은 지도를 보고 익혔다. 알기 쉽게 가장 큰 도로를 지나왔는데, 인도가 좁은 탓에 어제도 오늘 아침도 꽤나 무서웠다. 그런데 린카는 과연 이곳 애였다.

"아, 우리 이쪽으로 가자"라며 샛길을 가르쳐주었다.

고양이와 우리나 다닐 듯한 비좁은 골목길을 둘이서 걸었다. 린카가 앞에 서고 내가 뒤. 오늘은 줄곧 맑았는데 골목은 어쩐지 습하게 느껴졌다.

린카가 어깨 너머로 돌아보며 당연한 질문을 했다.

"어째서 이사 온 거야? 부모님 일 때문에?"

부모의 일 때문인 것은 맞다. 그렇게 한마디로 표현하면 이것저것 생략되는 게 많지만 잠자코 고개를 끄덕였다. 린카는 어쩐지 부자연스러우리만큼 진지한 표정으로 말했다.

"힘들겠다. 우리 어린애들은 결국 늘 어른들 사정에 휘둘리기나 하지."

한마디에 100엔씩 염가로 판매할 것 같은 말을 하고 나서 린카가 '농담이야'라고 하듯 씩 웃었다. 나도 덩달아 웃음을 터뜨렸다.

"그러게. 그래도 우리는 굳세게 살아야 해."

88엔짜리 대사로 답하자 린카도 더는 못 참겠다는 듯 웃었다. 골목에 웃음소리가 울려 퍼졌다.

나는 웃음기를 얼굴에 남긴 채 물었다.

"내가 여기 애가 아니란 걸 용케 알았네. 딱히 숨길 마음은 없었지만, 혹시 나 겉돌았어?"

"겉돌았다고 할지." 린카는 새 책가방을 어깨에 메고 고개를 갸웃했다. "겉돌지 않았어. 어느 초등학교 애랑도 자연스럽게 이야기하길래, 혹시 아는 애가 전혀 없는 건가 싶었어."

"그것만 보고 안 거야?"

"그것만은 아닌데……." 린카는 또다시 짓궂게 웃었다. "내가 의외로 예리하거든."

유난히 득의양양한 표정이었다.

골목을 빠져나오니 눈에 익은 곳이 나왔다. 여기서부터는 혼자서도 갈 수 있겠다. 위험한 길을 걷지 않아도 될 뿐 아니라 지름길이기도 한 모양이다.

다만 나는 볼일이 하나 있었다. 교차로에 접근하자 걸음이 약간 느려졌다. 나 자신은 몰랐지만 표정이 조금 어두워졌을지도 모른다. 하지만 그렇게 노골적으로 싫어했던 것은 아니다. 그렇건만 린카는 금세 알아챘다.

"왜? 무슨 트라우마라도 있어?"

"갑자기 트라우마는 왜 나와?"

그런 말로 웃어넘겼지만 린카의 빠른 눈치에 혀를 내둘렀다. 자기 입으로 예리하다고 할 만하다.

집에 오는 길에 여기서 사토루와 만나기로 한 것이다. 엄마가 "낯선 곳이니까 사토루가 길을 외울 수 있게 도와주렴"이라고 했다. 새 지리를 익혀야 하는 것은 나도 마찬가지이건만. 그렇지만 엄마가 하는 말은 뭐든 다 듣기로 했다. 학교 끝나자마자 바로 집에 갈 준비를 한 것도 그 때문이다.

그런데 곤란하게 됐다. 학급 내 서열을 생각하면 린카와 확실하게 친구가 될 필요가 있다. 그러니 가능하면 사토루를 보여주고 싶지 않다. 초등학교 3학년이나 된 남동생과 같이 집에 가주는 누나라니 별로 좋아 보이지 않는다.

사토루는 아직 와 있지 않았다. 학교가 끝난 시간은 대충 비슷할 테니 어디 다른 곳에 들렀거나 학교에서 꾸물대고 있을 것이다. 린카에게 사토루를 보이지 않으려면 이대로 모른 척하고 지나가는 수밖에 없다.

……사실 그래도 상관없다.

아침에 학교에 잘 갔으니 사토루도 길은 알고 있을 것이다. 아무리 낯선 동네라도 여덟 살씩이나 먹어서 혼자 집에 올 수 없다니 말이 안 된다. 그냥 둬도 내다 버린 개처럼 멀쩡하게 집에 돌아올 게 틀림없다. 그러고는 눈물 콧물로 범벅이 된 얼굴로 "하루카가 먼저 갔어! 약속해놓고 자기만 먼저 갔어!"라고 항의할 것이다. 엄마는 그 말을 듣고도 나를 야단치지 않고 "그래도 무사히 왔잖니? 잘했어. 자, 이제 그만 뚝, 하루카가 웃는다"라고 할 것이다.

엄마에게 그런 부담을 주고 싶지 않다.

하지만 앞으로의 학교생활을 위해서는 이대로 린카와 둘이 집에 가는 게 매우 중요하다. 이 도시에 처음으로 내 편을 만들 수 있느냐 아니냐 하는 기로이니까. 엄마에게 미안하기는 해도 나는 사토루의 편이 아니다. 그냥 가자.

"아무것도 아냐."

웃으며 말한 순간, 거리낌없는 목소리가 들렸다.

"하루카!"

누구 목소리인지는 바로 알았다. 그 녀석 얼굴이 어떻게 생겼는지도. 자칭 '예리한' 린카가 없었다면 하늘을 우러르며 한숨을 쉬고 싶었다. 방금 그냥 가기로 정했는데!

등에 책가방을 멘 사토루가 횡단보도 건너편에서 나를 보고 있었다. 얼굴 가득 슬픔을 덕지덕지 바르고.

사토루는 언제 어느 때나 불만스럽고 불행하다. 오늘도 싫어하는 비지가 급식으로 잔뜩 나왔다느니, 수업 시간에 선생님이 두 번이나 시켰다느니, 체육 시간에 자신에게 뜀틀을 정리하게 했다느니, 사토루가 용서할 수 없는 불공평한 사건을 가슴에 가득 담아 왔을 게 틀림없다. 내게 달려와 터진 봇물처럼 이야기를 늘어놓기 시작할 것이다.

그런데 사토루는 파란불로 바뀐 횡단보도로 뛰쳐나오려다 말고 멈춰 섰다. 린카가 있는 것을 알아차린 것이리라. 본인은 숨기려고 하는 것 같은데, 사토루는 숨긴다고 숨겨지지 않을 만큼 겁이 많고 낯을 가린다. 사실은 도망치고 싶을 테지만 그러기에는 너무 가깝다. 쭈뼛거리며 길을 건너와 눈을 마주치지 않은 채 고개를 꾸벅 숙였다.

"안녕하세요."

"안녕." 린카는 물론 금세 눈치챘다. "동생이구나." 어쩐지 기뻐하는 눈치로 묻는다. 내키지 않지만 고개를 끄덕이는 수밖에 없다.

"응, 뭐."

"그래? 귀엽다!"

우는 얼굴 아니면 삐진 얼굴만 보는 탓에 나는 사토루를 귀엽다고 생각하지 않는다. 객관적으로 봐도 사토루는 별반 귀여운 것 같지 않다. 보통이다. 그러니 린카가 한 말은 그냥 인사치레, 외교적 발언에 불과하다. 3학년이면 그 정도는 알 만도 할 텐데 사토루는 얼굴이 빨개져 고개를 숙이고 우물쭈물하고 있다. 쳐다보면 부아가 치미니 외면하고 싶어진다.

린카는 무릎을 살짝 구부리고 사토루에게 웃음을 지었다.

"너도 얼마 전에 이사 왔지? 어때? 이 동네에 익숙해졌어?"

"……응."

"난 너희 누나 친구야. 아리와라 린카."

사토루가 입속으로 뭐라 웅얼거렸다. 별안간 고개를 치켜드는가 싶더니 평소의 사토루답지 않게 린카를 꼼짝 않고 쳐다보았다.

"린카?"

똑같이 따라 말한다. 그게 어쩐지 무척 징그럽게 느껴져

나는 옆에서 끼어들었다.

"사토루."

"어?"

"사토루라고 해, 얘 이름."

그러고는 어느 쪽의 대답도 기다리지 않고 말했다.

"너 혼자서도 집에 갈 수 있지?"

여느 때 같으면 사토루의 피해자 놀이가 시작될 장면이다. 그런데 사토루는 어쩐지 안도한 표정을 지었다.

"응" 하고 고개를 끄덕이고는 바로 달려갔다. 린카가 의아한 표정을 지었다.

"왜? 같이 가면 되잖아."

본인 말대로 린카가 예리하다면 숨겨봤자 금세 들킬 것이라고 생각해 말했다.

"응, 좀. 나 재랑 별로 안 친해서."

사토루는 길모퉁이에 멈춰 서서 돌아보더니 새된 목소리로 외쳤다.

"안녕!"

린카가 가볍게 웃음을 터뜨렸다.

"귀여운데, 왜. 동생을 너무 괴롭히면 안 돼."

수정하려면 기회는 지금뿐이다. '동생 아냐'라는 말이 목구멍까지 나왔다.

그렇지만 애써 삼켰다. 린카를 한편으로 만들려면 개인적인 사정을 털어놓기는 아직 이르다고 판단했다.

3

전 단계가 좀더 필요할 줄 알았는데, 린카는 생각보다 행동이 신속했다.

사토루가 도망치듯 가버린 뒤, 린카는 좋은 생각이 났다는 듯 손뼉을 딱 치더니 "이사 온 지 얼마 안 됐으면 여기 잘 모르지? 내가 안내해줄게"라고 말했다. 린카와 확실하게 친해져놓고 싶다는 속셈도 물론 있었지만, 나는 실제로 아직 이곳이 낯선 터라 가르쳐준다면 고마운 일이다.

"진짜? 아이, 좋아라."

"하루카, 이 뒤에 무슨 볼일 있어?"

볼일이라는 말을 듣고 이삿짐 정리가 생각났다. 아직 풀지 않은 상자가 몇 개 있다. 하지만 꼭 오늘 해야 하는 것은 아니다.

"아니."

"잘됐다. 밥 먹고 나서 만나면 어때?"

수업이 오전 중에 끝난 터라 우리는 점심을 먹기 전이었다. 일단 집에 가서 있는 것을 적당히 먹고 다시 나와야 한다. 한 시간이면 충분할 것 같았지만, 집까지 얼마나 걸릴지 아직 확실히 모르니까 "그럼 두 시간 뒤에 여기서 만날까"라고 했다. 나는 아마 기쁜 표정으로 웃고 있었을 것이다. 린카가 덩달아 그러는 것처럼 미소를 지었으니까.

"응, 좋아. 아, 잠깐만. 휴대전화로 연락 주고받는 게 낫지 않아?"

자연스러운 제안이었지만 약간 창피하게 되었다. 린카가 티 없이 물었다.

"번호 뭐야?"

거짓말로 때우려야 때울 수 없다. 되도록 아무렇지도 않게 대답한다고 했지만 역시 목소리가 조금 작아졌다.

"미안, 나 휴대전화 없어."

린카가 눈을 동그랗게 떴다. 뺨이 화끈거렸다.

그렇지만 린카는 금세 "그래? 그럼 연락하는 건 안 되겠네"라고 말해주었다. 위로하는 것도, 감싸주는 것도 아닌, 해맑게 웃는 얼굴로.

전에 다니던 학교에서 휴대전화가 없다는 것은 중대한 문제였다. 휴대전화가 없는 애는 학급 내 서열에 끼지 못했다. 그때는 나도 갖고 있었던 터라 소외되는 애를 측은하게 바라볼 뿐이었지만, 이제 내 차례일지도 모른다고 내심 각오하고 있었다.

린카의 웃음에 얼마나 큰 용기를 얻었는지. 하지만 나는 그것을 말로 표현하지도 못하고 고개만 살짝 끄덕였다.

서둘러 집으로 향했다. 걱정할 것까지도 없이 눈에 익은 철교로 나왔다. 새집에서 중학교로 이 철교를 지나서 간다. 다른 루트도 있겠지만, 넓은 길로만 갈 수 있기 때문에 길 찾기가 수월하다. 여기까지 오면 타르를 칠한 지붕이 보인다.

집에 오자 현관에 사토루가 아무렇게나 벗어놓은 스니커가 뒹굴고 있고 한 짝은 뒤집혀 있었다. 엄마 신발은 없다. 이삿짐 정리도 다 안 끝났는데 출근한 것이다. 옛날에 알던 사람이 비즈니스호텔에서 청소하는 일을 소개해주었다고 한다. "일 나가는 거 오랜만인데"라고 불안스레 중얼거렸다. 청소는 나도 학교에서 하는데, 일이면 또 다르려나.

거실에서 텔레비전 소리가 들린다. 한없이 명랑한 연예인의 웃음소리가 귀에 거슬렸다. 늘 그러하듯 사토루가 텔레비전 앞에 들러붙어 있을 것이다.

린카는 '밥 먹고 만나자'라고 했지만 나는 점심을 걸러도 아무렇지도 않다. 아버지가 있었다면 '어린애는 세끼를 꼬박꼬박 먹어야 한다'고 혼냈을지 모르지만, 배가 고프지 않은데 억지로 먹을 필요는 없지 않나. 가방만 놓고 도로 튀어나가고 싶은데 역시 사토루가 걸리적거린다. 혼자서 아무것도 못 하는 그 녀석이 과연 알아서 점심을 챙겨 먹을까. 2층으로 올라가기 전에 거실을 향해 말했다.

"사토루, 너 밥은?"

거실에서 허둥대는 목소리가 들려왔다.

"'다녀왔습니다'부터 해야지!"

"신경 꺼. 점심 먹었느냐니까."

"그럴 리 있어?"

그럴 줄 알았다. 왜 사토루가 빼기는 투인지는 알 수 없지만.

가방은 일단 복도에 내팽개치고, 옷도 갈아입지 않고 세일러복 차림으로 부엌에 들어갔다. 아침에 먹다 남은 된장국을 데우고 밥을 펐다. 싱크대 밑에서 프라이팬을 꺼내 계란프라이를 부쳤다. 이 정도는 사토루도 했으면 좋겠지만, 여덟 살짜리 애에게 불을 쓰라는 것은 아무리 그래도 무리일지도 모르겠다.

대충 차린 점심을 쟁반에 받쳐 거실로 가져갔다. 두 손으로 쟁반을 들고 있으니 미닫이문을 열 수 없다. 사토루에게 열어달라고 하기는 싫어서 발가락으로 열었다.

"밥 먹어."

사토루는 아니나 다를까 입을 헤벌리고 텔레비전을 보고 있었다. 그렇지만 내가 테이블에 그릇을 놓자 리모컨으로 텔레비전을 껐다. 식사할 때는 반드시 텔레비전을 끄는 게 아버지의 규칙이었다. 우리집에서는 지금도 꼬박꼬박 지킨다.

할 이야기도 없으니 말없이 밥만 먹었다. 중간에 사토루가 "된장국이 미지근해" 하고 불평했지만 무시했다. 사실은 나도 미지근하다고 생각했는데.

내가 먼저 다 먹었다. 내가 먹은 그릇만 들고 나와 프라이팬과 함께 씻었다. 사토루는 아직 먹는 중이지만 설거지까지 기다려줄 생각은 없다. 삐걱거리는 계단을 달려 올라가 이 도시에서 처음 생긴 친구를 만나기에 걸맞은 옷을, 빈약한 선택 범위 내에서 골랐다.

수수하지만 좋아하는 검정 티셔츠로 정했다. 금속성 자수 장식이 있으니 지나치게 수수하지는 않고, 검은색이니 지나치게 화려하지도 않다. 영어로 뭐라 씌어 있는데, 아쉽게도 중학교 1학년은 읽을 수 없는 어려운 말이다. 밑에는 무늬 없는 치마를 입었다.

거울이 세면실에만 있는 탓에 1층으로 내려가 옷매무새를 체크했다. 전체적으로 거무튀튀하지만 옷이 많지 않으니 어쩔 수 없다. 최소한 이상한 애로 보이지는 않을 것이다.

신발도 한 켤레밖에 없다. 평범한 스니커인데다 신발창도 닳았지만 어쨌거나 더러워진 부분은 닦고 보았다. 스니커를 신는데 사토루가 거실에서 얼굴을 내밀었다.

"하루카, 어디 가?"

"밖에."

그렇게만 대답하고 뒤축을 꺾어 신은 채 집을 나섰다.

집에서 나온 것은 아마 1시쯤이었을 것이다. 약속 장소까지 십오 분, 늦어도 이십 분이면 간다. 한참 기다려야 하겠지만 상관없었다.

다만 신호등이 빨간불, 파란불로 계속해서 바뀌는 교차로에 가만히 서서 기다리려니 다소 뻘쭘했다. 내가 횡단보도를 건널 것이라고 생각했는지 차가 브레이크를 걸고 서준 적이 몇 번 있었다. 그게 미안해서 도로를 등지고 돌아섰다.

교차로 한 모퉁이에 작은 사당이 있었다. 붉은 깃발에 '정일품 이나리 다이묘진'이라고 씌어 있다. 사당 앞에 어린애 저금통처럼 조그만 새전함과 육각형 철통이 놓여 있다. 제비점일 것이다. 주머니 속 지갑을 꽉 쥐고 있던 손에서 살며시 힘을 뺐다.

린카를 기다리는 동안 약간 긴장하고 있었다.

초등학교 때는 다들 사복을 입고 학교에 다녔다. 하지만 중학교는 교복을 입는다. 나는 린카의 사복 차림을 모른다는 뜻이다. 교실에서 린카는 그렇게 튀는 애가 아니었지만, 휴일에는 어떤 애가 될까. 학교에서는 회색 옷만 입으면서 휴일이면 프릴 달린 분홍색 옷만 입는 애가 이전 살던 동네에 있었다. 린카는 어떨까.

린카는 약속 시간 십 분 전에 왔다.

평범한 후드티에 청바지였다. 의외의 액세서리를 한 것도 아니다. 아까와 똑같이 웃으며 "어머, 벌써 와 있었어?"라고 하는 바람에 마음이 놓이는 것도 같고 맥이 빠진 것도 같은, 묘한 기분이 들었다. 그러면서 내가 린카를 '약간 이상한 애일지도 모른다'고 생각했다는 것을 깨달았다. 린카가 뭔가 이상한 일을 한 것은 아닌데, 그래, 잘은 몰라도 약간 특별한 느낌이 든다. '예리하다'는 것도 물론 이유 중 하나이겠지만.

내 그런 근거 없는 판단을 알 길이 없는 린카는 내가 쳐다보던 쪽을 보더니 웃었다.

"이나리 사당 같은 걸 보고 있었어? 제비점 쳤어?"

"아니."

"꽤 잘 맞는데, 한번 해보지?"

고개를 흔든다. 남이 보는 앞에서는 싫다. 린카는 별로 신경쓰는 눈치도 없이 "그래?"라고 했다. "그럼 가자."

린카가 앞장서서 걷기 시작했다. 인도 위로만 지붕을 얹은 아케이드 상가가 앞쪽으로 뻗어 있다.

낮은 건물이 길 양쪽으로 늘어서 있고, 인도도 세 명은 나란히 설 수 있을 만큼 넓다. 린카는 두 팔을 벌리며 명랑하게 말했다.

"간단히 소개할게. 여기가 사카마키 시의 눈 뽑기 거리•가 있는 도코이."

"눈 뽑기?" 어째 무섭다. "그게 뭐야?"

린카는 어리둥절한 표정을 지었다.

"……몰라. 아빠가 그러던데."

너도 모르는 거냐.

스텝을 밟듯 경쾌하게 걷는 린카를 따라갔다. 사월에 딱 맞는 포근한 날이었다. 린카가 갑자기 돌아보더니 가르쳐주

• '눈 뽑기 거리(目抜き通り)'는 일본어로 번화가를 뜻한다.

었다.

"별로 세련되지는 않았지만 웬만한 가게는 다 있어. 여기만 알아놓으면 불편은 없을 거야."

그렇게 말한들.

발꿈치를 들고 서서 '눈 뽑기 거리'를 끝까지 내다보며 가볍게 빈정거려보았다.

"그런 것치곤 텅 비었는데."

묘하게 쓸쓸하고 한적하다. 보이는 사람이라곤 할아버지, 할머니뿐 우리 또래 애들은 한 명도 없다. 오늘은 초등학교, 중학교도 오전 중에 수업이 끝났는데, 사람이 이렇게 없어서야 장사가 되겠느냐 싶어 남 일이기는 해도 걱정된다.

이렇게 걸어봐도 구두 가게에 가방 가게, 이발소, 모자 가게까지 대충 다 있는 것 같은데 어느 곳이나 분위기가 침침하다. 도대체 파는 물건부터가 보기만 해도 멋대가리 없다. 가령 구두 가게는 점포 앞쪽에서 뒤쪽까지 온통 검정 구두 일색이다. 린카에게는 미안하지만 솔직히 들어가보고 싶은 데가 한 곳도 없었다. 더욱이 두 곳 중 한 곳은 셔터를 내렸다. 셔터는 하나같이 판에 박은 것처럼 칙칙한 쥐색이었다.

거리가 살아 있다는 느낌이 없다고 할까.

"응……. 뭐." 린카는 뭔가를 얼버무리듯 괴상한 표정을 지었다. "역시 다른 데서 온 사람은 바로 아는구나. 원래도 노친네 냄새가 풀풀 풍겼는데, 옆 도시에 큰 쇼핑몰이 생기면서 점점 더 망해가고 있지 뭐야."

"그렇구나."

"차가 있는 사람은 다들 그쪽으로 가버리니까. 나도 예쁜 거 찾을 땐 거기로 가는 편이야. 그렇지만 뭐, 참고서라든지 문구용품이라든지 그런 건 여기서도 충분히 살 수 있어. 그리고 아, 밥 먹을 때라든지."

그러면서 느닷없이 멈춰 서는 바람에 고꾸라질 뻔했다.

린카가 보는 것은 나보다 훨씬 더 나이를 먹었을 듯한 포렴이었다. 꾸불꾸불한 글씨는 아마 '국수'라고 쓴 것 같다. 미닫이문도 간장 색깔인 것이, 막 중학생이 된 내게는 다소 벅찬 분위기였다.

"이런 데를 어떻게 들어가."

"맛있는데. 튀김 국수라든지."

"그럴지도 모르지만……. 린카, 너 점잖은 취향이야?"

"취향이라고 할지."

장난스레 포렴 가장자리를 가리킨다. 교과서에 하는 수 없이 쓴 이름처럼 작은 글씨로 '아리와라'라고 씌어 있었다. 속았다. 얼굴이 화끈 달아올랐다. 이 국수 가게, 린카의 집인 것이다.

"……점잖은 거 멋지지! 나도 너무너무 취향이야!"

"괜히 무리하지 않아도 돼. 어른 되면 와."

어느 정도가 어른일까. 아니, 그전에…….

"어른이 아니면 역시 들어가기 좀 그래?"

린카는 생긋 웃었다.

"가게 안도 점잖아."

그러고는 다시 걸음을 뗐다. 혹시 자기집에 초대하는 건가 싶어 마음의 준비를 갖추었는데, 그건 아직 더 있어야 할 모양이다.

린카가 어깨 너머로 돌아보며 농담조로 말했다.

"우리 가게 선전을 하려고 가자고 한 거 아니다."

"아……. 역시 그래?"

"이래 봬도 인기 많다고. 점심에도 두세 명은 오는걸."

그건 인기가 많은 게 아닌 것 같은데.

하지만 선전은 아니었다 해도.

"애착은 있지?"

"어?"

"이 도시에. 린카, 여기서 나고 자랐잖아."

가벼운 마음으로 한 말인데 린카는 뜻밖에 곰곰이 생각했다.

"글쎄. 생각해본 적이 없는데."

"좋아하니까 나한테 가르쳐주려고 한 거 아냐?"

"아, 그건 아냐."

하도 주저없이 말하는 바람에 잘못 들었나 했다. 이어지는 린카의 말은 이렇게 들렸다.

"싫어해."

싫어한다는 말은 무척 강한 힘을 지니고 있다. 나를 싫어한다는 건가 싶어 순간 움찔했다. 하지만 그게 아니다. 린카가 싫어한다고 말한 것은 내가 아니다. 더 자세히 얘기해달라고 채근해도 되는 걸까. '방금 뭐라고 했어?'라고 물어도 되는 걸까.

하지만 결국 확인하지 못했다. 시야 끄트머리에서 별안간 벌어진 일에 할말을 잃었기에.

활기 없는 상점가에서 그 가게에는 손님이 몇 명 있었다. 청과물 가게다. 나는 난생처음 청과물 가게를 보았다. 전에 살던 도시에서 야채는 슈퍼마켓에서 사는 것이었다. 뚱뚱하고 머리가 희끗희끗한 아저씨가 가게를 보고 있었는데, 안면이 있는 듯한 여자에게 농담을 하며 거스름돈을 주고 있었다. 그 바로 옆, 아저씨의 얼굴이 향하지 않은 방향으로 손이 쑤욱 뻗는 게 보였다.

마디가 울퉁불퉁한 손이었다.

손의 임자는 수염이 꺼칠꺼칠하고 키 작은 남자였다. 차림새가 초라하지도 않고, 머리와 몸이 지저분한 것도 아니었다. 그런데 그 사람을 보자마자 오싹했다. 움푹 팬 눈은 표정이 전혀 없고, 뺨은 홀쭉하게 여위었다. 허리가 약간 굽었지만 단순히 자세가 그런 것일 수도 있다. 몇 살쯤 됐을지 도무지 감도 잡히지 않았다. 서른 살에서 일흔 살 사이면 몇 살이라고 해도 믿길 듯했다.

남자는 가게 앞에 진열된 토마토를 집더니 아무렇게나 주머니에 쑤셔넣었다. 다발로 판매하는 바나나에 손을 뻗어 한 개 뜯어 소매 속에 감춘다. 그 광경을 똑똑히 보았다.

들치기다.

몸이 찌릿하게 마비되었다.

들치기 자체가 무서운 게 아니다. 아주 당연한 일처럼 남 눈을 꺼리지도 않고 태연하게 훔쳤다는 게 소름 끼쳤다. 나도 모르게 린카의 팔을 붙들었다.

"얘, 저거!"

"어, 아아……."

"방금 훔치는 거 봤지?"

남자와 우리는 겨우 몇 미터 떨어져 있었다. 그렇건만 홍

분해서 무심코 목소리가 커졌다. 남자에게도 들렸을 게 틀림없다. 그렇게 생각하니 몸이 움츠러들었다.

이를 꽉 물었다. 두려워하는 것은 싫다. 무서워도 겁에 질리고 싶지 않다. 남자가 뭐라 하면 맞설 생각으로 배에 힘을 주었다. 지금은 낮이다. 여기는 시내다. 괜찮다, 자, 덤빌 테면 덤벼봐라!

그런데 린카는 시시한 일이라는 듯 나지막이 말했다.

"응, 그러게."

"아니……."

"괜찮아. 마루 씨는 괜찮아."

마루 씨란 남자의 이름이리라. 이름은 아무래도 상관없다. 저 사람은 방금 청과물 가게에서 토마토와 바나나를 훔쳤다. 그런데 '괜찮다'니.

린카의 말이 이해되지 않아 어떻게 하면 좋을지 알 수 없었다. 그러는 사이에도 남자는 나와 린카는 거들떠보지도 않고 터벅터벅 다른 곳으로 가버렸다. 그제야 깨달았다.

내 목소리는 들치기를 한 남자뿐 아니라 청과물 가게 사람에게도 들렸을 터다. 다른 손님에게도. 그렇건만 아무도 뭐라 하지 않았다. 남자를 쫓아가기는커녕 아무 일도 없었다는 표정으로 지금은 파를 사고팔고 하고 있다.

소란을 피우는 사람은 나쁜이다.

어리벙벙한 나를 린카가 손을 붙들어 길가로 데려갔다. 조그맣게 한숨을 쉬더니 “타이밍이 안 좋았네” 하고 중얼거렸다. 얼굴을 가까이 갖다 대며 동아리 선배가 후배에게 가르치듯 말했다.

“좀더 있다가 알려줄 생각이었는데 말이지. 이 상점가에서, 아니, 이 동네에서 마루 씨는 그냥 눈감아줘. 그게 규칙이야.”

“뭐? ……그 사람, 뭐 있어?”

건잡을 수 없을 만큼 난폭하다든지, 백 년분쯤 미리 돈을 내놨다든지.

“뭐가 있다면 있는데.”

“가르쳐줘.”

“사정을 잘 아는 사람이 언젠가 말해줄 거야. 그때까지는 일단 규칙이라는 것만 잊지 마. 앞으로 이 동네에서 살아갈 생각이라면.”

그런 규칙이 있을 리 없다. 뭣보다도…….

“경찰이 오면? 경찰에서도 눈감아줘?”

린카는 눈살을 가볍게 찌푸렸다.

“경찰은 여기 사람이 아니니까 규칙을 이해해주지 않아.

그렇지만 괜찮아. 들켜서 일이 크게 벌어질 것 같으면 가게에서 '우리가 준 겁니다' 하고 말하니까."

등에 소름이 쫙 돋았다.

그곳에는 그곳만의 규칙이 있다. 그건 나도 안다. 하지만 이래도 되는 걸까. '사카마키 시에는 가게에서 물건을 훔쳐도 되는 사람이 있다'라는 규칙이 있을 수 있는 걸까.

아니다. 그럴 수는 없다.

게다가 린카는 '마루 씨는 훔쳐도 된다'고 말하지 않았다. '눈감아주는' 것이라고 했을 뿐. 토마토를 훔치는 것은 눈감아줄 수 있을지도 모른다. 그럼 돈을 훔치면? 다른 사람을 다치게 하면? 더 심한 일을 해도?

그래도 마루 씨를 눈감아줄까? 머릿속에서 의문과 섬뜩함이 한없이 팽창했다. 이상하다. 아무리 생각해도 이상하다.

그렇게 생각한 순간.

"농담이야."

린카가 웃음을 터뜨렸다. 조금 전까지 싸늘했던 표정이 가면처럼 벗어졌다.

"어? 거짓말?"

"거짓말은 아닌데, 마루 씨는 그 집 식구거든. 자기 집 걸 가져가는 거니까 상관없잖아?"

아아, 그래. 그렇구나.

그래. 그렇지. 숨을 깊게 내쉬었다. 그래서 가게 사람도, 손님도 소란을 피우지 않은 것이다. 그런 것도 모르고 나 혼자 소리쳤다는 게 갑자기 창피해졌다. 나는 손을 쳐들었다.

"아휴 참, 믿을 뻔했잖아."

"믿으려나 했는데 진짜 믿었네."

장난스레 웃는 린카는 당장이라도 혀를 쏙 내밀 듯했다. 낯선 지역에 와서 살짝 예민해져 있는 소녀의 마음을 갖고 놀다니.

"앞으로는 린카 말, 절반은 거짓말이라고 생각할 거니까 그렇게 알아!"

린카는 짐짓 머리를 숙였다.

"에구, 미안. 순간적으로 그렇게 됐어."

4

그날 밤 사토루가 여느 때 이상으로 귀찮게 굴었다.

저녁을 먹을 때부터 어쩐지 이상해서는 슬금슬금 시선을 피했다. 평소 같으면 밥을 먹고 난 뒤 텔레비전 앞에 들러붙어 별로 재미있어 보이지도 않는 프로그램을 끝도 없이 보건만, 오늘은 바로 자기 방에 틀어박혔다. 그것만이라면 아주 평화로웠겠지만.

이사해서 잘된 게 있다면 역시 내 방을 갖게 됐다는 점이다. 린카와 친구가 될 수 있었던 것은 아직 잘된 일 축에 속하지 않는다. 전에 살던 동네에는 훨씬 오래 사귄 친구가 많이 있었다. 10을 빼고 1을 더해봤자 플러스라고 할 수는 없다.

폐가나 다름없는 이층집에 방이 많은 덕에 나는 방 하나를 커튼으로 갈라 사토루와 같이 쓰는 생활에서 해방되었다. 그것만은 정말 기뻤다.

그런데 그날 내 방에서 짐을 정리하다가 미세한 바람을 감지했다.

나는 그때 사탕 상자를 열려 하고 있었다. 납작하고 네모난 모양에 화려한 보석이 그려진 깡통을. 그러다가 공기의 움직임을 알아차리고 동작을 멈추었다. 장지는 분명히 닫았는데. 창틀이 헐거워 웃풍이 들기는 하지만……. 문을 돌아보니 조금 열린 장지 저편, 어두운 복도에 사토루가 있었다.

"너 뭘 훔쳐봐?"

그렇게 으르기만 해도 사토루는 겁먹고 도망친다. 평소에는 그랬다.

그런데 그날, 사토루는 도망치지 않았다. 내가 알아채주기를 기다린 것처럼 자기가 먼저 장지를 열었다.

"하루카."

기어드는 목소리였다.

사토루는 겁이 많다. 자신에게 일어나는 모든 일을 슬프다고 생각하면서 저항하지 않는다. 하소연을 늘어놓기 시작하면 끝이 없지만, 내가 넌더리내는 것을 넘어서 화내는 눈치를 조금이라도 보이면 야생동물처럼 위험을 감지하고 신속하게 모습을 감춘다.

그런 사토루가 머뭇거리면서도 내 방으로 들어왔다.

건방지게.

"들어오지 마. 여긴 내 방이야."

"그렇지만……."

"할말이 있으면 복도에서 해. 들어줄 테니까."

사토루는 풀죽어 시키는 대로 뒷걸음쳤다. 문지방 너머까지 물러나 장지의 열린 틈을 좁혔다. 자기 손만 바라볼 뿐 내 쪽은 흘깃하지도 않는다.

"저기……. 하루카, 오늘 놀러 나갔었지?"

"그래."

"저, 낮에 만난 사람이랑."

"응."

그렇게 대답은 했지만, 나는 분명히 누구를 만난다는 말은 하지 않았다. 그런데 사토루가 안다는 말은.

"너 따라왔었어?"

만약 그렇다면 정말 최악이다.

내 미간에 잡힌 주름을 봤는지, 사토루는 허둥지둥 도리질을 했다.

"아, 아냐. 난 우연히, 진짜로 우연히…… 하루카가 있을 줄은 전혀……."

"아, 그러셔?"

글쎄, 과연 그럴지. 아무 일도 없는데 혼자 도코이까지 갔다니 영 믿기지 않는다. 그렇지만 뭐, 아무래도 상관없다.

"그래서?"

사토루는 숨을 내쉬었다.

"저 말이야, 슈퍼에서 토마토 훔친 사람 있었잖아."

"슈퍼 아냐. 청과물 가게."

"응, 청과물 가게."

처음부터 그렇게 말했다는 듯한 표정이다. 아는 척하긴, 하고 생각하고 있으려니 사토루는 정말로 아는 척했다.

"나 그 사람이 훔칠 줄 알고 있었어."

"엥?"

"진짜야. 그 사람이 거기 물건 들고 갈 줄 알고 있었어."

"어째서?"

어째서냐고 묻고 싶은 것은 세 가지였다. 어째서 그런 것을 알 수 있었나. 어째서 그런 거짓말을 하나. 어째서 그것을 내게 말하나. 지어낸 이야기면 엄마에게 하지.

그러나 사토루는 지어낸 이야기를 하는 것치고 표정이 괴상했다. 아래만 내려다보면서 꼭, 뭔지 모르게 무서워하는 것처럼.

그러더니 나지막이 "몰라" 하고 말했다. "몰라. 그렇지만 그렇게 될 거라고 생각했어. ……전에도 본 적이 있는걸. 그 사람이 그 가게 물건 훔치는 거."

그럴 리 없다고 말하려다가 그만두었다. 생각해보면 사토루는 알고 있어도 이상할 게 없다. 이 도시는 사토루네 엄마의 고향이니까.

"봤을 수도 있겠지. 너 전에 엄마랑 온 적 있을 거 아냐?"

그때 마루 씨가 오늘처럼 가게 물건에 손을 대서 그 장면을 본 것이리라.

사토루는 발을 굴렀다. 나는 답답할 때 정말로 발을 구르는 사람을 처음 보았다.

"아냐!"

"기억을 못 하는 것뿐이야. 넌 바보잖아."

"바보란 말 하지 마, 바보 하루카."

뭐야?

"엄마가 난 여기 온 적 없다고 했어. 처음 온 거라고. 그런데 이상하잖아. 앞으로 무서운 일이 생길 거야!"

아아, 그래.

이제 알았다.

엄마에게 똑같은 이야기를 했더니 착각이라는 말로 넘겼을 것이다. 사토루가 이곳에 처음 온 것이라고 엄마가 말했다면 그 이상 확실한 게 없다. 요컨대 사토루는 주목을 받을 방법을 궁리해낸 것뿐이다.

어처구니가 없다.

"그럼 너 지금부터 무슨 일이 일어날지 알아?"

"어……."

사토루는 재미있을 정도로 주춤했다.

"모, 몰라."

"그럼 내가 가르쳐줄게."

베개에 손을 뻗는다.

"이렇게 돼."

번개 같은 동작으로 사토루의 얼굴을 향해 냅다 던졌다. 정확하게 명중. 코를 감싸고 울상을 지은 사토루에게 친절하게 가르쳐주었다.

"시시한 일로 귀찮게 하지 마."

내가 그 이상 이야기를 듣지 않을 것을 짐작한 듯 사토루는 반박도 하지 않고 장지를 닫았다. "어떻게 돼도"라나 뭐라나 중얼거린 것 같은데, 목소리가 워낙 힘이 없어서 잘 들리지 않았다.

제2장

↺

1

사토루가 학교 가기 싫다는 소리를 하기 시작했다.

아침을 먹고 난 다음이었다. 내가 먹은 그릇을 부엌에 가져다놓고 거실로 돌아오자 사토루가 징징거리고 있었다.

"가기 싫어. 무서워."

모깃소리로, 저러다 목이 부러지지 않을까 싶을 만큼 고개를 푹 떨군 채, 앞치마를 두른 엄마에게 호소하고 있었다. 사토루를 곁눈으로 흘깃 보고 세면실로 갔다.

거울에 비친 나는 아직 약간 졸린 얼굴이다. 잠을 늦게 잔 탓인 것 같다. 이를 닦으며 문득 생각했다. 사토루는 모든 일을 자신에게 벌어진 불행으로 받아들이는 터라, 학교에서 생긴 일은 뭐든 부조리와 불공평의 결과라고 생각한다. 그렇지만 그런 것치고 등교 자체를 싫어한 적은 지금까지 한 번도 없지 않았나?

어쩐지 불길한 느낌이 들었다.

전부 사토루가 이상한 소리를 한 탓이다. 불안을 노여움으로 바꿔 이를 박박 닦았다. 입을 가시자 약간 쇠 맛이 났다.

이제 2층으로 올라가 세일러복으로 갈아입으면 저녁까지 내 일만 생각할 수 있다. 하지만 거실 앞을 지나는데 엄마가 "그런 말 하면 하루카가 웃을 거야"라고 하는 소리가 들리는 바람에 멈춰 섰다. 내 이름이 나왔는데 못 들은 척하고 그냥 지나가면 건방지게 보일 수도 있을 것 같아서다.

문은 열려 있었다. 엄마는 나를 보더니 살았다는 눈빛으로 말했다.

"하루카, 미안하지만 부탁 좀 해도 될까?"

"어? 응, 뭔데?"

엄마가 일어나 복도로 나왔다. 목소리를 낮추어 내게 말했는데, 사토루에게 들리지 않을 만큼 작지는 않았다고 생각한다.

"재가 학교에 가기 싫다지 뭐야."

"응, 들렸어."

하여간 골칫덩어리라니까, 하고 비아냥거리고 싶은 것을 꾹 참고 대신 물었다.

"갑자기 왜 저러는데? 학교에서 무슨 일 있었대?"

"그게……." 엄마는 고개를 갸웃했다. "그런 건 아닌 모양이야. 재가 글쎄, 다리가 무섭다는구나."

"다리?"

우리집은 제방 바로 근처에 있다. 그리고 초등학교, 중학교, 둘 다 강 건너에 있다. 나도 사토루도 다리를 건너 학교에 다녔다.

다만 이용하는 다리가 다르다. 나는 집에서 가장 가까운 철교를, 사토루는 상류 쪽으로 하나 더 가서 있는 다리를 건넌다. 무슨 깊은 사정이 있는 것은 아니다. 학교로 가는 가장 가까운 루트가 서로 다른 것뿐이다.

"다리가 낡아서 차가 지나가면 흔들리나 봐. 누구랑 같이 건너면 괜찮을지도 모른다는데……. 엄마가 같이 가줄 수 있으면 좋겠지만."

그렇게는 할 수 없다. 엄마는 밖에 일하러 나가면서 집안일도 같이 한다. 아침에는 바쁘다. 끝까지 듣지 않아도 알 수 있다. 요는 나더러 같이 가주라는 말이다.

머릿속에 지도를 떠올려보았다. 정밀도가 무척 낮은, 불분명한 지도다. 사토루가 이용하는 다리를 건너도 아마 중학교까지 거리 차가 그렇게 크지는 않을 것이다. 초등학생들 틈에 섞여 등교하는 모습을 같은 반 애가 보지는 않을지 그게 마음에 걸린다. 하지만 생각해보면 한집에 사니까 같이 등교하는 것은 같이 하교하는 것보다 훨씬 자연스러울지도 모르겠다.

아니, 생각해봤자 어차피 시간 낭비다. 내가 엄마의 부탁을 거절한다는 것은 있을 수 없으니까. 그렇지만 웃으면 너무 부자연스럽다. 나는 마지못해 하는 것처럼 부루퉁한 표정으로 말했다.

"알았어. 다리만 건너면 되지?"

"고마워. 부탁할게. ……아무래도 어려울 것 같으면 사토루를 그냥 돌려보내도 돼."

할 수만 있다면 그러고 싶다.

엄마는 숨을 후 내쉬더니 미소를 지었다. 그러고는 부탁을 들어준 답례라는 듯 앞치마 주머니에서 티켓 같은 것을 두 장 꺼냈다.

"이거 경품 추첨권이야. 직장에서 받았는데 너만 괜찮으면 학교 끝나고 다녀오렴."

티켓에 '도코이 상조회 봄맞이 행운 대축제'라고 씌어 있었다. '봄맞이'를 '곰맞이'로 잘못 봐서 곰이 장보러 오는 광경을 상상하고 말았다. 1등상은 온천 여행인데, 그건 필요 없다. 2등에게 주는 상품권 삼만 엔과 3등 쌀 삼십 킬로그램은 확실히 매력적이다. 그렇지만…….

"혹시 당첨되면 네가 알아서 쓰렴."

그렇게 말한들 곤란하다. 하지만 경품 추첨이라니 어째 즐거울 것 같다. 달그락달그락 돌리는 기구를 본 적은 있지만 실제로 돌려본 적은 없다. 안 좋은 아침이지만 조금은 즐거워졌다.

그런데 엄마가 아무렇지도 않게 덧붙였다.

"사토루랑 같이 가. 두 명이면 당첨될 확률도 두 배잖아."

그럴 리 없다. 내가 두 번 뽑으면 그만이다. 혼자 가겠다고 말하려 했는데, 조그맣게 쓴 주의사항이 눈에 띄었다. '1인당 1회에 한합니다.' 그렇다면야 뭐, 하는 수 없다.

화살깃 무늬 커튼을 걷어 아침 해를 방안에 들인다.

세일러복은 옷걸이를 상인방에 걸쳐놓았다. 그런데 영 불안정해서 이틀에 한 번은 떨어진다. 오늘은 꼭 옷걸이를 걸 못을 박겠노라고 날마다 생각한다. 그러고 날마다 잊어버리지만.

오늘도 교복이 다다미 바닥에 떨어져 있었다. 다다미에서 묻은 골풀 부스러기를 털어낸 뒤 일 분 만에 갈아입고 일 분 만에 스카프를 묶었다. 어제 늦게 자기는 했지만 자기 전에 가방은 다 싸놓았다.

이제 준비 끝났다. 언제든 나갈 수 있다.

그런데 내가 교복을 입고 2층에서 내려왔을 때, 사토루는 아직도 거실에, 아직도 잠옷 차림으로 있었다. 징징 떼 쓰고 있는 게 아니다. 천연덕스러운 얼굴로 입을 헤벌리고 텔레비전을 보고 있었다. 일본 어딘가에서 뭔가가 제철이라 맛있다는 내용이었다.

"사토루."

내가 부르자, 사토루는 느닷없이 꿈에서 깬 것처럼 몸을 흠칫 떨었다. 어색한 동작으로 고개를 돌려 나를 보더니 "아, 하루카……" 하고 잠이 덜 깬 목소리로 말했다.

거실에 엄마는 없다. 설거지를 하는지 출근 준비를 하는지. 나는 사토루에게 상냥하게 말했다.

"얘, 사토루, 너 다리가 무섭다며?"

"안 무서워!"

갑자기 목소리를 높여 잘난 척 오기를 부린다. 여기서 "아아, 그러셔? 안 무서우면 혼자 가지?"라는 말로 꼼짝 못 하게 하는 것은 간단하지만, 그러면 사토루는 또 징징댈 것이다. 아침은 시간이 없다. 듣고 넘기는 게 제일이다.

"아무래도 상관없는데, 너 그러고 학교 갈 거야?"

"어?"

사토루는 자신의 잠옷을 내려다보았다. 다리 생각으로 머리가 꽉 차 있었는지, 아니면 단순히 머리가 잠들어 있었는지, 옷 갈아입는 것도 잊어버리고 있었던 모양이다. 새소리처럼 새된 소리를 지르며 일어서더니 2층으로 달려 올라갔다. 이 집 계단은 무시무시하게 가파르다. 사토루의 뒷모습을 향해 고함쳤다.

"계단에서 뛰지 마, 이 바보야!"

"바보란 말 하지 마, 바보 하루카!"

울먹일 정도로 허둥대면서 말대답은 빠뜨리지 않는다. 엄마가 부탁한 것만 아니면 흔들린다는 다리 한복판에 묶어놓는 건데.

할 일도 없어 멍하니 텔레비전을 보고 있었다. 어느 먼 나라에서 누구와 누구가 죽고 죽이고 하는 모양이다. 그렇구나. 다음 뉴스는 나라 살림의 적자에 대해서였다. 큰일이다. 아나운서가 간신히 밝은 표정을 띠고 다음은 지역 소식입니다, 라고 말한 순간, 2층에서 내려오는 발소리가 들렸다. 이번에는 천천히 걷는 소리였으므로 나는 최소한 그 점에는 만족했다.

후줄근한 폴로셔츠와 운동복 같은 흐늘흐늘한 바지. 책가방을 멘 사토루는 얼굴 가득 불만스러운 빛을 띠고 있었다. 옷을 갈아입는 사이 뭔가 마음에 안 들었던 모양이다. 뭐, 나와는 상관없다. 게다가 슬슬 지각이 걱정되는 시각이다. 부엌에서 설거지하는 물소리가 들리기 시작했다. 그쪽을 향해 말했다.

"학교 다녀오겠습니다."

대답은 없었다. 물소리 때문에 안 들렸으리라. 그러면 그런 대로 마음 편해 좋다고 생각하고 있으려니, 사토루가 책가방 어깨끈을 잡은 채 내 귓전에서 소리쳤다.

"다녀오겠습니다!"

물소리가 그쳤다. 엄마가 다정한 목소리로 배웅해주었다.

"그래, 다녀오렴. 차 조심하고."

귀가 웽웽 울린다. 언젠가 사토루에게 있는 힘껏 주먹을 날릴 게 틀림없다고 확신하며 지금은 대신 노려보았다.

"시끄러."

사토루는 가끔씩 마치 변덕을 부리듯 고분고분해진다.

"……미안."

스니커를 신고 밖으로 나오자 하늘이 흐려 컴컴했다. 날씨가 나빠지려는 걸까.

"비가 오려나."

하늘을 올려다보며 그렇게 중얼거린 것은 별반 사토루에게 말한 것이 아니었다. 그냥 혼잣말이다. 그런데 사토루는 그 말을 듣고 유난히 의기양양하게 이렇게 말했다.

"안 와."

"갑자기 뭐야?"

"오늘 맑아. 난 알아."

그 순간, 사토루가 전날 밤 한 말이 생각나 머리에 피가 솟구쳤다. 엄마에게 신세를 지는 이상 자중해야 한다는 것을 알면서 나도 모르게 사토루에게 고함쳤다.

"너 뭐야! 네가 그런 걸 어떻게 알아, 이 거짓말쟁이!"

사토루가 몸을 뺐다. 잔인하게 배신당한 것처럼 얼굴이 창백해졌다.

"거, 거짓말 아냐."

"그럼 어떻게 아는데? 거짓말 아니면 대체 뭐야?"

"그렇지만……." 사토루는 꺼질 듯한 목소리로 가까스로 말했다. "텔레비전에서 그랬는걸."

아아.

그래.

사토루는 옷도 갈아입지 않고 텔레비전만 보고 있었다. 일기예보도 봤을 것이다.

숨을 후 내쉬었다. 아무렇지도 않은 척했지만 환경이 바뀌어 나도 약간 예민해져 있었던 것 같다. 게다가, 그래, 설령 사토루가 일기예보를 보지 않고 엉터리로 말했다 한들 고함칠 일은 아니다.

겁에 질린 사토루에게 해야 할 말이 있었다.

"그렇구나. ……미안."

불쌍할 정도로 단순한 사토루는 그것만으로 금세 얼굴에 웃음을 띠고 우쭐했다.

"있지, 십 퍼센트 맑음이래."

"전혀 가망 없잖아."

"무슨 확률 십 퍼센트래."

"맑겠네."

"그러니까 맑다고 했잖아."

어쨌거나 우산은 필요 없을 것 같다.

아침에 사토루와 함께 걷는 것은 이사하기 전부터 생각해도 처음일지 모른다.

둘이 걸으면 사토루는 늘 말수가 많다. 내용은 매번 '그날 사토루를 덮친 부조리' '오늘도 불쌍했던 사토루'다. 낯잡아서 말해도 지긋지긋하다. 그런데 그날 아침, 사토루는 하소연 비슷한 말을 한마디도 하지 않았다. 어제 일은 까맣게 잊어버렸고 슬퍼해야 할 부조리한 일이 생각나지 않는 것이리라. 하여간 바보다.

사이카와 강을 따라 상류 쪽으로 올라갔다. 제방 도로에 딸린 보행자 통로를 옆으로 나란히 걸어갔다. 등교하는 학생들이 앞뒤로 간격을 넓게 두고 드문드문 보였다.

한편 제방 도로 쪽은 무척 붐볐다. 스쿠터에서 경자동차, 대형 트럭에 이르기까지 도로를 꽉 메운 채 꿈쩍도 하지 않았다. 그 앞 신호등에 걸린 것이다. 앞으로 매일 아침 마주칠 광경일 텐데, 배기가스 냄새에는 익숙해질 성싶지 않다.

사토루가 늘어선 차들을 멍하니 보고 있었다. 헤벌린 입에 벌레라도 들어갈 것 같다. 들어가지 않을까 싶어 지켜보고 있으려니 사토루가 느닷없이 돌아보았다.

"뉴스에서 차가 부딪혔다고 했어."

"그래."

"네 명 죽었대."

"자주 있는 일이지."

확실하지는 않지만 아마 사토루는 죽는다는 게 어떤 것인지 아직 잘 모를 것이다. 언젠가 누가 가르쳐주겠지.

사토루는 고개를 꼬아 밑에서 나를 올려다보듯 했다.

"있지, 하루카, 나 좋은 생각이 났어."

"신통치 않은 생각이시겠지."

"신통치 않은 게 뭐야?"

"아주 궁금하다는 뜻이야."

순간, 사토루는 히죽거리며 고개를 크게 갸웃했다.

"헤헤, 어떻게 할까. 듣고 싶어?"

"전혀."

"있지……." 아무렇지도 않게 이야기를 시작한다. '별로 안 듣고 싶은데'라는 말로 입다물게 할까 생각했지만, 뭐, 특별히 해가 될 것도 아니니 마음대로 떠들게 내버려두기로 했다.

"차에 자석을 붙이는 거야."

"호오."

"S랑 N을 차례대로 붙이면 차가 안 부딪히잖아."

자신만만하다.

"……S극이랑 N극을 차례대로 붙이면 전력으로 충돌할 텐데."

“어?”

“네가 말하는 건 S랑 S. 아니면 N이랑 N.”

“그렇게 말했는데.”

억지를 쓰는 건지, 자기 발언을 기억 속에서 바꿔치기했는지, 득의만만한 표정을 짓는 멍청한 얼굴로는 판단이 서지 않았다.

“좋은 생각이지? 나 특허 내서 부자가 될 거야.”

특허라는 개념은 대체 어디서 배웠을까. 아니, 뭐, 그럼 나는 어디서 배웠느냐고 물으면 짐작도 가지 않지만.

“특허를 어떻게 내니?”

“왜 안 돼!”

“생각해봐.” 나도 제방 도로에 늘어선 차들을 보았다. 만약 저 차들에 전부 S극 자석이 붙어 있다면…….

서로 엄청난 힘으로 튕겨내 되레 위험할 것이다. 아니, 그게 아닌가. 컴퓨터 같은 것으로 자석의 강도를 조절하면 그 점은 해결될 것이다.

“응? 왜 안 되는데?”

사토루가 세일러복 옷자락을 잡아당겼다.

“하지 마.” 나는 사토루의 손을 떨쳐내고 고개를 홱 돌렸다. “왜냐면 네가 바보니까.”

“바보는 하루카지!”

“시끄러. 밖에서 소리치지 마.”

이야기는 그것으로 끝났다고, 그 뒤 이어진 사토루의 항의를 무시했다. 분명히 어딘가가 잘못됐다. 사토루의 발명은 어딘가가 이상하다. 그런 게 가능할 리 없다. 그런데 어디가 이상하지?

“밖에서 소리치지 말라니, 집안에서 소리치면 더 화내면서. 역시 하루카는 바보야.”

사토루에게 이렇게 바보 취급을 받다니. 게다가 비록 억지스럽기는 해도 일리가 없지는 않은 탓에 맞받아치지 못하다니. 무슨 아침이 이런가.

내가 이용하는 철교에 이르렀다. 철골로 엮은 다리가 꽤 긴 것은 강변이 넓기 때문이다. 실제로 강물 위를 가로지르는 부분은 얼마 안 된다. 은색으로 빛나는 철교를 보며 사토루가 말했다.

“하루카는 여기로 가지?”

“그래.”

“흔들려?”

“약간.”

실은 사카마키 시에 오기까지 나는 도보로 다리를 건넌 적이 없었다. 지금부터 다리를 건넌다는 의식도 없이 처음으로 걸어서 다리를 건넜을 때, 발밑에서 느껴지는 진동에 조금 놀랐다. 떨리는 정도라면 또 몰라도 철 또는 철처럼 단단한 금속으로 만든 다리가 '흔들릴' 것이라는 생각은 해본 적도 없었다. 조금도, 눈곱만큼도 무섭지 않았다고 한다면 거짓말이다.

하지만.

"하루카도 무서웠어?"라는 사토루의 물음에 '응' 하고 대답하는 것은 있을 수 없는 일이니 나는 잠자코 고개를 흔들었다. '하루카도'라는 한마디가 없었다면, 혹은 매달리는 듯한 한심한 표정 대신 좀더 야무진 얼굴로 물었다면, 조금은 솔직하게 대답해줄 수도 있었다.

눈치 하나만은 얕볼 수 없는 사토루에게 거짓말이 들키기 전에 화제를 바꾸었다.

"넌 어때?"

"뭐가?"

"전학 간 학교에서 잘 지내고 있느냐고."

사토루는 업신여기는 투로 말했다.

"다리가 흔들리니까 가기 싫어. 하루카도 알잖아? 몰랐어?"

건방진 녀석 같으니.

"그러니까 같이 가주잖아. 그게 아니라, 그런 거 말고 친구라든지."

나는 중학교에 올라가는 타이밍에 이곳에 온 터라 전학을 왔다는 느낌이 거의 없었다. 하지만 사토루는 다르다. 처음 보는 초등학교 3학년들 사이에 내던져진 모양새다. 사토루는 겁이 많고 낯을 가리는 타입이다. 반에 연착륙하지 못했을 가능성이 크다.

본인은 태연한 표정이었다.

"친구 정도는 있어. 당연한 거 아냐? 외톨이일 리 없잖아."

내가 관찰하기로 사토루는 그냥 있어도 남들이 호감을 가져주는 타입이 아니다. 언젠가 방금 자신이 한 말이 얼마나 사치스러웠는지 깨달을 날이 올 것이다.

"아, 그러셔. 공부는 따라갈 수 있겠어?"

"응, 뭐."

"거짓말."

목소리 톤을 들으면 빤하다. 초등학교 3학년이 이렇게 거짓말이 서툰 동물이었던가. 사토루는 얼버무리듯 웃으며 "그냥 슬럼프"라고 말했다. 아마 의미는 모르고 썼을 것이다. 아직 수업도 제대로 시작되지 않았는데 슬럼프는 무슨 슬럼프.

"있지, 우리 오늘 시험 봐."

"그래? 그저께 개학했는데 꽤나 빠르네."

"국어 시험이야. 산수였으면 좋았을 텐데."

"너 산수도 젬병이잖아."

"안 그래. 저번에 백 점 맞았는걸."

"그건 2학년 때 이야기지. 3학년 와선 쪽도 못 쓸걸."

"아니라니까!"

기를 쓰고 덤벼든다. 이런 부분은 뭐, 다루기 쉽다. 적당히 놀리다 보면 배기가스 냄새도 별로 신경쓰이지 않는다. 어느새 앞쪽으로 보이는 애들 수가 늘어나 있었다. 학교에 거의 다 온 것이다.

나는 굳이 대화를 한다면 좀더 내용이 알찬 쪽이 좋다. 하지만 초등학교 3학년을 상대로, 그것도 사토루를 상대로 알찬 대화를 요구하기는 무리라는 것을 안다.

다리는 무쿠이 다리報橋라는 이름이었다.

조금 전 지나친 은색 철교는 다리 위에 아치형 철골이 있었다. 그에 비해 무쿠이 다리는 무척 간소하게 다리와 기둥, 그리고 난간이 있을 뿐이다. 짙은 녹색으로 도장된 난간은 새로 칠한 지 아직 얼마 안 됐는지, 멀리서는 벗겨진 자국이 보이지 않았다. 차량이 쉴 새 없이 오가는 도로도 아스팔트에 금이 가지 않았다. 그렇건만 나는 무쿠이 다리를 보자마자 왜 그런지 '되게 오래된 다리네'라고 직감했다. 어딘가가 다른 다리와 다르다는 느낌이 들었다.

이 다리를 건너면 초등학교까지 금방이라 인도가 초등학생들로 붐볐다. 뻥 차면 공처럼 굴러가지 않을까 싶을 만큼 조그만 하급생에서 나보다 훨씬 중학생 같아 보이는 상급생에 이르기까지, 다들 불안한 기색도 없이 무쿠이 다리를 건너간다. 이렇게 많은 애들이 아무렇지도 않게 다니니, 무슨 일이든 다 같이 하면 무섭지 않아진다는 기이한 심리에 근거하면 사토루도 시침 뚝 떼고 건널 수 있을 법한데.

그렇건만 사토루는 무쿠이 다리 직전에 멈춰 선 채 움직이려 하지 않았다.

"하루카……."

힘없이 부르며 당장이라도 우는 시늉을 시작할 수 있을 것처럼 얼굴을 한심하게 쭈그러뜨리고 나를 보고 있다. 조금 전까지 어처구니없게 넘치던 기운은 씻은 듯이 사라졌다.

가슴에서 쓴 것이 치밀어 올랐다. 사토루는 정말 이 다리가 무서운 걸까? 내 눈에 보이는 것은, 사토루가 다리를 건너지 않고 다리를 외면한 채 건너려 하지도 않는 모습뿐. 엄마라면 다정하게 응석을 받아줄 것이다. 하지만 나는 엄마가 아니다. 지각하기는 싫다.

"가자."

짤막하게 말하고 바로 걸음을 뗐다. "앗, 잠깐만" 하고 허둥대는 목소리가 들렸지만 돌아보지도 않았다. 방금 전 사토루를 놀리며 장난치던 기분은 사라져버렸다. 나를 올려다보는 축축한 눈을 본 순간.

다리에 발을 올려놓은 순간부터 진동이 느껴졌다. 다리를 건너는 차는 특별히 많은 것은 아니지만 적지도 않다. 경자동차도 많지만 하나같이 비교적 속도를 내고 있었다. 다리는 내내 가볍게 흔들렸다.

다리 중간에 이르렀다. 흔들리는 탓에 아닌 게 아니라 멀미를 하는 것처럼 어지럽기는 하다. 내가 학교 갈 때 건너는 철교보다 훨씬 크게 흔들린다. ……그렇지만 무서울 정도는 아니다. 역시 사토루는 허풍이 심하다.

그렇게 생각했는데.

다리 앞쪽에서 비명이라고 할지, 아우성이라고 할지, 기이한 기척이 느껴졌다. 거대한 트레일러가 차도를 달려오고 있었다. 이거 흔들리겠구나 싶어 멈춰 서서 발에 힘을 주고 버티었다.

그렇게 준비를 했는데도 "……헉" 하는 소리가 저절로 나왔다. 순간 몸이 붕 뜬 느낌이었다. 트레일러가 굉음과 더불어 지나칠 때 다리가 그에 맞춰 출렁였다. 오기고 뭐고, 심지어 다리가 부러지겠다는 생각까지 들었다.

한층 찢어질 듯한 비명이 들린 것은 그 직후였다. 사토루의 목소리다. 돌아보았다.

사토루는 인도와 차도를 가르는 철책을 얼싸안고 있었다. 생각보다 가까이 있었다. 나는 이 다리가 낡아 보인 이유 중 하나를 알았다. 사토루는 초등학교 3학년, 나보다 머리 하나에서 하나 반 정도 키가 작다. 그런 사토루가 대략 허리 높이에서 철책을 붙들고 있었다. 누가 곁에서 휙 밀면 쉽사리 건너편으로 떨어질 것이다. ……무릇이 다리는 인도 양편이 다 낮은 것이다. 철책도, 난간도.

사토루에게 달려갔다. 얼굴이 딱딱하게 굳은 사토루는 나를 보고도 철책을 놓지 못했다. 나는 아무 말도 하지 않고 낡아빠진 다리의 흔들림이 멎기를 기다렸다.

시간으로 따지면 십 초도 안 됐을 테지만 그래도 길게 느껴졌다. 겨우 진정한 사토루는 호된 상처를 입은 것처럼 울상을 지었다.

"그거 봐, 흔들리지?"

"그러게."

확실히 상상 이상이었다. 익숙해지면 해결될 문제라는 생각은 들지만 익숙해지지 못할 만도 하다. 타이어가 아스팔트를 밟는 소리에 사이카와 강이 콸콸 흐르는 소리가 섞여 있는 것을 깨달았다. 낮은 난간 너머로 보니 수면까지 꽤 거리가 있다. 강물은 아직 탁한 갈색이었다.

나는 말했다.

"그래도 이런 데 서 있어봤자 소용없잖아? 자, 가자."

"응."

"철책을 놔!"

1학년 아니면 2학년, 좌우지간 키가 일 미터쯤 되는 어린애조차 조르르 달려간다. 사토루는 의외로 선뜻 철책을 놓고 말했다.

"여기서 누가 떨어진 적 있어. 나 알아."

나는 말없이 사토루의 등을 탁 때렸다. 사토루가 몸을 흠칫 떨더니 노려보는 것을 무시하고 돌아서서 걸음을 뗐다. 단 천천히.

사토루가 쫓아와 내 옆에 섰다. 화가 났는지 창피한 건지 고개를 숙인 채 아무 말도 하지 않았다.

할 수 없지.

"자, 손."

손을 내밀었다. 사토루는 신기한 것을 보듯 내 손을 보더니 머뭇머뭇 잡았다.

손이 찼다. 너무 겁이 나서 피까지 싸늘하게 식은 것이리라.

손을 잡아끌듯 하며 걸음을 뗐다. 사토루는 여전히 고개를 들지 않았다.

"너 말이야." 말을 꺼냈다. "너 말이야, 어떻게 좀 안 돼?"

"어떻게라니?"

사토루가 반문하는 것도 무리는 아니었다. 그렇지만 나는 그 이상 아무 말도 하지 않았다. 나는 사토루의 누나가 아니다. 이 녀석을 야단쳐줘야 할 이유는 없다.

무쿠이 다리를 건너는 동안, 큰 차가 지나 다리가 흔들릴 때마다 사토루는 내 손을 꽉 잡았다. 사토루가 걸음이 느리니 서두를 수 없었다. 일기예보대로 개기 시작한 하늘을 보며 지각할지도 모르겠다고 생각했다.

2

아침에는 그렇지도 않더니 오전 수업이 끝날 즈음부터 갑자기 바람이 세졌다. 오후에 들어와서는 운동장에 흙먼지가 피어오를 정도였다. 봄 폭풍이다.

수업은 이제 본격적인 내용을 다루기 시작했다. 현재로서는 초등학교 때보다 특별히 더 어렵다는 생각은 들지 않았다. 하지만 어쩐지 신선하기는 하다. 새로운 것은 좋아한다. 이건 아무도 모르는 비밀인데, 실은 공부도 그렇게 싫지 않다.

그리고 오늘부터 점심 급식이 시작된다.

내심 약간 긴장하고 있었다. 만약 급식을 먹을 때 자리를 이동하는 게 허용된다면, 지금까지 살아온 인생에서 가장 중요한 식사가 될 것이기 때문이다. 누구와도 같이 앉지 못해 혼자 먹는 신세가 됐다가는 순식간에 반 애들 입에 오르내릴 것이다. 재는 친구가 없다고 인식되어 십중팔구 린카도 나를 멀리할 것이다.

우리 반 담임은 무라이라는 여자 선생님이었다. 나이는 젊은데 눈빛이 죽었다. 앞으로 일 년간 버틸 수 있을까 걱정된다. 무라이 선생님이 급식을 시작하기 전에 원망하는 투로 말했다.

"급식은 자기 책상에서 먹어요. 책상을 옮기는 것도 안 돼요."

교실 여기저기에서 "엥" 하는 목소리가 터져나왔다. 역시 기대했던 애들이 많았던 것이다.

그러나 무라이 선생님은 "이 학교에선 그게 규칙이에요"

라고만 하고 그 이상 상대하려 하지 않았다. 이전 학교에서였다면 나도 친구와 점심을 먹지 못하는 게 유감이었을지 모른다. 어쩌면 이전에 같이 먹을 상대가 없는 아이가 문제가 됐을 수도 있다. 아니면 중학교는 원래 이런 걸까. 아무튼 안심했다.

점심을 먹은 뒤 린카에게 경품 추첨 이야기를 했다. 엄마가 추첨권을 받아 와서 오늘 집에 가는 길에 상점가에 갈 것이라고. 그러자 린카는 과장되게 얼굴을 찡그렸다.

"그래? 그거, 하는 쪽은 즐거울지 몰라도 준비하는 쪽은 진짜 귀찮아."

"너도 거들었어?"

"거들었다고 할지, 거들 거야. 똑같이 맞춘 저고리 입고, 확성기 들고, 누가 당첨되면 '축하드립니다!' 하는 거야. 어우, 싫다."

그 말을 들으니 오후가 약간 기대되었다.

방과후.

어제와 같은 교차로에서 사토루를 만나기로 했다. 무사히 만날 수 있을까 걱정했는데, 사토루는 아무런 문제 없이 약속 시간에 나타났다. 그러는 게 당연한데도 상대가 이 녀석이면 진기한 일이 벌어진 것처럼 느껴진다.

나를 보자마자 사토루는 "학교에서 기다렸어"라고 말했다. 초등학교가 먼저 수업이 끝날 테니, 그렇게라도 해서 시간을 죽여야 했을 것이다. 잘 생각해보니 둘 다 일단 집에 갔다가 다시 나와도 될걸 그랬다. 하지만 나는 "그래"라고만 하고 아무 말도 하지 않았다.

상점가로 가는 길에 사토루는 몇 번씩 내 세일러복 옷자락을 잡으려 했다. 물론 그때마다 손을 떼쳐냈지만. 경품 추첨인데 좀더 즐거운 표정을 지어도 될 것 같건만 사토루는 침착하지 못하게 주위를 두리번거리더니 도중에 딱 한 번 "집에 가자"라고 했다. "응? 우리 집에 가자."

"그래, 넌 가."

"그렇지만 엄마가……."

"그게 무서우면 처음부터 집에 가잔 말을 하지 말고."

사토루가 입을 삐죽 내밀고 "누가 무섭대?"라며 허세를 부렸다. "그렇지만 나 이런 거 본 적 있는걸. 분명해, 본 적 있어."

도코이에 들어서자, 길 좌우로 '재고 대방출'이라고 쓴 깃발이 늘어서고 상점 진열창이며 폐업한 가게의 셔터에 노란 전단이 붙어 있었다. 그러고 보니 어제보다 사람이 좀더 많은 것 같다. 어딘가에 스피커를 설치한 듯 명랑한 음악이 흘러나오고 있었다. 그게 너무 썰렁하게 들리지 않는 것을 보면 역시 어제보다는 거리가 좀더 들떠 있는지도 모르겠다.

나는 말했다.

"이런 건 나도 본 적 있어."

"어, 하루카도?"

"크리스마스랑 비슷하잖아."

내가 말해놓고도 그렇게 비슷하지는 않나 하고 생각했다.

'도코이 상조회'라고 쓴 흰 가설 텐트가 경품 추첨 장소인 듯했다. 그런대로 사람들이 모여들어, 뺑뺑이 기구가 놓인 테이블 앞에 열 명쯤 줄을 서고 구경꾼들이 그 주위를 둘러싸고 있었다. 누가 달그락달그락 뺑뺑이를 돌릴 때마다 사람들이 술렁거렸다. 내가 줄 뒤에 섰을 때 누가 당첨됐는지 종이 딸랑딸랑 울렸다.

"축하드립니다, 5등, 녹차 세트입니다!"

귀여운 목소리로 목청을 높이는 것은 린카였다.

본인 말대로 다른 어른들과 똑같은 저고리를 입었고 확성기도 들고 있었지만, 말과는 다른 게 하나 있었다. 싫다고 했으면서 이렇게 보니 꽤 즐거워 보였다. 사이즈가 맞지 않는지 린카의 저고리는 당장이라도 흘러내릴 것처럼 헐렁했다.

5등에 당첨된 손님이 경품을 받았다 숨을 후 내쉬고 종을 내려놓은 린카가 나를 발견하고 가볍게 손을 흔들었다. 그러더니 확성기를 입에 대고 소리쳤다.

"자, 온천 여행권의 주인은 누가 될 것인가! 아직 당첨자가 나오지 않았다는 건 앞으로 나올 거란 뜻이죠! 자, 자, 다음 분 앞으로 나오세요!"

이곳에서 나고 자란 만큼 선전 문구도 제법 그럴싸하다. 열심히 일하는 린카를 보다 보니 기분이 약간 좋아졌다. 그래서 친절을 발휘해 사토루에게 물었다.

"당첨될까."

사토루는 조금 전까지 징징대던 얼굴은 어디 갔는지 눈을 반짝이며 뺑뺑이를 보고 있었다. 역시 어린애는 어린애라 제비뽑기 종류를 좋아해 마지않는 것이다. 물론 나도 어린애라 매우 좋아한다. 사토루는 단언했다.

"당첨돼. 큰 걸로."

"그거 기대된다, 얘."

"응, 당첨돼."

그러더니 텐트 안을 들여다보며 아무렇지도 않게 덧붙였다.

"난 아니지만 누가 큰 거 당첨될 거야."

또 어이없는 소리를 했다. 약간 울컥했지만 마음을 고쳐먹었다. 사토루가 당첨될 가능성은 낮다. 한편 누군가 1등상에 당첨될 것이다. ……언젠가는. 그렇게 생각하면 사토루가 한 말은 틀린 데가 전혀 없이 지당하기 그지없다. 의미가 없을 뿐.

줄을 서서 기다리는 동안 심심해서 텐트 안을 구경했다. 두루마리 휴지와 티슈가 마치 장식품처럼 뭉텅이로 놓여 있다. 아마 참가상일 텐데, 두루마리 휴지의 피라미드는 쉽게 볼 수 있는 게 아니다. 한편, 내가 노리는 3등상 쌀은 반지半紙에 먹으로 '쌀 30킬로그램'이라고 씌어 있을 뿐 실물은 보이지 않았다. 들고 가려면 무거우니 나중에 가져다줄 것이다.

린카와 똑같은 저고리를 입고 테이블 뒤에 선 사람은 모두 남자 어른이었다. 제일 젊은 사람도 아버지보다 나이가 많아 보였다. 테이블 한편에는 머리가 새하얀 할아버지도 있었는데, 할 일이 없는지 담배를 피우고 있었다. 아까부터 담배 냄새가 난다 싶더니 저 사람이었나.

그러다가 퍼뜩 깨달았다. 경품 추첨은 즐겁다. 제비를 뽑는 방식과 다르게 달그락달그락 뺑뺑이가 돌아가는 소리만 들어도 어쩐지 기분이 들뜬다. 분명히 밝고 즐거운 이벤트다. 실제로 줄을 선 사람들도, 주위를 둘러싼 사람들도 모두 웃고 있었다. 결과가 나올 때마다 환성을 지르고 한숨을 쉬었다.

그런데 테이블 뒤에 있는 사람들은 웃지 않았다. 웃지 않을 뿐 아니라, 담배를 피우는 할아버지를 제외하면 다들 아무것도 하지 않았다. 그냥 서 있을 뿐. 흐릿한 눈으로 빙빙 돌아가는 뺑뺑이와 바람에 펄럭이는 텐트를 바라보고 있었다. 테이블 뒤에서 큰 소리로 명랑하게 말하는 사람은 린카뿐이다.

"힘들겠다."

나도 모르게 중얼거렸다.

사토루는 시끌벅적한 가운데에서도 용케 내 말을 들었다.

"뭐가?"

어두운 분위기의 어른들 사이에서 린카는 유일한 여자애로서 기운찬 태도를 보이고 있었다. 분명 여간 힘든 일이 아닐 것이다. 하지만 그런 이야기를 해봤자 어차피 사토루는 이해하지 못한다. 못 들은 척하고 뺑뺑이 쪽으로 몸을 내밀었다.

지켜보는 앞에서 한 명이 꽝을 뽑아 티슈를 받아 갔다. 다음 사람은 연분홍 블라우스를 입고 크림색 핸드백을 든 젊은 여자였다. "그럼 해볼까" 하고 기합을 넣더니 백을 테이블에 놓고 뺑뺑이 손잡이를 잡았다.

달그락달그락 두 바퀴 돌리고 가속이 붙어 한 바퀴 더 돌아가려는 것을 붙잡았다. 구슬이 굴러 나와 메마른 소리를 내며 접시에 떨어졌다.

접시를 본 린카가 곧바로 활짝 웃으며 두 손을 번쩍 치켜들었다.

"축하드립니다, 1등, 온천 여행권입니다!"

종을 머리 위로 쳐들고 마구 울린다. 경사스러운 소리이기는 해도 역시 시끄럽다. 줄 서 있던 사람들에게서도, 구경하던 사람들에게서도 오오, 하고 낮은 탄성 같은 소리가 터져 나왔다. 1등상에 당첨된 본인은 입에 손을 대고 "꺄, 말도 안 돼!"라며 웃고 있었다.

"어머나, 세상에. 진짜로 1등? 아이 좋아라."

좋겠다고 생각하는 동시에 나는 두 가지를 생각하고 있었다.

첫째는 이로써 1등상을 뽑을 염려가 없어졌다는 것이다. 우리가 온천 여행권에 당첨된들 여행을 갈 여유는 없다. 금전적으로나, 정신적으로나.

또 하나, 마음 한구석으로 생각한 것은 사토루의 말이 들어맞았다는 사실이었다. 우리가 아닌 누군가가 1등상에 당첨됐다. 정말로 그렇게 됐다. 사토루를 돌아보았다.

표정이 경직되어 있었다.

내 시선을 알아차리더니 굳은 목소리로 조그맣게 "하루카" 하고 불렀다. 예상이 맞아들었다고 의기양양하게 뽐낼 줄 알았건만.

"너……."

내가 입을 열었을 때 누가 고함쳤다.

"잠깐, 뭐야, 당신!"

돌아보았다.

헬멧을 쓰고 머플러를 두른 사람이 스쿠터에 급히 올라타고 있었다. 시동을 끄지 않고 있었는지, 스로틀을 당기자 스쿠터는 단숨에 가속해 달려나갔다.

주위에 사람이 많았는데도 스쿠터 앞을 가로막는 이는 아무도 없었다. 눈 깜짝할 새에 속도를 높인다. 남자의 손에 크림색 핸드백이 들려 있는 게 보였다.

아니, 저기, 저거 그러니까 그런 일?

멍청히 쳐다보는 내 곁에서 린카가 소리쳤다.

"앗……. 날치기야!"

아아, 역시 그렇구나. 1등상에 당첨된 여자의 핸드백이다. 빵빵이를 돌릴 때 테이블에 놓아둔 백을, 소란을 틈타 훔친 것이다. 손님들이 꼼짝도 못 하는 가운데, 저고리를 입은 상점가 사람들은 역시 행동이 빨랐다.

"어이, 거기 서!"

테이블 뒤에서 꽈배기 머리띠를 묶은 아저씨가 뛰쳐나갔다. 그런데 너무 서둘렀다. 빵빵이를 놓아둔 테이블에 발이 걸려 경품 티슈가 와르르 떨어졌다.

"어이쿠!"

저고리를 걸친 뚱뚱한 아저씨가 손을 뻗어 티슈 무더기가 무너지는 것을 막으려다가 엉덩이로 텐트를 받친 장대를 밀었다. '도코이 상조회'라고 쓰인 텐트가 흔들리고, 손님들이 비명을 지르고, 핸드백을 날치기 당한 여자는 "누구, 누구 없어요!" 하고 날카로운 비명을 질렀다. 경품 추첨 장소는 발칵 뒤집혔다.

빨간 저고리가 하늘을 날았다. 한 명이 스쿠터를 쫓아 달리기 시작했다. 헐렁헐렁한 저고리가 달리는 데 방해가 되니 벗어던진 것이다. 린키다. 내 옆을 지나칠 때 얼핏 시선을 던진 듯했다. 어느새 나도 린카와 함께 달리고 있었다.

이래 봬도 달리기와 체력에는 자신 있다.

스쿠터는 점점 멀어져갔다.

도코이 상점가에 차는 거의 다니지 않으니 스쿠터를 방해할 것이 없다. 초반에 잡지 못하면 뛰어서 따라잡는 것은 불가능하다. 그래도 속도를 늦추지 않고 번호판을 확인했다. 스쿠터는 고물인데 번호판만은 유난스레 깨끗이 닦여 있어 쉽게 읽었다. '1603'이다. 음, 그러니까 에도 막부가 생긴 해. 이러면 잊어버리지 않을 것이다. 사토루는 바보라고 하지만 나는 바보가 아니다.

그대로 곧장 달려가려나 했는데 스쿠터는 급브레이크를 걸더니 좁은 골목으로 뛰어들었다. 십몇 초 뒤처져 우리도 그 뒤를 쫓았다.

그러나 스쿠터는 보이지 않았다. 놓친 것이다.

골목은 얼마 안 가서 도로에 부닥쳐 T 자를 이루었다. 정면은 벽돌 담장으로 막혔다. 도로는 비교적 넓은지 차가 쌩쌩 오가는 게 보였다.

린카는 가쁜 숨을 몰아쉬고 있었다. 나는 아직 괜찮았지만, 준비운동도 하지 않고 전력으로 달린 탓에 가슴이 뻐근했다. 숨을 크게 들이마셨다가 독한 냄새에 사레가 들릴 뻔했다.

그제야 주위를 둘러보니 이 골목에 파친코 가게가 있었다. 거기서 담배 냄새가 새어 나오는 것이다. 자전거 보관소에 자전거와 스쿠터 몇 대가 난잡하게 세워져 있었지만 네 자리 번호를 가진 스쿠터는 없었다.

……완전히 놓치고 말았다.

"어느 쪽으로 갔지?"

린카가 가까스로 숨을 고르고 중얼거렸다.

"모르겠어. 길은 어디로 이어져?"

"오른쪽으로 가면 시청 쪽. 왼쪽은 크게 커브를 돌아서 제방 도로로 나가고."

"외길은 아니지? 아무튼 경찰에 신고하는 게 좋겠어."

그러자 린카는 미간에 주름을 모았다.

"경찰이라. 역시 그럴 수밖에 없나."

"난 아무래도 상관없지만. 어쨌거나 그 여자가 신고할 거 아냐? 그럼 이르면 이를수록 좋아. 빨리 신고하면 빨리 잡을지도 모르고."

나는 휴대전화가 없다. 눈빛으로 채근하는데 린카는 계속 꾸물거렸다. 기분은 이해한다. 나 같아도 '당장 경찰에 전화해라'라는 말을 들으면 주저할 것이다.

"응, 그렇지만……."

"뭐, 어른이 전화하는 편이 이야기를 더 잘 들어줄지도 모르지만."

"그러게. 게다가……."

린카는 주머니에 손을 넣은 채 주저하고 있었다. 어느 쪽이든 서두르지 않으면 범인이 어디까지 도망칠지 알 수 없는 일이다. 조바심을 내고 있으려니 탁한 목소리가 들렸다.

"경찰은 좀 두고 보자."

돌아보자 꽈배기 머리띠를 두른 아저씨가 서 있었다. 아까 뛰쳐나가다가 테이블 위 경품을 떨어뜨린 사람이다.

"회장님."

린카가 말했다. 이 사람이 책임자인가 보다. 불그스레한 얼굴은 볕에 탄 탓인지 아니면 술독이 오른 건지. 어깨가 넓고 몸집이 다부진 사람이었다.

회장님은 무릎을 굽혀 우리와 눈높이를 맞추며 말했다.

"일을 크게 만들고 싶지 않다. 상점가 이벤트에서 도난 사건이 벌어졌다는 게 알려지면 이미지가 나빠져."

그런 소리를 할 상황이 아니라는 말이 목구멍까지 치밀었다. 실제로 핸드백을 도둑맞은 사람이 있는데 새삼스레 이미지는 무슨 이미지.

그렇게 말할 수 없었던 것은 역시 내가 타지 사람이기 때문일 것이다. 회장님이 '국숫집 딸' 린카에게 이야기한다는 것은 분명했고, 린카도 회장님 말에 고개를 끄덕이고 있었다. 그러면 내가 나설 자리는 없었다.

"우리끼리 어떻게 할 수 없나 생각하면서 잠시 상황을 두고 보다가 정 안 되겠으면 그때 신고하면 된다. 그러면 손님도 납득해주겠지."

"네, 저도 그게 좋을 것 같아요."

"그런데……." 회장님이 얼굴을 들었다. "범인은 어느 쪽으로 갔지? 너희 봤어?"

나도 린카도 고개를 가로저었다. 회장님은 허리를 펴며 얼굴을 찡그렸다.

“그러냐. 어느 쪽으로 갔을 것 같지? 단서만이라도 좋으니 말해보겠니.”

우리는 마주보았다. 그렇게 물은들 감으로 대답하는 수밖에 없다. 린카의 눈이 먼저 말하라고 재촉하는 것 같기에 작은 목소리로 대답했다.

“왼쪽일 것 같아요.”

“그래? 어째서?”

“범인은 저희가 쫓아오는 걸 알고 있었다고 생각해요. 그래서 급브레이크를 걸고 이 골목으로 들어온 거예요. 저희를 따돌리려고. 그런 범인이 스쿠터를 세우고 차가 뜸해지길 기다려서 오른쪽으로 꺾어진다는 건 이상해요.”

“흠.” 회장님은 턱을 어루만졌다. “일리 있구나. 린카 네 생각은 어때?”

린카는 나를 얼핏 보고 고개를 갸웃했다.

“전 오른쪽인 것 같은데요……. 이 시간에 왼쪽으로 가는 차는 얼마 없잖아요. 교통량이 많은 쪽에 섞이면 더 쉽게 눈에 안 띌 것 같아요.”

여기 사람다운 의견이다. 어째서 왼쪽으로 가는 차가 얼마 없는지 나는 알 수 없었지만 회장님은 고개를 끄덕였다.

"그렇구나."

어쨌거나 우리는 보지 못했으니 근거가 없는 탁상공론에 불과하다. 회장님은 눈앞의 삼거리를 쳐다보며 나지막이 중얼거렸다.

"의외로 곧장 갔을지도 모르지."

나도 모르게 반문했다.

"네? 곧장이라고요?"

"보렴. 막다른 곳처럼 보이지만 담장 사이로 지날 수 있을 것 같잖니?"

그러고 보니 정면에 보이는 벽돌 담장에 정말 걸어서라면 지날 수 있을 듯한 좁은 길이 나 있었다.

하지만……. 린카가 즉각 말했다.

"저기 되게 좁은데요. 스쿠터로 지날 수 있을까요?"

"못 할 건 없지."

그건 그렇지만 저렇게 좁은 길에서 속도를 낼 수는 없다. 서둘러 도망치려는 범인이 그런 길을 선택할까. 뭣보다도 저 길로 갔다면 달아나는 뒷모습이 얼핏이라도 보였을 것이다.

그렇다고 그런 일은 있을 수 없다고 반론할 마음은 들지 않았다. 오른쪽인지 왼쪽인지 직진인지 판단할 근거는 전혀 없다. 시간만 버려 그사이 범인이 더욱 멀리 도망칠 뿐이다. 답답하다. 하지만 어차피 남 일이니 아무래도 상관없나, 하고 자포자기하는 기분이 들기 시작할 때, 세일러복 소매를 누가 잡아당겼다. 어느새 사토루까지 와 있었다.

"저기, 하루카."

무시했다.

"저기, 나 좀 봐. 내 말 좀 들어보라니까, 하루카."

계속 소매를 잡아당긴다. 이러다 옷이 늘어나겠다. 손을 잡아떼고 한숨을 한 번.

"하지 마. 뭔데?"

"응." 당연히 징징 우는 소리를 할 줄 알았는데, 사토루는 의외로 진지함 그 자체였다. "나 본 적 있어. 범인이 어디 갔는지 나 알아."

"또 그 소리야? 지금 너랑 놀아줄 때가 아냐."

"안단 말이야!" 사토루는 단언하더니 손가락을 뻗었다. "여기야, 이 안!"

사토루가 가리킨 곳은 우리 바로 옆에서 담배 냄새를 내뿜고 있는 파친코 가게였다.

엥?

얘 바보 아냐? 아니, 바보인 건 아는데.

그런 것쯤은 당연히 처음에 확인했지. 거기에 범인의 스쿠터가 없으니까 어느 쪽으로 갔을까 이야기하는 거 아냐?

생각나는 대로 아무렇게나 막 말하지 말아줄래? 창피한 사람은 나니까. 너 좀 그만 가.

……그런 말을 하려고 했다.

그렇건만 선수를 빼앗기고 말았다. 꽈배기 머리띠를 두른 회장님이 코웃음을 친 것이다.

"그럼 좋겠지."

린카도 동조했다.

"사토루라고 했지? 나중에 왔으면서 아무렇게나 말하면 안 되지 않니?"

대뜸 부정당하자 사토루도 할말을 잃은 듯했다. 원래 낯을 가리고 겁이 많은 성격이니 더 그렇다. 당장이라도 울음을 터뜨릴 듯한 표정으로 주먹을 꽉 쥐고 고개를 떨어뜨렸다.

이래서 사토루와 함께 시내에 나오고 싶지 않았다.

이렇게 되면 남들이 아무도 말해주지 않는 이상 내가 말할 수밖에 없잖아.

"얘가 바보이긴 해도……."

"바보란 말 하지 마, 바보 하루카."

눈물을 글썽이며 고개도 못 드는 주제에 바로 말대꾸한다.

이런 걸 일보불양一步不讓이라고 하지 않던가. 봐라, 나는 바보가 아니다. 일단 사토루는 내버려두기로 했다.

"……자전거 보관소도 잠깐 본 것뿐이니까 확실히 한 번 더 확인하면 좋지 않을까."

터무니없다는 것은 나도 안다. 약간 딱하다는 듯 "그렇지만 그 스쿠터, 여기 없잖아"라고 말하는 린카가 옳다.

아까 뒤를 쫓으며 본 번호판은 '1603'이었다. 이건 똑똑히 기억한다.

하지만 파친코 가게 자전거 보관소에 늘어선 스쿠터는 모조리 세 자리 번호였다. 확인하는 데 몇 초도 안 걸렸다.

번호판을 바꿔 붙였을 수는 있다. 하지만 스쿠터가 시야에서 사라진 뒤 우리가 이 골목에 들어서기까지 겨우 십몇 초 걸렸는데 그사이 교체하는 것은 불가능하다. 이 시점에서 사토루가 순간적으로 떠오른 생각을 아무렇게나 말한 것이라는 게 완전하게 증명된다. 뭐, 무시하지 않고 상대해준 것만으로도 사토루에게는 과분한 일이다.

그런 생각을 한 순간.

"……아."

자전거 보관소의 스쿠터들을 보던 내 얼굴이 빨개지는 것을 뚜렷이 알 수 있었다.

"왜? ……아."

내가 보는 것을 린카도 보았다. 린카의 얼굴도 빨개졌다.

사토루는 사정은 몰라도 자신이 우위에 선 것을 알아차린 듯했다. 갑자기 기세를 되찾았다.

"내 말이 맞지? 진짜 그렇지?"

회장님이 의아스레 물었다.

"뭐지? 설마 사실인 거야?"

나와 린카가 보는 것은 '608'이라고 쓴 번호판이었다.

자칭 '예리한' 린카의 목소리가 떨렸다.

"이럴 수가……."

인정하고 싶지 않은 것을 인정해야 하는 굴욕감에 내 손도 부들부들 떨릴 것 같았다. 자세히 보니 번호판에 하얀 비닐 테이프가 붙어 있었다. 스쿠터는 낡았는데 번호판만 깨끗이 닦은 것처럼 희었기 때문에 하얀 테이프가 잘 보이지 않았다.

맨 왼쪽, 천 단위 자리의 숫자가 감쪽같이 가려져 있었다. 테이프를 떼어볼 것까지도 없다. '1'일 것이다.

핸드백을 날치기할 때 맨 오른쪽 숫자 '8'은 왼쪽에 테이프를 붙여 '3'으로 꾸몄을 것이다. 확실히 십 초만 있으면 '1603'을 '608'로 바꿀 수 있다.

아무리 허둥대고 있었다지만 이런 빤한 속임수에 넘어갈

뻔하다니. 이거야 원, 소리지를 수밖에 없었다.

"아휴, 진짜, 바보!"

"시끄러워, 바보 하루카!"

이번만은 사토루 말이 옳다. 나는 바보다. 린카는 린카대로 기어드는 목소리로 중얼거렸다.

"틀림없어. 응, 틀림없어. 틀림없어……."

그 말을 듣고 회장님이 움직였다. 팔을 걷어붙이며 "그런 거로군. 좋아, 내 이놈을 확 잡아주지"라고 했다.

당장이라도 파친코 가게로 뛰어들 것 같다. 그때 또다시 사토루가 내 소매를 잡아당겼다.

"잠깐만."

"어? 나 말이야?"

"아니, 저 사람."

회장님을 말하는 것이다. 회장님에게 할 말이 있으면 회장님 소매를 잡아당기지. 이벤트용으로 입은 저고리이니 다소 늘어나도 괜찮을 텐데.

사토루는 그런 것을 생각할 여유가 없는 듯했다.

"혼자 가면 안 돼."

"뭐 어때. 파친코 가게 점원도 거들어줄 거야."

"위험해."

이제부터 범인을 잡는데 조금쯤 위험한 것도 당연하지…… 하고 대뜸 부정할 마음은 나지 않았다. 사토루는 분명히 맞혔으니까.

누군가가 1등상 경품에 당첨된다는 것도.

범인이 파친코 가게로 도망쳤다는 것도.

애초에 사토루는 오늘 경품 추첨에 오기를 몹시 꺼렸다. 집에 가자고 했다.

대충 거짓말했더니 우연히 맞은 것일지도 모른다. 하지만 나는 구태여 입다물게 하려 들지 않았다.

사토루는 말했다.

"위험해. 범인은 칼을 들었단 말이야. 나 알아."

3

회장님은 사토루의 말을 무시하지 않았다.

상점가 사람들을 모아 각자 몽둥이며 밧줄을 들고 파친코 가게로 들어갔다.

날치기범은 실제로 칼을 들고 있었다……. 그렇지만 다친 사람은 없었다. 미리 준비를 한 덕분이다.

우연이라는 말로 넘길 수 없다. 사토루가 '본 적이 있다'고 말한 사건을 나도 보게 된 것이다. 사토루가 아무렇게나 대충 한 말이 아니었다고 생각하는 수밖에 없었다.

사토루는 감사와 칭찬을 받았다. 상점가에서 감사의 표시로 뺑뺑이를 두 번 돌리게 해주어 티슈 두 개를 탔다. 집에 오는 길에 히어로는 내 손을 꼭 잡고 놓지 않더니 지금은 자기 방에 틀어박혀 있다.

이제는 안다. 사토루가 저렇게 두려워하는 것은 나와 엄마의 관심을 끌기 위한 연기가 아니다. 그런 요소도 다소 있을지 모르지만 저 애는 정말로 겁에 질려 있다.

그날 밤, 나는 방에서 밥상에 상반신을 기댄 자세로 얼마 동안 꼼짝도 하지 않았다. 방석도 없어서 낡은 다다미가 축축하게 꺼지는 듯한 느낌이 기분 나빴지만 금세 그런 것도 의식되지 않았다.

신중하게 생각해보았다.

어떻게 범인이 파친코 가게에 있다고 맞혔을까. 우리는 필사적으로 뒤를 쫓느라 주위가 보이지 않아 간단한 속임수에 걸려들었다. 나중에 온 사람이 냉정한 시선으로 주위를 둘러보면 뭔가 이상하다고 알아챘을 터다. 범인이 탄 스쿠터의 번호판을 사토루가 보고 외울 시간이 있었는지 아닌지는 알 수 없지만, 적어도 유심히 보면 '뭔가 꼼수를 쓴 스쿠터'가 세워져 있다는 것은 눈치챌 수 있었을 것이다.

칼을 들었다는 것을 맞힌 것도 그렇게 대단한 우연은 아니다. 사토루는 텔레비전을 너무 많이 본다. 날치기범이 인질극을 벌이는 드라마를 어디서 봤어도 이상할 것 없다. 거기서 범인이 칼을 가지고 있어서, 사토루는 자신이 본 드라마 내용을 이야기한 것뿐일 수도 있다.

시내를 본 적이 있다는 것도 '사토루는 처음 온 것'이라는 엄마의 말이 착각에서 비롯된 것일 수도 있다. 엄마는 이 도시에 사토루를 데려온 적이 있는데 깜박 잊어버린 것이다. 또는 사토루가 혼자 몰래 이곳에 온 적이 있다. 엄마가 잊어버렸을 가능성은 솔직히 낮은데다 지금보다 어린 사토루가 혼자 행동했다는 것도 무리가 있다. 하지만 절대로 있을 수 없는 일은 아니다. 관찰력과 냉정함과 신중함과 기억 착오로 모든 게 설명된다.

그렇지만 물론 나는 그런 것 믿을 수 없다.

사토루가 미래를 알 수 있다고는 믿지 않지만 모든 게 설명되는 우연이라는 것도 그에 못지않게 믿을 수 없었다.

익숙한 커튼 무늬를 보며 그런 생각을 하고 있었다. 바람에 커튼이 살랑 움직인 것 같아 장지를 돌아보자 잠옷을 입은 사토루가 어두운 복도에 서 있었다.

사토루가 꼼지락거리며 눈을 위로 올려뜨고 말했다.

"하루카, 있지, 저…… 오늘 같이 자도 돼?"

나는 태양처럼 포용력 있는 웃음을 지으며 대답했다.

"까불지 마, 이 바보야."

제3장

↺

1

목요일은 아침부터 날이 흐렸다.

창문을 여니 공기에서 이상한 냄새가 났다. 처음 맡는 냄새였는데도 어째선지 이제 곧 내릴 비의 냄새라는 것을 알고 있었다.

눈높이로 제방 도로가 보인다. 짐칸에 포를 덮은 트럭이 지독한 검은 가스를 내뿜으며 달려간다. 그게 언제였던가, 배기가스가 지나치게 희거나 검은 차는 연료에 불순물이 섞인 것이라고 아버지가 가르쳐주었다. 검은 가스가 갑갑한 하늘로 올라가는 것을 보았다. 오늘이 우울한 날이 되리라는 게 비가 올 것 못지않게 확실하게 느껴졌다.

방에서 나오는데 사토루와 마주쳤다. 당장이라도 울음을 터뜨릴 듯한, 잠을 설친 게 역력한 빨간 눈으로 나를 올려다본다. 모깃소리로 "안녕……" 하고 중얼거리는 것을 무시하며, 나는 한쪽 예감이 일찌감치 적중한 것을 알았다. 이것도 예지에 해당될까? 그렇지만 우울함의 요인이 사토루뿐이라면 이런 녀석은 뻥 차버리면 그만이다. 그렇게 생각하니 마음이 조금 가벼워져 얼굴을 돌리고 하품하며 계단을 내려갔다.

한편, 걱정도 되었다.

미래를 알 수 있다고 우기는 사토루의 정신 상태가 걱정되는 게 아니다. 사토루가 이상한 소리를 했을 때 그 옆에 나만 있었던 게 아니었다. 린카도 녀석 말을 듣고 있었다.

현 시점에서는 이곳에서 유일하게 내 친구가 될 가능성이 있는 린카. 그 애는 사토루의 말을 듣고 어떻게 생각했을까. 고시노 사토루는 미래를 알 수 있다고 믿었을까. 아니면 하루카의 동생은 어처구니없는 거짓말쟁이라고 생각했을까. 혹시…… 당장 학교에서 놀려먹자고 생각하는 것은 아닐까.

어차피 학교는 계속해서 마음 편하게 지낼 수 있는 공간이 아니다. 언젠가는 누군가가 맨 밑바닥으로 떨어진다. 내게 친절하게 대해주었던 린카가 갑자기 태도를 싹 바꿀 것이라고 생각한다는 말은 아니다. 하지만 아직 덮어놓고 믿을 만큼 그 애를 잘 알지는 못한다.

이런 걱정을 해야 하는 것도 사토루가 이상한 소리를 했기 때문이다. 전부 사토루 잘못이다. 나는 아침도 먹는 둥 마는 둥 하고 2층으로 뛰어 올라왔다.

그렇지만 무쿠이 다리를 건너는 데까지는 사토루와 함께 가야 한다. 엄마 부탁이니 어쩔 수 없다. 교복을 입는데 점점 부아가 치밀었다.

"우산 챙기고."

엄마가 말하지 않았다면 비가 올 것 같다는 예감조차 잊어버렸을 것이다.

사토루와 같이 가면서 거의 아무 말도 하지 않은데다 다리를 건너 헤어진 뒤로는 나도 모르는 새 걸음이 빨라졌던 모양이다. 어제는 예비 종 치기 직전에 학교에 도착했는데, 오늘은 집에서 같은 시간에 나왔는데도 십 분 덜 걸렸다. 4층에 있는 교실까지 계단을 성큼성큼 올라갔다.

열려 있던 문으로 교실에 들어서자 창가에 있는 린카가 금세 눈에 들어왔다. 여느 때처럼 친구와 즐겁게 수다떨고 있었다. 그런데 눈이 마주치자 린카는 바로 이야기를 중단하고 내게 다가왔다.

"안녕."

평범하게 인사하는데 눈을 똑바로 맞추지 않는다. 그럴 만도 하다. 아무 일 없었던 척하는 것도 부자연스럽겠다, 차라리 내가 먼저 말을 꺼내기로 했다.

"안녕. 어제 고생 많았어."

"아, 응."

"범인은 어떻게 됐어?"

파친코 가게에서 끌려나온 날치기범은 나도 얼핏 봤다. 막연히 상상했던 것 같은 추레한 모습이 아니었다. 마른 몸집에, 압정 같은 것을 잔뜩 박은 재킷을 입었는데 그게 전혀 어울리지 않는 마음 약해 보이는 남자였다. 스무 살쯤 아니었을까.

린카는 말을 얼버무렸다.

"아, 응, 그거."

나는 잠자코 뒷말을 기다렸다. 말하기 거북해하는 눈치가 역력했지만 린카는 그래도 가르쳐주었다.

"그 뒤 모여든 사람들 중에 범인이랑 안면이 있는 사람이 있었어. 먼 친척이라나 봐. 그 사람이 자기가 책임지고 반성시키겠다고 해서, 회장님도 처음엔 떨떠름한 표정을 짓다가 결국 물러나서…… 그다음은 나도 어떻게 됐는지 잘 몰라."

"경찰은?"

"안 부른 것 같아."

상조회 회장님은 처음부터 경찰을 개입시키고 싶지 않다고 말했다. 보아하니 정말로 범인을 그냥 놔준 모양이다. 게다가 방금 그 이야기로 판단하건대, 핸드백을 도둑맞은 여자의 의견은 묻지도 않은 것 같다. 그래도 되는 건가 싶기는 했다. 하지만…….

"그래. 뭐, 어른들이 정한 일이면 할 수 없지."

내가 뭐라 할 문제가 아니다.

"그런 일이 맨날 있는 건 아냐. 거의 없어."

감싸는 듯한 말에 약간 웃음이 났다. 린카는 이 도시를 싫어한다고 분명하게 말했다. 하지만 날치기가 일상적으로 벌어지는 곳이라고 생각되는 것은 싫은 모양이다.

"그런 생각은 안 해."

"그럼 됐고."

그러더니 린카는 "그럼 이따"라고 하고는 친구에게로 돌아갔다.

뒤에 남은 나는 적잖이 맥이 빠졌다. 린카는 사토루에 대해 전혀 신경쓰지 않는 걸까.

그럴 리 없다. 하지만 언급하지 않아줘서 정말 다행이다.

1교시는 수학이었다.

2교시는 국어.

3교시는 체육.

나는 좀처럼 공부에 집중하지 못했다. 자꾸만 사토루의 '예언'이 대체 무엇이었나, 그 생각만 떠올랐다.

린카가 무관심한 척해주는 사이에 어떻게든 납득할 수 있는 설명을 찾아야 한다. 나를 지키려면 언젠가 린카가 "그거 뭐였어?" 하고 물었을 때 확실하게 설명할 수 있도록 준비해 둘 필요가 있다.

게다가 뭣보다도 나 자신이 '예언'이 마음에 들지 않았다.

나는 점을 싫어한다. 별자리이나 혈액형으로 오늘 일어날 일을 알 수 있을 리 없다. 뭣보다도 제비점이 정말 싫다. 대길이 나와도, 내가 열렬히 소망하는 일이 이루어질 것이라고 씌어 있어도, 그래서 맞은 적이 한 번도 없다. 그렇건만 고시노 사토루가 미래를 맞히다니 있을 수 없는 일이다. 있어선 안 될 일이다.

날씨는 의외로 오래 버티다가 급식 시간쯤 돼서 후드득 빗방울이 떨어지기 시작하더니 5교시부터 본격적으로 쏟아졌다. 5교시 수업은 사회다. 사회를 가르치는 미우라 선생님은 이따금 안경을 추키며 “이 새로운 토기를 야요이식 토기라고 해. 수렵 채집에서 농경 목축으로 생활 기반이 바뀌는데, 음, 이건 말이지, 내 개인적인 의견인데 솔직히 조몬식 토기가 더 좋단 말이지. 디자인에 뭐랄까, 마음이 담겨 있어. 정열이. 참 좋지”라며 자기 세계에 빠져 있었다. 나는 빗줄기에 부옇게 흐린 운동장을 내려다보고 있었다. 생각의 단편이 머릿속을 맴돌 뿐 뭐 하나 제대로 생각할 수 없었다. 다른 사람 말을 들어보고 싶은데, 그럼 누구에게 물어보면 좋을까. 린카에게는 아직 이야기할 수 없고, 엄마도 아닐 것 같다. 예전 살던 동네에서였다면 믿음 가는 친구도 있었지만, 전에는 어땠다고 이야기한들 아무 소용이 없다.

수업이 끝났음을 알리는 종이 울렸다. 선생님은 아쉬운 표정으로 교과서를 보며 “오늘 중으로 히미코까지 진도를 나가고 싶었는데. 곁길로 너무 많이 샜나? 자, 오늘은 여기까지”라고 말했다. 당번이 “일어서” 하고 구령했다.

그러더니 미우라 선생님은 퍼뜩 생각난 것처럼 덧붙였다.

“아, 맞다. 고시노, 이따 학교 끝나고 교무실로 와라.”

순간 내 이야기라는 것을 이해하지 못했다. 그러나 미우라 선생님은 교단에서 분명히 나를 보고 있었다. 엉겁결에 나 자신을 가리켰다.

"네? 저요?"

"그래."

호출당했다.

무슨 일인지 전혀 모르겠다. 왜냐고 항의하고 싶지만, 항의한다고 해도 "그래, 그럼 오지 마"라고 할 리도 없거니와 반 아이들의 호기심 어린 시선을 받으며 야단 떨고 싶지 않다. 마지못해 "네, 알겠습니다" 하고 고분고분 대답하는 수밖에 없었다.

홈룸을 시작하기 전까지 짧은 시간 동안, 주로 남학생들에게 "고시노, 너 무슨 짓을 한 건데?" 하고 놀림을 받았다.

굳이 따지자면 행운이라는 것을 머리로는 알고 있었다. 착실하다는 인상을 주는 애보다 일 년에 몇 번은 선생님에게 불려가는 정도로 말썽을 피우는 애가 되레 학급에 섞여들기 쉽기 때문이다. 하지만 입학하고 나흘째, 설마 내가 1호가 될 줄이야. 나는 "몰라. 딴 애랑 혼동한 게 아닐까"라고 말하는 게 고작이었다. 그렇게 말하니 정말 딴 애와 혼동한 게 아닐까 하는 생각이 들었다. 미우라 선생님은 척 봐도 데면데면해 보이니 있을 법한 일이다. 못마땅해하는 기분으로 잔뜩 부어 있는 사이에 홈룸이 끝났다. 어쩔 수 없다, 가는 수밖에. 자리에서 일어서는데 린카가 히죽거리며 다가왔다.

"뭔 일인지 몰라도 잘 다녀와."

"남 일이라 이거지."

"남 일 맞잖아."

"너무한다."

나중에 다시 오면 되겠지 싶어 가방은 놓고 가기로 했다. 교실을 나서다가 문득 생각나 린카에게 말했다.

"안 기다려도 돼."

"응."

린카는 손을 팔랑팔랑 흔들었다.

건물 4층에서 교무실이 있는 1층까지 발걸음에 리듬을 넣어 통통 계단을 내려갔다. 복도에 학생은 얼마 보이지 않았다. 하기야 전교생을 다 합쳐도 약 사백 명이라고 한다. 교실은 한 학년에 여덟 개씩 있지만 학급은 네 개뿐이다.

교무실은 내가 다녔던 초등학교와 크게 달랐다. ……담배 냄새가 났다. 불쾌한 냄새이지만 그리운 느낌도 든다. 아버지가 담배를 피우는 탓에 전에 살던 연립은 담배 냄새가 진동했다. 주위를 둘러봐도 담배를 피우는 선생님은 없었으니, 이미 연기가 실내에 스며들었을지도 모르겠다. 수업이 끝나고 아직 얼마 되지 않았는데 남아 있는 선생님이 몇 없었다.

교무실 책상은 세 개씩 마주보게 놓여 여섯 개가 한 덩어리를 이룬다. 미우라 선생님은 책상을 향해 구부정하게 앉아 있는 바람에 찾느라 약간 애먹었다. 내키지 않는 기분으로 다가니 선생님 책상에 물건이 너저분하게 널려 있었다. 교과서와 참고서는 물론, 사전, 바인더, 수업과는 무관할 것 같은 어려운 책, 문진, 작은 디지털 시계, 검정 펜과 빨강 펜만 빽빽하게 꽂힌 빈 깡통에 동전까지. 아무리 그래도 좀 너무하지 않나.

"왔구나."

발소리를 들었는지 미우라 선생님이 고개를 들고 말했다. 나는 두 손을 치마 앞으로 모으고 선생님 앞에 섰다.

"네, 왜 부르셨어요?"

목소리가 생각보다 훨씬 퉁명스럽게 들려 오싹했다. 하지만 선생님은 신경쓰지 않는 듯했다. 한 손을 책상 위에 올려놓은 채 회전의자를 내 쪽으로 돌려 앉았다.

"고시노, 내가 왜 오라고 했는지 모르지?"

순순히 대답했다.

"네."

"응, 그야 그렇겠지. 교실에서 말하고 싶진 않았는데, 그럼 방송으로 불러야 하니까 어쩔 수 없잖아? 방송으로 호출당하면 싫잖아."

확실히 교내 방송으로 호출당하는 것보다야 낫지만 어쨌거나 초장부터 이야기가 곁길로 샜다. '그래서 무슨 일이신데요?' 하고 다시 묻고 싶은 것을 꾹 참고 잠자코 떠들게 놔두었다.

미우라 선생님의 이야기는 수업할 때 그러하듯 갑자기 본론으로 돌아갔다.

"그게 말인데, 나도 어제 도코이 상점가에 있었거든."

"예에."

몰랐다.

"꽤나 용감하던걸. 요새 중학생이 발이 그렇게 빠른 줄 선생님 몰랐지 뭐야. 체육 선생님은 누구시지? 아아, 호시노 선생님. 분명히 좋아하실 거야. 그 선생님, 육상부 지도도 하거든. 고시노는 모르겠지만 이 학교, 예전엔 육상이 꽤 셌어. 날치기범은 스쿠터를 탔는데도 저러다 따라잡겠다 싶더라."

"고, 고맙습니다."

"칭찬하는 건 아닌데." 말은 그렇게 했지만 안경 렌즈 뒤 미우라 선생님의 눈은 별반 화를 내고 있지 않았다. "있지, 난 만약 너희가 정말로 스쿠터를 따라잡으면 어쩌나 싶어서 꽤나 조마조마했다고. 따라잡아서 스쿠터를 멈춰 세웠다간 너희가 날치기범이랑 대치하는 상황이 벌어지는 거야. 고시노, 너 무슨 격투기라도 해?"

"아뇨……."

"그래, 그럴 것 같았어. 범인이 반격했다간 꼼짝도 못 했을 거야. 인질로 잡힐 가능성도 있어. 직접 본 건 아니지만 범인은 칼을 갖고 있었다던데."

그러고 보니 열심히 쫓아가기는 했지만 따라잡으면 어떻게 해야겠다 하는 생각은 하지 않았다. 그때 왜 쫓아가야겠다고 생각했을까. 린카와 나 둘 중에 누가 먼저 뛰기 시작했더라?

미우라 선생님은 독백처럼 담담히 이야기를 이었다.

"그렇지만 말이지, 위험한 행동이었을진 몰라도 선생님, 너희 참 장하다고 생각했어. 어른도 여러 명 있었는데 달리기 시작한 건 너희 둘뿐이고, 나중에 상조회 사람이 한 명 쫓아간 게 전부였으니 말이야. 아마 다들 이건 경찰이 처리할 일이지 자기는 상관없다고 생각했겠지. 선생님, 너희 정의감은 칭찬해주고 싶은걸. 그렇지만 무모한 행동은 안 좋다고 야단치는 것도 선생님이 할 일이거든."

"……그럼 선생님도 안 쫓아오신 거예요?"

"어이쿠, 그걸 묻게? 아픈 데를 찌르네." 선생님은 머리를 긁적였다. "'다들'이라고 하면 안 되는걸 그랬구나. 경찰이 할 일이라고 생각했다는 건 사실 선생님 이야기야. 하지만 설마 제자가 쫓아갈 거란 생각은 못 했으니 말이지. 이거 큰일 날 수도 있겠다 싶어서 선생님은 범인이 아니라 너희를 쫓아갔어. 그렇지만…….”

선생님은 쓴웃음을 지으며 자기 다리를 탁 쳤다.

“발이 따라주질 않고, 뭣보다 선생님, 저번에 책꽂이 정리를 하다가 허리를 삐었지 뭐야. 아직 그럴 나이는 아닌 것 같은데 말이지. 그래서 도중에 찌릿하는 바람에 그 이상 뛸 수 없었어. 범인이 잡히고 너희는 무사하단 말을 나중에 듣고 정말 안심했단다. 눈앞에서 학생이 사건에 말려들었는데 요통 때문에 꼼짝 못 했다 하는 상황이 되면 선생님도 체면이……. 아니, 응, 선생님 체면은 아무래도 상관없지. 방금 그 말은 잊어줘.”

약간 얼빠질 정도로 솔직한 선생님이다. 하마터면 웃을 뻔한 것을, 얼른 손등을 꼬집어 참았다. 선생님의 솔직함을 봐서 순순히 머리를 숙이기로 했다.

“알았어요. 이제 안 그럴게요.”

미우라 선생님의 표정이 심각해졌다.

“이제 안 그러겠다는 것도 어째 섭섭한걸. 그렇지만 뭐, 그래, 다음부터 조심하도록.”

‘다음부터’라고 한들 날치기를 목격하는 일이 그렇게 자주 있을 것 같지는 않은데. 어쨌거나 용건이 그게 다라면 도무지 납득할 수 없다.

"왜 저만 부르셨나요?"

"응?"

"저랑 린카…… 아리와라가 같이 쫓아가는 걸 보셨잖아요. 그런데 왜 저만 부르신 거예요?"

혼자보다는 둘이 훨씬 마음 편했을 텐데.

미우라 선생님은 살짝 웃었다.

"아리와라 주위엔 어른이 많이 있으니까. 구태여 선생님이 나서지 않아도 되거든."

"다른 사람이 주의를 줄 테니까 선생님은 가만있으셔도 된다는 건가요?"

"고시노, 가차없구나."

그러고 보니 나는 아닌 게 아니라 선생님에게 꽤 가차없는 소리를 하고 있었다. 이상하다. 보통은 이런 말 안 하는데. 미우라 선생님은 얼버무리려는 눈치도 없이 나를 똑바로 보며 대답해주었다.

"그게 아니야. 벌써 주의를 받았을 일에 대해 두 번 세 번 주의를 받으면 아리와라도 기분이 안 좋을 거라고 생각한 거야. 아까도 말했지만 선생님은 너희 정의감이 싫지 않아. 그걸 다 같이 덤벼들어 망가뜨리기는 싫단 말이지. 그렇지만 고시노한테는 선생님이 말할 수밖에 없겠다 싶었어. 이해되니?"

그런가.

"선생님, 저에 대해 아시는군요."

"사월에 이사 왔다는 것 말이지. 물론 알아."

미우라 선생님은 선뜻 그렇게 대답했다. 하지만 그건 '물론'이라는 말 한마디로 처리할 수 있을 만큼 간단한 이야기가 아니지 않나. 선생님이 학생을 몇 명이나 가르치는지는 모르지만 최소한 백 명 단위일 것이다. 담임교사도 아니고 그저 사회를 가르칠 뿐인 미우라 선생님이 내가 막 이사 왔다는 것을 아는 게 '물론'일 리 없다. 겨우 나흘 만에 얼굴과 이름을 기억하는 것만 해도 굉장한데.

선생님은 아무 일 아니라는 듯 말을 이었다.

"친구가 생긴 것 같아서 다행이다 싶었거든. 뭐, 어른한테만 상의할 수 있는 일이 혹시 생기면 무라이 선생님께 말씀드리렴."

담임인 무라이 선생님은 어떨까. 그 선생님은 어쩐지 너무 지친 것 같다. 아무리 일이라지만 어린애 상담을 들어줄 여유가 있을까.

의지가 되느냐 아니냐를 따지자면, 이 키만 껑충하니 크고 호리호리한 선생님은 분명히 말해 의지가 안 된다. 하지만 적어도 미우라 선생님은 내 사정을 알고 있었고, 나를 거리에서 알아봤으며, 본인의 말을 믿는다면 쫓아와주었다.

별로 깊이 생각해보지도 않고 입을 열었다.

"……저, 선생님, 하나 여쭤보고 싶은데요."

"응? 뭔데?"

"네, 저기, 미래를 알 수 있다는 애 이야기 들어보신 적 있으세요?"

아차.

말해놓고 나서 엄청난 기세로 얼굴에 피가 쏠리는 게 느껴졌다. 사토루의 기행을 의논하는 것이야 그렇다 치고 좀더 생각해서 말할 수도 있지 않나. 이래서야 마치 '전 미래를 알 수 있어요'라고 말하는 것 같지 않나. 신비 소녀는 내 취향이 아니다. 단연코. 어떻게든 수습하려고 허둥대는데 미우라 선생님은 의아한 표정으로 고개를 갸웃했다. 지극히 당연한 반응이다. 필사적으로 "아니, 저, 그게 아니에요"라며 손을 내저었다.

그러나 미우라 선생님은 내가 두려워했던 오해를 한 게 아니었다.

"다마나 아가씨 말이야? 고시노, 용케 아는구나."

"네?"

"어라, 아냐?"

아니라고 하면 역시 내가 신비 소녀라는 이야기가 될 것 같다. 애매하게 얼버무리며 상황을 살피는 수밖에 없겠다.

"아니, 저…… 이름은 처음 듣는 거라."

"아, 그렇구나. 그래, 응, 그럴 만도 하지. 이름이 나와 있는 게 얼마 없으니까."

미우라 선생님은 손목시계를 보았다.

"야단치는 게 아닌데 고시노를 내내 세워놓으면 좀 불쌍하려나. 선생님도 볼일이 있으니까, 그럼…… 그래, 이걸 빌려주지."

그러면서 어디에 뭐가 있는지 한눈에 알 수 없을 듯한 책상으로 손을 뻗더니, 미묘한 균형을 유지하고 있던 종이 다발을 와르르 무너뜨리며 책 한 권을 꺼냈다. 케이스에 든 두꺼운 책이다. 제목을 읽었다.

『도코이 민화 고찰』

미우라 선생님은 바닥에 떨어진 종이 다발이 안중에 없는 듯했다.

"다마나 아가씨 이야기는 별로 없지만 아동용으로 쓴 걸

재록한 거니까 쉽게 읽을 수 있을 거야. 그런데 비가 오는구나……. 그래."

또다시 책상에 손을 뻗어 이번에는 바인더를 떨어뜨릴 뻔하면서 편의점 비닐봉투를 꺼냈다.

"젖으면 안 되니까 여기 넣어 갈래? 소중한 책이라 말이야."

어디가 어떻다고는 말 못 하겠지만 역시 미우라 선생님은 학교 선생님이 안 맞는 것 같다.

2

나는 사토루의 '예언'을 어떻게 이해해야 할지 알고 싶은 것이지 옛날이야기를 읽고 싶은 게 아니다. 미우라 선생님에게는 미안하지만 적당히 읽은 척하고 그냥 돌려줄까 했다.

그런데 그날 저녁, 사토루가 들러붙어 있는 텔레비전의 소음을 피해 일찌감치 내 방으로 올라온 나는 숙제할 마음도 나지 않아 무심코 『도코이 민화 고찰』을 폈다. 그랬다가 어느새 열심히 읽고 말았다.

날이 저문 뒤로 빗발이 더욱 세차졌다. 함석지붕을 후드득 때리는 빗소리가 끊이지 않았다. "다다미에 바로 앉으면 힘드니까"라며 엄마가 사준 방석을 당장 깔고, 다리를 접을 수 있는 밥상 앞에 앉아 말없이 책장을 넘겼다.

아사와 다마나 아가씨

에도 시대에 있었던 일입니다.

도코이 촌 사람들은 촌장님 댁에 모여 의논을 했습니다. 머지않아 새 관리가 마을에 올 텐데, 아주 엄격한 사람이라 지금까지 대대의 관리들이 눈감아주었던 연공(세금)도 징수하지 않을까 하는 소문이 돌았기 때문입니다.

마을의 생활은 무척 빠듯해서 지금 이상으로 연공을 바치게 되면 굶어죽는 사람도 생기게 될 것입니다. 마을 사람들은 어떻게든 위기를 무사히 넘길 수 없을까 머리를 맞대고 지혜를 모았지만, 며칠을 이야기해도 좋은 생각이 나지 않았습니다.

그러다가 이 역시 여러 해 동안 관리들이 연공을 눈감아주었던 옆 마을에서 새 관리가 그에 대한 증거를 발견했습니다.

"이런 악한 일이 계속된 것은 촌장 탓이다."

새 관리는 노여워하며 옆 마을 촌장님을 붙잡았습니다.

고민에 빠진 도코이 촌 촌장님은 급기야 말했습니다.

"이쯤 되면 할 수 없지. 내가 붙잡혀서 마을 사람들을 지킬 수만 있다면 내 발로 관리에게 가겠네."

마을 사람들은 몹시 슬퍼하며 촌장님은 중요한 사람이니 붙잡히면 안 된다고, 대신 아들을 보내면 어떻겠느냐고 권했습니다. 촌장님은 마을 사람들의 따스한 마음에 감동을 받아 "목숨이 아까운 것은 아니지만 모두가 그렇게 말하니 그 말을 따르겠네"라며 그만두기로 했습니다.

그런데 촌장님은 아들이라곤 대를 이을 아들 하나밖에 없었습니다. 그래서 마을 변두리에 사는 조베에의 아들을 양자로 들이기로 했습니다.

조베에는 일찌감치 아내를 여의고 아들 조키치, 딸 아사와 셋이 살고 있었습니다.

드디어 내일이면 조키치가 관리에게 보내지게 될 날 저녁, 조베에는 혼잣말을 했습니다.

"이런 운명이 닥친 것도 내가 전생에 나쁜 짓을 했기 때문이겠지. 마을을 위해서라면 어쩔 수 없는 일이고 내 죗값이라면 포기도 되지만, 조키치는 아직 세상의 재미를 아무것도 모르는데 대신 희생당하다니. 아아, 가여워라."

그러자 평소에는 말도 하지 않아 바보라고 생각했던 아사가 느닷없이 입을 여는 게 아닙니까. 놀란 조베에에게 아사는 말했습니다.

"슬퍼하지 마세요. 저는 아버지께 전생의 악업이 없다는 것을 알아요. 이렇게 될 줄 알고 있었기 때문에 각오는 이미 돼 있어요. 이번 일은 무사히 해결될 테니까 아버지는 조키치를 잘 보살펴주세요. 곧 다시 만날 수 있으니 저 때문에 슬퍼하실 필요 없어요."

아사는 조베에를 남기고 집을 나섰습니다.

아사는 홀로 관리가 머물고 있는 여인숙으로 가서 손을 짚고 머리를 조아리며 부탁했습니다.

"저는 도코이 촌에서 왔습니다. 부디 이번만 봐주십시오."

관리의 종자는 아사가 입은 초라한 옷을 보고 "차림새가 그래서는 안 된다. 몸을 씻고 새 옷으로 갈아입어라"라고 말하며 아사에게 비단옷을 주었습니다.

목욕을 하고 비단옷을 입으니 아사가 무척 아름다워서 관리는 놀랐습니다. 아사는 다시 한번 부탁했습니다.

"도코이 촌을 용서해주십시오."

아사의 아름다움과 당당한 태도에 감탄한 관리는 "알겠다"라며 고개를 끄덕이고 도코이 촌을 용서해주었습니다.

집으로 돌아오던 아사는 산길을 가다 말고 숨을 후 내쉬며 중얼거렸습니다.

"아아, 이것으로 이번 생의 역할이 끝났구나."

그러고는 벼랑에서 몸을 던졌습니다.

조베에에게 이 이야기를 들은 마을 사람들은 몹시 놀라며 말했습니다.

"아사는 전생에 다마나 아가씨였던 게 틀림없다. 그런 줄 알았다면 소중히 모셨을 텐데 이렇게 송구할 데가"라며 후회했습니다.

그로부터 삼 년 뒤. 마을에 새로 태어난 여자아이가 한 핏줄이 아닌 조베에를 보고 "아버지"라고 옹알거렸습니다. 그것을 보고 마을 사람들은 "다마나 아가씨가 돌아오셨다"라며 매우 기뻐했다고 합니다.

〈해설〉

옛 도코이 촌에 전해지는 민간 신앙은 다마나 아가씨 신앙이라고도 불리며 1960년대부터 존재가 지적되었으나, 내실에 대한 연구는 현재까지도 진전이 없다. 신앙의 기원에 관해서도 몇 가지 전승이 혼재되어 있는 터라 원형을 확정 짓기가 대단히 쉽지 않다.

널리 알려진 민화 중에 초대 다마나 아가씨는 다이라노 마사카도의 딸인데 아버지를 돕기 위해 요술을 배웠다는 이야기가 있다.

(1) 다마나 아가씨는 전쟁에 패배한 뒤 개심해 도코이 촌에 초

막을 짓고 평온하게 살고 있었다.

(2) 어느 날, 죽은 마사카도의 자식이 있다는 소문을 듣고 관리가 찾아왔다.

(3) 그러나 도코이 촌 사람들이 모두 다마나 아가씨를 감싸고 숨겼기 때문에 관리는 아무 소득 없이 돌아갔다.

(4) 이윽고 죽을 때가 되자 다마나 아가씨는 마을 사람들의 후의에 감사하며 일곱 번 환생해서라도 도코이 촌을 지키겠노라고 맹세했다.

이상이 주된 줄거리다.

이 민화는 다키야샤 아가씨 전설의 노골적인 표절인 동시에, 마을 사람이 순수히 선의로만 행동한다는 점에서 다소 자화자찬의 감을 지울 수 없다. 십중팔구 전후에 창작된 것으로 여겨지며, 실제로 다마나 아가씨 신앙의 관계자 중 이 이야기를 신앙의 기원으로 생각하는 사람은 현재 찾아볼 수 없다.

이번에는 민간에 거의 알려지지 않은 전승을 다루어보았다.

작중에 등장하는 '관리'는 덴포 12년(서기 1841년)에 농지 조사를 주도한 부교 호리이 도시카타일 것으로 보인다. 번藩 재정의 위기를 타개하기 위해 강행된 호리이 농지 조사는 가혹하기 그지없어, 농민 봉기가 빈발하는 등 번 내의 정세가 불안정해졌다. 작중에서 옆 마을 촌장이 체포됐다고 나오는데, 은 전隱田 죄로 촌장이 여럿 옥사하거나 사형당했다는 것이 기록에 남아 있다. 또한 호리이 농지 조사 때 도코이 촌의 은전이 기장되지 않았다(수확량이 변경되지 않았다)는 것도 역사적 사실이다. 종래에는 호리이 도시카타가 도코이 촌으로 가는 도중 사이카와 강에 빠져 익사한 것을 계기로 농지 조사가 중단된 것이 그 이유로 여겨졌다.

그러나 아사 전승은 도코이 촌에서 향응을 곁들여 진정했을 가능성을 시사한다. 또 에도 시대 후기에 이미 '다마나 아가씨' 전승이 존재한 것으로 되어 있는데, 이를 사실로 인정하기 전에 검증이 더 필요할 것이다.

이 이야기는 쇼와 51년(1976년) 다마나 아가씨 신앙의 간부격이었던 후지시타 효에 씨에게 들은 것이 원형이다. 후지시타 씨는 본래 다마나 아가씨 신앙에 얽힌 민화 전승에 관해 이야기하기를 꺼렸다. 그러나 만년에 이르러 심경에 변화가 있었던 듯 몇 가지 옛날이야기를 해주었다. 후지시타 씨는 이듬해 쇼와 52년에 아흔 살로 세상을 떠났다. 삼가 명복을 빈다.

무대가 된 도코이라는 마을은 역시 지금의 도코이와 같은 언저리에 있었을까.

나는 이것을 단순한 옛날이야기에 불과하다고 넘길 수 없었다. 이야기 뒤에 쓰인 해설은 어려워서 잘 이해가 되지 않았다. 하지만 옛 도코이 촌에 내가 모르는 집단이 있었다는 것은 알았다. 지금도 있을까.

그 집단은 다마나 아가씨라는 사람을 받들어 모신다. 이야기에 나오는 다마나 아가씨는 앞으로 일어날 일을 알고 있었고 그에 대한 해결책도 알고 있었다. 어째서 옷을 갈아입고 아름다워지니 관리가 부탁을 들어주었는지는 잘 모르겠지만.

어제 사토루가 한 일과 확실히 비슷한 점이 있다. 내가 이 옛날이야기에 관해 질문한 것이라고 미우라 선생님이 생각했을 만도 하다.

지금 자기가 마음에 걸리는 것과 눈앞에 있는 것을 섣불리 연결하는 것은 위험한 행동이다. 빨간 토마토 생각을 하는데 빨간 신호에 걸렸다고 두 개를 결부시켜 생각한다면 웃기는 일이다. 그러니 다마나 아가씨와 사토루가 관계있다고 단정하기에는 아직 이르다. 그렇지만.

사토루가 이상한 소리를 하게 된 것은 이 도시로 이사 와서다. 전에 살던 곳에서는 가끔씩 성가신 울보였을 뿐인데.

'다마나 아가씨'. 기분 탓인지 어째 중얼거리기만 해도 조금 불길한 느낌이 드는 이름이다.

이상한 소리를 한 이상 미우라 선생님에게 이제 아무것도 의논할 수 없다고 생각했다. 하지만 사토루 이야기를 하느냐 마느냐는 둘째 치고 다마나 아가씨에 관해 좀더 알고 싶다.

어느새 지붕을 때리는 빗소리가 들리지 않았다. 무심코 창가로 다가가 화살깃 무늬 커튼을 걷었다.

비는 이제 오지 않았다. 거짓말처럼 환한 반달이 하늘 높이 떠 있었다. 달빛 아래 구름이 엄청나게 빠른 속도로 흘러가는 것을 멍하니 바라보고 있었다.

3

나쁜 꿈을 꾸었다.

눈을 번쩍 떴는데 얼마 동안 내가 어디 있는지 알 수 없었다. 캄캄한 방에서 나는 이불을 붙들고 있었다.

심장이 빠르고 세차게 뛰었다. 피를 온몸으로 보내는 소리가 머리까지 울리는 듯했다. 이렇게 맥이 빠르게 뛰었다간 심장이 당장이라도 터져버리는 게 아닐까. 고동이 진정될 때까지 움직이면 절대로 안 된다.

그렇게 꼼짝도 하지 않고 있다 보니 잠에 취해 있던 의식이 이윽고 돌아와 아무리 그래도 죽지는 않는다는 것을 깨달았다. 그때는 이미 꿈의 내용을 까맣게 잊어버려 생각나지 않았다. 그저 잔인하고 아주 불쌍한 꿈을 꾸었다는 생각이 들 뿐.

잠은 깨끗이 달아났다. 이렇게 의식이 뚜렷할 때는 흔치 않다. 이부자리에서 나왔다. 자리에 누워 손을 뻗어도 닿지 않는 곳에 자명종을 놓아두었다. 엉금엉금 기어 거기까지 가서 캄캄한 어둠 속에서 시계에 얼굴을 가져갔다. 어디서 빛이 드는지 얼마 동안 그러고 있으니 시곗바늘이 보였다. 밤 1시다.

목이 말랐다. 불도 켜지 않고 방을 나섰다. 가파른 계단을 한 걸음, 한 걸음 조심스레 내려갔다. 아무리 살그머니 발을 디뎌도 계단은 번번이 삐걱삐걱 불쾌한 소리를 냈다.

1층으로 내려가니 거실 장지 틈으로 빛이 새어 나오고 있었다. 누가 있다. 사토루일 리 없으니 엄마가 이런 시간까지 깨어 있다는 뜻이다. 부엌으로 가서 식기 건조대에 엎어놓은 컵으로 수돗물을 받아 마셨다. 그리고 생각했다. 삐걱거리는 계단 때문에 엄마도 내가 내려왔다는 것을 알 것이다. 그런데 그냥 2층으로 올라가서 자면 내가 무시했다고 생각하지 않을까. 그럼 좋지 않다.

부자연스럽지 않은 정도로 발소리를 내며 거실 앞까지 가서 장지를 잡았다. 안에서 소리는 들리지 않았다. 천천히 문을 열었다. 전등 불빛이 눈부셨다.

엄마는 테이블에서 뭔가 쓰고 있었다. 아마 내가 얼굴을 비칠 것을 예상했을 것이다. 놀라지도 않고 고개를 들어 생긋 웃었다.

"하루카, 왜, 잠이 안 와?"

나는 고개를 흔들었다. 어둠에 익은 눈이 따끔거려 고개를 숙이며.

"그냥 물 마시려고."

"그래."

"엄마는 안 자?"

"이거 쓰고."

테이블에 놓인 종이를 가볍게 쓸었다.

눈이 밝은 빛에 익숙해졌다. 몸을 굽혀 보니 편지지였다. 엄마는 글씨가 아주 깔끔해서 꼭 활자체처럼 특징이 없다. 그런 글씨로 단정하게 세로쓰기를 했다.

"편지야?"

"응. 아빠 직장에 지금 연락처를 알려놓으려고."

그러더니 엄마는 혼잣말처럼 덧붙였다.

"혹시 연락이 왔는데 엇갈리면 너무 애석하잖니."

나는 입술을 깨물었다. 안 그러면 하면 안 될 말이 멋대로 튀어나올 것 같았다.

소용없어.

이제 와서 연락이 올 리 없잖아.

빈털터리한테서 혹시나 연락이 정말 온들 뭐 좋은 게 있다고.

돈이나 뜯길걸.

편지 같은 거 쓸 거 없어.

하지 마.

그런 말을 삼키기 위해 나는 계속해서 입술을 꽉 깨물었다. 말해도 엄마는 나를 야단치지 않을 것이다. 그저 쓸쓸하게 웃으며 "그러게"라고 말할 뿐이다. 전에는 그렇게 예뻤는데 이제 생기를 잃어버린 얼굴로.

엄마는 내 침묵을 어떻게 생각했는지 펜을 놓고 편지지를 엎었다.

"벌써 시간이 이렇게 됐네. 나머지는 다음에 쓸까."

그러고는 다정한 목소리로 말했다.

"이사하느라 정신없어서 하루카한테 별로 신경써주지 못했지. 새 학교는 어때?"

나는 웃음을 지으려 노력했다.

"괜찮아. 공부도 어렵지 않고, 친구도 생겼어."

"다행이네. 아리와라라고 했지? 좋은 애야?"

"응."

“엄마도 기뻐.”

엄마는 정말로 내 걱정을 할까. 어쩌면 사토루를 걱정하는 것만큼 나도 걱정해줘야 한다고 스스로에게 할당량을 부과하는 것일 수도 있다.

……이런 생각을 하는 내가 정말 진저리난다.

엄마는 내게 할 다음 말을 찾는 듯했다. 너무 마음 쓰게 하면 미안하다. 나는 눈을 비볐다.

“잠이 다 깼네.”

“그래? 우유 데워줄까? 몸이 따뜻하면 잠도 잘 올 거야.”

“난 됐어. 이 닦았거든.”

그때 문득 생각이 떠올랐다. 나쁜 생각이었을 것이다. 남을 시험하는 것은 아마도 나쁜 일일 테니까. 나는 아무것도 아닌 척 하품하며 말했다.

“잠깐 산책하고 올게.”

“지금?”

여기에는 엄마도 놀란 목소리였다. 나는 벽시계를 얼핏 보았다. 자명종으로 확인했듯 1시가 넘었다.

“응.”

나는 고개를 끄덕이고 엄마 말을 기다렸다.

그러나 엄마가 망설인 것은 맥빠질 정도로 잠깐뿐이었다.

놀란 표정이 사라지자 엄마는 평소처럼 다정하게 미소 지었다.

"그래, 조심해서 다녀오렴."

엄마가 그렇게 말할 줄 알고 있었다.

산책하고 싶은 것은 아니었지만 그렇게 말한 이상 갈 수밖에 없다. 사실은 약간 졸리기도 했는데 방으로 돌아와 잠옷을 벗고 두꺼운 스웨터로 갈아입었다.

조용히 하려고 해도 소리가 나는 것은 계단만이 아니었다. 현관의 미닫이문도 새시가 녹슬었는지 금속이 갈리는 불쾌한 소리가 났다. 고요한 밤에 처음 깨달았다. 집에서 나올 때 다녀오겠습니다라고 해야 할까 잠시 망설였다.

한밤중에는 아직 춥다. 패딩 점퍼를 걸치고 나오기를 잘했다. 어디 갈까 생각했다. 편의점은 멀고 사람들 있는 곳에는 별로 가고 싶지 않다. 제방을 따라 상류를 향해 조금 가면 분명히 자동판매기가 있다. 거기서 뭔가 마실 것을 사자. 목적지를 정하고 걸음을 뗐다.

가로등은 없었지만 비 갠 뒤의 보름달은 충분히 밝았다. 비 온 뒤 나는 냄새가 짙다. 불빛이 보이는 집은 없다. 밤은 원래 이렇게 고요한 걸까. 이 주변이 특별한 걸까.

이 도로는 대체 몇 년 전에 포장했을까. 군데군데 꺼지고 금이 갔으며 아스팔트 파편 같은 게 길 한복판에 떨어져 있다. 파편을 힘없이 걷어찼다. 손상된 도로에 큰 물웅덩이가 여럿 생겨나 있었다.

별로 한밤중의 산책을 말려줬으면 했던 것은 아니다. 못 가게 했으면 그건 그것대로 화가 났을 것이다.

그렇지만 "다녀오렴"이라는 말을 들었을 때 내 얼굴에 아마 괴상한 웃음이 떠올랐을 것이다. 역시 그렇구나. 엄마는 나를 막지 않는구나, 야단치지도 않는구나 싶어서.

아버지였다면 내가 밤 1시에 밖을 다니는 것을 절대 용서하지 않았을 것이다. 아버지는 매너와 규칙과 상식에 엄한 사람이었다. 아마 어떻게 하면 저렇게 불쾌감을 얼굴에 드러낼 수 있는 건지 이상할 만큼 험악한 표정으로 "턱도 없는 소리 하지 말고 얼른 자라"라고 했을 것이다.

"아버지."

소리 내어 말해보았다. 그리고 입 밖으로 낸 말이 부끄러워 바로 덧붙였다.

"죽어버려."

사실 아버지는 죽었을지도 모른다. 감정이 얼어붙기 때문에 그 이상 생각하기는 싫지만.

찬 바람에 두 팔로 몸을 끌어안았다. 밤기운에 머리가 점점 맑아졌다.

역시 아무리 생각해도 엄마에게 미안하다. 엄마가 내 눈치를 보는 줄 잘 알면서. 어째서 새삼스레 재확인하려고 했을까.

엄마는 불쌍한 사람이다. 나는 엄마가 이 이상 슬퍼하지 않도록 최선을 다해야 한다. 그렇건만.

엄마는 내 친엄마가 아니다. 아버지의 두 번째 부인이다. 예쁘고, 상냥하고, 아버지를 좋아했다. 나는 당연히 엄마가 너무너무 싫었다.

하지만 상식을 좋아하는 아버지가 내게 규칙을 가르치는 장면에서 강조했던 것만큼 자신은 규칙에 엄하지 않다는 것을 알았을 때. 구체적으로는 직장의 돈을 빼 쓰고 그게 들통나게 되자 어디론가 사라져버렸을 때. 엄마는 아버지를 찾으며 나를 계속 위로했다.

"괜찮아. 아빠는 금방 돌아올 거야. 하루카가 있으니까 내일이라도 돌아올 게 틀림없어."

아무리 내가 바보여도 이내 내 처지를 깨닫지 않을 수 없었다.

엄마에게 나는 범죄를 저질러 빚을 지고 증발한 남자의 딸이다. 엄마는 내게 밥을 먹여줘야 할 이유가 없다. 학교에 보내줘야 할 이유도 없다. 그렇건만 엄마는 내게 원망하는 말 한마디 하지 않는다.

사실은 고개를 움츠리고 숨을 죽이고 눈치보면서 살아야 하는 것은 내 쪽이다. 저 같은 게 방을 차지해서 죄송합니다. 저 같은 게 친구를 사귀어서 죄송합니다. 저 같은 게 당신 인생에 따라와서 정말 죄송합니다. 그렇게 생각해야 하는데.

그런데 엄마는 슬플 정도로 나와 사토루를 동등하게 대하려고 노력한다. 아버지의 직장 사택이었던 연립에서 쫓겨나 이렇다 할 짐도 없이 도망치듯 여기 사카마키 시로 왔을 때도 엄마는 나를 데리고 와주었다. 그리고 지금도 내 아버지를 찾으려는 노력을 계속하고 있다.

대체 뭘까, 하고 가끔 생각한다. 엄마는 천사나 뭐 그런 걸까.

그런 천사 같은 엄마를 나는 오늘밤 말로 시험하려고 했다. 잘못을 야단쳐주는지 시험했다. 그리고 나를 야단치지 않았다는 이유로 엄마의 속마음을 알았다고 생각하고 있다.

그래.

오늘밤 나는 화끈하게 형편없다.

자동판매기 불빛이 보인다. 자판기 자체가 빛나는데 그 위에 가로등까지 있다. 환한 불빛 속으로 들어갔다.

겨울의 잔재라고 해야 할까, 자판기에 뜨거운 음료가 줄줄이 있었다. 커피, 홍차, 녹차, 레모네이드.

"핫 레모네이드라."

새콤하고 달콤하고 따뜻하다. 맛을 상상만 해도 입안에 군침이 돈다.

목적지까지 다 왔으니 돌아선다. 아무것도 사지 않는다. 애당초 돈도 가지고 나오지 않았다. 당연한 일이지만 나는 용돈을 받지 않는다.

제방을 따라 걸어왔다가 갈 때도 똑같은 길로 가면 재미없다. 제방 도로로 올라가기로 했다. 잡초가 난 비탈은 힘들었지만 손을 쓰면 못 올라갈 것도 없다. 아까까지 내린 비 때문에 풀이 젖어 순식간에 손이 흠뻑 젖었다.

제방 도로에 올라서자 경차가 눈앞을 천천히 지나쳤다. 이런 시간에도 차가 다닌다. 사실은 위험한 행동이겠지만 원래 길로 돌아갈 생각은 나지 않았다. 패딩 점퍼는 흰색에 가까운 크림색이니 밤에도 조금은 눈에 띌 것이다.

린카는 사토루를 보고 "동생을 너무 괴롭히면 안 돼"라고 말했다.

린카의 말에는 틀린 부분이 두 개 있다. 첫째, 나는 사토루를 괴롭히는 게 아니다. 별로 친하게 지내고 싶지 않은 것뿐이다.

그리고 또 하나, 사토루는 내 동생이 아니다.

사토루는 엄마 애다. 엄마는 분명히 서른 살이었고 사토루가 여덟 살이니 엄마가 스물두 살 때 낳았다는 뜻이 된다. 사토루의 아버지에 관한 것은 모른다.

엄마는 사토루를 좀더 편애해도 될 것 같다. 내게 마음 써주고 다정한 말을 해주느니 사토루에게 두 배 다정하게 대해주면 되지 않나. 그렇지만 엄마는 그렇게 하지 않는다. 역시 천사일지도 모르겠다.

제방 도로를 걸었다. 차 몇 대가 반대편에서 달려와 바로 옆을 지나친다. 엄청나게 속도를 내는 차도 있었다. 운전자들은 이런 한밤중에 혼자 걷는 나를 어떻게 생각했을까. 내일부터 '제방 도로에 흰옷을 입은 여자애 유령이 나온다' 같은 소문이 퍼질지도 모른다.

문득 보니 도로 옆에 커다란 간판이 있었다.

우리집에서도 보이는 위치일 것 같은데, 지금까지 있는 줄도 몰랐다. 어쩔 수 없기는 하다. 이 간판은 제방 도로를 다니는 차들이 보게 세워져 있으니 우리집에서는 양철로 된 뒷면만 보일 것이다.

간판은 길이가 십 미터쯤 되지 않을까. 흰 바탕에 붉은색으로 큼직하게 글자를 썼다. 너무 크고 너무 가까워서 뭐라고 썼는지 잘 모르겠다. 나는 머리 위를 올려다보다시피 하며 걸어갔다. 읽을 수 있는 글자를 한 자씩 소리 내서 읽으며.

"고속…… 도로는…… 모든 것을…… 구원한다. 사카마키…… 유…… 유치?"

한자가 어려워서 잘 모르겠다. '誘致'. 아마 '유치'가 맞을 것이다.

"유치……. 반드시 실현시키자. 느낌표 두 개."

고속도로는 모든 것을 구원한다. 사카마키 유치를 반드시 실현시키자!!

나도 모르게 풋 웃었다.

"모든 것을 구원한다니 완전 신이네."

가끔 '신은 인간을 구원한다' 같은 말을 쓴 포스터를 보는데, 어쩐지 그게 생각난다. 아아, 위대한 고속도로시여, 죄 많은 저를 용서하옵시고 구원하옵소서.

아마 구해주지 않을 것이다. 신조차 무리인데.

그래도 나도 모르는 새 두 손을 가슴 앞에 모으고 있었다.

집으로 돌아오니 온몸이 싸늘하게 식어 있었다. 봄밤은 그렇지 않아도 추운데, 아까 제방을 기어 올라갈 때 손뿐 아니라 몸 여기저기가 젖었다. 그렇게 추운 줄 몰랐는데 현관문을 열고 집안으로 들어온 순간 어쩐지 부르르 몸서리가 났다.

"어라, 춥네."

하나 마나 한 말을 중얼거렸다. 저금통을 깨서라도 돈을 들고 가서 자동판매기에서 핫 레모네이드를 살걸 그랬다. 아니, 애초에 이런 밤중에 밖에 나가지 말았어야 했다.

이불 생각이 간절했지만 뼛속까지 스며든 추위를 어떻게든 해야겠다. 대충 벗은 스니커도 가지런히 놓는 둥 마는 둥 하고 발끝걸음으로 살금살금 부엌으로 갔다.

움찔해서 멈춰 섰다. 부엌에 불이 켜져 있었다. 환풍기 소리도, 가스불 소리도 났다. 엄마다.

아마 현관문이 삐걱거렸기 때문일 것이다. 엄마는 내가 온 것을 알아차린 것이다.

"다녀왔니, 하루카. 이리 오렴."

별로 만나고 싶지 않았다. 하지만 부르는 이상 어쩔 수 없다. 나는 졸려죽겠다는 양 밑을 보며 부엌으로 들어갔다.

단 냄새가 났다. 가스레인지로 우유를 데우고 있었다.

"엄마."

"추웠지? 몸이 따뜻하면 잠도 잘 올 거야."

"그렇지만……."

"이는 다시 닦으면 되잖니."

나는 그저 잠자코 고개를 끄덕이는 수밖에 없었다.

엄마가 머그잔에 뜨거운 우유를 따라 건네주었다. 두 손으로 머그잔을 쥔 것만으로 온몸이 부르르 떨리며 추위가 약간 가셨다. 후후 불었다. 입김에 우유 막이 한쪽으로 몰렸다.

입에 조금 머금었다. ……달다. 설탕이 듬뿍 들었다. 이렇게 단 우유는 처음 마셔본다.

무릎은 바들바들 떨리고 눈은 우유를 꼼짝 않고 보고 있었다. 한 모금 또 한 모금 마실 때마다 내장이 덥혀지는 것 같았다. 나는 중얼거렸다.

"엄마."

"응?"

"미안."

뭐가 '미안'인지 엄마는 이해했을까.

"괜찮아." 그렇게 말한 것을 보면 아는지도 모른다. "엄마도 미안해."

엄마의 '미안'은 알 수 없었다.

"왜?"

엄마의 목소리는 환풍기 소리에 묻힐 만큼 작았다.

"사토루를 너한테 맡겨서."

맡은 적 없다. 나는 사토루에게 아무것도 해주지 않는다. 사토루가 정체를 알 수 없는 것에 겁내며 이상한 소리를 지껄

여도 나는 못 본 척한다. 나는…… 사토루가 불편하다.

나는 엄마의 자상함도 사죄도 받을 가치가 없다. 전부 돌려주고 싶다.

그렇게 생각하지만, 뜨거운 우유의 달콤함이 온몸 구석구석 스며들어 내게서 나쁜 무언가를 몰아내주었다.

이윽고 엄마는 평소와 같은 미소를 되찾아 상냥하게 말했다.

"그럼 엄마는 이만 잘게. 뒷정리 부탁해도 될까?"

"응."

내 옆을 지나 부엌에서 나가는 엄마에게 나는 무슨 말을 해야 할지 망설였다. 지금 아무 말도 하지 않으면 엄마는 분명히 서운해할 것이다.

이런 때 나는 정말 말솜씨가 없다. 사토루 이야기를 들었기 때문인지 내가 결국 물은 것은 "엄마……. 사토루도 여기 처음 온 거지?"였다.

엄마는 "뜬금없이 무슨 소리니?"라며 웃으면서도 대답해주었다.

"맞아."

"하지만 사토루가……."

"벌써 2시네. 하루카, 가서 자렴. 역시 뒷정리는 됐어. 엄마가 내일 할게."

이윽고 나는 절반 남은 우유를 꼼짝 않고 바라보며 울고 싶은 기분으로 후회를 곱씹었다. 내가 지금 했어야 하는 말은 사토루 따위가 아니라 다른 이야기였는데.

부엌에 홀로 서서 나는 이미 늦어버린 말을 나지막이 했다.

"엄마, 우유 고마워요. 아주 맛있어."

제4장

↺

1

그저께 한 실패를 되풀이하지 않기 위해 오늘 아침은 나도 텔레비전 일기예보를 보았다. 강수 확률 십 퍼센트라고 하던데, 그 십 퍼센트는 대체 뭘 보고 그러는 걸까. 금요일은 그 정도로 아침부터 하늘이 맑았다.

학교 가는 길에 사토루가 "태양이 기운차네"라고 말했다. 시적인 표현이 사토루답지 않으니 아마 어디서 주워들었을 것이다. 어쨌거나 말은 맞았다. 아침부터 이렇게 햇볕이 쨍쨍하니 오늘은 포근한 정도가 아니라 약간 더울 것 같다.

무쿠이 다리가 보이는 부근에 이르자 사토루가 말했다.

"하루카, 뭐 좀 물어봐도 돼?"

조심스러운 말투에 어쩐지 짜증이 났다.

"뭔데?"

"교복은 어쨌어?"

그날 아침 나는 체육복을 입고 학교 가고 있었다. 이상하게 생각하는 것도 당연하지만 참 빨리도 묻는다. 아침 먹은 직후에 이미 이 팥죽색 체육복으로 갈아입었는데.

"어쩌지 않았어. 학교에 행사가 있어서 그래."

체육복은 어떻게 해도 멋있어 보이지 않지만, 같은 체육복이라도 그나마 좀 나은 디자인이 있고 그렇지 않은 디자인이 있다. 중학교 지정 체육복은 유감스럽게도 아무리 봐도 '그렇지 않은' 쪽이다. 이 모습으로 밖을 다녀야 하다니 벌칙 게임이 따로 없다. 별로 남들에게 보여주고 싶지 않다.

사토루는 고개를 갸웃했다.

"학교에서 갈아입으면 되잖아."

그건 그렇다.

아니, 그렇지 않다. 사토루의 말이니 분명히 어딘가가 틀렸다.

"너 바보니?"

일단 그렇게 말해 시간을 번다.

“하루카는 툭하면 바보래. 자기가 바보니까.”

“이거 봐, 내 말 잘 들어.”

음. 아, 맞다.

“1학년 전원이 옷을 갈아입어야 하니까 갈아입을 장소가 부족하잖아. 그러니까 아침부터 체육복 입고 가는 거야. 알겠어?”

순간적으로 생각한 것치고는 내가 생각해도 나쁘지 않다. 어쩐지 스스로도 처음부터 그게 정답이었던 것처럼 느껴졌다. 사토루는 힘없이 “그렇구나”라고 대답했다. 길이 무쿠이 다리로 접어들어 사토루는 그 뒤 입을 열지 않았다.

오늘 있을 행사란 청소 자원봉사다. 오후부터 1학년 전원이 사이카와 강변에서 쓰레기를 줍는다. 입학하자마자 별 해괴한 일을 다 시킨다 싶지만, 입학하자마자라서 그런 것일 수도 있다. 적어도 학급 전원이 함께 뭔가를 하는 것은 오늘이 처음이다.

비가 오면 중지되니 비 오는 게 최고다. 화창한 날씨가 그다음으로 기쁘다. 어제 내린 비로 축축하게 젖은 강변에서 쓰레기를 줍다니 생각만 해도 우울하다. 해가 쨍쨍하게 내리쬐어 습기를 날려주면 좋겠다.

기대에 어긋나지 않게 그날은 내내 날이 맑았다.

점심시간은 단축되었다. 학년 자원봉사 활동 출발에 앞서 운동장에서 교장 선생님의 말씀이 있을 것이라 한다. 그 시간만큼 점심시간을 줄인 모양인데, 어째서 줄일 필요가 있는지. 할말이 있으면 점심시간 끝나고 나서 집합해 얼마든지 하면 되지 않나.

2학년과 3학년이 점심시간을 즐기는 가운데 1학년은 체육복 차림으로 밖에 나간다. 등교할 때는 보기 흉한 체육복이 창피했지만 이 정도로 많은 사람이 모이면 신경쓰이지 않는다. 다들 똑같다니 이 얼마나 멋진 일인가!

운동장으로 나와 조별로 줄을 선다. 한 조에 여섯 명, 남학생과 여학생 각각 세 명씩. 쓰레기봉투를 드는 담당 한 명, 집게를 드는 담당 두 명을 미리 정했다. 나는 아무것도 들지 않는 담당이다. 목장갑을 주머니에 넣었더니 볼품없게 불룩해졌다.

남학생들은 자기들끼리 투덜거리고 있었다.

"교장은 왜 이렇게 늦냐. 빨리 모이라고 해놓고서 뭐야, 대체."

"그러게. 슬슬 더워지는데."

"진짜 귀찮아죽겠네."

대화가 전혀 이루어지지 않는다. 남자애들은 대체로 바보니까 어쩔 수 없다.

여학생은 나와 고타케, 구리타. 같은 조이지만 아직 이름으로 부를 만큼 친하지 않다. 린카는 다른 조다.

같은 조 여자애들과 친하지도 않고 앞으로도 그렇게 친해지고 싶다는 생각은 없지만 그런 생각을 상대방이 알아차리면 곤란하다. 아마 고타케도 구리타도 똑같은 생각을 하고 있을 것이다. 그런 전제 아래 우리는 화기애애한 분위기로 학년 자원봉사 활동에 대해 불평했다.

"왜 우리가 이걸 해야 하나 싶잖아?"

고타케가 말했다. 나는 즉각 반응했다.

"그러게 말이야, 진짜."

"청소는 지금도 매일 하는데."

"자원봉사라니 피곤하지."

구리타는 굳이 가리자면 얌전한 쪽이지만 대화에 끼지 않을 만큼 치명적으로 얌전하지는 않았다.

"게다가 멀고……. 현지 해산이면 좋았을 텐데."

"아, 응, 나도 그 생각 했어."

이건 그냥 장단을 맞춘 게 아니다. 청소 자원봉사는 사이카와 강변에서 하니, 담당 구역에 따라서 다르기는 해도 대체로 우리집에서 가깝다. 그런데 가방은 학교에 두고 가는 탓에 끝나고 다시 와야 한다. 집과 학교를 하루 두 번이나 왕복하다니 얼빠진 이야기다.

"어휴, 진짜 싫다."

고타케는 그렇게 말하며 목을 휘휘 돌렸다.

반 아이들을 관찰하기로 학년 자원봉사 활동에 대한 반응은 두 파로 나뉘는 것 같다. 한쪽은 '청소라니 피곤하다, 매일 학교에서 청소하는데 왜 길거리 쓰레기 줍는 일에까지 동원돼야 하나' 하는 파로, 고타케는 명백히 이쪽이다. 또 한쪽은 '오후 수업은 귀찮다. 뭘 시키든 수업보다는 덜 피곤할 테니까 기대된다' 하는 파. 잘은 몰라도 구리타는 이쪽에 공감하는 것 같다.

나는 박쥐다. 튀지만 않으면 어느 쪽이든 상관없다.

스피커가 켜지는 소리가 나고, 교장 선생님이 조회대에 올라왔다.

"아, 아, 아."

마이크 테스트를 한다. 하울링 소리가 났으나 금세 그쳤다.

교장 선생님도 체육복 차림이다. 칼로 깎아주고 싶을 만큼 불룩한 배가 뚜렷이 보이는 게 약간 불쌍했다. 이름은 기억나지 않지만 나는 이 교장 선생님을 아주 좋아한다. 무엇보다도 말이 짧다.

교장 선생님은 쿨룩, 하고 헛기침이라기보다 기침을 하더니 입을 열었다.

"에, 여러분, 이제부터 강변 청소를 하겠습니다. 어제 내린 비로 강물이 불고 물살도 빨라졌다고 하니 절대 강 가까이에는 가지 않도록 하세요. 도로를 지날 때는 대열에서 빠져나오지 않도록 하고, 좌우지간 사고가 없도록 주의합시다. 담임선생님께 이미 들었겠지만, 쓰레기는 학교로 가져옵니다. 열심히 하는 건 좋지만, 너무 많이 넣으면 올 때 여간 힘든 게 아니니까 각자 적절한 정도를 생각합시다. 이상."

짧은 이야기를 '이상'으로 마무리하고 머리를 대충 꾸벅 숙이고 나서 조회대에서 내려갔다. 입학식 때도 그랬다. 정말 멋지다.

바로 출발하는 줄 알았는지 성미 급한 몇 명이 대열을 흐트러뜨렸다. 이쪽도 이름은 모르지만 말투가 거친 선생님이 고함쳤다.

"어이, 잠깐, 제자리로 돌아가! 누가 출발하라고 했냐!"

그러고 보니 조회대에 다른 사람이 올라와 있었다.

모르는 사람이다. 하늘색 운동복을 위아래로 입고 목에 흰 수건을 묶었다. 깡마른데다 몸을 움츠리고 있으니 어째 궁상

맞아 보인다. 검게 탄 얼굴에 주름이 깊게 팼고, 면도 자국이 희끗희끗하다. 입을 떼기도 전에 학교 선생님은 아니겠다고 짐작했다. 본 적이 없다는 것도 이유 중 하나였지만, 뭐랄지, 선생님 특유의 분위기가 없다. 좀더 세상에 찌든 사람으로 보였다.

마이크를 잡는다.

"다들 잠깐만 기다리렴. 금방 끝날 테니까."

그렇게 말을 떼는 것을 보면 선생님은 아니라도 남 앞에서 이야기하는 데 익숙한 것 같다.

"음, 도코이 상조회의 가와사키입니다. 오늘 청소 자원봉사를 하게 되어 수고가 많습니다. 우리도 도코이의…… 아니, 사카마키의 더 나은 모습을 위해 매일 열심히 노력하고 있으니 여러분도 힘써주십시오."

도코이 상조회 사람이 어째서 학교에. 이곳에서는 그게 보통인가 싶어 좌우를 둘러봤는데, 의아한 표정을 짓는 사람은 나만이 아니었다.

가와사키 씨는 단상 위에서 막힘없이 술술 이야기하고 있었다.

"그래서 상조회에서 부탁이 있습니다. 쓰레기는 정확하게 분리해주십시오. 나뭇가지나 비닐처럼 불에 타는 쓰레기와 빈 캔 등은 각각 다른 봉투에 모아주십시오. 그리고…….”

가와사키 씨는 운동장을 빙 둘러보며 잠시 말을 멈추었다. 지금부터 중요한 말을 한다는 인상을 심어주려는 듯이.

“유실물은 따로 모아주십시오. 지갑, 시디, 그리고 컴퓨터 부품 같은 것. 그런 물건은 경찰에 제출해야 하니까 멋대로 쓰레기로 버리면 안 됩니다. 유실물은 버리지 말고 모아서 각자 선생님께 보고해주십시오.”

뭐야, 그냥 쓰레기 분리수거 이야기를 하려고 온 건가.

아닌 게 아니라 불에 타는 쓰레기와 안 타는 쓰레기를 섞어서 모으면, 아무리 자원봉사라지만 되레 도움이 안 될 것이다. 중학생이 유실물을 자기 호주머니에 슬쩍 넣으면 문제라는 것도 알겠다. 구태여 강조한 것을 보면 예전에 그런 일이 있었는지도 모른다. 상조회 사람이 이야기하러 온다는 것은 좀 이상하지만……. 뭐, 나서기 좋아하는 아저씨는 어디에나 있나 보다.

출발 전 훈시는 그것으로 끝났다. 각 반 담임선생님이 선두에 서서 A반부터 차례대로 출발했다.

우리 차례를 기다리는 동안 고타케가 집게를 자꾸 짤가닥 짤가닥 움직였다. 계속 입다물고 있으면 분위기가 무거워지므로 무난한 발언을 해보기로 했다.

"역시 귀찮아, 그렇지?"

그런데 고타케는 나를 흘깃 보더니 의미심장하게 웃었다.

"그래?"

어라. 아까와 하는 말이 달라졌다.

"어? 그렇지만 아까……."

"아아, 응. 상황이 좀 달라졌나 싶거든."

웃으며 또다시 집게를 짤가닥거린다.

주위를 보니 남자애들도 어쩐지 히죽거리며 수군수군 말을 주고받고 있었다. 아까까지는 목소리를 낮추지 않았는데.

"……오만이라던데……."

"멍청아, 아냐, 더 많아……."

갑자기 무슨 일인가 싶어 무심코 좌우를 둘러보다가 다른 조에 있는 린카와 눈이 마주쳤다. 얘, 이거 그냥 쓰레기 줍기 맞지? 하는 물음을 시선에 담았다. 아닌 거야?

그러나 린카는 어깨를 으쓱하고 말았다. 담임인 무라이 선생님이 한껏 크게 소리쳤다.

"자, 그럼 출발해요."

줄이 움직이기 시작했다.

어쩐지 소외된 기분이 들었다. 좋지 않은 징조다.

사이카와 강변은 꽤 넓다. 집 바로 앞에서 쓰레기를 줍기는 싫은데 했는데 전혀 다른 곳이었다.

조금이라도 이 도시에 익숙해지려고 엄마가 준 지도를 가끔 본다. 그에 따르면 사이카와 강은 이 도시 북쪽에서 흘러와 동쪽으로 커브를 한 번 크게 튼다. 그리고 이번에는 좀더 완만한 각도로 구부러져 거의 정남으로 흘러간다.

우리 반의 담당 구역은 급커브 안쪽에 해당되는 곳이었다. 제방 아래는 푸릇푸릇한 풀밭이고 강으로 가까이 갈수록 둥근 돌멩이가 굴러다니는 자갈밭이 된다. 머릿속 지도와 맞춰보면 무쿠이 다리의 조금 하류일 것 같은데, 여기서는 그 낡아빠진 다리가 보이지 않았다.

풀밭은 평소 키 큰 잡초가 무성할 것 같은데 지금은 짧게 깎여 있었다. 이 정도면 헤치고 들어갈 수 있다. 바꿔서 생각하면 풀베기를 하지 않으면 들어갈 수 없는 장소라는 뜻이다. 그런 곳에서 쓰레기를 뭐하러 줍나?

선생님이 마지막으로 한 번 더 수순을 확인한다. 그래봤자 쓰레기 줍기에 수순이고 뭐고 없다.

"그럼 여러분, 줍고 분리해서 봉투에 넣어주세요."

아주 이해하기 쉽다. 작업 개시.

고타케는 매우 의욕이 넘쳤다. 쓰레기봉투를 든 남자애에게 "깊이 들어갈 거니까 너도 따라와"라며 손짓한다.

집게는 한 조에 두 개밖에 없는 터라 나는 목장갑을 끼고 쓰레기를 모아야 한다. 자, 그럼 일해볼까 하고 풀숲으로 들어갔다. 곧바로 페트병을 발견했다. 조짐이 좋다.

오후 햇살은 생각보다 강하지 않았다. 강변에 있어서인지 이렇게 날이 화창한데도 따뜻하지 않고 선득하다. 쓰레기를 찾아 여기저기 서성였다. 리드미컬하게 집게를 짤가닥거리는 소리가 들려왔다.

페트병에 이어 편의점 비닐봉투를 발견했다. 쓰레기를 다 들고 다닐 수는 없으니 일단 한곳에 모아놓았다가 마지막에 쓰레기봉투 담당에게 갖다주기로 했다. 마른 가지, 빈 캔, 다 떨어진 신발. 아무것도 없을 줄 알았는데 의외로 잇따라 쓰레기가 발견된다. 아무것도 못 찾으면 알아서 쓰레기를 마련해야 하나 걱정했는데 이 정도면 문제없을 것 같다. 찾고 주워 모은다. 몸이 금세 후끈해졌다.

단순 작업이 싫지 않은 성격이라 묵묵히 쓰레기를 줍다가 퍼뜩 정신을 차렸다. 너무 착실하면 주위와 겉돌지도 모른다. 반에서 제일 많이 쓰레기를 주운 여자애 같은 타이틀은 반갑지 않다. 누군가와 수다라도 떨며 적당히 해야겠다 싶어 얼굴을 들었다. 구리타는 보이지 않았다. 그렇게 눈여겨본 것은 아니지만, 구리타는 인문계인 듯한 애들과 친했다고 기억한다. 그쪽으로 갔는지도 모르겠다.

한편 고타케는 남자애 셋을 데리고 같이 웃고 있었다. 조별 행동이니 같이 묻어가도 부자연스럽지는 않으리라고 생각해서 다가갔다.

"그러니까 오만이란 숫자는 어디서 나온 건데?"

고타케의 말이 들렸다. 한 남자애가 웃으며 대답했다.

"진짜라니까. 요시자키가 그랬다고."

"요시자키가 그런 거면 거짓말이 확실하네. 오만은 아닐걸."

다른 남자애가 어이없다는 듯 말했다.

"됐으니까 쓰레기나 주워. 그런 게 있을 리 없잖아."

나는 멈춰 섰다. 자기들끼리 하는 이야기 같다. 끼어들기 거북하다.

주위를 둘러보았다. 반 아이들은 삼삼오오 흩어져 있었고 혼자 작업하는 애도 적지 않았다. 이 정도면 땡땡이치는 척하지 않아도 될 것 같다. 그나저나 오만이라니 무슨 이야기일까.

손이 멎어 있는데 "왜 그러고 있어?"라고 누가 물었다. 린카였다.

팥죽색 체육복에 흰 목장갑. 보기 흉하다. 하기야 지금은 1학년 전원이 똑같은 복장이지만.

"아, 응, 아무것도 아냐."

"그래?"

린카는 뭔가 오해한 것 같다. 내 손을 보더니 말했다.

"그렇게 열심히 안 해도 돼."

"응."

내가 생각해도 건성으로 대답했다. 그러다 문득 떠올라서 어이없는 소리려나 생각하면서도 물어보았다.

"얘, 혹시 이렇게 자원봉사하고 돈 받는다는 말 들은 적 있어?"

린카는 쓴웃음을 지었다.

"돈을 못 받으니까 자원봉사라는 거 아냐."

"응, 그거야 그렇지만. 오만 엔이라든지."

"그거 누구한테 들었어?"

고타케나 다른 애들과는 조금 떨어져 있다. 들리지 않을 것이라고 생각하면서도 목소리를 약간 낮추었다.

"들은 건 아닌데, 저 남자애들이 그런 소리를 하더라고."

내 시선이 향한 곳을 보고 린카는 어이없다는 듯 고개를 끄덕였다.

"아아, 그거."

"역시 뭐가 있구나."

"아니, 그냥…… 소문이야, 소문. 시시한 소문."

내가 납득하지 못한 것을 알아챘는지 린카는 목장갑을 낀 손을 두어 번 털더니 말했다.

"멀거니 서 있긴 뭐하니까 쓰레기 주우면서 이야기하자."

린카는 나를 사이카와 강 근처까지 데려갔다. 몇 발짝 앞으로 탁한 강물이 흐르는데, 졸졸거린다고 하기에는 물소리가 다소 거칠다. 교장 선생님 말대로 확실히 물이 불어난 것 같다. 일단은 몸을 굽히고 쓰레기를 줍는 척하지만 눈에 띄는 게 없다. 아마 이 정도로 강에서 가까우면 수위가 높아질 때 강물에 쓸려갈 것이다.

"상금이 걸려 있단 말이 내내 있거든."

린카는 그런 말로 이야기를 시작했다.

"오만 엔?"

"오만은 아닐걸."

뭐에 대한 상금인지 모르는 채 막연히 그럼 만 엔쯤일까 하고 생각했다. 그러나 린카는 잠깐 생각하더니 "백만쯤 아닐까? 더 될지도"라고 말했다.

"헉."

"진짜로 발견되면. 아니, 진짜로 존재한다면 그렇단 말인데."

나는 엄마에게 용돈을 받지 않는다. 오만 엔도 꿈같은 액수인데, 갑자기 백만 엔이라고 하니 전혀 현실감이 없다.

"……있다니, 뭐가?"

"응."

린카는 주저하는 기색이 역력했다. 본인 말처럼 '시시한 소문'이라서 그럴까. 그렇지 않다고 직감으로 깨달았다. 린카는 그게 떠벌리고 다닐 일이 아니라 망설이는 것이다.

침묵은 너끈히 십 초는 이어졌을 것이다. 린카는 발치에 떨어져 있던 잔가지를 주워 강물에 던졌다. 그리고 탁한 강물에 시선을 준 채 말했다.

"미즈노 보고서."

미즈노 보고서. 입속으로 중얼거려보았다. 내가 알던가. ……아니, 짚이는 게 전혀 없다.

"그게 뭐야?"

"알고 싶어?"

"응."

린카는 다시 쭈그리고 앉아 이번에는 작은 돌멩이를 집었다. 그것도 강에 던졌다.

"알았어. 여기 사람은 다들 아는 이야기야. 듣고 웃어."

그렇게 이상한 운을 떼더니 린카는 이야기를 시작했다.

"미즈노 보고서가 어떤 형태를 띠는지는 아무도 몰라. 공책이었다고 말하는 사람도 있고, 시디였다고 하는 사람도 있고, 광자기 디스크였을지도 몰라. 미즈노란 건 학자. 미즈노 다다요시였던가. 오 년 전에 여기 왔어."

나도 린카 옆에 쭈그리고 앉았다. 린카는 뭔가를 보고 있었다. 눈을 준 곳을 보니 커다란 간판이 있었다. 우리집 근처에 있던 것과 똑같다. '고속도로는 모든 것을 구원한다'.

"처음 시작된 건 그보다 훨씬 전이야. 우리가 태어나기 전. 제3고속도로 계획이란 게 있어서 어디를 지날지 의논했거든. 산을 우회하는 A 루트, 터널을 파서 직선으로 뻗는 B 루트, 여러 곳을 구불구불 지나는 C 루트. 여기…… 사카마키 시는 A 루트에 해당됐어."

제3고속도로 계획이라는 말은 들은 적이 있었다. 한동안 뉴스에서 자주 화제가 됐다. 잘은 기억나지 않지만.

"그 고속도로……."

"응. 계획은 동결됐어. 중지된 건 아니지만 돈이 없어서 지금은 닦을 수 없대."

린카는 웃고 있었다. 어딘지 모르게 싸늘한 웃음을 지으며 '고속도로는 모든 것을 구원한다'라는 글자를 보고 있었다.

"그때 사카마키 시는 아주 난리가 났었대. 제3고속도로는 도메이 고속도로랑 연결될 예정이었으니까 그걸 타면 나고야에도 도쿄에도 금세 갈 수 있다. 이 도시에 고속도로가 생긴다. 고속도로를 타고 사람들이 몰려와 상점가에서 물건을 살 거다. 젊은 사람들도 이사 올 거다. 인구가 늘어나고 돈도 벌 수 있다. 사카마키 시는 되살아날 거다…… 하고."

"되살아난다?"

"바꿔 말하면 죽어 있었단 뜻이야."

도코이 상점가가 떠올랐다. 쥐죽은듯 조용하고 한산한 가게들. 절반은 셔터를 내렸고 나머지 절반은 갖고 싶은 마음이 전혀 들지 않는 케케묵은 모자며 신발이 진열되어 있었다. 내가 본 고요함은 이 도시의 일부에 불과하다.

사방이 푹 꺼지고 금이 간 도로. 경품 추첨 장소의 지친 어른들. 내가 다니는 중학교도 사용하는 교실이 반도 되지 않는다. 그 말은, 전에는 아이들이 두 배 이상 있었다는 뜻이다.

"현수막도 만들었고 깃발도 세웠어. 다들 당장 내일이라도 고속도로가 올 것처럼 생각했어. ……그렇지만 그렇게 잘 풀리지 않았어."

"계획이 동결됐구나."

"아니, 그건 나중 이야기. 그보다 더 안 좋았어. 동결이면 언젠가는 올 거라고 생각할 수 있잖아."

그러더니 린카는 입가에 웃음을 머금고 나를 보았다. 더 안 좋은 게 뭐일 것 같아? 하고 묻듯.

아무 대답도 하지 못한 채 제한 시간이 초과된 모양이다.

"간단해. 제3고속도로는 B 루트가 유력하다고 뉴스에 나온 거야."

"……응."

"B 루트는 사카마키 시를 지나지 않아. 다들 발칵 뒤집혔어. 이름이 A 루트라고 처음부터 괜히 이긴 듯한 기분이었던 거지. 막 허둥대면서 어떻게든 A 루트를 응원하자, 이렇게 됐어. 머리띠 둘러매고 공원에 모이고, 시장님이 텔레비전에 나가고. ……맞다, A 루트 춤까지 있었을걸."

머리띠를 매고 A 루트 춤을 추면 고속도로가 오나?

나는 아직 어린애지만 그쯤은 안다. 그런 일은 있을 수 없다.

"역전 카드가 있을 것 같은데."

내 말에 린카가 가볍게 고개를 끄덕였다.

"높은 사람들도 그렇게 생각했어. 그래서 미즈노 교수를 불러왔어."

이제 대충 알겠다.

"미즈노 교수는 전에 고속도로를 정하는 뭐라나 하는 위원

회에 있었대. 그 사람을 불러 이것저것 조사하고 'A 루트 멋지다. 꼭 A 루트로 정해야 한다!' 하고 결론을 발표하게 하는 거야. 적어도 A 루트 춤보다는 훨씬 의미가 있을 것 같잖아? 미즈노 교수가 왔을 때 꼭 임금님이 행차한 것처럼 법석을 떨면서 환영했어."

"그 사람, 시키는 대로 했어?'

"응. 뭘 조사했는지는 모르지만 소문으론 A 루트를 추천하는 보고서를 썼대. 보고서를 넘겨받을 날짜도 정해졌고."

소문. 그럼 역시.

"그게 없어졌구나."

"응."

이상하다. 나는 고개를 갸웃했다.

"없어졌다니……. 난 잘은 모르지만 그런 건 컴퓨터로 작성하잖아? 한 번 더 보내달라고 하면 될 텐데, 왜."

린카는 어깨를 으쓱했다.

"그래서 해결되면 쉽지."

"손으로 쓴 거야?"

"몰라. 형태는 아무도 모른다고 했잖아. 노트북은 남았지만 비밀번호를 입력해야 해서 아무도 못 봐. 어쨌거나 여기 사람들한테 미즈노 보고서는 보물이니까 전력을 다해서 열려고 했을걸. 그렇지만 소용없었어."

"알았다. 그 교수, 비밀번호를 잊어버렸구나."

"아무리!" 린카는 웃더니 어제 비 왔다고 하는 투로 말했다. "죽었어."

"……나이 많은 사람이었어?"

"많기는 많았지만 병 때문이 아냐. 있지……." 탁한 사이카와 강을 바라보며 말했다. "무쿠이 다리에서 떨어져 빠져 죽은 거야."

목구멍에서 욱, 하고 목소리가 엉겼다. 나도 모르게 손으로 입을 막은 것을 알아차렸는지 린카가 이상하다는 듯 물었다.

"왜?"

"……아무것도 아냐."

심호흡을 했다. 의아한 표정의 린카에게 억지로 웃음을 지어 보였다.

"오늘 아침에 우연히 무쿠이 다리를 지났거든. 거기서 사람이 죽었다니까 놀라서."

"그렇구나."

그럭저럭 납득한 모양이다.

내가 핏기가 가신 이유는 사실 따로 있었다.

무쿠이 다리. 낡고 난간이 낮은 다리. 사토루가 흔들린다고 무서워했다. 분명히 이렇게 말했다.

—여기서 누가 떨어진 적 있어.

아니, 그냥 우연이다. 그 다리는 확실히 위험했다. 사토루는 그저 다리가 흔들려 무섭다고 말한 것에 불과하다.

이곳에 관해 가르쳐주는 린카에게 내가 숨기는 게 있다니 불공평하다는 생각이 든다. 하지만 어쩔 수 없다. "그렇구나. 사토루도 그런 말을 했는데. 걔 여기 온 적은 없지만 말이야"라고 말할 수 있을 리 없다.

고속도로를 건설하려고 데려온 미즈노 교수는 이곳에서 죽었다. 그리고 지금 오만 엔인지 백만 엔인지를 받을 수 있다는 소문이 파다하다.

또다시 심호흡을 하고 말했다.

"이제 알겠어. 여기 사람들은 미즈노 보고서가 어딘가에 있다고 생각하는구나. 그래서 상금까지 내걸고 찾는 거야."

오 년 전 죽은 사람의 있을지 없을지도 모르는 보고서. 거기에 상금이 걸려 있다는 소문이 퍼져 쓰레기 줍기 자원봉사를 하는 중학생까지 눈을 번득이며 찾는 것이다.

이야기를 시작하기 전에 린카는 말했다. '듣고 웃어'라고. 그래, 과연 웃어야 할 이야기일 수도 있다.

그러나 나는 웃음이 나지 않았다.

"상금은 누가 주는 거야?"

"어른들."

웃는 것은 린카 쪽이었다.

"미즈노 보고서는 어른들한테 마지막 희망이거든. 그것만 있으면 이 도시는 변할 수 있어. 우리 학교도 전교생 다 합쳐 봤자 사백 명이잖아. 옛날엔 천 명 있었고 중학교만 해도 여섯 개나 됐대. 지금은 세 개. 미즈노 보고서만 있으면 애들이 많이, 많이 태어나서 다시 학생 천 명이 모일 거라고 믿으면서 다들 조금씩 돈을 보탰어. ……소문이야, 소문."

"진짜 소문이야?"

소문인데 이런 이야기를 할 수 있을 리 없다. 린카가 얼버무린다면 그래도 상관없다고 생각했지만, 확인하지 않을 수 없었다.

린카는 눈을 돌렸다. 어쩐지 창피한 것처럼 작은 목소리로 말했다.

"돈을 모으는 건 사실인가 봐."

나는 사이카와 강 건너편을 보았다. 제방 도로에서 보이도록 걸린 '고속도로는 모든 것을 구원한다' 간판을. 핫 레모네이드가 생각났던 밤, 나는 그것을 보고 신에게 기도하는 것 같다고 생각했다.

아주 엉뚱한 생각은 아니었나 보다.

"보시布施구나."

"뭐?"

"상금이 아닌 거야. '찾게 해주세요' 하는 보시라고 생각해. 기도 드릴 때 새전을 던지는 거랑 같은 기분으로 다들 돈을 내놓는 게 아닐까."

린카는 눈을 깜박이더니 어딘지 모르게 안도한 표정으로 웃었다.

"그럴지도 모르지."

이렇게 강 근처에서 이야기를 한 탓에 몸이 싸늘하게 식었다. 나는 천천히 일어나 기지개를 켰다.

"고마워. 재미있는 이야기였어."

"재미있어? 난 지긋지긋해."

린카는 미간에 주름을 모았다. 하기야 이 도시에서 나고 자란 린카 입장에서는 재미있는 이야기가 아닐지도 모른다. 린카는 일어서며 "도대체가 말이야!" 하고 큰 소리로 말했다. "만약, 만약 말이야, 청소 자원봉사를 하다가 미즈노 보고서가 발견되고, 그게 엄청나게 훌륭해서 다들 감탄해서, 대역전을 이뤄서 A 루트로 정해져서, 돈도 생겨서 바로 공사를 시작한다 쳐. 나아가 엄청나게 유능한 건설 회사가 공사를 맡아서 하루 만에 마법처럼 고속도로를 닦았다 쳐. ……그럼 좋은 일만 생길까."

"아, 그건 나도 생각했어."

"그러니까. 손님이 조금은 올지도 모르지만."

아니, 린카는 역시 너무 만만하게 생각하고 있다. 어딘가에 고속도로가 모든 것을 구원한다고 믿는 마음이 있는지도 모른다. 나는 사토루에게 '특촬물의 히어로는 진짜로 변신하는 게 아니거든' 하고 가르쳐주듯 약간 심술궂은 기분으로 말했다.

"얘, 린카."

"어, 뭐?"

"고속도로가 생겨서 도쿄까지 한 시간 반 만에 갈 수 있게 된다고 쳐. 그리고 넌 어른이고 차를 갖고 있다고 쳐."

"……아."

과연 자칭 '의외로 예리한' 린카답다. 거기까지 듣고 내가 하려는 말을 이해한 모양이다.

만약 사카마키 시와 도쿄, 나고야가 고속도로로 연결된다면, 아무것도 없는 사카마키에 물건을 사러 오는 도쿄나 나고야 사람보다 뭐든 다 있는 도쿄나 나고야로 사러 갈 사카마키 사람이 많을 것이다. 적어도 차가 있으면 나는 그렇게 한다.

린카는 과장되게 몸서리를 치며 검지를 입술에 갖다 댔다.

"쉬, 하루카, 쉬."

"나 화장실 생각 없는데."

"아니, 진짜로. 하루카, 여기서 그런 말 하면 안 돼. 아까도 말했잖아. 미즈노 보고서는 어른들의 꿈이고 고속도로는 신이라고."

"신이 천벌을 내릴 거라고?"

"이 도시 어른들이 전부 모여서 이단자라고 화형에 처할 거야."

나는 웃었다. 린카도 쿡쿡 웃기 시작했다. 한바탕 웃고 나니 그제야 바람이 차갑게 느껴져 누가 먼저랄 것 없이 말했다.

"자, 쓰레기나 줍자."

강변에는 반 애들이 흩어져서 누구는 열심히, 누구는 대충 쓰레기를 줍고 있었다. 고타케는 정말 여기서 미즈노 보고서를 찾을 수 있다고 생각할까. 어쨌거나 백만 엔짜리라고 하니 있을 리 없다 생각해도 찾고 싶어지는 마음은 이해된다. 만약 내가 찾는다면…… 어디가 좋을까? 미즈노 교수가 묵었던 곳은 물론 처음에 조사했을 테고.

본인은 지긋지긋하다고 말했지만 나는 린카가, 아니, 사카마키 시에 사는 애들이 약간 부러웠다.

진짜 보물찾기를 할 수 있는 도시는 전 세계 어디를 찾아도 그렇게 흔하지 않을 것이다.

2

더러워진 체육복 차림으로 왔던 길을 돌아갔다.

강변에 누가 가나 싶었는데, 결국 가져갔던 쓰레기봉투가 모조리 가득찼다. 누가 들어가서 버렸다기보다 강물에 떠내려온 게 많을 것이다.

학교에 도착할 무렵에는 다들 지쳐 있었다. 홈룸도 대충하고 넘어갔고 다행히 학교 청소는 중지되었다. 그래도 학교가 끝나니 특별활동을 하러 가는 애들이 많았다. 참 기운들도 좋다고 생각하는 한편으로, 역시 나도 동아리에 들어가는 게 좋을까 진지하게 생각했다.

아무튼 오늘은 아직 집에 갈 수 없다. 그렇게 생각하며 가방을 들려는데 뒤에서 누가 어깨를 쳤다.

"하루카, 집에 가자. 내가 들어줄게!"

린카다. 책상 위에 올려놓았던 내 가방을 장난치듯 들었다.

말릴 겨를도 없었다. 린카는 고개를 갸웃하더니 가방을 들었다 놨다 몇 번 하고서 물었다.

"내 착각인가? 어째 굉장히 무거운데."

"아아, 응. 어쨌거나 이리 줘."

돌려받은 가방을 열어 무겁게 하는 원인을 꺼내 보여주었다. 미우라 선생님에게 빌린 『도코이 민화 고찰』이다. 아닌 게 아니라 교과서 몇 권을 합친 것만큼 두껍고 묵직하다. 린카는 별로 독서를 좋아할 것처럼 보이지 않는다. 이런 책을 들고 다닌다고 이상하게 생각할 것 같다.

"이건 말이지."

설명하려고 했는데, 린카는 의외로 눈을 반짝였다. 『도코이 민화 고찰』을 집더니 유심히 바라본다.

"와아, 이거 아직 있었구나."

"아직……?"

어째 내가 놀라고 말았다. 린카는 겸연쩍게 웃으며 책을 내려놓았다.

"음, 우리 할아버지도 만드는 거 도왔던 책이거든. 그러고 보니 요샌 안 보인다 싶었기 때문에 그만."

"요새 안 보인다고 생각했단 말이야? 책이?"

"아, 미안. 거짓말이야. 제목 보고 생각났어."

린카는 추억 어린 물건을 대하듯 표지를 쓸었다.

"옛날 생각나네."

"읽었어?"

"응, 일단은."

그럼, 하고 물으려는데 "그렇지만 거의 잊어버렸어"라고 린카가 먼저 말했다.

린카가 가만히 책을 폈다.

"저, 잠깐만 봐도 돼?"

"아, 응."

그냥 책인데 되고 말고 할 것도 없다. 어쨌든 내가 대답했을 때 린카는 이미 책장을 넘기고 있었다.

"음……."

찾는 부분이 있는 것은 아닌 모양이다. 팔랑팔랑 책장을 넘긴다. 어쩐지 침묵이 어색해서 입을 열었다.

"글자뿐이네."

"그러게."

"기억나?"

"글쎄. 역시 제대로 읽어야 알 수 있을지도."

딱히 신경쓰이는 부분도 없는지 린카는 계속해서 책장을 넘겼다. 이 책에 관심이 있는 건지 없는 건지 잘 모르겠다. 밑져야 본전이니 말해보았다.

"그거 미우라 선생님 책이야."

"그래?"

"혹시 읽고 싶으면 미우라 선생님께 말씀드리면 빌려주실 거야. 음, 역사부에 들어오란 말은 듣겠지만."

"저런." 린카는 책장을 넘기다 말고 웃으며 얼굴을 들었다. "그 선생님, 그런 말도 해? 특별활동 같은 거 어떻게 되든 관심 없을 줄 알았는데."

"그렇다기보다…… 뭐랄까, 어느새 부원으로 취급할 것 같아."

"아, 전에 이야기했던 이미지랑 딱 맞네."

내가 말해놓고 불안해졌다. 정말로 내가 역사부에 가입한 것으로 여기면 곤란하다. 문화계 동아리에 든 여자애는 아무래도 내향적인 이미지가 따라붙게 마련이다. 그런 점은 각오하고 있었지만 역사부에 혼자 들어갔다가는 괴짜로 취급받을 게 확실하다. 두 사람 이상이면 그나마 얼버무릴 수 있겠지만…….

"어라?"

다시 책장을 넘기던 린카가 갑자기 말했다. 멜론색 종이가 책에 끼워져 있는 게 보였다.

"뭐야? 전단?"

내가 말하자 린카는 살짝 눈살을 찌푸렸다.

"전단은 맞는데……."

나도 일어나 책을 들여다보았다. 척 봐도 싸구려로 보이는 황록색 종이에 귀여워 보이기도 하는 둥글둥글한 글자가 큼직하게 찍혀 있었다. "유치를 재고하는 모임 개최 안내". 밑에 좀더 작은 글씨로 "일시: 4월 13일(일) 오후 5시부터 / 장소: 사카마키 문화회관"이라고 씌어 있다.

"유치라면……."

말하다 말았다. 이제는 나도 이곳 상황이 짐작되었다. 고속도로 유치를 말하는 게 뻔하다. 모든 것을 구원해줄 신.

"흠……."

린카가 중얼거리며 전단을 집었다. 접어서 치마 주머니에 넣는다. 그거 미우라 선생님 건데, 하고 말릴 겨를도 없을 만큼 자연스러운 동작이었다. 내가 입을 딱 벌린 것을 보고 린카는 두 팔을 벌렸다.

"상관없잖아."

"응, 그렇겠지?"

잘 모르겠지만.

시계를 보았다. 꾸물대다가 책을 반환하지 못하게 되면 곤란하다. 『도코이 민화 고찰』은 무겁다. 이 책을 들고 등하교를 반복하면 어깨가 단련되어 근육이 붙을 것 같다.

"린카, 미안하지만 그거 미우라 선생님께 돌려드리러 가야 해."

린카는 "그래?"라고 하며 책을 덮어 내밀었다. 그러고는 어쩐지 아쉬운 눈길로 표지를 바라보며 물었다.

"그런데 왜 이런 걸 빌린 거야?"

방심하다 허를 찔렸다. 그런 것을 물을 줄 몰랐다.

답은 '사토루가 미래를 알 수 있다는 소리를 하길래 그런 이야기를 모르느냐고 미우라 선생님께 여쭤봤더니 민화에 관심이 있다고 선생님이 착각해서 이 책을 줬다'이다. 하지만 기껏 린카가 모르는 척해주고 있는데 그 이야기를 건드리고 싶지 않다.

어물거리면 되레 수상하기만 하다. 순간적으로 떠오른 말을 했다.

"'다마나 아가씨' 이야기가 궁금해서 읽어보고 싶다고 했더니 빌려주셨어."

말하고 나서 실수했음을 깨달았다. 왜 다마나 아가씨에게 관심을 가졌느냐고 물으면 빠져나갈 구멍이 없다. 표정에 드러나지 않도록 평정을 가장했다. 하지만 린카는 그런 것을 묻지 않았다. 대신 이상하다는 듯 어리둥절한 표정을 지었다.

"다마나 아가씨?"

"응. 아마 그럴걸."

"이상한 걸 다 아네."

"이상한가?"

린카는 어물거렸다.

"음, 이상한 건 아닌가. 여기 애들은 다들 알고 있거든. 언제 가르쳐줘야지 했더니 그래, 벌써 알고 있었구나."

입으로는 그렇게 말하지만 실망한 것은 아닌 듯했다. 오히려 내가 다마나 아가씨를 안다는 게 뜻밖이라 당황한 것처럼 보였다.

"그럼 하루카는 역사부에 들어가는 거야?"

"아직 안 정했어. 일단 다마나 아가씨 이야기만 알고 싶어서."

"그래? 그런데 그 책에 있긴 했어?"

"약간. 책을 돌려드리는 김에 미우라 선생님이랑 이야기할 수도 있으니까 먼저 가도 돼."

린카는 손을 팔랑팔랑 내저었다.

"괜찮아. 집에 빨리 가봤자 할 일도 없고. 우랏치가 뭐라고 할지 궁금하니까 기다릴게. ……학교 선생님이라도 우랏치는 타지 사람이니까."

나는 지금까지 학교 생활에서 여러 가지를 신경써왔지만

선생님이 타지 사람인지 아닌지 신경쓴 적은 한 번도 없었던 것 같다.

1층 교무실로 갔다. 강변에서 린카와 이야기하면서 내내 쭈그리고 앉아 있었던 탓인지 엉덩이와 허벅지가 땅겼다. 겨우 그 정도로 근육통이 생길 리 없다고 생각하면서도 계단을 내려가는 발걸음이 약간 조심스러워졌다.

미리 알고 있기 때문에 예민해졌는지, 교무실 가까이 다가가자 벌써 담배 냄새가 났다. 아버지가 사라진 뒤로 전에 살던 사택에 배어 있던 담배 냄새가 옅어졌다. 그리고 이곳에 이사 온 뒤로는 집에서 담배 냄새를 맡을 일이 없다. 나는 그게 기뻤다. 그리고 기쁘다는 게 어쩐지 비참했다.

실례합니다, 하고 말하며 교무실에 들어갔다.

미우라 선생님은 자기 자리에 있었다. 책상에 엎드리는 듯한 자세로 뭔가를 쓰고 있다. 미우라 선생님이 학급 담임을 맡고 있는지 아닌지는 모르지만, 청소 자원봉사에는 참가한 모양이다. 스포츠 메이커의 운동복을 입었고, 발치와 등에 풀 쪼가리가 묻었다. 일심불란하게 일하는 것 같았지만 린카도 기다리고 있겠다, 아랑곳하지 않고 말을 걸었다.

"미우라 선생님."

선생님이 얼굴을 들고 그 김에 안경도 올리며 돌아보았다.

"아, 고시노구나. 질문 있어? 음? 아니, 아닌가. 오늘은 고시노네 반 수업이 없었는데."

『도코이 민화 고찰』은 옆구리에 끼고 있었다. 무게를 견디지 못하고 저리기 시작한 팔로 책을 내밀었다.

"책 돌려드리려고요."

"어? 아아, 응. 어쩐지 안 보인다 했더니. 고시노한테 빌려줬었구나. 그래, 맞아, 그랬지."

미우라 선생님은 머리를 긁적이고 나서 책을 받았다. 바로 어제 자기가 빌려줘놓고서 안 보이고 자시고 할 게 있나. 소중한 책이라더니 아무렇게나 책상에 놓는다.

"그래서 어땠지?"

선생님이 물었다.

"아, 저기……."

어떻게 말하면 좋을까 망설였는데 선생님은 별반 대답을 기대하지 않는 듯했다. 여느 때 같은 열띤 표정으로 말했다.

"선생님 깜짝 놀랐지 뭐야. 고시노가 '미래를 알 수 있는 아이'에 관심을 가지다니 말이야. 음, 여기 애들한테는 하도 당연해서 익숙한지도 모르고, 이미 잊힌 민화일지도 모르지. 혹시 그렇다면 쓸쓸한 일인걸. 고시노는 외부에서 왔으니까 중립적인 시각으로 볼 수 있을 것 같은데. 어느 정도 읽었지?"

"저……."

말하기 거북하다.

"「아사와 다마나 아가씨」를 읽었어요."

"그래, 그리고?"

"죄송해요. 그것만 읽었어요."

미우라 선생님은 뭘 또 그렇게까지 싶을 만큼 낙심한 표정을 지었다. 나도 모르게 '좀더 읽어볼게요, 더 빌려주세요'라고 할 뻔했지만, 선생님은 잠시 생각하더니 금세 자력으로 회복했다.

"하긴 숙제도 해야 할 테니까. 선생님도 나중에야 깨달았는데 제목에 '다마나 아가씨'란 이름이 있는 게 그거 한 편뿐이거든. 존재를 시사하거나 잠깐 등장하는 이야기들도 있는데 말이지. 뭐, 됐어. 책 잘 받았다."

"고맙습니다."

"천만에."

미우라 선생님은 그렇게 말하고 다시 책상을 향해 돌아앉으려 했다. 내가 가지 않는 것을 깨닫더니 미지의 자연 현상과 조우한 어린애처럼 자못 희한하다는 표정을 지었다.

"응? 왜 그러지? 질문?"

"네, 저……."

선생님은 책상에서 쓰던 것을 서글픈 눈빛으로 쳐다보더니 『도코이 민화 고찰』을 그 위에 올려놓아 감췄다. 미우라 선생님이 왜 학교 선생님이 안 맞는다는 생각이 드는지 막연히 알 듯했다. 생각이 그대로 말로 나오는 선생님은 더러 있다. 하지만 이 정도로 얼굴에 분명하게 드러나는 선생님은 내 육 년에 걸친 학교 생활 중에 처음이다. 미우라 선생님은 의자에 앉은 채 내 쪽으로 몸을 틀어 개운한 표정으로 말했다.

"이제 됐어. 그래서 뭐지?"

"저, 책을 다 읽지도 않고 질문을 드리면 안 좋은 걸지도 모르지만…… 다마나 아가씨에 대해 좀더 알 수 있을까요?"

반응은 느렸다. 미우라 선생님은 입을 다물고, 미간에 주름을 잡고, 안경을 추켜올리더니 갑자기 밝고 자신감 어린 웃음을 지었다.

"그래, 고시노는 더 알고 싶었구나. 미안하다, 고시노. 선생님이 고시노의 향학심을 못 깨달았지 뭐야. 음, 향학심이란 말은 이상한가. 학교 성적이랑은 상관없으니까. 그래도 괜찮다면 가르쳐줄 수 있는 게 있긴 해."

선생님은 일어섰다.

"사실 선생님도 이 문제에 관해선 학생이나 다름없어. 모르는 것도 많고. 내가 가르쳐준 걸 고시노가 잘 생각해보고 공동 연구자가 돼주면 선생님은 무척 기쁠 것 같아. 너무 성급한 이야기지만. 그럼 갈까."

가다니, 어디를.

"저, 어디 가는데요?"

선생님은 어리둥절한 표정을 지었다.

"칠판이 있는 편이 더 나을 테니까 빈 교실을 이용하려고. 그럼 안 되는 건가?"

빈 교실을 이용하는 게 되는지 안 되는지 왜 내게 묻는 걸까. 선생님은 열쇠 보관함에서 열쇠 하나를 집더니 의기양양하게 걸음을 뗐다. 린카가 기다리는데, 설마 자리를 옮겨 본격적으로 이야기하게 될 줄이야. 그렇지만 이제 와서 친구가 기다린다고 말할 수도 없으니 미안한 기분으로 미우라 선생님을 따라가는 수밖에 없었다.

빈 교실은 사방에 널렸다. 학생 수가 줄었기 때문이다.

선생님이 고른 곳은 교무실에서 세 칸 떨어진 빈 교실이었다. 살짝 안심했다. 어디까지 갈 건지 불안했었다.

칠판은 깨끗이 닦여 있고 교실 안에 책걸상도 갖춰져 있다. 빈 교실치고 먼지가 별로 많지 않은 게 이상했다. 미우라 선생님은 교단에 서서 분필갑을 열고 만족스레 "좋아"라고 말했다.

하지만 이래서는 꼭 보충수업을 받는 것 같다. 반 애들이 안 봐서 다행이다. 보충수업을 자청했다는 소문이라도 나면 고시노 하루카는 공부밖에 모르는 착실해빠진 애라고 찍힐 게 틀림없다. 혹시 들키면……. 그때는 역시 역사부에 들어가 특별활동을 했다고 얼버무릴 수밖에 없을 것이다. 그쪽이 그나마 상처가 작다.

방침이 정해져 책상 앞에 앉았다. 아무리 안 맞아도 확실히 현역 교사는 현역 교사다. 미우라 선생님은 분필을 들고 돌아보더니 서슴없이 이야기를 시작했다.

"그럼 시작할까. 처음에 확인할 게 있는데, 고시노는 다마나 아가씨에 대해 어느 정도 파악했지?"

사토루가 아니라 다마나 아가씨에 대한 것이라면 아는 게 별로 없다.

"도코이 촌에 살던 소녀인데, 미래에 일어날 일을 알고 있었고, 죽어서도 환생한다……. 맞나요?"

"응, 뭐, 정답은 아니지만 아주 틀린 말도 아니지. 단 개인적으로는 환생이라기보다 강신이나 빙의라고 하고 싶은걸.

다마나 아가씨가 죽으면 다음 아가씨가 태어나는 게 아니라, 조건에 부합되는 소녀가 다마나 아가씨에, 표현은 좀 그렇지만, 씐다는 이미지야. 그건 나이 많은 다마나 아가씨가 확인된 바 없기 때문인데, 뭐, 그건 그렇다 치고."

미우라 선생님은 칠판에 가로로 긴 선을 그었다.

"고시노가 읽은 「아사와 다마나 아가씨」 이야기에서 다마나 아가씨는 미래에 닥칠 불행과 피하는 방법을 알고 있었다고 돼 있지. 이건 고시노가 처음에 물었던 '미래를 알 수 있는 아이'에 해당돼. 그러고 보니 고시노는 어디서 그 이야기를 들었지? 뭐, 그건 됐고. 고시노의 요약은 틀리지 않지만 빠뜨린 부분도 있거든."

선 한중간에 참 서툰 솜씨로 사람을 그렸다. 그리고 오른쪽으로 화살표를 그려 '미래'라고 쓰고 왼쪽으로 뻗은 화살표에는 '과거'라고 썼다.

"아사, 다마나 아가씨는 '아버지께 전생의 악업이 없다'는 것을 알고 있었어. 다시 말해 다마나 아가씨는 미래와 마찬가지로 과거도 알고 있다고 봐야 해. 이건 다른 문헌을 참고해도 거의 틀림없단 말이지. 그럼 다마나 아가씨는 미래뿐 아니라 과거를 맞히는 능력도 있었다고 봐야 할까?"

선생님은 손짓으로 내게 대답을 촉구했다.

"……아뇨, 그건 아닐 것 같아요."

"그래. 그럼 어떤 것 같니?"

"과거랑 미래를 맞힌다고만 보면 다시 태어난다는 요소가 빠지고 없어요. 굳이 따지자면 다마나 아가씨는 과거에도 있고 미래에도 있어서 양쪽 다 경험했고, 우연히 현재에도 있다고 생각하는 편이 나을 것 같아요."

사토루는 경품 추첨 장소에서 앞으로 날치기 사건이 일어나리라는 것, 범인이 어떤 식으로 도망치리라는 것을 알고 있었다. 한편 무쿠이 다리에서 사람이 죽었다는 것을 안다고 말했다.

내내 하고 있던 생각을 옛날이야기에 대한 해석으로 말했다. 몸속에 걸려 있던 뭔가가 스르르 씻겨 내려가는 듯했다. 다른 사람에게 이야기한 것만으로도 대략 만족했는데, 선생님은 입을 딱 벌리더니 복도에까지 들릴 만큼 큰 소리로 손뼉을 쳤다.

"훌륭해! 고시노, 이해력이 정말 뛰어나구나. 그래. 도코이 촌의 민화는 다마나 아가씨가 편재한다는 걸 시사한다고 읽을 수 있어."

모르겠다.

"저, 선생님, 편재가 뭐예요?"

"아, 응, 어디나 있다는 뜻이야."

시간 어디에나 있는 아가씨. 말하고 싶지 않지만 그건 명백히 신이다.

역시 선생님 생각도 같을까? 마음이 어두워지려 했다. 그러나 미우라 선생님은 칠판 그림에 커다랗게 ※이라고 썼다.

"방금 고시노가 말한 것처럼 다마나 아가씨가 시간을 초월해서 존재한다, 말하자면 전지全知적인 신 같은 존재라고 해석하는 것도 가능해. 실제로 『도코이 민화 고찰』의 필자는 그렇게 생각했던 면이 있어. ……그렇지만 선생님은 찬성할 수 없단 말이지."

선생님은 칠판에 ※라고 쓰고 그 밑에 또다시 엉터리 사람을 그렸다.

"왜냐하면 말이지, 그럼 너무 위대한 것 같아서야. 시간을 초월해서 미래도 과거도 안다는 발상은 뭐랄까, 너무 현대적이거든. 환생 전승은 전 세계에서 찾아볼 수 있어. 환생한 어린애가 전생에 관해 알고 있다는 이야기도 일일이 매거할 수 없을 정도지. 아, 미안, 많다는 뜻이야. ……그렇지만 인간이 환생 뒤의 삶, 임시로 후생이라고 할까? 후생도 기억한다는 이야기는 선생님, 못 들어봤거든."

선생님은 흡사 낙서하듯 도리이 마크를 그렸다.

"그런 신 같은 아가씨가 있으면서 도코이 촌엔 절이랑 신사도 존재해. 음사淫祠 사교를 위장하는 거라고 생각하면 간단하지만, 아무래도 다마나 아가씨는 미래를 아는 것치고 좀 가엾은 존재란 생각이 자꾸 들지 뭐야."

음사라는 말은 모르지만 사교는 대충 알겠다. 동시에 선생님이 하려는 말도 대충 알 것 같았다. 다마나 아가씨가 정말 그 정도로 만능이라면 구태여 다른 신을 모실까? ……애초에 그런 영검한 신이 있는데 고속도로를 신으로 삼아 매달릴 만큼 쇠락했다는 게 이상하다. 그런 말은 하면 안 되려나.

미우라 선생님은 느닷없이 분필로 나를 가리켰다.

"그런데 고시노, 고시노가 읽은 옛날이야기에서 다마나 아가씨로 여겨진 아사가 어떻게 죽었는지 기억나?"

음, 그게. 고개를 끄덕였지만 아주 자신 없어 보였을 것이다.

"벼랑에서 뛰어내렸죠."

선생님은 가볍게 눈살을 찌푸리며 고개를 갸웃했다.

"……그랬나? 아, 미안, 선생님도 읽은 지 몇 년 돼서 말이야."

"기억 못 하면서 물어보신 거예요?"

"기억하는 줄 알았거든. 아차, 책을 교무실에 놓고 왔네. 그렇지만 뭐, 아마 맞을 거야. 아사는 자살해."

자살.

그래, 벼랑에서 몸을 던지는 것은 자살이다. 그런데 방금 선생님이 그 말을 할 때까지 어쩐지 그런 식으로 생각하지 못했다.

선생님은 말했다.

"아사, 즉 다마나 아가씨는 관리한테 몸을 바친 뒤 몸을 던졌어. 미래를 아는 사람의 행동치곤 좀 이상하지 않아?"

"전 별로 이상하지 않은데요……. 다음 사람한테 옮겨갈 수 있다는 걸 아니까 아무렇지도 않게 뛰어내렸을지도 모르죠."

"그게 아냐. 다마나 아가씨는 마을을 구하려고 자기 몸을 바쳤어. 합리적으로 생각한 거야."

선생님은 칠판에 그린 엉터리 사람으로부터 꾸불꾸불한 물결선을 그었다.

"그건 곧 미래를 바꾼 거잖아?"

"아."

정말 그렇다.

"물론 이건 민화니까 모조리 합리적으로 이해할 수 있다는 생각은 안 해. 선생님은 그저 도코이 촌 사람들이 다마나 아가씨를 어떤 존재로 생각했는지 알고 싶은 거야. 사례 (2)에서 다마나 아가씨는 환생해. 과거의 기억도 있어. 하지만 미래에 관해선 자기를 희생해서 변경하는 것밖에 못 해. ……선생님은 이쪽이 더 수긍이 가거든."

"다마나 아가씨는 미래를 모른다는 뜻인가요?"

"'자기가 희생되면 마을이 살 수 있다는 미래를 알고 있었다'는 해석도 가능하겠지만, 글쎄, 뭐, 그렇지. 모른다고 생각하는 편이 깔끔하고, 일반적인 전승하고도 일치해."

'하지만'이라는 말이 튀어나올 뻔했다. 하지만 선생님, 사토루는 안다고 했단 말이에요.

"그런데……." 미우라 선생님의 목소리가 갑자기 어두워졌다. "다마나 아가씨 전승은 결말이 대개 비슷해. 아직 중학교 1학년밖에 안 된 고시노한테 별로 들려주고 싶은 이야기는 아닌데, 옛날이야기에 불과하다고도 할 수 있으니 말이지. 어쩔까. 이걸 말해야 하나 마나 고민이네."

"말씀해주세요." 나는 스스로도 뜻밖일 만큼 주저하지 않았다. "듣고 싶어요."

미우라 선생님은 머리를 긁적이고는 나를 가만히 쳐다보았다. 여기까지 와서 어린애라고 숨기게 둘까 보냐. 나는 미우라 선생님을 노려보았다.

선생님은 한숨을 쉬었다.

"……고시노는 깡다구가 세구나."

깡다구가 뭘까. 대충은 알겠지만 정확한 의미는 모른다.

"알았어. 학생을 얕보면 안 되는 건데."

선생님은 다시금 천천히 이야기를 시작했다.

"고시노가 읽은 '아사' 이야기는 실은 다마나 아가씨 전승 중에서 마이너한 이야기야. 제일 유명한 건 메이지 중기에 실재했다고 여겨지는 '요시코' 전승이지. 대략적인 줄거리는 이래. 당시 도코이 촌 한복판에 철도를 놓고 역을 설치한다는 이야기가 나왔어. 그런데 마을 사람들이 크게 반대했어."

나는 자연히 고속도로 생각이 났다.

"왜죠? 보통 되게 좋아하지 않나요?"

선생님의 표정이 심각해졌다.

"증기기관차 연통에서 불꽃이 튀어 불이 난다느니, 땅이 흔들려서 작물이 안 자랄 거란 소문이 퍼졌다고 돼 있어. 아무튼 마을 사람들은 상의해서 철도를 내몰든, 그게 어려우면 되도록 마을 외곽을 지나게 하고 역은 설치하지 않도록 운동을 벌이기로 했어. 거기서 등장하는 존재가 요시코야. 겨우 열대여섯 먹은 아주 아름다운 처녀였다나."

선생님은 시선을 약간 돌려 내 뒤에 대고 이야기하듯 말했다.

"요시코는 다마나 아가씨였어. 그녀는 역대 다마나 아가씨가 어떤 방법으로 마을을 구해왔는지 알고 있었어. 그래서…… 저, 고시노도 읽은 아사랑 같은 방법으로 요시코는 철도국 관리한테 부탁했어. 다마나 아가씨의 이름만 언급되지 않을 뿐 도코이 촌민이 벌인 운동은 『도코이 정사町史』에도 나와."

"『도코이 정사』라고요? 사카마키 시 역사가 아니라요?"

미우라 선생님은 머리를 긁적였다.

"그래. 응, 그렇구나. 그걸 일찍 말했어야 하는데. 사카마키 시는 세 개의 정이 합병해서 생겼거든. 다른 정 사람들은 새로운 이름에 금세 익숙해졌는데, 도코이 정 사람들은 지금도 사카마키 시보다 도코이 정이란 이름에 더 익숙한 것 같더라. 뭐, 어쨌거나 요시코의 활동 결과 선로는 무사히 마을 외곽을 지나게 됐고 역도 설치하지 않게 돼서 반대 운동이 성공했다고 이야기돼."

"그건…… 손해 같은데요."

내가 그렇게 말하자 선생님은 웃으며 고개를 끄덕였다.

"그러게. 엄청난 손해지. 실은 말이지, 선생님, 이건 틀린 게 아닐까 싶거든."

"『도코이 정사』가요?"

"큰 소리로 말할 순 없지만 말이야. 지도를 잘 보면 알 수 있는데, 진짜로 도코이 촌 한복판을 가로지르게 선로를 놓으면 엄청나게 커브를 그리게 되는데다 다리를 두 개나 놔야 해. 언젠가 좀더 자세히 조사해보고 싶은데, 마을 사람들은 실은 알려진 거하고 정반대로 도코이 촌에 철도를 놔달라고 부탁하지 않았을까 해. 현재로선 그냥 감일 뿐이지만."

헛기침을 했다.

"그래서 요시코 말인데, 그녀는 비록 마을을 위해서 한 일이라지만 몸을 바친 걸 수치스럽게 여겨서 목을 매고 죽었다고 해."

"……다마나 아가씨는 자살하는 건가요?"

선생님은 아주 살짝 고개를 끄덕였다.

"그래. 그리고 그다음 전개도 '아사' 때랑 똑같아."

아사는 관리에게 가서 부탁을 했다. 그 결과 마을의 세금은 오르지 않았다. 그리고 그 뒤 어떻게 됐더라?

"관리도 죽어. 사이카와 강에 떨어져서 물에 빠져 죽는 거야. 이건 전승이 아니야. 정확히는 철도국 관리가 아니라 관리를 안내해준 현縣의 관리인데. 그 사람이 사이카와 강에 추락해 익사했다는 건 당시 신문에도 실렸어."

"강에 빠져서요?"

"그래."

아아.

이제 알았다. 나도 이해했다.

"관리가 다마나 아가씨의 부탁을 들어준다. 그 뒤 다마나 아가씨는 자살한다."

"그래."

"그리고 다마나 아가씨의 부탁을 들어준 관리는 사이카와 강에 빠져 죽는다."

"응."

미우라 선생님은 나를 염려해주었다. 중학교 1학년인 내게 너무 잔인한 이야기를 들려주지 않으려고 배려해주었다.

선생님에게는 미안하지만 아름다운 처녀가 몸을 바쳐 '부탁하러' 간다는 게 어떤 의미인지, 여기까지 듣고 나면 나도 어렴풋이 짐작이 간다. 단순히 머리 숙여 간청하고 돌아온 게 아니라는 것쯤은 대충 알 수 있다.

그러니 그 뒤 다마나 아가씨가 자살하는 이유도 안다. 그렇다고 납득이 되는 것은 아니지만.

"선생님, 저, 그 관리가 떨어져 죽은 다리 이름 말씀드릴 수 있어요."

미우라 선생님은 잠자코 내 말을 기다렸다. 선생님은 정말이지 속마음이 표정에 고스란히 드러나는 사람이다. 그렇게 눈을 가늘게 뜨고 미소 지으면 내게 감탄하는 것을 빤히 알 수 있지 않나.

하지만 나는 별로 기쁘지 않았다. 다리의 이름이 역시 마음에 들지 않는다.

"대가(무쿠이)를 치렀군요."

"훌륭한걸. 고시노, 넌 장래 대학에 가서 연구를 하렴."

선생님은 약간 자조 어린 웃음을 지었다.

"실은 선생님, 그 다리를 '시라세•'라고 읽는 줄 알았지 뭐야. 부고가 전해진 다리라고 지레짐작을 한 거지. 그런데 오늘 학년 자원봉사로 사이카와 강변에 갔잖아? 그때 다리 근처를 지나다가 교각에 히라가나로 적힌 걸 보고 처음 안 거야. 얼마나 놀랐는지."

선생님은 칠판에 분필로 '무쿠이 다리'라고 쓰고 동그라미를 쳤다.

"하여간 참, 이런 게 바로 백문이 불여일견이라니까."

선생님은 내게 프린트 한 장을 주었다.

표가 그려져 있었다. '아사'의 이름이 있고, '요시코'도 있

• 일본어로 '소식, 알림'을 뜻한다. 무쿠이와 시라세 모두 '報'라는 한자를 쓴다.

다. 모르는 이름 두 개가 더 있었다.

그리고 그들이 언제 살았던 인물이며 마을을 위해 뭘 했는지 결과가 어땠는지 정리되어 있었다. 네 명의 '다마나 아가씨'는 모두 자살했음을 한눈에 알 수 있었다.

달랑 종이 한 장인데 무척 무겁게 느껴졌다. 미우라 선생님은 중학교에서 학생들을 가르치며 여기 사카마키 시의 전승을 조사해 '다마나 아가씨'가 어떤 존재인지 밝혀내려 하고 있다. 내가 아무리 학생이라도 미우라 선생님의 조사 결과를 그냥 얻기만 해도 되는 건지 망설이지 않을 수 없었다.

"정말 괜찮으세요?" 하고 묻자 미우라 선생님은 내 어깨를 두드리며 말했다.

"고시노, 넌 장래성이 있어. 선생님은 말이지, 고시노한테 좋은 공부를 시켜줄 수 있다는 게 기쁘단다."

남에게 인정받으면 기분 좋다. 나는 그런 기쁨을 생전처음 경험한 것일지도 모른다. ……사실은 아니겠지만. 내가 처음 일어섰을 때, 처음 말했을 때 아버지는 아마 나를 크게 칭찬해주었을 것이다.

하지만 나는 다마나 아가씨의 정체를 알고 싶어서 선생님에게 질문한 게 아니다. 내가 알고 싶은 것은 따로 있다. 정말 화나게도 저 바보 약골과 관련된 문제다.

방과후 생각지도 않았던 수업 덕분에 나는 내가 무엇을 질문하면 되는지 알았다. 분필을 갑에 넣고 칠판 지우개를 든 미우라 선생님에게 나는 내일 날씨를 묻듯 자연스럽게 물었다.

"선생님, 그런데 남자 다마나 아가씨도 있을 수 있을까요?"

무리도 아니지만 선생님은 내가 농담한다고 생각한 모양이다. 예의 차리는 정도로 입꼬리를 올리고, 그러나 전혀 재미있다고 생각하지 않는다는 것을 눈빛에 명확히 드러내며 대답했다.

"예전엔 생각할 수 없는 일이었겠지만 지금은 남녀평등 시대니 말이지."

현재로서는 그 대답으로 만족하는 수밖에 없었다.

3

빈 교실에서 얼마나 있었는지 내 감각으로는 알 수 없었다.

오래 있었던 것 같기도 하고 한순간이었던 것 같기도 했다. 교실로 돌아오는 길에 내빈용 현관 정면에서 벽시계를 발견했다. 시계를 보니 미우라 선생님의 '수업'은 사십오 분 정도 걸린 것 같다. 그렇게 오래했나 싶기도 하고 그것뿐인가 싶기도 했다.

하지만 그냥 기다리기에는 좀 긴 시간이다. 린카는 벌써 집에 갔을 것이다. 뭔가 수습을 해야겠다.

그렇게 생각했으니 교실 내 자리에 린카가 앉아서 "어서 와"라고 했을 때는 깜짝 놀라고 말았다.

그 밖에 남아 있는 애는 없었다. 창문으로 보이는 운동장에서 육상부가 허들을 정리하고 있었다. 날이 저물려면 아직 더 있어야 하는데.

"미안, 진짜 기다려줬구나. 이야기가 길어지는 바람에……."

린카는 아무렇지도 않은 표정으로 "내가 맘대로 기다린 건데, 뭐"라며 웃었다.

책을 돌려준 덕에 가방이 많이 가벼워졌다. 기껏 이 시간까지 남아 있었으니 사람이 얼마 없는 학교를 좀더 즐기고 싶었지만 린카는 그럴 마음이 없는 듯했다.

"그럼 갈까."

우리는 둘이서 처음으로 집에 간 날과 같은 길을 걸었다. 처음에는 샛길 같던 골목에도 지금은 익숙해져, 담벼락에 붙은 포스터의 정치가 얼굴까지 눈에 들어왔다. 평소처럼 걷다

보니 린카가 히죽거리며 나를 보고 있었다.

"그래서 우랏치가 뭐래?"

교무실에 가면서 미우라 선생님이 어떤 이야기를 할지 궁금하다고 말했던 것을 기억하는 모양이다. 그것을 묻다니 린카도 제법 의리가 있다.

골목 좌우로 담장이 이어지니 조용히 이야기할 수 있다.

"응, 다마나 아가씨에 대해서 이것저것."

"다마나 아가씨라. 우리는 별생각 없이 듣고 자라니까 말이야. 외부에서 온 사람한테는 어떻게 들리려나?"

어려운 문제다. 린카는 다마나 아가씨 이야기를 안다고 했는데 어느 정도 아는 걸까. ……다마나 아가씨가 과거에 몇 번씩 스스로 목숨을 끊었다는 것도 알까? 그에 따라 어디까지 이야기할지가 결정된다.

하지만 나는 금세 내가 잘못 생각했음을 깨달았다. 린카가 만약 자세하게 알고 있다면 지금 그 이야기를 하고 싶을 리 없다. 나는 "잘은 모르겠지만……" 하고 서두를 뗐다.

"다마나 아가씨는 환생하는 거지? 선대 아가씨가 죽으면 다음 아가씨가 태어나고 이전 아가씨들이 알던 것도 전부 안다나 뭐라나. 기묘한 이야기야."

그런데 린카는 아무 말도 하지 않았다. 더 조심했어야 하나? 철렁해서 나도 모르게 린카의 얼굴을 가까이서 들여다보았다.

표정이 괴상했다.

웃으면서 난처해하는 듯한, 당혹해하면서 타이르는 듯한 괴상한 표정. 린카는 결국 어이없어하기로 한 듯했다.

"그게 뭐야."

"어? 아니……." 목소리가 작아졌다. "다마나 아가씨 이야기 아냐?"

어디서 고양이 우는 소리가 들려왔다. 절묘한 추임새처럼. 린카는 한숨을 쉬었다. 깊은 한숨이었다.

"우랏치가 그런 소리를 해?"

"……아냐?"

"으음, 뭐라고 말하면 좋을까."

린카는 팔짱을 끼고 고개를 크게 갸웃했다. 오른쪽으로 갸웃, 왼쪽으로 갸웃하다가 내가 견딜 수 없는 기분이 들 즈음에야 비로소 뭔가 번득 떠오른 것처럼 말했다.

"신데렐라 있잖아?"

뜬금없다.

"응, 있지."

"학교 축제 같은 데서 신데렐라 연극 하고 그러잖아?"

"할 때도 있겠지."

"연극에선 누군가가 신데렐라가 되지. 그렇다고 그 사람이 진짜 신데렐라인 건 아냐."

그거야 물론 그렇다. 내가 고개를 끄덕이자 린카는 득의양양하게 가슴을 폈다.

"그런 이야기야."

……린카는 비유가 서툰 것 같다. 그런 거라면 굳이 에둘러서 이야기하지 않아도 더 간단하게 설명할 수 있을 텐데.

"그러니까 다마나 아가씨는 연극 배역의 이름이란 뜻?"

"응, 연극이 아니라 축제라고 할지, 정기 모임 같은 건데. 도코이 여자애들이 '다마나 아가씨'가 돼서 정기 모임 같은 게 있을 때 화장하고 참가하는 거야. 그럼 다들 비나이다, 비나이다, 하고 절을 해. 전대前代 아가씨가 결혼한다든지 무슨 이유로 없어지거나 하면 교대하고. 미인이 뽑히니까 교대할 때가 되면 여자애들도 어른들도 서로 약간 뾰족해지고 그래. 그게 다야."

린카는 자상한 초등학교 선생님처럼 '넌 똑똑한 애니까 알겠지?'라고 하듯 웃음을 지었다.

아마 나는 얼빠진 표정이었을 것이다. 어떻게 생각해야 할지 잘 모르겠다. 옛날에는 미우라 선생님이 말한 것 같은 비참한 역할을 맡았던 다마나 아가씨가 있었지만, 지금은 그런 관습은 없어졌고 평화로운 다마나 아가씨 놀이로 변질되었다는 뜻일까.

"아, 맞다." 린카가 손뼉을 딱 쳤다. 얼굴을 빛내며 지금까지 지나본 적이 없는 골목 앞에서 멈춰 섰다. "보러 가볼래? 여기서 금방이고, 이제 곧 정기 모임이 열릴 테니까 아가씨도 있을 테고."

"어? 그렇지만……."

모처럼 말해줬는데 골목길에 비쳐드는 햇빛이 점점 붉어지고 있었다. 곧 밤이 될 테고, 게다가 오늘은 보기 흉한 체육복을 입었다.

린카는 내 망설임을 금세 꿰뚫어 보았다.

"……오늘은 너무 늦었지? 그럼 내일."

거절할 이유도 없다. 내일은 토요일. 중학교에 들어와 처음 맞는 휴일을 친구와 보낼 수 있다면 그 이상 좋은 게 없다.

"응, 내일."

낡은 널담과 널담 사이에 낀 축축한 길을 걸으며 나는 생각했다. 만약 다마나 아가씨가 단순한 역할이고 모든 게 미우라 선생님의 장대한 착각이며, 그게 아니어도 이미 오래전에 없어진 이야기라면…….

이곳에서 벌어진 불가사의한 일을 전부 우연으로 돌리는 것이나 다름없다. 정말 그렇다면 얼마나 마음이 편할까.

4

"우연이지."

그런 말을 그날 밤만 해도 몇 번이나 스스로에게 일렀는지 모른다. 목욕하면 전부 깨끗이 잊을 수 있을지도 모른다고 생각했는데 거무스름하게 때탄 천장을 올려다보며 결국 또다시 중얼거리고 말았다.

"우연이야."

첫째, 사토루는 무쿠이 다리를 건너는 것을 몹시 겁낸다. 둘째, 예전에 무쿠이 다리에서 미즈노라는 교수가 떨어져 죽었다. 셋째, 사토루는 무쿠이 다리에서 누가 떨어져 죽었다고 단언했다. ……그것뿐이었다면 나는 아무런 망설임도 없이 우연의 일치라고 생각할 수 있었을 것이다. 사건이야 언제든 일어나는 일이고, 사토루는 겁쟁이인데다 늘 아무렇게나 거짓말을 하니까. 그런데 어째서 목욕중에 마치 자신에게 암시를 걸듯 연달아 중얼거려야 하나. 지금이 하루 중 유일하게 안심할 수 있는 시간인데.

새집은 전에 살던 연립보다 훨씬 크다. 나와 사토루가 각각 자기 방을 가질 수 있을 정도로. 그런데 왜 그런지 욕실만 작다. 타일은 여기저기 금이 갔고 틈새는 여기저기 거뭇하게 변해 기분 나쁘다. 아무리 닦아도 맑아지지 않는 거울에 내가 흐릿하게 비친다. 야무진 데가 없는 맹한 얼굴.

몸이 피곤한 것도 사실이었다. 강변 청소 자원봉사는 중노동이라고는 할 수 없었지만 엉거주춤한 자세를 취할 일이 많았다. 강 근처에서 린카에게 '미즈노 보고서' 이야기를 듣는 동안 내내 쭈그리고 앉아 있었다. 그 탓에 허벅지가 약간 땅긴다.

미즈노 교수의 사고와 사토루가 겁내는 것을 연결하는 것은 역시 아무리 생각해도 미우라 선생님에게 빌린 책 탓 같다. 환생을 되풀이하고 미래를 내다보는 '다마나 아가씨'. 그런 옛날이야기에 현혹되다니 하여간 참, 나답지 않다. 생각은 그렇게 하는데, 욕조에 멍하니 몸을 담그고 있다 보니 어느새 또다시 무쿠이 다리로 생각이 돌아갔다. 다리 이름이 좋지 않다. 대가(무쿠이)라니.

문득 보니 타일 위로 뭔가가 느릿느릿 기어갔다.

거미다. 시커먼 거미. 크지는 않지만 불균형하게 긴 다리가 꾸불꾸불 움직였다.

"헉."

비명이 터져나올 뻔했다. 소름이 돋아 뜨거운 물 속에 있는데도 몸이 대번에 식었다.

하지만 겁에 질린 것은 잠깐뿐 금세 분한 마음이 치밀었다. 아무리 불시였다지만 내가 거미 한 마리를 무서워하는 여자애였던가. 말도 안 된다. 저 거미를 만약 학교 가는 길 어딘가에서 봤다면 비명 따위를 질렀을 리 만무하다. 무시하거나, 마침 잔인한 기분일 때라면 짓밟았을 것이다.

괜찮다. 끄떡없다. 내가 훨씬 세다. 그렇게 자신을 타이르며 거미를 꼼짝 않고 지켜보았다. 그러자 순식간에 소름이 가시고 물의 온기도 돌아왔다. 그래, 거미가 등을 기어다녔다면 진짜 징그럽고 싫지만 타일 위를 기는 거미가 뭐가 무섭다고. 뜨거운 물을 끼얹으면 저런 거미 따위 배수구로 쓸려갈 것이다.

한숨이 나왔다. 생김새가 징그럽거나 무서운 것뿐이라면 나는 이렇게나 간단히 제압할 수 있다. 어쩐지 악 하고 소리를 지르고 싶어져서 충동을 억누르려고 머리 꼭대기까지 물에 잠갔다.

머리가 길었을 때는 매일 목욕하고 나서 여간 힘든 게 아니었다. 이사 전에 싹둑 잘랐는데, 자른 날은 거울을 보기 싫을 만큼 허전했지만 목욕하고 나서 마음이 바뀌었다. 목욕 타월로 닦기만 해도 이럭저럭 되다니 꿈만 같다.

두꺼운 잠옷을 껴입고, 머리에 목욕 타월을 쓰고 복도를 걸었다. 거실 장지로 빛이 새어 나오는데 소리는 들리지 않았다. 고개를 갸웃했다.

거실에 사토루가 있을 때면 거의 예외 없이 텔레비전이 틀어져 있다. 사토루는 대체 뭐가 재미있나 싶을 만큼 텔레비전을 좋아한다. 저녁을 먹고 나면 꼭 텔레비전 정면에 자리잡고 앉았다가 잘 때나 되어서야 자기 방으로 돌아가는 게 사토루의 행동 패턴일 텐데.

장지를 열고 거실을 들여다보았다. 텔레비전은 꺼져 있고, 허연 전등 불빛 아래 아무도 없었다. 싸구려 벽시계는 8시 반을 가리키고 있었다. 아무리 사토루가 어린애라도 평소에는 이렇게 빨리 자러 가지 않는다. 아니, 그보다 그 녀석 아직 목욕도 안 했는데.

부엌에서 물소리가 들렸다. 엄마가 설거지를 하나 보다.

"욕실 비었어" 하고 말을 붙였다.

"그래, 그럼 사토루한테 목욕하라고 말해줄래?"

당연한 말을 하는데도 엄마의 대답에 기분이 우울해졌다. 늘 자상하게 타이르는 듯한 엄마 목소리가 심하게 잠겨 있었다. 엄마는 피곤하다. 그도 그럴 것이다. 피곤하지 않을 리 없다. 나는 가능한 한 엄마에게 부담을 주면 안 된다. 그 점을 계속 의식하고 있어야 한다.

"응."

내 목소리는 무척 작아 엄마에게 들리지 않았을 것이다. 그래도 상관없다고 생각했다.

목욕 타월을 두건처럼 머리에 덮어쓰고 고개를 숙이고 있었던 터라 발치만 보였다. 계단을 한 단씩 천천히 올라갔다. 삐걱거리는 소리에도 점점 익숙해져 이제 신경쓰이지 않았다. 방으로 돌아왔다.

전에는 예쁜 분홍색 손거울이 있었다. 아버지가 생일선물인지 뭔지로 주었다. 꽤 좋아했는데 이사하면서 잃어버렸다. 지금은 100엔 숍에서 산 거울 스탠드를 쓴다. 거울 앞에서 드라이어로 머리를 말렸다. 식어가던 몸에 열풍이 기분 좋게 느껴졌다.

말라가는 머리를 손가락으로 빗으며 중얼거렸다.

"생각하는 방식을 바꾸는 게 중요해."

그렇다. 뭐든 생각하기 나름이다. 사토루가 어떤 이유로 무쿠이 다리의 과거와 미래를 알고 있다면, 그건 아주 중요한 지식이다. 가치가 있다. 구체적으로 말해서 백만 엔쯤 가치가 있을지도 모른다.

도코이 상점가에서 날치기범을 찾아냈을 때처럼 사토루의 '나 알아'가 미즈노 보고서를 찾아내는 것을 상상해보았다. 린카는 상금이 백만 엔이라고 말했다. 그 정도 돈을 얻을 수만 있다면 사토루의 해괴한 언동을 전부 못 본 척해줄 수 있다.

거기까지 생각했다가 거울에 비친 내가 웃고 있는 것을 깨달았다. 그게 또 우스워 혼자서 킥킥 웃었다. 점도 제비점도 싫어해 마지않는 하루카 씨가 상금에 눈이 어두워 사토루의 헛소리를 의지하다니.

"그 바보가 알긴 뭘 안다고."

거울을 향해 그렇게 말해보았다.

하지만 백만 엔.

그만한 돈이 있으면 전에 살던 곳으로 돌아갈 수 있을까. 엄마에게 폐를 끼치지 않고 혼자 살 수 있을지도 모른다. 적어도 분홍색 손거울을 새로 사는 정도는 할 수 있겠지.

드라이어를 껐다. 거울 속의 얇은 웃음도 사라졌다.

다다미 바닥에 팽개쳐놓았던 책가방으로 손을 뻗었다. 가방 안에서 구겨지면 안 되니까 프린트는 국어 공책에 끼워놓았다. 그래도 삐져나온 부분이 조금 구겨졌다. 미우라 선생님이 준 프린트를 밥상에 놓고 손바닥으로 폈다. 아까는 얼핏 보기만 했었으므로 다시 찬찬히 읽어보았다.

전승 연도	덴포 12년 (1841년)	메이지 26년 (1893년)	쇼와 52년 (1977년)	헤이세이 10년 (1998년)
다마나 아가씨	아사	도다 요시코	기타가와 사치코	도키와 사쿠라
목적	농지 조사 중지	철도 우회 (속설?)	공장 유치 (도코이 공장. 폐쇄됨)	?
상대방	호리이 도시카타 (재무 부교)	하마 다이스케 (현 직원)	니시카와 가쓰오 (가전업체 직원)	?
상내방의 그 뒤	사이카와 강에 추락, 익사	사이키와 강에 추락, 익사	사이카와 강에 추락, 익사	?
다마나 아가씨의 그 뒤	투신자살 (우마가타 고개?)	목매달아 자살	열차 앞에 뛰어들어 자살	분신자살 (?)
출전	『도코이 민화 고찰』 등	〈도코이 촌의 철도 기피 전설 재검토〉 (이마미 99)	《다이요 신문》 (1977년 5월 4일)	《다이요 신문》 5월 13일 등. 필드워크 진행 중

적어도 네 명. 그리고 송장이 수두룩하다.

린카는 다마나 아가씨가 학교 축제의 신데렐라에 불과하다고 말했다. 제발 그렇기를. 아니면 시체가 너무 많다. 내일이 얼른 오면 좋겠다.

얼굴을 들었다가 문득 깨달았다. 옆방에서 소리가 들렸다.

부스럭부스럭하는 작은 소리다. 멍하니 텔레비전을 보는 대신 방에 틀어박혀 사토루가 뭔가를 하고 있다. 엉금엉금 기어 벽으로 다가가 살며시 귀를 갖다 댔다.

들린다. 무슨 소리지? 비유를 하자면 종이를 구기는 것 같은 소리인데.

사토루의 방에는 이사 왔을 때를 포함해서 아직 한 번도 들어가지 않았다. 이것만은 무슨 깊은 뜻이 있어서가 아니라 그냥 우연이다. 그러니 나는 벽 너머가 어떻게 생겼는지 모른다.

소리는 오래 계속되지 않았다. 이어서 들린 것은 착각할 여지도 없이 장지를 닫는 소리였다. 그렇다면 벽 너머는 반침인 모양이다. 사토루 녀석, 자기가 반침에 넣을 물건이 뭐가 있다고.

별반 신경쓰이는 것은 아니었지만, 그러고 보니 사토루에게 목욕하라고 말해야 한다. 그리고 할말도 있다. 벽에서 귀를 떼고 일어섰다. 목욕을 해서 체온이 높아져 있기 때문인지 살짝 현기증이 났다.

복도로 나와 사토루 방 앞에 섰다. 내 방과 마찬가지로 출입구는 장지다. 이쪽도 대체 몇 년을 새로 바르지 않았는지 전체적으로 때가 탔고 여기저기 찢어졌다. 아무리 상대가 사토루라도 느닷없이 들어가기는 망설여졌다. 노크를 하자 폭 하고 바람 빠지는 소리가 났다.

"사토루, 너 있지?"

대답이 없다. 다시 한번 폭폭 문을 두드렸다.

"들어간다."

"응!"

입실을 허가하는 것뿐인데 이상하게 목소리가 새되고 들떴다. 아무튼 장지를 열었다. 사토루의 방은 세 평쯤 되고 예상대로 반침이 있었다. 내 방과 구조가 같다. 책상은 아직 안 산 터라 다다미에 놓여 있는 것이라곤 작은 테이블과 교과서를 꽂는 책꽂이, 그리고 이불과 아무렇게나 벗어놓은 옷가지뿐이었다. 사토루는 이불 곁에 정좌하고 시치미떼는 표정으로 나를 보고 있었다. 단 눈은 맞추려 하지도 않았다.

"얘, 사토루."

"응?"

"아냐, 됐어."

신경쓰지 말자.

"목욕해."

"응."

분별 있는 대답이다.

이윽고 사토루의 얼굴에 문득 불안의 빛이 스쳤다.

"그게 다야?"

내가 나가지 않으니 이상한가 보다.

나는 망설임을 떨치지 못하고 있었다. 사실은 사토루에게 묻고 싶었다……. "얘, 사토루, 너 무쿠이 다리에서 떨어졌다는 대학 교수 이야기 알고 있었어? 그래서 그렇게 무쿠이 다리가 무서웠던 거야?" 하고.

하지만 그것을 물으면 사토루에게 무슨 일인가가 일어나고 있음을 인정하는 셈이다. 그러기는 싫다. 눈앞의 어린애는 겨우 여덟 살 먹은 꼬맹이에, 약골이고 바보인 사토루가 틀림없을 테니까.

망설이면서 마침내 한 질문은 스스로 생각해도 너무 우회적이었다.

"얘, 만약에 말인데……."

"응."

"그 다리 말이야. 네가 겁냈던, 거기 많이 흔들리는 다리에서."

"'무쿠이 다리'야."

"나도 알거든."

무심코 언성이 높아지려는 것을 애써 참았다.

"거기서 떨어진 사람이 있다고 네가 그랬지?"

"응."

사토루는 남의 마음도 모르고 선뜻 고개를 끄덕였다. 목구멍에서 터져 나올 듯한 고함을 꾹 눌렀다. 억지로 진정하고 다시 물었다.

"혹시 거기서 떨어진 사람이 있었다면…… 어떤 사람이었을 것 같아?"

"몰라."

명백히 이상한 질문에 사토루는 조금도 당혹하지 않고 대답했다.

이유는 금세 알았다. 이 녀석, 내 말을 듣고 있지 않았다. 몸이 딱딱하게 굳어서는 내 눈을 피하며 아무래도 상관없으니까 제발 빨리 나가달라고 생각하고 있다.

이상하게도 사토루가 그런 태도를 취하는 것 자체는 전혀 화가 나지 않았다. 눈을 위로 뜨고 흘끔흘끔 내 눈치를 보는 사토루를 불쌍하다고 생각하지는 않았지만 어쩐지 힘이 빠졌다. 사토루가 뭔가 감추는 게 있다는 것은 알고 있었다. 표정에, 목소리에, 앉은 자세를 봐도 명백하다. 오히려 어떻게 하면 이렇게까지 부자연스러운 태도가 가능한지 신기했다.

가만히 쳐다보자 중압감을 견딜 수 없어졌는지 사토루의 시선이 옆으로 움직였다. 반침을 보고 있다. 그곳에 뭔가 숨겼다는 것은 알고 있다. 그게 뭐냐고 추궁할 마음은 없었으나, 사토루에게는 불행하게도 그날 밤 내 감은 무척 예리했다.

"그러고 보니 너 저번에 시험 본다고 안 했어?"

"그런 적 없어."

정답인 모양이다.

내가 초등학교 3학년 때는 거짓말도, 감추는 것도 좀더 잘 했다. 같은 반 여자애들만 빼면 누구든 쉽게 속일 수 있을 것 같았다. 적어도 거짓말을 하는데 시선을 피하고 말투가 빨라지는 뻔한 짓은 하지 않았다. 초등학교 때 정신연령은 남자애가 더 낮다고 반 애들이 수군거렸던 것을 이제는 믿을 수 있을 것 같다.

반침으로 다가갔다. 막으려나 했는데 사토루는 울상을 지을 뿐 돌덩이처럼 굳어 있었다.

그렇게 보여주기 싫으면, 감추고 싶으면 왜 좀더 기를 쓰고 저항하지 않나. 장지 손잡이에 손가락을 걸고 단숨에 열었다. 너무 확 여는 바람에 문이 기둥에 부딪혀 거북할 정도로 큰 소리가 났다.

반침 안은 비어 있었다.

정말로 아무것도 없다. 두 단으로 된 어두운 공간에서 먼지 냄새가 풍길 뿐 텅텅 비어 있다. 사토루가 평소 이불을 개서 반침에 넣었다 꺼냈다 할 것 같지 않다. 새 생활을 시작한

지 아직 얼마 되지 않은 탓에 사토루의 방에는 치울 물건조차 없는 모양이다.

뒤에서 사토루가 말했다.

"나 목욕할래."

"그러시든지."

"하루카가 나가면 갈 거야."

그새 긴장했던 게 사라져 무척 건방진 목소리였다. 나를 바보로 여기는 것이다. 내가 비밀을 찾아낼 리 없다고 얕보고 있다. 사토루에게 업신여김을 당하다니 그런 일은 있으면 안 된다. 나는 무릎을 꿇고 반침 속으로 들어갔다. 사토루의 허세는 순식간에 사라져 뒤에서 허둥대는 목소리가 쫓아왔다.

"뭐하는 거야, 여기 내 방이란 말이야!"

"그런 소리는 십 년 뒤에나 하셔. 너 밤에 혼자 잘 수 있어?"

대꾸하는 소리가 반침에 반사되어 불분명하게 들렸다.

그러나 아무것도 없었다. 반침의 바닥은 얇은 베니어판인데 표면이 여기저기 까칠하게 일었다. 손으로 쓸면 가시 두세 개는 박힐 것 같다. 습한 어둠 속에 보이는 것이라곤 구석에 쌓인 먼지뿐이었다.

'사토루가 국어 시험지를 반침에 숨겼다'는 것까지는 짐작했으면서 반침에 머리까지 들이밀고 아무것도 못 찾다니 말도 안 된다. 큰일났다. 이대로 그냥 기어나오면 사토루가 얼마나 기고만장할지 상상도 할 수 없다. 사토루의 시험지 따위 전혀 관심없지만 찾아내지 않을 수 없게 됐다. 반침은 두 단으로 돼 있으니 윗단에 있을 가능성도 있지만…….

"에이 참, 하지 마."

이렇게 조바심치는 것을 보면 역시 아랫단에 있을 것 같다. ……아, 혹시 선반 널판 속에 있나?

그렇게 생각해 몸을 틀려는데 사토루가 갑자기 내 다리에 들러붙었다.

"하지 말라니까!"

"얘가 진짜, 너 뭐하는 거야!"

잠옷 자락을 잡아당긴 것 같아서 홱 돌아보았다.

엄청난 소리가 났다.

선반에 머리를 힘껏 부딪고 말았다. 나도 모르게 머리를 얼싸안고 몸을 웅크렸다.

뜨거운 것을 만진 양 사토루가 재빨리 떨어졌다. 나는 머리에 손을 댄 채 얼굴도 들지 못했다. 사토루가 웃겠다고 생각했다. 선반 모퉁이가 아니라 널판에 부딪힌 것이라 소리는 요란했어도 아프지는 않았다. 하지만 사토루가 신나서 내 꼬

락서리를 비웃을 생각을 하면 차라리 덤벼들어 목을 졸라주고 싶었다.

"저기."

눈은 감고 있었지만 사토루가 다가오는 것을 소리로 알 수 있었다. 대답도 하지 않자 사토루는 이렇게 말했다.

"하루카, 괜찮아? 아파?"

얼굴을 숙이고 있기를 잘했다. 아마 그 순간 내 얼굴은 새빨갰을 것이다.

"미안해, 하루카. 미안."

실눈을 떴다. 나를 보는 시선이 눈에 익었다. 이런 곳에서, 이런 모습으로 나는 사토루와 엄마가 닮았다는 것을 처음으로 깨달았다.

"……왜 네가 사과하는 건데?"

가까스로 한 말에 사토루는 진지하게 대답했다.

"내가 끌어당겼잖아. 하루카, 혹 안 생겼어?"

"괜찮아. 아무렇지도 않아."

"저…… 있지, 여기 숨겼어."

사토루는 그러더니 내 옆을 지나 반침 안으로 들어왔다. 조그만 몸뚱이를 틀어 장지 뒤로 손을 뻗는다.

문 뒤쪽에 바른 종이가 찢어져 있었다. 사선으로 크게, 못

보려야 못 볼 수 없을 만큼 찢어졌다. 하지만 이것을 발견하려면 반침에 들어와서 장지 쪽을 돌아봐야 한다. 나는 알아차리지 못했다. 사토루가 찢어진 틈새로 손을 넣었다. 종이가 스치는 바스락 소리를 내며 아무렇게나 접은 종이를 꺼냈다.

"이거."

하고 싶은 말은 이것저것 있었지만 아무튼.

"좁으니까 나가."

"아, 응."

나와 사토루는 썰렁한 방 한복판에 마주보고 앉았다. 나는 편한 자세로 앉았으나 사토루는 어째선지 내가 방에 들어왔을 때처럼 딱딱하게 정좌를 하고 있었다.

사토루는 손에 든 종이를 내게 내밀었다. 그래봤자 아주 약간 내 쪽으로 내민 것뿐 가능하면 보여주기 싫다는 미련이 빤히 드러나 있었다. 나는 정말로 사토루의 시험지에 관심 없다. 하지만 사토루의 각오를 무시하면 미안하다.

받아서 펴보았다. ……65점.

약간 맥이 빠졌다.

"엥, 너 이걸 감춘 거야?"

고개를 푹 떨군 사토루는 더 수그릴 수 없을 듯한 자세에서 용케 조그맣게 고개를 끄덕였다.

시험지를 다시 보았다. 한자 쓰기 문제가 전멸. 문장 독해도 한 문제 틀렸다. 그렇지만 뭐랄까, 심한 것은 아니다.

"65점이잖아. 100점은 아니지만 숨길 만큼 창피한 점수도 아닌데."

"거짓말."

"내가 왜 거짓말을 하는데?"

그러자 사토루는 얼굴을 홱 쳐들고 전에 없이 사납게 나를 노려보았다.

"전에 바보라고 놀렸잖아. 60점짜리 시험지를 보고."

기억을 더듬어보았다.

"……그런 말 한 적 없어."

"있단 말이야!"

사토루가 바보인 것은 사실이니 어떤 장면에서 바보라고 했는지 일일이 기억나지 않는다. 만약 바보라고 했다면 아마 시험 말고 이유가 따로 있었을 것이다. 일부러 오해를 풀어줄 마음은 없지만.

"그래? 그래서 지금 네 나름대로 벌충하는 거야?"

사토루는 어리둥절한 표정을 지었다.

"벌충?"

"바…… 음, 미안하다는 표시냐고."

그러나 사토루는 어째선지 가슴을 쫙 폈다.

“사과는 아까 했어. 이건 거래.”

“거래? 너 나한테 뭐 원하는 거 있어?”

“그러니까…… 다리 붙든 거 용서해줘.”

역시 벌충 아닌가. 하여간 정말 바보다.

어쨌거나 사토루의 시험지는 내게 휴지나 다름없다.

“알았어. 이제 됐어. 이건 돌려줄게. 괜찮아. 네가 65점을 창피하게 생각한다는 걸 잘 알았으니까 엄마한테는 말 안 할게.”

사토루는 “엄마는 괜찮아”라고 중얼거리며 시험지를 받았다. 구겨서 휴지통에 버리는 게 제일이라고 생각하지만, 사토루는 아마 그러지 않을 것이다.

그나저나.

“장지 뒤 같은 걸 어떻게 발견했어? 설마 네가 찢은 건 아니겠지?”

“아, 아냐.”

허둥대는 게 수상쩍다. 사토루는 시험지를 등뒤로 감추며 횡설수설 변명했다.

“전에도 그런 적이 있거든. 그래서 반침을 봤더니 찢어져 있길래 딱 좋겠다 싶어서…….”

"그래?"

"넣을 때 약간 찢어졌지만 아주 약간이야. 원래 찢어져 있었어."

"그래?"

진짜야, 하고 사토루가 항의하는 것을 대충 들어넘기며 천천히 일어섰다. 목욕한 직후에 이상한 짓을 하느라 몸이 싸늘하게 식고 말았다. 아직 이르지만 이불 속에 들어가서 책이라도 읽을까.

그런 생각을 하면서 돌아선 내게 사토루가 퍼뜩 생각난 것처럼 말했다.

"있지, 아까 한 말."

"응? 이제 됐다니까 그래."

"그거 말고. 하루카가 물었잖아!"

뭐였더라? 아리송한 표정의 내게 사토루는 맥 빠진 얼굴로 선뜻 이렇게 말했다.

"나, 누가 무쿠이 다리에서 떨어졌다면 아저씨라고 생각해. 잘은 모르겠지만 학교 선생님."

"……그거 말고는?"

"뚱뚱해. 있지, 왜 그런 걸 물었어? 나, 아마 떨어진 사람 알걸."

제5장

↺

1

엄마의 새 직업은 토, 일이 쉬는 날이라고 한다.

본인은 "운이 좋았어. 하루카랑 사토루랑 같이 있어줄 수 있으니까"라고 했는데 거짓말일 것이다. 엄마가 하는 일은 호텔 청소인데 그냥 생각해도 호텔은 주말에 바쁘다. 일손이 제일 필요할 토, 일에 쉰다는 것은 사장님이랄지 점장님이랄지, 아무튼 높은 사람이 무척 친절해서 엄마에게 마음을 써주었거나 아니면 엄마가 간곡하게 부탁했다는 뜻이다.

엄마의, 또는 높은 사람의 그런 배려는 별로 의미가 없었다. 사토루는 아침을 먹자마자 텔레비전에 들러붙었다. 쉬는 날 아침에는 어린이 프로그램이 많다. 사토루는 볼 게 정 없으면 아무것도 모르면서 하이쿠 강좌도 넋 놓고 보는 애다. 어린이 프로그램만 주면 세상이 멸망해도 텔레비전 앞에서 떨어지지 않을 것이다. 엄마가 다정하게 "어디 나가볼까?" 하고 말해도 '응'인지 '아니'인지 알 수 없는 대답을 건성으로 할 뿐이었다. 어디서 듣기로 요새 애들은 텔레비전을 잘 안 본다고 했다. 실제로 내가 그렇다. 바꿔 말해 사토루는 의외로 고풍스러운 어린애인지도 모른다.

린카와 만나기로 약속했는데 시간과 장소를 정하지 않았다. 전화해야 한다. 꾸물거리고 싶지는 않았지만 너무 아침 일찍 전화하면 실례다. 아침 10시까지 기다리기로 했다.

바람이 약간 부는지 헐거워진 창문이 덜컹덜컹 흔들렸다. 엄마는 자기 방으로 들어갔다. 이삿짐 중 급한 것만 먼저 풀고 나머지는 고스란히 남아 있다. 나는 아침 먹은 설거지를 돕고 나서 거실에서 멍하니 10시가 되기를 기다렸다.

사토루는 입을 헤벌린 채 텔레비전에서 눈을 떼지 않았다. 어느새 그런 사토루를 꼼짝 않고 쳐다보고 있었다.

어젯밤 사토루는 무쿠이 다리에서 떨어진 사람을 뚱뚱한 학교 선생님이라고 말했다. 아무리 다그쳐도 그 이상은 말하지 않았다.

오 년 전에 무쿠이 다리에서 떨어져 익사한 미즈노 다다요시는 대학 교수다.

사토루는 어째서 오 년 전 사건을 '안다'고 말했을까. 이번에 이사 올 때까지 사토루는 이 도시에 온 적이 없을 텐데…….

아니, 단정하기는 아직 이르다. 사토루의 세계는 집과 학교만으로 구성된다. 그건 나도 마찬가지이지만. 아무튼 누군가 인간을 들라고 하면 사토루가 가족 아니면 학교 관계자를 드는 것은 매우 자연스러운 일이다. 최소한 미즈노 교수가 뚱뚱했는지 아닌지를 조사하고 나서 고민해야 한다. 조사할 수 있을까?

"응, 될 것 같아."

할 일이 생겼다. 그것만으로도 몸이 똑바로 펴지는 듯했다.

오후 3시, 린카의 집 앞에서 만나기로 했다.

린카의 말에 따르면 다마나 아가씨는 '학교 축제의 신데렐라'라지만, 모르는 사람을 소개받는다는 데는 변함이 없다. 뭘 입고 갈까 많이 고민했다. 엄마는 지금 내게 새 옷을 사 줄 여유가 없다. 중학교 교복만 해도 상당히 부담이었을 것이다. 하지만 내 방 반침에는 아버지가 있을 무렵 사준 옷이 몇 벌 들어 있다.

"옷차림을 제대로 갖추는 것도 예절이다."

아버지는 그렇게 말하며 내게 외출복을 사주었다.

그러나 반침에서 옷이 든 상자를 꺼내보니 오늘 입고 갈 만한 옷이 영 마땅치 않았다. 제일 좋은 옷은 검은 원피스다. 아버지는 이 옷을 "장례식용이야. 사람은 언제 무슨 일이 있을지 모르니까"라며 사주었다. 확실히 맞는 말이었다고 생각한다. 시기를 따지면 아버지는 그때 이미 회사 돈에 손을 대고 있었을 것이다. 정말이지 사람은 언제 무슨 일이 있을지 모른다.

드레스처럼 프릴이 달린 옷도 있었다. 전혀 내 취향이 아니지만 아버지는 내가 좋아할 것이라고 생각했다. 지금도 입을 마음이 나지 않는다. 체크 스커트도 지나치게 귀엽다. 그것을 입으면 아마 비참한 기분이 들 것이다.

결국 베이지색 치마에 회색 카디건을 골랐다. 방에는 큰 거울이 없어서 아래층으로 내려가 세면실 거울을 보았다. 수수하지만 어울린다는 생각이 들었다. 적어도 다른 사람을 만나는데 결례가 되지는 않을 것이다.

엄마가 방에서 나와 나를 보더니 물었다.

"하루카, 어디 나가니?"

"응. 친구랑 약속 있어."

"그래. 좋은 일이네."

다정하게 미소를 지으며 방으로 돌아가려다가 엄마는 불현듯 생각난 것처럼 돌아보았다.

"맞다, 밖에 있는 자전거, 아직 탈 수 있을 것 같더라. 타보지 그러니?"

전에 살던 사람이 놓고 간 듯한 자전거가 벽에 기대 세워져 있는 것은 알고 있었다. 꽤 낡기는 했지만 있으면 편리하다. 사실은 새 자전거가, 가능하면 연분홍색 자전거가 좋지만 사달라고 조를 수 없다.

"……괜찮을까? 다른 사람 거 아냐?"

"괜찮아."

엄마가 그렇게 말한다면야.

자전거의 상태를 살펴보려고 샌들을 꿰고 밖으로 나왔다. 비리디언색 프레임은 취향은 아니지만 싫지도 않다. 핸들의 금속 부분이 녹슬었으나 이사 온 날 생각했던 것만큼 심하지는 않다. 이 정도면 허용 범위 내일 것이다. 안장은 먼지가 많이 묻었고 지저분했지만 다행히 찢어졌거나 구멍이 뚫리지는 않았다. 닦으면 어느 정도는 봐줄 만해질 것이다. 문제는 타이어다. 눌러보니 바람이 상당히 빠져 있었다. 당연할 것이다. 오히려 조금이라도 탄력이 남아 있다는 게 놀라웠다. 그렇게 오래전에 방치된 게 아닌지도 모르겠다.

결론. 린카를 만나러 가는 데 타고 가기는 창피하지만 이동 수단으로는 유용할 것 같다.

자전거는 들고 오지 못했지만 펌프는 전에 살던 사택에서 가져왔다. 놓을 곳이 없어서 현관에 방치해둔 것으로 기억한다. 그걸 가져와서 전에 아버지가 가르쳐준 대로 바람을 넣었다. 그러고 보니 펌프 쓰는 법을 가르쳐주며 아버지는 이런 말을 했다.

"자기 일은 스스로 할 수 있는 사람이 돼라."

덕분에 나는 자전거에 바람을 넣을 수 있다. 하지만 만약 타이어에 펑크가 나 있었다면 고치지는 못했을 것이다. 자기 일을 자기가 하라는 것은 어디까지를 말할까. 엄마의 다정함 덕에 학교에 다니는 것을 알면 아버지는 가르침을 어겼다고 화낼까.

타이어는 문제없을 것 같다. 운이 좋았다.

그 뒤 초등학교 때 체육복으로 갈아입고 자전거를 씻었다. 더러워져도 되는 이 체육복은 작업복으로 안성맞춤이다. 추억과 더불어 '이제 안 쓰는 물건'으로 분류해버린 것도 같지만. 현관 옆에 수도꼭지는 있는데 호스가 없다. 하는 수 없이 양동이에 물을 떠다가 걸레로 닦았다. 마지막으로 마른걸레로 닦고 한 발짝 물러나 바라보았다.

"응, 제법 괜찮은데."

새것이나 다름없다고 하면 거짓말이겠지만 생각보다 깨끗해졌다. 이런 작업은 이상하게 마음이 편해진다. 어쩐지 만족스러웠고 기운도 났다.

이제 어디든 갈 수 있다. 마음만 먹으면 전에 살던 곳에 혼자서도 갈 수 있다.

하지만 지금 가고 싶은 곳은 따로 있었다. 린카와 약속한 시간까지는 아직 많이 남았다. 나는 내 방으로 돌아와 엄마가 준 지도를 폈다.

원하는 곳은 금세 찾았다.

"다녀오겠습니다."

나오면서 말했는데 대답은 없었다. 엄마는 안쪽 방에서 짐정리를 하고 있을 테고, 사토루는 텔레비전 소리만 들릴 것이다.

사토루가 안다고 말한 것은 오 년 전 미즈노 교수의 죽음인가. 하룻밤 자면서 잘 생각해봤는데 역시 그런 어처구니없는 일은 있을 수 없다. 모든 게 사토루의 거짓말임을 증명하기 위해 나는 도서관으로 향했다.

사월도 중순에 접어들었다. 달력을 보고 이미 알고 있었다. 하지만 자전거를 달리며 카디건을 통해 살갗에 닿는 바람이 차갑지 않다는 사실에서 비로소 계절을 실감했다. 겨울은 지나갔다. 지금은 봄이고, 조만간 여름이 올 것이다. 내버려두면 바람의 방향이 바뀌다니 계절은 참 속 편하기도 하다. 내 겨울은 참 고약했다. 봄이 그렇지 않으리라는 보장은 어디에도 없으니, 그렇게 되지 않기 위해 온갖 노력을 다해야 한다.

비리디언색 자전거는 의외로 나쁘지 않았다. 삐걱거리지도 않고 부품이 헐겁지도 않다. 모든 게 순조롭다.

제방을 따라 상류를 향해 달렸다. 학교에 갈 때보다 차가 꽤 적은 것 같다. 휴일에 놀러가는 사람은 평일에 학교나 회사에 가는 사람보다 훨씬 적다. 생각해보면 당연한 일이지만 어쩐지 쓸쓸한 것도 같다. 어렸을 때 매일 학교에서 공부하는 것은 어른이 된 다음 즐겁고 풍요로운 나날을 보내고 쉬는 날에는 돈을 듬뿍 써서 놀 수 있기 위해…… 같은 소박한 신앙을 가진 적도 있었다. 나도 참 바보다.

평소 이용하는 철교를 건너 시가지로 향했다. 다리를 건너는 동안에는 강바람이 역시 찼다. 페달을 밟는 다리에 힘을 주어 단숨에 건넜다.

여기서 왼쪽으로 꺾으면 도코이 상점가와 중학교로 가는 길이 나온다. 지도를 보면 똑바로 가는 편이 도서관을 더 쉽게 찾을 수 있을 것 같다. 그렇게 생각해서 교차로에서 직진했는데, 생판 낯선 동네에 들어선 순간 역시 멀리 돌더라도 아는 길로 갈걸 그랬다고 후회했다.

건물 앞면을 거대한 칼로 썩둑 잘라낸 것처럼 판판한 집들이 늘어서 있었다. 예전에는 점포였던 집이 많은지, 큰 유리문과 회색 셔터가 꽤 눈에 띈다. 페인트가 여기저기 벗겨진 간판에 빛바랜 청색으로 '클리닝합니다'라고 쓰인 게 보였다. 간판 밑을 지나면서 보니 때 탄 벽에 '사월 말에 영업을 종료했습니다. 죄송합니다. 오랫동안 이용해주셔서 감사합니다'라고 쓰인 종이가 붙어 있었다. 지금은 사월 중순이니 작년에 붙인 종이일까. 아니면 재작년, 혹시 삼 년 전?

서점도 발견했다. 기뻐서 다가가보니 유리문 너머로 보이는 서가는 대부분이 텅텅 비었고 얼마 안 되는 책이 옆벽에 기대어져 있었다. 책이 없어져가는 서점은 처음 봤다. 이것도 폐점 준비인지도 모르겠다. 주유소에는 노란 로프를 쳐놓았다. 급유기는 먼지를 덮어 썼고 사무실의 유리는 깨졌다.

"완전히 종 쳤네."

나도 모르게 중얼거린 그때, 앞쪽에 행렬이 보였다.

차 몇 대가 주차장에 들어가지 못하고 도로에 줄을 서 있었다. 주차장 입구에 머리를 들이민 차가 인도까지 가로막은 것을 보고 만일을 위해 감속했다. 꽤나 경기가 좋아 보이는데 뭘까. 지나치면서 흥미진진하게 돌아보았다.

번창하는 곳은 라면집이었다. 새것으로 보이는 새하얀 간판에 붓글씨 같은 글자체로 검게 쓴 '이코마야生駒屋'라는 이름은 본 적이 있었다. 체인점이다. 전에 살던 곳에 이코마야는 세 군데쯤 있었다고 기억한다.

아버지는 식사는 집에서 하는 게 가족의 올바른 모습이라고 주장하는 사람이었다. 그렇기에 우리는 외식을 해본 적이 거의 없다. 그래도 이코마야에서 먹은 적이 딱 한 번 있었다. 아버지가 출장으로 집을 비운 날, 엄마가 "오늘은 엄마한테 휴가를 주렴"이라며 데려가주었다.

활기 넘치는 "어서 옵쇼"가 이리저리 날아다니는 가게 안에서 엄마는 안절부절못하며 말했다.

"아빠한테는 여기 왔다는 거 비밀이야."

그 무렵 나는 엄마의 바람을 모두 들어줘야 한다는 생각이 없었다. 그렇지만 말하면 엄마가 아버지에게 혼나리라는 것은 알 수 있었고, 나는 그것을 바라지 않았다. 조그맣게 고개를 끄덕이며 "알았어, 비밀"이라고 대답했다. 아버지에게 들통낸 것은 사토루였다. 한자도 제대로 못 읽는 주제에 가게 이름만은 똑똑히 기억하고 있다가 아버지와 같이 있을 때 "나 라면 또 먹고 싶어! 이코마야가 좋아!"라고 난리를 쳤다. 결과는 따귀 한 대로 끝났다.

지금 이렇게 손님이 많은 것을 보면 정오에 가까운지도 모르겠다. 서두르지 않으면 3시에 만날 약속에 대지 못한다. 자전거 속도를 높여 길을 가로막는 차의 뒤로 지나갔다.

분명히 이쯤에서 왼쪽으로 꺾어져야 한다는 생각이 들었으나, 지도로 볼 때는 그렇게 명확했으면서 막상 나와보니 어디서 돌아야 할지 자신이 없었다. 엉뚱한 데서 꺾었다가 막다른 골목에라도 들어서게 되면 싫은데 어쩌나 생각하던 차, 마침 '사카마키 도서관 이쪽'이라는 안내판이 보였다.

도서관은 시내에 있는데도 주위에 나무가 많아서 처음에는 그냥 지나치고 말았다. 콘크리트 담장만 눈에 띄는 거리에서 푸릇푸릇한 나무들에 둘러싸인 모습이 꼭 신사神社 같다.

건물 자체는 별다른 특징은 없었다. 베이지색 이 층 건물로, 타일을 바른 계단이 입구로 이어지고 나중에 추가한 듯한 경사로가 계단 옆에 설치되어 있었다.

자전거 보관소는 흰 선을 그어 표시해놨을 뿐 지붕도 없고 아무것도 없다. 자전거는 빽빽하게 들어차 선 밖으로 대담하게 넘쳐흘렀다. 도무지 탈것 같지 않은 고물 자전거도 많다. 필요 없는 자전거를 버리고 갔다는 느낌이다. 이 정도면 내 자전거도 그렇게 낡아 보이지 않는다.

자전거에서 내렸다가 퍼뜩 깨달았다. 그러고 보니 내 자전거에는 잠금장치가 없다. 이런 곳에 세워놔도 괜찮을까. 공짜로 타는 것이니 도둑맞아도 돈은 손해 보지 않지만 걸어서 집까지 가려면 큰일이다. 구석에 눈에 띄지 않게 세워놓고 너무 오래 있지 말자.

입구는 자동문이었다. 자동문이 바깥쪽에 하나, 안쪽에 하나 있다. 문과 문 사이에는 자물쇠가 달린 우산 스탠드와 녹색 게시판이 있었다. 문득 게시판을 보니 뭔지 잘 알 수 없는 청색 곡선 밑에 굵은 고딕체로 "고속도로는 모든 것을 구원한다"고 쓴 포스터가 가장 눈에 띄었다. 그 말 밑에는 더 작은 글씨로 "시민 모두의 단결과 정열이 미래를 인도한다 마음을 하나로 목소리를 하나로 꿈을 하나로"라고 씌어 있다. 흐음, 하고 생각하며 지나쳤다.

도서관 내는 의외로 혼잡했다. 들어서자마자 어린애가 울부짖는 목소리가 들렸다.

"싫어! 이거 읽어줘!"

"책 싫어!"

소리가 들린 쪽을 돌아보니 아동서 코너라고 표시된 부분에 회색 양탄자가 깔려 있고 애들이 앉거나 누워 있었다. 신발을 벗고 들어갈 수 있는 장소 같다. 도서관이 원래 이런 곳이었던가? "도서관에서는 조용히"라고 히라가나로 써놨지만, 어머니인 듯한 여자들이 애를 야단치는 모습은 찾아볼 수 없었다. 그 말은 이렇게 소란스러운 게 당연하다는 뜻이리라.

아동서 코너가 아무리 시끄러워도 내 목적에는 지장 없다. 주위를 둘러보며 카운터를 찾아 그쪽으로 곧장 다가갔다.

카운터에는 대출 순번을 기다리는 사람들이 줄을 서 있었다. 반납은 그냥 책을 놓고 가면 되는지 책이 산더미처럼 쌓여 있는 데 비해 사람은 별로 없다. 대출을 처리하는 직원은 두 명인데 둘 다 정신없이 바쁘다. 반납 작업은 한 명인데 이쪽도 놀고 있지는 않다. 하지만 카운터 한쪽 끝에 "레퍼런스"라고 쓰인 코너가 있었다. 레퍼런스라는 말의 의미는 모르지만, 깜짝 놀라게 큰 안경을 쓴 아저씨 한 명이 손으로 입을 가리며 하품하고 있었다. 도움이 될지 약간 의심스럽지만, 한가해 보이는 사람이 달리 없으니 어쩔 수 없다. 나는 아저씨에게 다가갔다.

"저기요."

말을 걸자 아저씨는 순식간에 바짝 정신을 차려 언짢은 목소리로 말했다.

"왜? 대출은 저쪽에 줄 서."

"아뇨, 그게 아니라요, 옛날 신문을 보고 싶은데요."

"옛날이라고 나한테 한들. 금년 건 저쪽에 있으니까 알아서 봐."

내 뒤를 가리키며 말했다.

나는 끈기 있게 목적을 밝혔다.

"오 년 전 신문을 보고 싶어요. 오 년 전……." 주머니에 넣어온 메모를 꺼냈다. "오월 신문요."

아저씨는 얼굴을 찡그렸다.

"오 년 전. 그래, 그래, 가져오란 말이지. 어느 신문으로?"

있는 것은 전부라고 말하고 싶었지만 이 아저씨는 아무래도 별로 일하고 싶지 않은 모양이다. 너무 많이 말했다가 아저씨가 혀라도 찬다면 기분이 좋지 않을 것이다. 주머니에서 메모를 꺼냈다.

"음……. 《다이요 신문》으로 부탁드려요."

"그래."

그렇게 말하며 일어나 돌아선 아저씨에게서 혀를 차는 소리가 들렸다. 어차피 싫어할 거, 있는 대로 다 보여달라고 그럴걸 그랬다.

새된 어린애 목소리만 들리는 도서관에서 나는 십오 분 정도 멍하니 기다렸다. 너무 오래 기다리게 하는 바람에 넌더리가 나서 도서관을 돌아보며 시간을 때울 만한 책을 찾아볼까 생각도 했다. 하지만 아저씨가 돌아와 내가 없으면 무슨 말을 할지 알 수 없다. 대출 카운터에서 여자가 책의 바코드를 척척 읽는 모습, 반납하지 않은 책이 있어서 대출을 거절당한 남자가 험한 욕설을 퍼붓는 모습을 멍하니 바라보며 기다렸다.

아저씨는 역시 언짢은 표정으로 돌아왔다. 커다란 파일을 들고 있었다.

"여기 있다, 오 년 전《다이요 신문》."

내던지듯 놓으니 탕 하고 큰 소리가 났다.

"여기서 보지 말고 테이블에 가서 봐."

말 안 해도 이 아저씨 앞에서 신문을 넘겨볼 마음은 없다. 머리를 숙여 인사한 뒤 파일을 두 손으로 들고 돌아섰다. 아저씨를 동정하는 마음이 약간 생겼다. 의외로 무겁다.

대부분의 테이블에서 고등학생인 듯한 학생들이 공책이며 교과서를 펴놓고 있었다. 잘은 모르지만 사월 중순부터 입시

공부는 이른 것 같다. 실제로 일심불란하게 공부하는 사람은 한 명도 없었다. 곧 빈자리를 발견해 파일을 가만히 내려놓았다. 의자에 앉아 표지를 넘겼다.

도서관에서 보관하는 신문은 무슨 특별한 처리를 하는 줄 알았다. 작게 줄인다든지, 깨끗하고 질 좋은 종이에 인쇄한다든지. 그러나 적어도 사카마키 시 도서관에서 본 오 년 전 《다이요 신문》은 단순히 신문지에 구멍을 뚫어 철을 했을 뿐이었다. 신문을 넘겼다. 5월 1일, 2일, 10일, 11일, 12일.

1998년 5월 13일, 수요일. 신문에 실린다면 지방면일까 했는데 사회면에 있었다.

다리에서 추락 명예교수 사망 사카마키 시

12일 밤 11시 20분경, 사카마키 시 사이카와 강에서 가나가와 현 요코하마 시 아오바 구 나라 정, 보슈 대학 명예교수 미즈노 다다요시 씨(67)가 강가에 떠내려온 것을 수색중이던 현경 사카마키 서원署員이 발견했다. 미즈노 씨는 병원으로 이송되었으나 사망이 확인되었다.

사카마키 경찰서에 따르면 미즈노 씨는 사카마키 시 단체의 초빙을 받아 체류중이었다. 밤 9시 40분경, 사카마키 시 무쿠이 다리에서 떨어지는 사람을 봤다는 신고를 받고 서원들이 찾고 있었다.

얼굴 사진이 있었다. 사진을 보고 나는 크게 한숨을 쉬었다.

사진 속의 미즈노 교수는 어디를 어떻게 봐도 살이 투실투실한 사람이었다.

서두르지 않으면 3시 약속에 늦을 것이다. 급히 기사를 복사했지만 지금 당장 집에 가도 점심을 먹을 시간이 넉넉할지 알 수 없다. 그것을 알면서도 도서관을 나서는 내 발걸음은 무거웠다.

미즈노 교수는 넓은 의미에서 학교 선생님이고 또 뚱뚱했다. 사토루가 말한, 과거에 무쿠이 다리에서 떨어진 사람의 특징과 모조리 일치한다.

경품 추첨 장소에서 미래를 맞힌 것, 그리고 무쿠이 다리에서 죽은 사람에 대해 과거를 맞힌 것. 이제는 우연이라는 말을 믿기 어려웠다.

이 도시에 산다는 다마나 아가씨는 과거와 미래를 내다본다고 한다. 하지만 그런 거, 사기가 틀림없다. 이곳의 신은 오직 하나, 고속도로뿐이니까.

머리를 내저었다. 안 되겠다. 약간 혼란에 빠진 것 같다.

일단 집에 가자. 사토루를 보면, 그 울보 녀석의 얼굴을 잠깐이라도 보면, 그 녀석이 그런 대단한 이야기에 얽혀 있다는 의심은 사라질 것이다.

거기까지 생각했을 때 경자동차 한 대가 이쪽으로 오는 것을 깨달았다. 어이쿠, 위험하다. 여기는 어쨌거나 주차장이니까 차가 지나가는 게 당연하다. 멍하니 있다가는 내가 먼저 저세상 사람이 될 것이다.

운전자의 얼굴은 보이지 않았지만 엇갈려 지나칠 때 차창에 붙은 스티커가 눈에 들어왔다. 청색 곡선 밑에 굵은 고딕체로 "고속도로는 모든 것을 구원한다".

자기 차에 저런 스티커를 붙이는 사람도 있구나.

뼈저리게 실감했다. 미즈노 교수는 그냥 뚱뚱한 선생님이었던 게 아니다. 린카 말에 따르면 그는 결정적인 카드였다. 이곳의 희망이었다. 그리고 이곳 사람들은 아직까지도 그 꿈을 꾸고 있다.

주차장에는 경트럭과 왜건, 보통 자가용과 아웃도어용의 투박한 차량 등이 서 있었다. 자전거를 어디 세워놨더라? 주위를 둘러보았다.

그때 나는 깨달았다.

지금 시야에 있는 차. 열몇 대, 아니면 스물몇 대쯤 될까.

그 차들 전부에 파란 곡선 스티커가 붙어 있었다.

2

3시에 만난 린카는 교복을 입고 있었다.

입기 시작한 지 일주일도 안 됐지만 교복이 학생의 정장이라는 것은 안다. 얼굴을 마주한 순간, 나는 '아뿔싸' 하는 표정을 지었을 게 틀림없다. 린카는 당황한 것처럼 손을 내저으며 수습하듯 말했다.

"아, 우연이야, 우연."

내가 다닌 초등학교에서는 여자애들이 서로 짜고 한 명만 다른 복장을 입게 하는 것은 최대급의 악의를 의미했다. 그랬던 만큼 마음이 바짝 긴장해 경계 태세를 취했으나 린카는 너무나도 천연덕스러웠다.

"점심 먹었어?"

"아, 응."

이런 대화에도 숨은 의미는 없는 듯했다. 아무래도 너무 예민했던 모양이다. 어깨의 힘을 뺐다.

"그럼 갈까? 별로 멀지 않아."

린카가 그렇게 말하며 앞장서서 걷기 시작했다.

좁은 길을 좋아하는지 아니면 넓은 길을 싫어하는지, 린카는 이번에도 또 나를 널담 사이에 낀 골목으로 데려갔다.

햇빛은 차단되고 공기에 더러운 물 냄새가 섞여 있다.

린카는 얼마 동안 곧장 가다가 콘크리트 담장에 맞닥뜨리는 곳에서 오른쪽으로 꺾어지고 산울타리에 맞닥뜨리자 왼쪽으로 꺾었다. 나는 그저 뒤를 따라가는 수밖에 없었다.

모르는 골목을 걸으면서 나는 점차 기묘한 생각에 사로잡혔다.

한 사람 지나가는 게 고작인 좁은 길인데 포장이 되어 있고, 검은 널담이 양옆으로 이어진다. 무릎 높이 아래로는 돌담이고, 좁지만 깊은 길도랑이 뻗어 있다. 지난번 내린 비 때문인지 탁한 물이 얕게 괴어 있다. 나 혼자서도 이 길에 들어올 수 있을까. 생각하면 할수록 불가능할 것 같다. 이곳 주민인 린카가 안내해주었기에 비로소 나타났다는 생각이 들었다.

온 도시에 이런 길이 이리저리 뻗어 있는 모습을 상상해보았다. 오 년, 십 년 산 사람……. 아니, 시간 문제가 아니다. 이곳에서 나고 자란 사람만이 아는 수많은 길을 떠올려보았다. 너무나도 공상 같은 생각이었지만, 어디로 가는지도 모른 채 검은 널담 사이를 누비며 걷노라니 어쩌면 그런 일이 있어도 이상할 것 없다는 생각이 들었다. 돌담에 빽빽이 난 이끼, 낙엽이 쌓인 음수대와 녹슨 수도꼭지, 주위와 겉도는 새 아스팔트. 모든 것에서 낯선 거리에 축적된 인간의 생활이 표출되는 듯해서 까닭 모르게 기가 죽었다. 린카는 내게 잘해준다. 반 다른 애들도 아직까지는 나를 따돌리는 눈치가 없다. 하지만 모르는 골목길은 내가 이곳에서 한낱 신참에 불과하며 환영할 이유가 없음을 암암리에 고하는 듯했다.

게다가 이곳에는 내가 모르는 신이 있다. 적어도 그들이 신이라고 믿는 존재가 있다. 아니, 그게 아니다. 신 같은 게 존재한다고 말하는 옛날이야기가 있는 것뿐이다. 그 점을 착각하면 안 된다. 도대체가 린카는 지금 신이 학교 축제의 신데렐라에 불과하다고 내게 가르쳐주기 위해 길을 안내하는 중이 아닌가.

그냥 어둑어둑한 것뿐인 골목 때문에 이렇게 혼란스럽다니 어째 분하다. 입다물고 있으면 무슨 생각을 할지 모르므로 나는 앞장서서 길을 안내하는 린카에게 말을 걸었다.

“아직 더 가야 해?”

뜻하지 않게 가느다란 목소리에 놀랐다. 이래서는 마치 겁난다고 시인하는 것 같지 않나. 린카는 내가 마음이 약해진 것을 눈치챘다고 생각한다. 예리한 애니까. 그렇지만 린카는 얼핏 돌아보더니 놀리는 기색은 눈곱만큼도 보이지 않고 진지한 표정으로 "거의 다 왔어"라고 대답했다.

길은 이윽고 오르막에 접어들었다.

조금 전까지 검정이던 발밑의 아스팔트 색이 콘크리트의 흰색으로 바뀌었다. 무슨 이유인지 비탈은 콘크리트로 포장되어 있었다. 담장과 산울타리로 막혀 있던 시야가 한 발짝 오를 때마다 조금씩 트였다. 이 도시 한가운데에 이렇게 높은 곳이 있었나. 방금 땅속에서 솟아나지는 않았을 테니까 있었겠지. 내가 몰랐을 뿐. 이사 온 뒤로 아무래도 땅만 보고 다녔나 보다.

언제까지고 그러고 있을 수는 없다. 턱을 쳐들고 비탈 위를 보았다.

이곳은 그냥 좀 높은 곳이라기보다 작은 산 정도 되는 것 같다. 산쪽에는 정원수나 가로수가 아닌, 줄기가 굵은 나무가 여러 그루 남아 있다. 당당하게 가지를 뻗은 거목들에 비해, 띄엄띄엄 위치한 민가 몇 채는 비탈진 땅에 몰려 답답하게 느껴진다. 평지를 다 써버리고도 증식하는 도시가 산 위까지 밀려 올라온 것처럼 보인다.

하얀 비탈길은 천천히 커브를 그리며 올라간다. 집은 있는데 사람은 보이지 않았다. 저녁을 준비하는 냄새도 나지 않고 어린애 목소리도 들리지 않았다.

매우 조용했다. 나와 린카의 발소리만 들렸다.

"다 왔어."

린카의 갑작스러운 말에 퍼뜩 정신이 들었다.

비탈길은 끝이었다. 높직한 언덕 꼭대기에 늙은 나무들에 둘러싸여 사당이 있었다.

박공집이다. 지붕은 함석이고, 벽은 아무것도 바르지 않은 허연 널판으로 만들었다. 비바람을 맞을 텐데 그리 지저분하지 않다.

솔직히 나는 약간 김이 샜다. 너무 새것인데다 아담한 건물이었다.

"이게?" 하고 묻자 린카는 약간 수줍어하며 고개를 끄덕였다.

"응."

그리고는 잡초에 섞여 돋아난 것 같은 작은 돌기둥을 거칠게 발끝으로 가리켰다. 모서리가 닳을 만큼 오래된 게 건물과 전혀 딴판이다. 몸을 굽혀 자세히 들여다보니 '庚申堂'이라는 글자를 가까스로 판독할 수 있었다.

“음, 고모당?”

“고신당.”

“응, 나도 그렇게 생각했어.”

린카는 내 대답을 무시하고 고신당의 현관을 열었다. 특이한 점이 전혀 없는 평범한 나무 미닫이문이다.

“유코 씨 있어?”

린카가 실례합니다, 라는 말도 하지 않고 부르자 안에서 급한 발소리가 들렸다. 약간 통통한 여자가 장지를 열고 나왔다.

“어머나, 린카. 갑자기 웬일이야?”

붙임성 있게 생글생글 웃으며 말했다. 입가에 과자 부스러기 같은 게 묻은 것을 나는 놓치지 않았다.

“학교 친구한테 다마나 아가씨를 보여주려고. 지금 괜찮아?”

“그래, 들어와.”

그럼 이 사람이 다마나 아가씨인가. 결례가 되지 않도록 조심하며 나는 재빨리 그녀를 훑어보았다.

중학생은 아니겠지만 어른 같지도 않다. 아마 고등학생일 것이다. 머리는 어깨 길이라고 할지, 손질을 잘하지 않아 대충 길렀더니 어깨까지 내려왔다는 느낌이다. 특이한 점이 있다면 위아래로 흰옷을 입었다는 정도일까. 위는 기모노처럼 옷깃을 앞에서 여미는 식이고 아래는 기장이 짧아 정강이가 3분의 1쯤 보인다. 슬리퍼에 감색과 빨간색 줄무늬 양말을 신어 발 근처만 묘하게 겉돌았다. 린카는 '미인이 뽑힌다'고 했는데 이 사람은 미인이라기보다 애교 있는 타입이다.

흰옷 때문에 약간은 모양이 날지도 모르지만 이 사람이 만약 고등학교 교복을 입고 있었다면 그냥 동네 언니로만 보일 것 같다. 실망해야 하는지 안심해야 하는지 알 수 없었다. 정말 이 사람이, 미우라 선생님이 그렇게 열심히 이야기했던 '다마나 아가씨'일까? 아니, 하지만 린카의 설명과는 딱 맞는다. 학교 축제의 신데렐라.

"그 애가 친구야?"

유코 씨는 내게도 미소를 지었다. 나는 속마음을 감추고 머리를 꾸벅 숙였다.

"고시노 하루카예요."

"미야지 유코…… 아니지, 다마나 아가씨라고 해야 하나?"

내가 아니라 린카에게 한 질문이었다. 린카는 과장되게 어깨를 으쓱하며 "몰라"라고 했다.

고신당의 현관은 널찍했다. 정면에 장지 두 짝으로 이루어진 입구가 보인다. 아마 그 안에서 사람들이 모일 것이다. “자, 들어와”라고 우리를 안내한 곳은 현관 옆방이었다.

세 평쯤 되는 다다미방이었다. 건물이 새것인 데 걸맞게 다다미도 아직 푸른색이 남아 있다. 아마 대기실 같은 용도의 곁방일 텐데 장식단까지 있는 게 거창한 느낌이 들었다. 둥근 녹색 꽃병에 꽃잎이 큼직한 연보라색 꽃과 작은 흰 꽃이 꽂혀 있었다. 둘 다 본 적은 있지만 이름은 모른다. 늘어진 잎사귀에 아직 물기가 있는 것으로 봐서 갓 장식한 것 같다.

방구석에 석유난로가 있다. 사월인데 저런 게 있다는 이야기는, 치우는 사람이 없든 치울 장소가 없든 둘 중 하나일 것이다. 방 한복판에 낮은 짙은 갈색 테이블이 놓여 있다. 사방이 새것인 고신당에서 이 테이블만은 꽤 낡고 중후했다. 그리고 그 위에 쿠키와 살라미를 담은 쟁반이 있었다. 뜻밖은 아니었다.

“방석 줄게.”

다마나 아가씨인 유코 씨가 직접 방석을 깔아주었다. 테이블을 둘러싸듯 세 개. 유코 씨가 먼저 장지를 등지고 앉는 바람에, 린카는 어디 앉아야 할지 알 수 없는지 잠시 당황한 표정을 지었다. 결국 “뭐, 괜찮겠지”라고 중얼거리며 장식단 앞에 앉았다. 남은 자리는 유코 씨 정면이라 나는 그곳에 정좌했다.

방금 앉아놓고 유코 씨가 바로 일어났다.

"아, 차 줘야지."

"유코 씨, 괜찮아. 오래 안 있을 거야."

"그래? 그렇지만 벌써 일어섰으니까."

일 분도 안 돼서 돌아온 유코 씨를 보고 미안한 마음이 덜해졌다. 차를 끓인 게 아니라 페트병에 든 보리차와 컵을 들고 왔기 때문이다.

어쨌거나 나는 유코 씨에게 다마나 아가씨 이야기를 들으러 온 셈이니 가르침을 청하는 몸이다. 너무 손님처럼 있으면 나쁜 인상을 줄 수도 있다.

"제가 할게요."

대답을 기다리지 않고 보리차를 컵에 따라 모두에게 돌렸다. 유코 씨는 "고마워"라며 컵을 받더니 겸연쩍게 웃었다.

"누가 준 건데 다 못 먹겠어서 말이야. 괜찮으면 쿠키랑 살라미 먹어."

식욕은 없었다. 점심을 먹은 지 얼마 안 된데다 나는 원래 간식을 거의 안 먹는다. 하지만 권하는데 손도 안 댈 수는 없다.

"그래도 돼요? 잘 먹겠습니다."

웃음을 지으며 작은 쿠키 하나를 골랐다.

친한 사이라 그런지 린카는 오히려 간식에 손을 대지 않고 "살라미는 술안주잖아. 무슨 선물이 그래"라며 웃었다.

"맛있어. 목이 말라서 그렇지."

유코 씨도 덩달아 미소를 짓더니 겸연쩍음을 감추듯 살라미 한 조각을 입에 넣었다. 쿠키는 눅눅해진데다 묘하게 달았다. 나도 살라미를 먹을걸 그랬다.

"다마나 아가씨가 보고 싶다고?"

유코 씨의 물음에 나는 갑자기 어떻게 대답하면 좋을지 알 수 없었다. 유코 씨는 십중팔구 좋은 사람이겠지만 평범한 여자애를 봐봤자 소용없다. 속마음이야 어떻든 '네'라고 말하면 될 텐데 무심코 대답을 못 하고 말았다. 린카가 옆에서 거들어주었다.

"학교 선생님이 옛날이야기를 가르쳐줬나 보더라고. 예전에야 그런 이야기도 있었을지 모르지만 요새 다마나 아가씨는 뭘 하는지 보여주려고."

"옛날이야기?"

"유코 씨, 몰라? 나도 사실은 잘 모르는데."

잘 보니 유코 씨는 꽤나 멍한 표정을 짓고 있었다. 고개를 갸웃하며 "잠깐 들은 적은 있는데……. 뭔가 해서 마을을 도왔어"라고 말하는 것을 보면 아아, 정말 모르는구나 싶다. 아니면 미우라 선생님이 터무니없는 착각을 한 걸까. 유코 씨는 별로 재미있어하지 않는 눈빛으로 웃었다.

"그런 걸 알고 싶어 하다니 재미있네."

약간 언짢은 느낌이 들었다. 유코 씨뿐이면 같은 반 학생이 아니니까 이상한 애라는 낙인이 찍혀도 상관없다. 하지만 지금 여기에는 린카도 있다.

"저기……"라는 말로 시간을 벌며 할말을 정리했다. "전 이사 온 지 얼마 안 됐거든요. 그래서 얼른 익숙해지려고 선생님께 이곳에 대해서 여쭤봤더니 다마나 아가씨란 색다른 이야기를 해주셔서……. 믿어도 되는 건지 고민되더라고요. 그래서 린카한테 말했더니 진짜를 만나게 해주겠다고 한 거예요."

"아아, 전학 왔구나."

"네."

엄밀히 말하면 전학은 안 했지만.

린카가 테이블에 양 팔꿈치를 얹고 몸을 내밀었다.

"미우라라고 하는데, 꽤 유별난 선생님이야. 뭐랄까……. 근본적으로 학교 선생님이 안 맞는다는 느낌."

"아, 나도 그 생각 했는데."

내가 무심코 말하자 유코 씨가 소리 내어 웃었다.

"그 말만 들어선 모르겠지만, 어쨌든 안 맞는 사람이 있긴 해."

"학생을 위해선 그만두는 게 좋을 것 같아. 본인을 위해서도."

그냥 표현이 그런 것이랄지, 대화중에 나온 농담일 것이라고는 생각한다. 하지만 이번에는 '나도'라고 말할 수 없었다. 도코이 상점가의 활극 일로 같이 야단맞았다면, 린카도 학생을 위해서 그만두는 게 낫다고까지 말하지는 않았을 것이다.

미우라 선생님에게서 화제를 돌리고 싶어서 나는 순수한 호기심을 가장해 말했다.

"그런데 여기 건물이 꽤 새거네요. 사당이니까 좀더 오래된 건물을 상상했는데요."

"사당이랄지, 주민 회관 같은 거라서. 개축한 거야. 그게…… 사 년 전인가?"

유코 씨가 말하자 린카가 "오 년 아냐?" 하고 수정했다. 나는 다시 질문했다.

"미야지 씨는 다마나 아가씨죠?"

"유코라고 불러도 돼. 응, 일단."

"다마나 아가씨는 뭘 하는 거예요?"

"글쎄, 그걸 뭐라고……."

"저, 말씀하기 불편하면 굳이 안 하셔도 돼요."

"그런 건 아닌데. 린카는 뭐래?"

나는 말해도 되느냐고 린카에게 눈짓으로 물었다. 린카는 별로 관심없다는 표정이었으므로 들은 대로 말했다.

"학교 축제의 신데렐라 같은 거라고요."

웃을 줄 알았는데 유코 씨는 진지한 표정으로 고개를 갸웃했다.

"으음, 그게 무슨 뜻일까?"

"저기, 그러니까 그런 이름의 역이란 뜻이 아닐까 해요."

"아아, 응, 그거라면 알겠어."

유코 씨는 고개를 끄덕이더니 안도한 듯 표정을 풀었다.

"기본적으로는 두 달에 한 번 하는 정기 모임에서 건배를 들 때 인사해. 고신강庚申講이라고 하는데."

"고신강?"

"응."

"그게 뭐예요?"

내가 묻자 유코 씨의 눈빛이 흔들렸다. 기억이 확실하지 않은 모양이다.

"음, 그러니까 말이지, 인간의 몸속에 삼시충三尸蟲이란 게 산대. 그게 육십 일에 한 번 돌아오는 경신일庚申日에 인간이

자는 동안 몸에서 빠져나와서 하늘의 신께 인간이 저지른 나쁜 짓을 보고하거든. 그럼 수명이 줄어들어……. 대충 이랬던가? 아무튼 그날은 삼시충이 못 나가게 밤을 새워."

"저런……. 그게 고신강이에요?"

보고 담당자가 훼방을 놓으면 수명을 줄이지 않는다니 어째 이상한 신이다.

"응."

"이제 곧 다음 모임이 있죠?"

"그래. 음, 목요일."

약간 놀랐다.

"가르쳐주셔도 되는 거예요?"

유코 씨는 어리둥절한 표정을 짓더니 소리 내어 웃었다.

"왜 비밀이라고 생각하는데? 경신일은 달력에도 나와 있는걸."

그런가. 나는 처음 들어보는 말이라 숨기는 줄 알았다. 관심이 없어서 눈에 들어오지 않았나 보다.

"그래서 밤을 새우려고 다 같이 모여서 건배를 하거든."

"건배라니 그 건배요? 술잔 들고 '건배!' 하는?"

"응, 그거. 물론 그게 다가 아니지만. 대충 이야기하자면 '앞으로도 모두가 정직하게 살면 계속해서 발전할 게 틀림없죠' 같은 말을 해. 옛날 말로 낭독하니까 솔직히 아무도 의미를 모르지 않을까 싶은데 말이지. 전에는 다마나 아가씨도 술자리에 남아 장식처럼 있었다고 하던데."

"지금은 아니고요?"

유코 씨는 고개를 끄덕였다.

"인사가 끝나면 바로 가. 이유, 알겠어?"

막연히 알 듯했다.

아버지가 집에 있었던 마지막 설, 술에 취한 아버지가 내게 술잔을 건넸다. "이건 기원의 뜻이니까 술이 아니야. 그러니까 하루카도 마셔라"라면서 억지로 술을 마시게 했다. 그런 예의범절 같은 것에 묘하게 집착하는 사람이었다. 술은 맛없었다. 나중에 토했다. 아버지는 웃었다.

"술을 마시게 해서 그런 건가요?"

유코 씨는 재빨리 린카를 돌아보았다. 린카는 억울한 누명을 쓴 것처럼 "난 암말도 안 했어"라며 손을 내저었다.

"그럼 고시노가 생각한 거야? 대단하네, 맞아. 다마나 아가씨는 대체로 우리 고등학교 다니는 애가 맡는데 술자리에 미성년자가 참가하는 건 좀 그렇지 않느냐고 해서 경찰한테 혼나기 전에 그만두기로 한 거야."

"무슨 남 일처럼……."

린카가 중얼거린 말에 유코 씨는 머쓱하게 웃었다.

"응, 실은 그만두자고 말 꺼낸 사람이 나야. 처음 참가한 강에서 한 모금 마셨다가 훽 넘어가는 바람에 구급차를 불렀거든."

"역시 경찰한테 혼나겠지, 하고 말이야."

천연덕스럽게 이야기한다. 아버지는 술이 아니라고 말했지만 어떻게 생각해도 술은 술이다. 일 년에 한두 번 정도면 눈감아줄지도 모르지만, 격월인데다 구급차를 부르는 사태까지 벌어졌으니 무리일 것이다.

"시대의 흐름이지, 뭐. 전엔 등명燈明이라고 해서 촛불을 켰는데 그것도 이젠 그만뒀고."

"불날까 봐 무서우니까."

"소방서도 그렇고. 참가자들도 내 전대前代까지는 '강講'이라고 했는데 요새는 다르게 부르고 말이야."

"'팀'이라든지 뭐 그런 건가요?"

유코 씨는 웃었다.

"아니, '상조회'. 일부러 바꿨는데 별로 안 멋있어진 게 포인트일까."

"그러게 말이에요."

그렇게 말하며 나도 웃었다. 웃으면서 유코 씨의 이야기를 정리해보았다.

그렇다면 다마나 아가씨는 이제 아무것도 하지 않는다. 옛날 관습의 꽁무니 같은 게 떨어질 듯 떨어질 듯하면서 간당간당하게 붙어 있는 것이나 다름없다. 열이 슥 식는 게 느껴졌다. 역시 그냥 그런 것일 뿐이다. 알 수 없는 점은 이것저것 있다. 하지만 미우라 선생님이라면 몰라도 나는 그런 것은 관심없다. 다마나 아가씨란 유코 씨를 가리키고, 유코 씨의 역할은 건배할 때 인사하는 것뿐. 이제 알았으니 아마 내일쯤 되면 유코 씨의 이야기를 잊어버릴 것이다.

표정에 드러내지 않았는데 역시 린카에게 들켰다.

"거봐."

미우라 선생님 말만큼, 네 생각만큼 특별한 이야기가 아니지? 라는 의미일 것이다.

유코 씨가 말했다.

"그런데…… 쿠키 좀더 안 먹을래? 버리면 아깝잖아."

3

린카가 가는 대로 그냥 따라오기만 했는데, 높은 곳에서 내려다보니 내가 어디 있는지 알 수 있었다. 다름 아닌 경품 추첨을 했던 상점가 바로 근처다. 아케이드 상가의 장식이 보인다. 골목길만 지나서 온 것은 역시 린카의 취미인가 보다.

"혼자 갈 수 있을 것 같아."

"그래?"

린카는 내가 집까지 어떻게 갈지 걱정하지 않았던 모양이다. 건성으로 대답하고 내 얼굴을 유심히 쳐다보았다.

"혹시 실망했어?"

나는 고개를 가로저었다.

"아니, 왜 그렇게 생각하는데?"

"그렇잖아."

"오히려 고마워. 스스로는 전혀 문제없다고 생각했지만 역시 새로운 곳에 익숙하지 않아서 이것저것 생각이 지나쳤을지도."

린카는 그래도 내게서 눈을 떼지 않았다. 내 말에 거짓이 조금도 섞이지 않았는지 가리려는 것처럼. 그러더니 말했다.

"생각이 지나쳤던 건 하루카가 아냐. 우랏치…… 미우라가 이상한 소리를 해서 그런 거야."

역시 학생을 위해 그만두는 게 좋을 것 같아, 하고 덧붙일 것 같다. 나는 애써 웃음을 지었다.

"그러게. 고마워."

"응."

"너희 집에서도 이번 정기 모임에 나가셔?"

"아, 응. 아마."

"그렇구나. 언제라고 했지?"

린카의 눈빛이 문득 흔들렸다.

"수요일 ……아니다, 목요일."

"맞아, 그랬지."

할말은 그것으로 바닥났다. 어느새 날도 저물고 있었다. 무심코 집으로 갈 때 지날 내리막길에 눈을 주자 린카는 금세 알아차렸다.

"난 잠깐 유코 씨를 돕고 갈게. 그럼 안녕."

"응, 바이바이."

그렇게 말하고 헤어져 잠시 걷다가 어쩐지 시선이 느껴져 돌아보았다. 내 감도 무시할 게 못 된다. 린카는 고신당 앞에 그대로 서서 나를 배웅하고 있었다. 가볍게 손을 흔들자 린카도 같이 손을 흔들고, 그러면서 단념한 것처럼 돌아섰다.

어째서 린카는 일부러 휴일에 기회를 만들어서까지 내게 유코 씨를 소개했을까. 옛날이야기에 관해 내가 오해한다고, 그것을 일일이 수정할 만큼 린카가 이곳 전승을 사랑하는 것 같지는 않은데.

내가 이상해 보였기 때문일 것이다. 미우라 선생님의 무서운 이야기와 사토루의 엉터리 이야기에 속아 사토루의 예지는 이곳의 다마나 아가씨 전승과 관계있지 않을까 하고 괴상한 생각을 했다. 그래서 상태가 불안정했던 나를 보다 못해 시간을 내준 것이다.

우리는 아직 안 지 얼마 안 됐다. 그런데도 그 애는 나를 걱정해주었다. 만약 반대 입장이었다면 나도 그렇게 할 수 있었을까.

나는 린카에게 계속 빚만 지고 있다. 원래라면 경계해야 할 사태다. 남에게 뭔가를 빚지는 것은 안 좋은 일이다. 갚을 가능성이 없을 때는 특히 그렇다. 하지만 지금 내가 느끼는 것은 부담감이 아니라 오히려 어떤 점에서 기쁨에 가까웠다.

콘크리트로 포장된 비탈길을 천천히, 천천히 내려갔다. 상점가 적당한 곳에 자전거를 감춰놨다. 거기까지만 가면 금세 집에 갈 수 있으니 서두를 필요는 없다. 그러나저러나 이 언덕에 집이 몇 채 있는데 사람은 사는 걸까. 올라올 때도 내려갈 때도 아무도 보이지 않았다.

실망했다는 린카의 지적은 옳지 않다. 나는 그저 미야지 유코의 역할에 흥미가 없는 것뿐이다.

잠시 생각해보고 싶어서 걸음이 더욱 느려졌다. 약간 아래를 보며 날 저물어가는 언덕을 터벅터벅 내려갔다.

미우라 선생님이라면 '다마나 아가씨는 이제 이름뿐인 존재로, 술자리의 인사밖에 할 일이 없는 시시한 존재가 되었다'라고 단정할까. 잘은 모르지만 아마 아닐 것이다. 좀더 생각해볼 것이다. 내게도 생각할 것은 몇 가지 있었다.

그중에서도 가장 근본적인 의문은 유코 씨가 사실을 말해주었을까 하는 것이었다. 나는 약속도 하지 않고 린카를 따라 느닷없이 쳐들어온 '전학생'에 불과하다. 유코 씨가 착한 사람이었다고 해서 거짓 없이 모조리 이야기해주었다고 생각할 이유는 전혀 없다. 착한 사람도 비밀이 있다. 거짓말도 한다. 어쩔 수 없는 일이라고 생각하면서, 아무렇지도 않게. 유코 씨는 심지어 린카에게도 사실대로 말하지 않았을 수도 있다. 미우라 선생님이 그린 다마나 아가씨 상은 소박하다기보다 오히려 끔찍했다. 유코 씨가 그런 옛날이야기를 알면서 중학교 1학년에게는 너무 이르다고 업신여겨 가르쳐주지 않았을 가능성도 있다.

여기까지 생각했다가 갑자기 내 마음을 알 수 없어졌다.

다마나 아가씨는 황당한 옛날이야기라고 생각하는 게 아니었나. 나는 혹시 뭐든 다 아는 다마나 아가씨가 존재하기를 바라나? 그래서 유코 씨의 이야기를 믿지 않으려고 귀를 틀어막고 있나?

점은 믿지 않기로 했다. 제비점 따위 전부 엉터리라고 단정했다.

하지만 혹시 마음속 한구석으로 조금이라도 다마나 아가씨를 기대한다면 나는 아직 나약한 인간이다. 그런 나약함은 치명적이다. 고쳐야 한다. 고쳐야 한다…….

별안간 난간이 시야로 뛰어들었다. 어느새 비탈 한옆으로 치우쳐 걷고 있었다. 난간 너머 밑을 내려다보니 떨어지면 확실하게 죽을 높이였다. 생각하면서 걷다가 비탈에서 떨어져 죽기라도 하면 자신의 멍청함이 용서가 안 돼서 이곳을 떠도는 유령이 될 것 같다. 내리막길로 시선을 돌렸다.

어스름 속에 어린애가 오도카니 서 있었다. 무섭다. 아이의 모습을 똑똑히 확인하기도 전부터 아랫배에서 불끈불끈 치솟았다. 이제 한 시간도 안 돼서 어두워진다. 어두울 때 밖에 있을 용기도 없는 주제에 왜 이런 곳에서 늘쩡거리나.

완만하게 커브를 그리며 내려가는 비탈 중간에 사토루가 서 있었다. 입을 헤벌리고. 아직 나를 알아차리지 못했다.

사토루는 배낭 어깨끈에 양 엄지를 건 채 멍하니 서 있었다.

마음만 먹으면 몰래 뒤를 지나칠 수도 있었을 것이다. 붙잡아서 묶는 것도 간단할 것 같다. 나는 크게 소리 질렀다.

"사토루!"

'놀라 펄쩍 뛰어오르다'라는 표현은 알고 있었다. 하지만 나는 그때까지 정말로 놀라 펄쩍 뛰어오르는 사람을 본 적이 없었다. 다만 사토루는 위로 뛴 게 아니다. 놀란 고양이가 그러듯 모로 뛰어 뒤로 펄쩍 물러났다. 솔직히 좀 재미있었다.

느려터진 주제에 사토루의 반응은 빨랐다. 금세 시건방진 표정으로 대들었다.

"갑자기 뭐야, 바보 하루카!"

"바보는 너겠지. 길 한복판에서 왜 그러고 멍하니 서 있어? 차에 치이면 내가 웃어줄게."

사토루는 발밑을 내려다보더니 발을 쿵쿵 굴렀다.

"어디가 한복판이야."

아닌 게 아니라 사토루가 선 곳은 엄밀히 말해 길 중앙은 아니었다. 다소 한쪽으로 치우쳤다. 한복판이라는 것은 말이 그렇다는 뜻이고 사실이 아니다. 내가 대꾸하지 못하자 사토루는 기고만장했다. 도로의 진짜 한가운데로 달려가 "한복판은 여기지, 여기!" 하고 득의양양하게 말했다.

그 순간, 그때까지 인기척도 없던 비탈길을 소형 오토바이가 엄청난 속도로 올라왔다. 위험하다고 말할 겨를도 없이 오토바이는 급히 핸들을 꺾어 사토루를 피했다. 넘어질 줄 알았는데 운전자는 콘크리트를 가볍게 차 자세를 바로잡았다. 지나가는 순간 사토루를 노려보고는 달려가버렸다. 쉰 살쯤 되는 남자였다. 그동안 사토루는 몸을 움츠리고 조금 전 그렇게 민첩했던 게 거짓말처럼 꼼짝도 못 했다.

등골이 오싹했을 사토루에게 다가가 주먹으로 머리를 박았다. 그렇게 세게 때리지 않았는데 사토루는 머리를 싸쥐었다. 악을 쓰면 귀찮겠다고 생각했는데, 의외로 "미안"이라고 말하는 게 들려 나는 아무 말도 하지 않기로 했다.

아무튼 교통에 방해가 되므로 길 한옆으로 끌고 갔다. 그리고 아픈 건지 삐진 건지 나를 외면하는 사토루에게 물었다.

"그래서 넌 왜 이런 데 있는 건데?"

"엄마랑 장 보러 온 거야. 시간 걸린다고 근처에서 놀고 있으라고 했어."

상점가에 와서 주위를 어슬렁거리다가 여기까지 왔나 보다.

"그래? 여기서 뭐한 거야?"

"됐어. 하루카는 말해도 어차피 안 믿을 건데, 뭐."

점점 시건방져진다. 그런 식으로 나온다면 나라고 꼭 듣고 싶은 것은 아니다. 하지만 얼마 전까지만 해도 혼자 집에 가는 것조차 싫어했던 사토루가 이렇게 인적 없는 곳에 있다는 것은 보통 일이 아니다. 사토루가 보던 것을 나도 보았다.

경사면을 콘크리트 담장으로 잘라낸 주택이다. 이층집이고 파란 함석지붕. 벽은 크림색인데 오래된 집인지 약간 거뭇해졌다. 마당이라 할 만큼 넓은 공간은 아니지만 담장에서 현관까지 몇 미터 떨어져 있다. 그곳에 키 작은 나무가 심어져 있는데, 특색 있는 잎으로 동백나무임을 알 수 있었다. 현관 옆에는 플라스틱 자루가 달린 대비가 세워져 있는데, 쓰는 쪽을 밑으로 해놓은 탓에 털이 꺾였다. 문패에는 '모리모토'라고 성만 적혀 있다.

이런 곳에서 집에 담장을 쳐놓는 의미가 있나 싶지만, 그것만 빼면 평범한 집으로 보였다.

사토루는 단순하기 때문에 유도하는 것도 간단하다. 일부러 심술궂게 "애걔, 뭐야, 좋아하는 애 집이구나"라고 말하자 생각대로 얼굴이 빨개져서 반박했다.

"아냐, 멋대로 정하지 마!"

"그럼 뭔데?"

무심코 불 줄 알았는데 사토루는 여전히 망설였다. 뭔가 말하려다가 고개를 숙이고 곁눈으로 모리모토 씨 집을 보더니 들릴 듯 말 듯한 목소리로 말했다.

"나, 이 집에 살았던 것 같아."

그 말을 나는 스스로도 이상할 정도로 침착하게 받아들일 수 있었다.

"그래? 언제?"

내가 무턱대고 부정하지 않는 게 어지간히 의외였나 보다. 사토루는 되레 말하기 거북한 것처럼 어물어물 이런 말을 했다.

"기억 안 나. 그렇지만…… 이 집이라고 생각해. 하루카, 내가 이 집에 살았는지 아닌지 하루카는 몰라?"

"내가 그걸 어떻게 아니?"

아버지와 엄마가 재혼하기 전 일은 아무것도 모른다. 사토루의 친아버지가 어떤 사람이었는지, 어디 살았는지. 하지만 이것만은 확실하게 말할 수 있다.

"엄마가 너 여기 온 적이 없다고 했잖아. 아니면 뭐야, 너……."

엄마 애 아냐? 하고 하마터면 말할 뻔했다. 이 녀석을 바보 취급하려면 다른 말로 해도 된다.

"……그거 말고 또 기억나는 거 있어?"

고개를 꼬더니 대답했다.

"벽에 종이가 붙어 있었어."

"무슨 종이?"

"'아이우에오'라고 쓴 종이. 히라가나랑 가타카나로."

"오십음이란 뜻이야?"

애매하게 고개를 끄덕였다.

"그거 말곤?"

"화장실 자물쇠가 망가졌어."

"화장실 문 자물쇠?"

고개를 옆으로 흔든다.

"아니, 창문 자물쇠."

꽤나 구체적이다. 전에 살던 사택의 기억과 뒤섞인 게 아닌가 의심했는데, 그 집 화장실 자물쇠에 무슨 이상이 있었던 것 같지 않다.

"그리고 자주 놀러갔었어."

"어디?"

"기억 안 나. 숲속 같은 데."

"엄마랑?"

사토루는 꼼짝 않고 생각했다.

"아마 나 혼자. 그렇지만…… 하루카랑 놀았어."

"이 바보야, 나랑 넌 여기서 만난 게 아니잖아."

바보라는 말을 들으면 기를 쓰고 부정하는 사토루가 오늘은 얌전했다.

"……응. 그럼 하루카가 아닌가?"

"어떤 사람인데?"

"여자."

당연하지 않나. 아무리 그래도 남자와 놀고서 나라고 생각했다면 너무 무례하다.

"그리고…… 뭔가를 지키란 말을 들었어. 소중한 거니까 가지러 갈 때까지 지키고 있으라고. 누구였을까. 그래서 난 어쨌지?"

지난번 도코이 상점가에서와는 꽤나 다르다. 사토루는 오늘 무서워하지도 않고, 법석을 떨지도 않고 가만히 자기 기억과 마주하고 있다. 텔레비전을 너무 봐서 그래, 라고 말해주고 싶지만 시건방지게도 진지한 표정인 것을 보니 놀릴 마음이 사라졌다.

"비슷한 집 아냐? 그냥 어디에나 있는 평범한 집인데."

넌지시 떠보았다. 사토루도 아주 자신 있는 것은 아닌 듯했다.

"그럴지도."

조그맣게 그렇게 말하고는 모리모토 씨 집에서 눈을 돌려 버렸다.

뭔가가 깜박거렸다. 위를 올려다보자 가로등에 불이 들어와 있었다. 하늘에서 붉은색이 점점 사라져가고 있었다. ……게다가 사토루의 기억이 어떻든 여기는 타인의 집 앞이다. 너무 계속 빤히 쳐다보고 있을 수는 없다.

"그만 가자, 사토루."

"그렇지만……."

"엄마가 기다려."

사토루는 명백히 미련이 남는 듯했다. 하지만 얼굴을 들고 그제야 밤이 다 된 것을 깨달은 모양이다. 여느 때 같은 소심함이 얼굴에 돌아왔다.

"응, 집에 가자."

그러고는 내 옷자락을 잡으려 했다. 나는 몸을 틀어 그것을 피하고 앞장서서 걷기 시작했다.

저물녘이 끝나고 밤이 시작되기까지 시간이 약간 있다.

방향감각에는 자신이 있었지만 어쨌거나 모르는 길을 걷는 것이다. 상점가로 이어지는 길에 낡은 간판이 여기저기 남아 있었다. '양재점', '다다미', '포목을 찾으신다면'. 그러나 상점은 아무데도 없었다. 있는 것은 텅 빈 진열창과 회색 셔터뿐. 이따금 바구니에 장바구니를 실은 자전거가 바로 옆을 지나가곤 했다.

"있지."

"응."

생각했던 대로 대답은 바로 뒤에서 들려왔다. 좀더 떨어져서 걸으라고 고함치고 싶지만 지금은 큰 소리로 말하지 않아도 되니까 넘어가준다. 어깨 너머로 물었다.

"너, 그 집을 어떻게 찾아낸 거야?"

그곳은 사토루가 학교 갈 때 지나는 길이 아니다. 지나가다가 '혹시' 싶었던 게 아니다. 쑥 전에 살던 집이 그곳에 있다는 것을 알고 찾으러 간 것 같다.

뭐라 말하는 소리가 들렸다.

"……라서 ……해서."

안 들린다.

"안 들려."

"그러니까 나……."

"됐으니까 옆으로 와서 말해."

걸음을 늦춰 사토루와 나란히 섰다. 나를 올려다보는 사토루와 눈을 맞추지 않고 "그래서?"라고 말로만 이야기를 재촉했다.

"그러니까……" 하고 서두를 떼고 나서 사토루는 다시 한 번 이야기를 시작했다.

"학교에서 컴퍼스가 필요하거든. 그런데 나 그런 거 없잖아. 하루카한테 빌리겠다고 했는데 엄마가 하루카도 쓸 거라고 그러지 뭐야. 하루카, 중학생은 컴퍼스 같은 거 안 쓰지?"

"쓰는데."

"그렇구나……."

요령 없는 이야기에 짜증이 치미는 것을 꾹 참고 다음 말을 기다렸다.

"그래서 모처럼 쉬는 날인데 나가자고 엄마가 말하니까, 그럼 컴퍼스를 사러 가자고 생각한 거야. 학교 근처에서도 팔지만 거기 할머니가 무섭거든. 뭐랄까……. 눈앞에서 죽을 것 같아서."

"그렇게 쉽게 죽지 않아."

"하루카는 안 봤으니까 그렇지."

"알았어, 됐어. 너 진짜 바보지? 난 네가 파란 지붕 집까지 왜 갔느냐고 묻는 거야. 네 컴퍼스 같은 거 세상에서 제일 아무래도 상관없다고."

"그러니까 지금부터 그 이야기를 하잖아!"

나는 눈살을 찌푸리며 매섭게 말했다.

"소리지르지 마. 다른 사람들한테 민폐야."

사토루가 입을 다물자 고요한 가운데 환풍기 돌아가는 소리, 뭔가를 볶는 맛있는 소리가 들렸다. 상점가는 한산해지고 가게는 문을 닫아도 사람은 살고 있고 밥을 먹는다.

"그래서?"

약간 엄하게 말하면 사토루는 금세 시무룩해진다.

"그렇게 말했더니 엄마가 상점가에서 장 볼 게 있다고 같이 가자고 했어. 사실은 여기 오기 싫었는데. 그랬더니 장수풍뎅이 간판이 있어서."

"장수풍뎅이?"

"응, 요 정도 되는."

사토루는 팔을 크게 벌렸다. 일 미터, 아니, 더 될지도 모르겠다.

"가게 간판일까."

"내가 알아? 뭐 씌어 있었어?"

"그렇긴 했는데 읽을 수 없었어. 아마 중학교에서 배우는 한자일 거야."

은근슬쩍 국어 성적이 나빠서 못 읽는 게 아니라고 강조한다. 못 들은 척 넘겼다.

사토루의 말투가 점점 바뀌었다. 자신 없는, 어딘지 모르게 애매모호한 말투로.

"전에도 그 장수풍뎅이 간판을 본 적이 있어서…… 저번에 상점가에 갔을 때 말고 그보다 훨씬 전. 그래서…… 이 장수풍뎅이를 지나면 집이 있는 것 같은…… 그런 생각이 들었어."

"장수풍뎅이를 지나면?"

꺼져버릴 것처럼 작은 대답이었다.

"응."

좀 똑똑히 이야기하라고 말할 생각으로 사토루를 내려다보았다. 나를 올려다보던 사토루와 눈이 마주쳤다. 울음을 터뜨릴 듯한 표정도, 겁에 질린 표정도 아닌, 그저 불안만이 드러난 얼굴이었다. 사토루는 보는 사람까지 불안한 기분에 휩싸일 것처럼 힘없는 표정을 짓고 있었다.

아아, 이 녀석은 자기가 하는 말을 스스로도 믿지 못하는구나.

분명히 본 적이 있는 것 같다, 눈에 익었다 하는 것뿐, 아무도 '그래, 넌 분명히 그걸 봤고 알고 있어'라고 보증해주지 않는다. 나도 사토루의 말을 단순히 기시감으로 설명할 수 있을 것이라고 생각한다.

하지만 다른 한편으로 전부를 간단하게 설명해주는 마술적인 말이 있다는 것도 알고 있다—다마나 아가씨.

이제 곧 검정으로 변할 것이면서 하늘은 아직 군청색으로 버티고 있다. 큰 달이 얇은 구름을 비추며 당당하게, 뻔뻔하게 눌러앉아 있다.

나는 왜 이렇게 다마나 아가씨의 옛날이야기에 집착하는 걸까. 미우라 선생님은 다마나 아가씨에게 미래를 내다보는 힘은 없었을 것이라고 말했고, 린카가 소개해준 다마나 아가씨는 단순히 술자리 담당이었다. 방금 알았다. 나는 그런 이야기를 들을 때마다 마음속 한구석으로 그런 것은 진짜 다마나 아가씨가 아니라고 생각했다.

나는 역시 다마나 아가씨가 존재해주기를 바라는 것 같다. 정확히는 굳이 다마나 아가씨가 아니라도 된다. 앞으로 어떻게 될지 아는 사람을 갈망하고 있다.

지금 사토루는 자기 문제로 벅차다. 그러니 내가 무슨 말을 해도 분명히 금세 잊어버릴 것이다. 그런 너무나도 모호한 '계산'에 근거해 나는 가만히 사토루에게 물었다. 줄곧 속에 담아놓고 꺼내지 않았던 질문을 했다.

"그런데 사토루, 너……."

"응."

"내 아버지가 돌아올지 아닐지 알아?"

사토루는 느닷없이 외국어를 들은 것처럼 어리둥절했다. 무엇을 묻는 건지, 그 멍청한 머리로 이해하는 데 시간이 걸리는 듯했다.

아니면 대답이 돌아오기까지 걸린 얼마 안 되는 시간을 내가 멋대로 길게 느낀 걸까.

잊어버려. 못 들은 걸로 쳐. 그렇게 말하려고 입을 열었다.

그때 사토루가 크게 고개를 끄덕였다.

"알아."

"……."

"돌아올 거야. 아빠는 꼭 돌아와. 난 알아."

나는 사토루의 머리에 손을 얹었다. 때리는 줄 알았는지 사토루가 몸을 움찔하는 것도 아랑곳하지 않고.

지붕을 얹은 상점가로 들어섰다.

"엄마는 이쪽"이라며 사토루가 달려갔다. 뛰어서 따라갈 마음이 나지 않아 나는 주위를 둘러보았다.

길모퉁이에 정말 장수풍뎅이 간판이 있었다. 씌어 있는 글씨는 '悉皆 左入ル'•.

응, 못 읽겠다.

• '싯카이 왼쪽으로 들어갈 것'. 싯카이는 기모노 염색 및 세탁을 주선하는 업자를 말한다.

제6장

↺

1

토요일 아침, 사토루는 텔레비전에 들러붙어 지냈다.

일요일은 더욱 심해졌다. 텔레비전을 수레 같은 것에 실어 끌어당기면 사토루도 같이 질질 끌려오지 않을까 싶을 정도다. 이제 와서 사토루를 야단쳐줘야 할 의무는 없지만, 아무리 그래도 눈에 거슬리기에 한마디해주었다.

"너, 그러다 눈 나빠진다."

마침 한창 재미있을 때였나 보다. 사토루는 번쩍번쩍 빛나는 변신 히어로에게서 눈도 떼지 않은 채 억양 없는 목소리로 대답했다.

"멀리서 보니까 괜찮아."

아닌 게 아니라 텔레비전을 볼 때 사토루는 의외로 떨어져서 본다. 전에 살던 사택에서는 거실이 좁아서 텔레비전과 거리를 두기가 쉽지 않았다. 지금 집에서는 물건이 없기도 해서 충분히 떨어져서 볼 수 있다.

나는 뭐라 말할 수 없는 기분으로 그 모습을 보고 있었다. 멀리서 텔레비전을 보도록 엄격하게 가르친 사람은 아버지였다. 아버지는 사토루가 텔레비전을 보는 것 자체에 대해서는 아무 말도 하지 않았다. 자기가 마음에 안 들면 전부 나쁜 짓이라고 생각하는 사람이었으니 아마 아버지 자신도 텔레비전을 좋아했을 것이다. 다만 두 가지만은 꼭 지키게 했다. 첫째, 텔레비전에서 1.5미터 떨어질 것. 둘째, 식사중에는 텔레비전을 끌 것. 사토루는 지금도 이 두 가지를 철저하게 지킨다.

엄마가 청소기를 미는 동안 내가 빨래를 넌다. 밖에 빨래 건조대가 있어서 칠이 벗겨져가는 장대에 빨래를 너는데, 위치가 높아서 계속 까치발을 하고 팔을 뻗어야 한다. 세 사람 빨래를 다 널려니 장딴지가 뻐근해졌다.

청소를 하는 엄마도 편하지는 않은 것 같다. 지금 집에 있는 것은 아버지가 "싼 게 비지떡이라고 하잖아"라고 주장하며 고른, 크고 튼튼하고 강력한 청소기다. 확실히 먼지는 잘

빨아들이지만 좌우지간 무겁다. 사택에 살 때는 '무겁네'로 끝났지만, 저것을 2층까지 들고 올라가려면 중노동일 것이다. 언젠가 경품에 당첨되면, 또는 상금 백만 엔이 걸린 미즈노 보고서를 찾으면 엄마에게 스틱형 청소기를 사주고 싶다. 내 새 자전거와 손거울 다음으로.

사토루의 양말을 빨래집게로 집으며, 무슨 일이 일어나든 어떤 생각을 하든 생활은 계속되는구나 생각했다. 가슴이 으스러질 만큼 슬퍼도 언제까지고 밥을 먹지 않을 수 없다. 새엄마가 마음에 안 든다고 방에 틀어박혀도 언젠가는 화장실 가러 나와야 한다.

어제 나는 10시가 되기를 기다려 린카에게 전화했다.

오늘 10시가 되기 무섭게 전화벨이 울렸다. 나는 내 방으로 돌아와 숙제라도 할까 하고 가방을 연 참이었다. 전화를 받은 사람은 엄마였다. 1층에서 나를 불렀다.

"하루카, 전화 왔다. 아리와라래."

웬일일까. 삐걱삐걱 계단을 내려가 전화를 받았다. 어째 들뜬 목소리가 수화기에서 들려왔다.

"여보세요? 하루카? 오늘 시간 있어?"

영어 숙제가 잔뜩 있었지만 같은 반이니 린카도 그건 알고 있을 것이다. 수화기를 다른 손에 바꿔 들며 선뜻 "응, 많아"

라고 거짓말했다.

"잘됐다. 있지, 오늘 벼룩시장이 있거든. 같이 가면 어떨까 해서."

벼룩시장은 전에 살던 곳에서 한 번 간 적이 있었다. 돔구장을 통째로 빌려 연 대규모 이벤트였는데, 생각만 해도 가슴속이 따뜻해질 만큼 즐거웠다.

"응, 좋아. 몇 시?"

"다행이다. 볶음국수 같은 걸 파는 가게도 있는 모양이니까, 일찍 가서 거기서 점심 먹지 않을래? 11시면 너무 이를까?"

나는 집에서 입는 옷을 입고 있었고 머리도 빗지 않았다. 한 시간으로는 빠듯할 것 같다.

"11시 반도 돼?"

"하긴 생각해보니까 나 아직 잠옷 차림이네. 그럼 11시 반에 문화회관에서."

이따 봐, 하는 말과 더불어 전화가 끊어졌다. 수화기를 내려놓고 우선 지도부터 보았다. 예리함을 자칭하는 린카는 가끔씩 굉장히 날카로운 면을 보이지만, 내가 이곳에 이사 온 지 아직 열흘 정도밖에 안 됐다는 사실을 잊어버린 모양이다.

다행히 문화회관은 찾기 쉬운 곳에 있었다. 어제 갔던 도서관의 대각선 맞은편이다. 몰랐다. 날씨는 맑음. 흠잡을 데 없이 맑다. 바람도 불지 않는다. 좋은 일요일이 될 것 같다.

하루 타고 났더니 어쩐지 자전거 색깔에도 익숙해진 것 같다. 어제는 비리디언이 창피해서 린카를 만나기 전에 내렸는데, 오늘은 뭐 어떠랴 싶어 문화회관까지 그냥 갔다.

커다란 기둥 위의 시계를 보니 11시 20분이었다. 일찍 왔다. 자전거 보관소는 거의 꽉 찼고 주차장은 폐쇄되어 있었다. 그 주차장에서 벼룩시장이 열리는 것이다. 파란 시트며 비닐 매트, 심지어 돗자리까지 깔고 책꽂이, 옷걸이, 옷장을 줄줄이 늘어놓았다. 구경은 린카와 만난 다음의 즐거움으로 남겨놓고 문화회관 주위를 산책했다.

주차장을 개최 장소로 쓰기 때문인지 걸어서 오는 사람이 많다. 어제 갔던 도서관은 조금 떨어져서 보니 정말로 나무들에 둘러싸여 있어서, 어제 못 보고 지나친 것은 내 잘못이 아니라고 새삼 생각했다.

부지 한구석에 커다란 돌을 쌓아놓은 곳이 있었다. 어렸을 때는 이런 곳에 올라가는 것을 좋아했다. 그때보다 나이를 먹은 지금은 아니다. 돌더미 중앙에 석비가 있었다. 글자가 있는데, 검붉은 돌에 얕게 새겨져 있어서 자세히 보지 않으면 뭐라고 씌어 있는지 모르겠다.

린카를 찾아봤지만 보이지 않았다. 약속 시간까지 아직 오 분쯤 남았다. 시간을 때울 겸 돌더미로 다가갔다.

이곳에 우리 마을이 있었다

사이카와 강 유역 일대는 도코이라 불리는 마을이었다. 역사가 유구해 후도키의 일서逸書에도 지명이 있었다 한다. 예로부터 농업이 성해 풍요로웠다. 마을 사람들의 굳은 유대 아래 신을 모시고 부처를 받들고 이가씨를 공경하며 살아왔다. 그러나 근대산업의 발흥에 반드시 기민하게 기회를 포착했다고 할 수는 없이, 쇼와 28년(1953년) 국책하에 합병을 받아들여야 했다. 시제市制에 이름은 남지 않아도 도코이는 이곳에 있었다. 도코이의 정신과 풍토가 대대손손, 미래영겁 전해지기를 바라며, 신생 사카마키 시에서 도코이의 백성이 명예로운 지위를 차지하기를 바란다.

"하루카!"

느닷없이 이름을 불리고 어깨에 손이 놓였다. 나는 비명을 지르며 몸을 움츠렸다. 어깨 너머로 씩 웃는 린카의 얼굴이 보였다.

"그렇게 놀랐어? 내가 깜짝 놀랐네."

"아아, 린카구나."

방심하다 허를 찔렸다지만 방금 그 비명은 창피하다. 주위를 둘러보자 무슨 일인가 해서 우리 쪽을 보는 시선이 여럿 있었다. 무심코 목소리를 낮추었다.

"아이 참……. 하지 마."

"아하하, 미안. 나도 모르게 그만. 이건 뭐야?"

그렇게 말하며 린카는 내가 읽던 것을 읽었다. 절대로 쉽게 읽힌다고 말할 수 없을 텐데도 린카는 한눈에 내용을 파악했다. 쓴웃음을 지으며 "분했구나"라고 말했다.

린카는 나도 어이없는 표정으로 보았다.

"참 점잖은 취향이네. 뭘 그렇게 읽나 했더니 비석이었어? 난 이런 게 있는 줄도 몰랐어."

뺨이 화끈 달아올랐다.

"읽을 게 없어서……."

"어라, 하루카, 활자 중독이었어?"

그러더니 린카는 고개를 갸웃하며 "이건 활자는 아니지만"이라고 사소한 말을 덧붙였다.

나는 고개를 흔들었다.

"그건 아니고 우연이야, 우연. 기다리기 지루해서."

"저런. 기다리게 해서 죄송합니다."

"아, 아니, 그런 게 아냐. 내가 일찍 오는 바람에……."

공부는 싫지 않지만 책은 그렇게 읽는 편은 아니다. 그보다 그런 이미지가 학교에 퍼지기라도 했다간 무슨 말을 들을지 알 수 없다. 허둥대는 나를 린카는 심술궂게 웃으며 바라보고 있었다.

"뭐, 아무래도 상관없지만."

그러더니 여전히 웃음을 띤 채 말했다.

"그렇지만 호기심이 고양이를 죽인다는 말도 있거든."

"뭐?"

"그런데 왜 하필 고양이일까? 너무 열심히 냄새를 맡고 다니면 귀여운 고양이라도 죽이고 싶어진다는 뜻일까?"

농담 투로 말하더니 빙글 돌아섰다.

"노점들 저쪽에 모여 있더라."

얘, 방금 그거 무슨 말이야? 호기심이 고양이를 죽인다니, 그거 무슨 뜻으로 한 말이야? 린카의 등을 향해 무심코 손을 뻗으려 했다. 그러나 결국 나는 아무 말도 하지 못했다.

린카가 너무나도 가벼운 발걸음으로 벼룩시장의 인파 속으로 들어가버렸기에.

주차장 한옆에 흰 텐트가 늘어서 있다. 음식을 파는 노점이다.

볶음국수, 문어 볼, 일본식 부침. 우동에 메밀국수, 라면도 있었다. 구운 소시지와 솜사탕을 파는 곳까지 있으니 꼭 축제날 같다.

다만 가게 사람들의 분위기가 축제와는 달랐다. 동네 아저씨, 아줌마가 익숙하지 않은 손놀림으로 가게를 한다는 느낌으로, "어머나, 다 합해서 얼마였더라?" "잠깐만요, 잠깐만 기다려주세요" 하는 어수선한 말소리가 여기저기서 들렸다. 아마추어 같은 만큼 값도 축제보다 훨씬 싸서 기쁘다. 엄마에게 어렵게 부탁해서 용돈을 받았는데, 될 수 있으면 일 엔이라도 더 많이 남겨 돌려주고 싶다.

나는 볶음국수를 먹기로 했다. 린카가 뒤에 서기에 같은 것을 주문하려나 했더니 "온메밀 주세요, 파는 빼주시고요" 라고 했다.

음식을 먹을 수 있도록 하얀 테이블과 접는 의자가 몇 개 마련되어 있었다. 하지만 노인들이 의자를 모조리 차지하고 있으니 앉을 자리가 없다. 나와 린카는 하는 수 없이 근처 화단으로 갔다. 화단 가장자리에 벽돌을 둘러, 앉기에 딱 적당한 높이였다.

젓가락을 쪼개는 린카를 보니 웃음이 났다.

"남더러 점잖은 취향이라더니 린카도 점잖네. 온메밀이라니."

"그런가?" 린카는 어리둥절한 표정으로 말했다. "그런 식으로 생각 안 해봤는데."

생각해보니 그럴 만도 하겠다. 린카의 집은 국숫집이었다.

린카가 먹는 국수에 건더기는 미역뿐이었다. 어째 쓸쓸해 보인다.

"파 못 먹어?"

내가 묻자 린카는 "으음" 하고 중얼거렸다. "우연일지도."

파를 우연히 빼달라고 하기도 하나? 어쩌면 나와 같이 있으니 냄새날까 봐 피한 것일지도 모르겠다.

내 볶음국수도 린카의 온메밀국수도 점심 한끼로는 양이 약간 적었다. 하지만 모름지기 여자애라면 적게 먹는 척하는 게 바른 행실이다. 둘 다 자기가 먼저 '양이 모자라네'라고 말하지 않았다.

"그럼 이제 구경할까."

린카의 말에 고개를 끄덕이고 일어섰다.

조금 전까지는 그렇지도 않더니 12시 넘으면서 갑자기 사람이 늘었다. 와글와글 시끄러운 소리도 점점 커진 것 같다.

전에 살던 곳에 비하면 이곳 벼룩시장은 규모가 작다. 어찔 수 없을 것이다. 사카마키 시가 더 작으니까.

하지만 얼마 가지 않아서 나는 내심 약간 실망하고 말았다.

헌옷은 정말로 낡아서 천이 후줄근했다. 살색 셔츠를 봤을 때는 눈이 동그래졌다. 입던 속옷을 헌옷으로 판다는 생각은 해본 적도 없었다.

헌책을 파는 사람도 있었는데 하나같이 조금 전에 유행했던 책들뿐 관심이 가는 것은 전혀 없었다.

잡화가 제일 많은 듯한데, 모조리, 뭐랄까, 별로 센스가 없다. 게다가 아무리 그래도 그런 걸 남에게 파나 싶은, 망가졌거나 깨졌거나 한 물건들이 종종 보였다.

일요일에 친구와 벼룩시장에 와 있다는 상황 자체는 즐겁지만 쇼핑을 즐긴다는 느낌은 없다. 더욱이 애초에 돈도 별로 없다. 조금이라도 괜찮은 게 눈에 띄면 린카와 '이거 예쁘다!' 하고 신나서 떠들 수 있겠지만 계기가 될 만한 것을 영 찾을 수 없었다.

"흐음……."

린카가 의미심장하게 중얼거렸다. 린카 또한 괜찮은 물건이 없다고 느끼는지도 모른다. 어쩐지 어색해서 서성거리는데 린카가 갑자기 멈춰 섰다. 주머니에서 휴대전화를 꺼내 "미안, 잠깐만"이라며 전화를 받았다. 손으로 입을 가리고 이야기하는데, 그렇게 목소리를 낮춘 게 아니라 내용이 다 들렸다.

"……지금? 그렇지만 친구랑……. 아니, 그건 그렇지만. 안 돼? 그렇잖아……. 응, 그러게……."

어째 이야기가 심상치 않다. 엿듣는 모양새가 되지 않도록 일부러 엉뚱한 방향을 보고 있던 내게, 린카가 전화를 끊고 손을 모아 사과했다.

"미안. 노점에 일손이 부족한가 봐. 한 명이 갑자기 배가 아프대."

일손이 부족하다니.

"그럼 저 노점들도 상점가 사람들이야?"

"상점가랄지, 상조회. 응, 맞아. 대신할 사람을 불렀다는데 지금 식사 때잖아? 그냥 손놓고 기다릴 순 없는 모양이야. 이 벼룩시장 자체가 갑자기 결정된 이벤트거든. 운영이 완전히 엉망진창이지 뭐야. 내가 오자고 해놓고 진짜 미안한데 한 삼십 분만 혼자 구경하면 안 될까?"

솔직히 기분이 좋지는 않았다. 하지만 긴급사태라는데 어쩔 수 없다.

"알았어. 잘하고 와."

그러면서 손을 흔들었다. 마음이 넓고 대범한 하루카 양을 완벽하게 연기했다고 생각한다.

린카가 고개를 꾸벅꾸벅 숙이며 가고 나니 할 일이 없어졌다. 그때까지 죄 꽝이었다지만 아직 모든 부스를 둘러본 것은 아니다. 더 구경하다 보면 뜻밖에 괜찮은 물건이 있을지도 모른다. 하지만 어쨌거나 예산은 전무나 다름없다. 돈도 없으면서 구경하는 것도 허무한 느낌이 든다.

나는 문득 문화회관 쪽을 보았다.

벼룩시장에만 정신이 팔려 자세히 보지 않았는데 문화회관은 건물이 제법 근사했다. 노출 콘크리트와 유리를 대담하게 사용한, 딱 '디자인했습니다!' 하는 느낌의 디자인이다. 빗물이 스며 얼룩덜룩하게 더러워진 노출 콘크리트 건물을 본 적이 있는데, 여기 문화회관은 아직 눈에 띄게 지저분한 부분이 없다. 아직 비교적 새것일 수도 있겠다.

건축을 감상하는 취미는 없지만 안에 들어가면 자동판매기쯤은 있을지도 모른다. 입구의 유리문 쪽으로 향했다.

실은 약간 화장실도 가고 싶다.

일요일이니 문을 열지 않았을 가능성이 머리를 스쳤지만 자동문은 무사히 열렸다. 현관홀은 3층까지 천장이 뚫려 있고 배구도 할 수 있을 것처럼 넓었다.

그런데 묘하게 조용하고 조명도 어둡게 느껴졌다. 아직 낮이고 딱히 이벤트도 없는 것 같으니까 전기를 아끼는지도 모른다. 정면에 안내 카운터가 있었지만 사람이 없었다.

일단 화장실부터 찾았다. 대다수의 건물이 그런 것처럼 화장실로 가는 길이 크고 알기 쉽게 표시되어 있었다. 현관홀 바로 옆이다.

그런데 글쎄, 청소중이었다. '청소중 / 잠시 기다리세요'라고 쓴 입간판에 참 귀여운 청소원이 머리를 숙이는 일러스트가 그려져 있었다. 이렇게 사람도 없는데 왜 하필 지금 청소를 하나 싶지만 생각해보면 이벤트로 붐빌 시간대에 청소하는 것보다 훨씬 나을지도 모른다.

절실하게 급하지는 않았지만 가려던 화장실을 못 가면 심리적인 타격이 크다. 하지만 이렇게 큰 건물에 화장실이 한 곳만 있지는 않을 것이다. 현관홀 안쪽으로 들어가니 계단이 보이기에 올라갔다.

홀은 타일 바닥이었는데 계단에만 양탄자가 깔려 있었다. 털은 짧지만 발소리가 사라졌다. 천천히 올라갔다. 조금 높은 곳에 이르자 유리 천장으로 드는 햇빛이 기둥처럼 현관홀에 비쳐드는 모습이 잘 보였다. 하여간 참 공들여 지었다.

"그렇지만 말이지."

나도 모르게 중얼거렸다.

문화회관은 건물은 멋지고 새것이다. 그런데 사월의 화창한 일요일에 아무런 이벤트도 없다. 주차장은 벼룩시장으로 북적이는데 안은 텅텅 비었다. 대체 어떻게 된 일일까.

뭐, 주차장을 못 쓰는 상태에서 이벤트를 개최할 수는 없겠지만.

2층으로 올라오자 복도는 다시 타일 바닥으로 변했다. 벽은 유리라 아주 환하다. 사람은 보이지 않는다. 회색 안내판이 흰 벽에 박혀 있었다. 이쪽으로 가면 흡연 및 휴식 코너가 있고, 화장실은 거기를 지나서 있나 보다. 설마 전관에서 일제히 청소할 리는 없을 테니 이번에는 괜찮을 것이다.

걸음을 떼서 모퉁이를 돌았다. 앞쪽으로 보이는 복도 한복판에 뭐가 떨어져 있었다. 황록색 종이다. 뭔가 싶어 다가갔다가 게시판이 바로 근처에 있음을 깨달았다. 게시판에서 떨어졌나. 그렇다면 게시물일 텐데, 뒤집혀 있어서 무슨 내용인지 모르겠다. 그냥 둬도 되지만 별생각 없이 주워 뒤집어보았다.

"……어?"

나도 모르게 중얼거렸다.

황록색 종이에 적힌 말은 "유치를 재고하는 모임 개최 안

내". 이거 어디서 본 적이 있는데. 어디였더라? 씌어 있는 말을 바라보며 잠시 생각했다. 시市 게시판은 집 근처에도 있었다. 거기서 봤나? 하지만 그런 것을 찬찬히 본 적은 없는데…….

보고 있는 동안 다른 것도 깨달았다. "일시: 4월 13일(일) 오후 5시부터 장소: 사카마키 문화회관". 오늘 여기서 하는 것이다. 주차장을 그때까지 정리할 수 있을까. 남 일이지만 그런 게 걱정된다.

전단은 네 귀퉁이가 찢어져 있었다. 압정으로 박았는데 어쩌다가 뜯겼나 보다. 지금은 보는 사람이 아무도 없다. 보는 사람이 아무도 없으면 작은 친절을 놀림받을 염려도 없다. 게시판에는 압정이 몇 개 남아 있었다. 나는 주운 전단을 게시판에 도로 붙였다.

한 발짝 물러나 잘 붙었는지 확인했다. 약간 비뚤어진 것 같다. 떼어서 게시판 테두리와 평행을 이루도록 주의하며 다시 붙였다. 이번에는 괜찮게 붙었다.

"됐다."

대단한 선행은 아니지만 어쩐지 만족스럽다. 숨을 크게 들이쉬었다.

공기에서 담배 냄새가 났다.

앞쪽에 흡연 코너가 있으니 그 탓이라고 생각하는 게 자연스럽다. 그러나 그때 나는 직감했다. 앞쪽이 아니다. 뒤다. 온 방향을 돌아보았다.

눈이 퀭한 남자가 복도 모퉁이에 서서 나를 보고 있었다. 흰 셔츠에 회색 양복을 입었는데 넥타이는 매지 않았다. 정면에서도 알 수 있을 만큼 자세가 구부정했다. 왜 그런지 그냥 지나치는 사람이 아님을 바로 알 수 있었다. 남자는 나를 보고 있었다.

언제부터? 건물에 들어왔을 때부터?

남자는 천천히 다가왔다. 이상성욕자라는 말이 머리를 스쳤다. 도망쳐야 할까. 하지만 그랬다간 남자도 쫓아오지 않을까. 나는 달리기에는 자신 있지만 문화회관의 구조를 모른다. 계단은 지금 남자가 서 있는 쪽에 있다.

여차하면 때리고 달아나자. 그렇게 생각하며 경계하는 내게 남자가 중얼거리듯 말했다.

"……그거 네가 붙였냐?"

남자의 시선은 게시판 쪽을 향하고 있었다. 그중에서도 방금 내가 붙인 '유치를 재고하는 모임' 전단을 보고 있다.

나는 조심스레 대답했다.

"네."

"그래."

퀭한 눈이 이번에는 나를 보았다. 의지가 느껴지지 않는 멍한 눈. 가까이에서 그 눈을 보다가 생각났다. 이 사람, 들치기를 했던 사람이다. 린카가 이 도시를 안내해준 날, 청과물 가게에서 뭔가를 훔쳤다. 린카가 그때 분명히 이름도 말했다. ……마루 씨다.

마루 씨는 무관심한 눈으로 나를 꼼짝 않고 쳐다보았다. 떨어져 있던 전단을 붙인 게 그렇게 문제가 되나. 왜 마루 씨는 내 얼굴을 머리에 새기려는 것처럼 시선을 떼지 않는 걸까. 역시 도망칠까 생각한 순간, 나는 저쪽에서 한 가지 착각하고 있을 가능성을 깨달았다.

"정확히 말하면……." 입술이 말라붙는 것을 느끼며 말했다. "떨어져 있던 걸 주운 것뿐이에요."

"……."

"거짓말이라고 생각하시면 전단을 자세히 보세요. 떨어졌던 걸 다시 붙인 흔적이 있을 거예요."

네 귀퉁이가 찢어진 자국은 주의해서 보면 일목요연할 터. 마루 씨는 순순히 몹시 완만한 동작으로 '유치를 재고하는 모임'의 전단을 보았다.

마른침을 삼키고 싶어졌다.

이윽고 마루 씨는 처음에 말을 걸었을 때와 마찬가지로 중얼거리듯 말했다.

"맞는 것 같군."

안도의 한숨을 내쉬었다.

"네, 그래요."

"그럼 넌 왜 여기 있지?"

"벼룩시장을 구경하러 온 것뿐이에요."

조금 안심했더니 온몸에 힘이 솟았다. 이 인간 뭔가 하는 노여움이 방금 전까지 느꼈던 두려움을 날려버렸다.

"왜 그런 걸 일일이 묻는 건가요? 떨어져 있길래 친절하게 다시 붙인 건데, 뭐 할말이라도 있으신가요?"

그러나 마루 씨는 사과도 설명도 하지 않았다. 그저 몸을 틀며 이렇게 말했다.

"너무 헷갈리는 짓은 안 하는 게 좋아. 야경치는 패거리로 오해를 받으면 너도 재미없을 거 아니냐."

그쪽이 멋대로 오해하고서. 나는 잘못 없다.

그렇게 따지려고 했으나, 마루 씨는 이미 몸을 돌려 천천히, 천천히 가버렸다.

2

밤에는 영어 숙제에 쫓겨야 했다. 낮에 논 벌이다.

그보다 토요일에 숙제를 시작하지 않은 벌이라 해야 할지도 모르겠다.

목욕을 일찍 하고 그 뒤로 내 방에서 열심히 숙제를 했다. 이사 올 때 책상을 가져오지 못한 탓에 뭘 하든 밥상을 써야 한다. 의자에 앉아야 공부가 잘된다고 생각하지는 않지만 이 밥상은 높이가 맞지 않아서 앉아 있다 보면 점점 자세가 구부정해진다. 공부를 하는데 머리보다 몸이 먼저 지치는 것 같아서 어떻게든 해야 할 것 같다. 여름방학에 아르바이트를 할 수 있으면 좋겠는데. 책상이 어려우면 좀더 높은 밥상이라도 사고 싶다.

숙제를 반쯤 마쳤을 때 아니나 다를까, 등이 결리기 시작했다. 기지개를 쭉 켰더니 '호오'인지 '후우'인지 알 수 없는 한숨이 나오는 바람에 어째 늙은이가 된 것 같아 싫었다. 누가 보는 것도 아닌데, 한숨 쉰 적 없거든요, 라고 하듯 벌떡 일어섰다.

그렇게 한숨을 돌리자 낮에 있었던 일이 생각났다.

노점 일을 거들고 돌아온 린카에게 나는 문화회관에서 벌어진 일을 이야기했다. 마루 씨가 나를 빤히 보더라고 말하자 린카는 얼굴을 찡그렸다.

"하루카는 아닌데 말이야. 그럼 싫지."

아니라니 뭐가 아니라는 말인가? 그것도 묻고 싶었지만 그보다 마음에 걸리는 것은 마루 씨가 가기 전 한 말이었다.

"그래서 '야경치는 패거리라고 오해를 받으면 너도 재미없을 거 아니냐'라고 했거든. '야경치는'이 무슨 뜻이야?"

이곳에 와서 사투리다운 사투리는 들어본 적이 없었다. 그렇지만 '야경치다'는 방언일 것이다 싶었다.

예상이 맞았다. 린카는 고개를 갸웃하더니 가르쳐주었다.

"야경치다? 음, 그걸 뭐라고 하면 좋을까. 옛날엔 많이 썼는데 이젠 별로 안 쓰거든."

"옛날?"

"으음, '다 같이 결정한 일을 나중에 와서 딴소리한다'는 게 제일 가까우려나. 그게 다가 아니라 뉘앙스가 어려운데…… 위험한 느낌?"

내게 물은들.

어쨌거나 대충 이해했다. 마루 씨는 '유치를 재고하는 모임' 멤버라고 생각되면 재미없지 않느냐고 말한 것이다.

그러다 문득 생각났다.

"얘, 린카. 오늘 벼룩시장 말인데, 갑자기 정해졌다고 했지?"

"응."

"뭐랄까, 그냥 바보 같은 생각이고 보통 그런 일이 있을 리 없다고 생각하지만. 듣고 웃어도 되는데."

"응."

"이 뒤에 있을 '유치를 재고하는 모임'을 방해하려고, 주차장을 못 쓰게 하려고 그런 건 아니지? 설마 그런 일이 있을 리 없겠지?"

그러자 린카는 너무나도 선뜻 "응" 하며 고개를 끄덕였다.

어느 쪽에 대한 대답일까.

'그런 일이 있을 리 없다'에 대해 '응, 그런 일이 있을 리 없지'라는 뜻일까.

'주차장을 못 쓰게 하려고'에 대해 '응, 맞아'라는 뜻일까.

그 얘기를 나눈 뒤, 린카는 근처에서 팔고 있던 전통 인형을 가리키며 "얘, 이거 박력 있지 않아?"라고 말했다. 일부러 화제를 돌린 듯 그 뒤로는 아무리 떠봐도 대답해주지 않았다.

"후우."

한숨이 나왔다.

결국 벼룩시장에서 괜찮은 물건은 찾지 못하고 점심을 적게 먹은 탓에 도중에 배만 고파졌다. 만족하지 못한 것은 린카도 마찬가지였던 듯 도중부터 분위기를 띄우려고 무리하는 듯 보였다.

모르는 도시에 와서 린카의 도움을 많이 받았다. 언젠가 완전히 자리를 잡으면 이번에는 내가 먼저 놀러가자고 하자. ……하지만 자리를 잡는다니, 뭐가?

바깥 공기가 마시고 싶어졌다.

탁상시계를 보았다.

아직 밖에 나간다고 걱정할 시간이 아니다. 슬슬 밤에도 온기가 남는 계절이 되었다. 주머니에 120엔만 넣고 살그머니 계단을 내려갔다. 여전히 삐걱거려 발소리를 죽이는 의미가 없었지만, 텔레비전의 억지 웃음소리가 들려오는 거실에서 나를 불러 세우는 사람은 없었다.

집을 나섰다. 몰래 "다녀오겠습니다" 하고 소곤거려 죄의식을 달래며.

제방 도로로 올라갈까, 아니면 제방을 등지고 택지 안쪽으로 들어갈까. 나는 제방 쪽을 택했다. 차도에 올라가지만 않으면 차가 무서울 것도 없는데다 가로등 덕에 환하기 때문이다. 나름대로 최선을 다했건만 숙제가 아직 절반이나 남아 있다는 사실에 넌더리를 내며 어떻게든 기운을 내려고 콧노래를 흥얼거리며 걸었다.

제방 도로에서는 사카마키 시의 불빛이 보인다. 조그만 빛이 드문드문 흩어져 있는 모습이 무척 적적하다. 인간이 생활하는, 밤을 몰아낸 영역이라는 느낌이 없다. 차도 옆에 세워진 간판, "고속도로는 모든 것을 구원한다"라는 말을 떠올렸다. 아닌 게 아니라 조금은 구원이 필요할지도 모르겠다.

밤바람에 섞여 사이렌 소리가 들려왔다. 구급차인지 소방차인지 경찰인지 모르지만 아무튼 뭔가가 달려간다. 경광등도 얼핏 보였다. 아무래도 강 맞은편에서 다리를 건너오는 것 같다.

그런 생각을 하는데 캄캄했던 곳에서 갑자기 불길이 치솟았다.

"어?"

나도 모르게 큰 목소리가 나왔다.

밤이라 원근감이 없었지만 아무것도 없는 곳에서 불이 난 게 아니다. 저기는 다리 위다. 철교보다는 멀다. ……그 말은 곧 무쿠이 다리라는 뜻이다. 무쿠이 다리에서 뭔가가 타고 있다. 사고가 났나.

사고 현장을 구경하려고 종종걸음을 쳤다. 다이어트하는 셈 치고 조깅이라고 생각하자.

무쿠이 다리에 도착할 무렵에는 다리 위가 소란스러웠다. 차도 부분에 이미 통행금지 펜스가 놓였다. 소방차가 한 대, 경찰차는 두 대 보였다. 아까 불길이 치솟고 나서 왔다기에는 너무 이르니 사고 자체는 더 전에 일어났나 보다. 사실은 보행자도 통행금지일 수도 있겠지만, 인원이 부족한지 통제하는 경찰관이 없기에 모르는 척하고 다리를 걸어갔다.

차에 불이 난 모양이다. 주말에 텔레비전에서 해주는 영화를 보면, 차에 불이 붙고 십 초 만에 폭발이 일어나 산산조각이 나기에 으레 그런 줄 알았다. 하지만 내가 본 차는 이미 불이 꺼져, 폭발하지도 않았고 파편이 산산이 흩어지지도 않았다. 소방관과 경찰관 몇 명이 차 주위에 서서 불이 꺼진 뒤로도 뭔가 조사하고 있었다. 이 이상은 다가갈 수 없다.

현장에는 나 말고도 속 편한 구경꾼이 네댓 명 모여 무책임한 소리를 하고 있었다. "뭐야, 벌써 끝났어? 시시하네"라고 누군가가 한 말이 내 심정에 비교적 가까웠다.

하지만 불탄 차량의 도장은 검게 그을었고, 그렇지 않은 부분도 부글부글 거품처럼 일어 볼만했다. 난간을 비스듬이 들이받은 듯 왼쪽 전조등 언저리가 화끈하게 부서져 있었다. 이런 낮은 난간을 들이받고도 추락하지 않았으니 운전자는 운이 좋았는지도 모른다.

그러나 산산조각 나서 원형이 거의 남지 않은 앞유리를 보다 보니 태평한 감상은 점점 사라졌다. 그러고 보니 운전자는 어떻게 됐을까. 차에 탄 사람은 한 명뿐이었을까. 차는 흰색에, 경차가 아닌 보통 크기였다. 아마 5인승일 것이다.

설마 타 죽은 건 아니겠지.

사고 현장에 구경하러 와서 사망자가 있을지도 모른다고 겁먹는 것도 이상한 이야기다. 하지만 실제로 나는 어쩐지 무서워져서 살그머니 뒷걸음쳤다. 뭣보다도 경찰관이 잔뜩 있는 곳에서 '어라, 너 중학생이지?' 하고 끌고 가기라도 하면 아주 곤란하다.

나올 때는 무사했건만 집에 와서 들켰다. 운 나쁘게도 엄마가 복도에 있었던 것이다. 현관문을 열자마자 눈이 마주쳤으니 얼버무릴 수도 없다.

"아니, 하루카……."

엄마는 말문이 막힌 듯했다. 선수를 치는 수밖에 없다.

"엄마, 무쿠이 다리에서 사고 났어. 차가 부딪혀서 불이 났더라고. 그만 구경하러 갔었어. 미안."

"사고?"

다행이다. 엄마는 내가 밤에 밖에 나간 것보다 사고 쪽에 정신이 팔렸다. 2층에서 사고가 난 것을 보고 구경하러 나갔다고 생각했는지도 모른다. 사실 내 방에서는 제방 도로에 가려 아무것도 보이지 않는데.

"저런, 위험해라. 무쿠이 다리는 좁으니까 어째 무섭다 싶더니."

"그렇지만 불은 벌써 꺼졌던데."

"그래? 그럼 됐고."

그러더니 문득 깨달은 것처럼 나를 보았다.

"자, 얼른 들어오렴. 바깥, 춥지 않았어?"

"응."

"우유 데워줄까?"

고개를 내저었다.

"진짜 안 추웠어. 게다가 숙제도 아직 많이 남았거든."

엄마는 미소를 지으며 "그렇구나. 열심히 하렴"이라고 말했다. 그리고 내가 또다시 숙제하다가 지쳤을 무렵 계단을 삐걱거리며 올라와 따뜻한 우유를 주고 갔다.

자리에 들 즈음 나는 사고를 목격했다는 것도 잊어버리고 있었다.

다음날, 사회 시간은 자습이었다.

자습을 알리러 온 교감 선생님은 이유를 설명하지 않았다.

그저 "조용히 공부하도록"이라고만 말했다.

그렇지만 그때는 이미 온 반에 소문이 파다했다. 내게 가르쳐준 애는 같은 조의 고타케였다. 고타케는 세상에 이렇게 재미있는 일이 없다는 듯 만면에 웃음을 지으며 말했다.

"그거 알아? 사회 가르치는 우랏치, 어제 사고 난 모양이야. 오늘밤 죽을 거라는데!"

제7장

↺

1

초등학교 4학년 때 담임선생님이 입원한 적이 있었다.

병명은 급성 뭐시기라고만 알려졌는데, 성급한 남자애가 "야, 큰일났다, 우리 할아버지도 급성 뭐시기로 죽었는데"라고 말하는 바람에 반 애들 전체가 패닉에 빠졌다. 울음을 터뜨린 여자애들 그룹을 곁눈으로 바라보며 그 속에 낄 타이밍을 재는 사이에 학생주임 선생님이 설명하러 왔다.

"급성 충수염이니까 너무 걱정하지 말도록. 흔히 말하는 맹장염이에요."

맨 처음 호들갑을 떨었던 남자애는 그 뒤 한 석 달쯤 거짓말쟁이라는 말을 들었다. 불쌍하다.

당시 반 애들이 특별히 담임선생님을 좋아한 것은 아니었지만 그래도 모두들 선생님을 걱정했다. 또는 그런 척했다. 대표를 뽑아 병문안을 가자는 제안에 아무도 반대하지 않았다. 꽃 사는 데 한 사람이 백 엔씩 낸 기억이 있다. 일주일쯤 뒤 돌아온 선생님은 우리에게 꽃에 대한 사례로 사탕을 주었다. 교사가 학교에서 과자를 나눠줬다는 게 문제가 돼서, 아마 그것 말고도 원인이 더 있었겠지만, 선생님은 그다음 해 퇴직했다. 그 선생님도 불쌍했다.

미우라 선생님의 사고 소식을 듣고 그때 생각이 났다. 어쨌거나 지레짐작은 좋지 않다. 고타케에게 맞춰 호기심 가득한 표정으로 웃으며 물었다.

"진짜? 누가 그래?"

"린카."

고타케가 돌아본 곳에서 린카가 몇몇 애들에게 둘러싸여 뭐라 수군거리고 있었다. 자기 이름이 나온 것을 알아차렸는지 우리를 보더니 일어나 다가왔다.

"나 불렀어?"

부르지는 않았으므로 그 말에는 대답하지 않고 대신 물었다.

"미우라 선생님이 사고당했다는 거 정말이야?"

"응."

"어떻게 알았어?"

린카는 내 책상에 걸터앉았다.

"숙모가 병원에서 일하거든. 구급차로 실려온 사람, 우리 학교 선생님 아니냐고 하더라고. 중상이래."

"중상? 중태가 아니라?"

"중상."

"죽을지도 모른다던데?"

그러자 린카는 고타케에게 얼핏 눈을 주었다. 고타케는 태연하게 "난 그렇게 들었어"라고 하고는 다른 데로 가버렸다. 보아하니 고타케가 이야기를 부풀렸을 뿐, 죽느냐 사느냐 하는 상황은 아닌 모양이다. 그것을 안 순간 나는 한숨을 쉬었다. 스스로도 뜻밖일 만큼 깊은 한숨이었다.

안도한 것을 린카에게 들키고 싶지 않아 일부러 무관심하게 말했다.

"교통사고라면 차에 치인 걸까?"

"아냐. 우랏치, 차에 타고 있었다던데."

"……그럼 누굴 친 쪽?"

린카는 고개를 흔들었다.

"나도 자세한 건 모르는데 뭔가를 들이받아서 차가 불탔

대. 우랏치는 혼자 힘으로 도망쳐서 구급차도 자기가 불렀다던데."

불탔다.

무쿠이 다리다. 틀림없다. 이렇게 작은 지역에서 하룻밤에 차가 두 대나 불탔을 리 있나. 나는 어젯밤 미우라 선생님의 차를 본 것이다. 깨진 앞유리. 왼쪽이 엉망진창으로 찌그러지고 도장은 불에 그슬려 부글부글 일어나 있었다.

"왜 그래?"

갑자기 입을 다문 내 얼굴을 린카가 가까이에서 들여다보았다.

"아, 응, 어제 방에서 차가 불타는 걸 봤거든. 그거였나 싶어서."

별로 감출 일이 아니다. 그러나 짤막하게 설명하면서 나는 핏기가 가시는 기분이었다. 살아 있어 다행이다. 차가 그렇게 부서졌으니 미우라 선생님은 죽었어도 이상할 것 없었다. 하마터면…….

나는 금요일까지 별 탈 없이 이야기하던 사람의 죽음을 구경할 뻔했다.

"저런, 봤구나."

린카는 깊이 따지고 들지 않았다. 아마 내가 동요한 것을 눈치챘을 것이다.

배에 힘을 주었다.

“한동안 사회는 자습이겠네. 이제 막 수업 시작됐는데.”

그렇게 말하며 웃어 보였다.

“시험 같은 건 어쩌려나?”

“글쎄……. 어떻게 되겠지, 뭐.”

적당한 의문에 적당한 대답이 돌아왔다. 자습이라도 자리를 벗어난 학생은 거의 없었다.

린카와 이야기하며 나는 동시에 교실에 어지럽게 오가는 말소리를 주의깊게 듣고 있었다.

소문은 순식간에 온 반에 퍼졌을 터다. 인간관계로 따질 때 나는 상당히 늦게 소문을 들었을 것이다. 이제 누가, 양식 있는 누군가 아니면 나서기 좋아하는 누군가가 병문안을 제안할 것이다…….

사고 이야기를 하는 목소리는 들렸다. “죽을지도 모른대!” 라고 약간 수위를 낮춘 고타케의 말과 “미우라, 교통사고 났다는데” “하긴 운동신경 별로일 것 같지” 하는 정도의 우스갯소리도 들렸다.

그러나 하늘에서 뚝 떨어진 자습을 만끽하는 즐거운 소음은 잦아드는 낌새조차 없었다. 점점 불안한 마음이 들었다.

아무도 병문안 간다는 생각을 하지 않는 걸까.

그렇게 생각하며 귀를 기울이는데, 남자애인지 여자애인지 알 수 없는 목소리가 아무렇지도 않게 이런 말을 했다.

"그렇지만 미우라는 타지 사람이니까."

나는 얼굴을 번쩍 치켜들었다. 튀는 행동이었을까 봐 도로 고개를 푹 숙이고 나서 몰래 주위를 살폈다.

목소리 임자는 찾을 수 없었다. 마치 내가 들은 게 특정한 인물의 생각이 아니라 반 전체의 의견이었던 것처럼 누구 목소리였는지 알 수 없었다.

안색이 변했을 것 같지는 않지만 약간은 거동이 수상했는지도 모른다. 감이 발달한 린카는 그것만으로 내 속마음을 읽었다.

"우랏치, 걱정되지."

아마 린카는 그런 마음이 전혀 없을 텐데도. 린카는 이상할 정도로 내게 친절하다.

안 그래, 라고 대답했어야 하는지도 모른다. 미우라 선생님이 어떻게 되든 관심없다, 그 선생님, 좀 이상하겠다, 라고. 추세를 따르려면 그래야 했다.

하지만 나는 조그맣게 고개를 끄덕였다.

미우라 선생님이 하마터면 죽을 뻔했다는 말을 듣고 나는 처음으로 깨달았다.

이 도시에서, 아니, 어쩌면 이 세상에서 오로지 미우라 선생님만이 나와 대등하게 이야기했다. 그 선생님이 어린애 같아서일 수도 있지만 나는 기뻤다.

용기를 내서 물었다.

"저 말이야, 선생님이 입원한 병원, 린카는 알지?"

"응, 숙모가 일하는 데니까."

"가르쳐줄래?"

린카는 아주 약간 내키지 않는 표정을 지었다.

"그래도 되지만……. 병문안이라도 가게? 솔직히 안 그러는 게 좋을 것 같은데."

"알아."

괜한 억측을 할까 봐 덧붙였다.

"반 분위기 정도는 나도 파악할 수 있어."

린카는 입을 다물었다. 내 생각을 읽으려는 것이다. 미우라 선생님에게 접근하지 않는 게 좋은 다른 이유를 나는 깨닫고 있었다. 그리고 린카는 아마 내가 깨달은 것을 눈치챘을 것이다.

그렇지만 조금 한숨을 섞기는 했어도 린카는 병원 이름을 가르쳐주었다.

2

집에 가기 전 홈룸 시간, 설마 그럴 리는 없겠지 했는데 담임인 무라이 선생님도 "연락사항은 딱히 없어요"라고만 했다. 그것으로 하루 일과가 끝났다.

가방에 교과서와 공책을 챙겼다. 서두르지는 않았을지 모르지만 천천히 하지도 않았다. 그런데 집에 갈 준비를 마치고 교실을 둘러보니 린카는 이미 없고 가방도 보이지 않았다.

약속한 것은 아니지만 나와 린카는 지금까지 거의 매일 같이 집에 갔다. 오늘도 당연히 그럴 줄 알았다. 얼마 동안 주위를 두리번거렸지만 역시 없다. 대신 같은 반 애가 다가왔다.

"고시노."

같은 반 애들의 얼굴과 이름은 최대한 노력해서 일찌감치 외웠다. 지금까지 한 번도 말해본 적이 없는 애지만 이름이 마쓰키라는 것은 알고 있었다.

"왜?"

"린카가 너한테 전하래. 일이 있어서 먼저 간다고."

"응, 고마워."

마쓰키도 생긋 웃더니 바로 교실에서 나갔다. 가방은 들지 않았으니 동아리에라도 갔을 것이다.

일이 있다면 어쩔 수 없지만 왜 직접 내게 말하지 않았을까. 그렇게 오래 기다리게 했을 리 없는데. 미우라 선생님을 걱정한 게 원인이라고 생각하고 싶지 않지만…….

미우라 선생님이 없어지고 린카도 없으면 내가 학교에 남을 이유가 없다. 교실을 나서면서 좀더 내 자리를 확보할 노력을 해야겠다고 생각했다. 린카와는 친구가 됐다고 생각하지만 낯선 곳에서 친구가 한 명뿐이면 역시 불안정하다.

정말이지 날이 길어졌다. 집에 오는데 하늘은 여전히 파랗고 날이 저물 기색도 없었다. 린카가 알려준 뒷골목으로 집에 간다.

미우라 선생님에 대해 생각했다.

생각해보면 병문안 이야기가 나오지 않은 게 희한한 일은 아니다.

초등학교 4학년 때 선생님은 담임이었지만 미우라 선생님은 사회를 가르치는 것뿐이다. 나는 다마나 아가씨 이야기를 통해 미우라 선생님과 말을 많이 했기 때문에 다른 애들보다 가깝게 느낄 것이다. 그래도 그렇지, 그 정도로 아무도 걱정하지 않는다는 게 가능할까? 아니면 내가 몰랐을 뿐 미우라 선생님은 이미 오래전에 미워할 대상으로 찍혔나?

그건 아니라고 생각한다. 그런 분위기가 반에 있다면 나는 누구보다도 먼저 알아챌 자신이 있다. 이건 그저 내가 다닌 초등학교에는 감상적인 애들이 많았고 지금 학급은 그렇지 않은 것뿐이다. 아마도.

……정말로 마음에 께름하게 남아 있는 것은 반 애들의 반응이 아니었다.

사고가 일어난 장소. 무쿠이 다리. 왜 하필이면 그곳이었을까.

무쿠이 다리에는 중앙분리대가 없다. 어쩌면 도로 폭도 좀 좁을지도 모른다. 사고가 발생하기 쉬운 장소라고 설명하는 게 가능할 수도 있다.

하지만 나는 아무래도 미우라 선생님이 가르쳐준 옛날이야기를 떠올리지 않을 수 없었다. 에도 시대의 부교. 메이지 시대의 관리. 쇼와의 회사원. 그들은 다마나 아가씨의 부탁을 들어주고 그 뒤 무쿠이 다리에서 떨어져 죽었다. 그 다리는 다마나 아가씨에 얽힌 죽음의 무대다.

뒷골목에서 보이는 하늘은 파랗지만 좁다. 널담에 둘러싸여 습한 길을 홀로 걸으며 노여움 같은, 초조함 같은 기분을 주체하지 못했다.

"그냥 집에 가면 되잖아." 자신을 타이르듯 중얼거렸다. "집에 가서 숙제하다 보면 하루가 금방 가."

그렇게 말하면서도 나는 내 발이 무쿠이 다리로 향하는 것을 깨닫고 있었다. 봐서 어쩌겠다는 건가, 뭔가 있을 것이라고 생각하나. 그렇게 자문하면서도 여느 때와 다른 길을 골라 걸었다.

마치 나를 부르는 것 같다는 생각이 문득 머리를 스쳐 등골이 오싹했다. 나는 멈춰 서서 세차게 머리를 내저었다.

"아무것도 없어. 아무것도 없다는 걸 확인하러 가는 것뿐이야."

게다가, 그래, 무쿠이 다리를 지나서 집에 가도 그렇게 멀리 도는 게 아니다.

교통사고 현장을 본 것은 어젯밤이 처음이었다. 그러니 사고를 일으킨 차가 그 뒤 어떻게 되는지 나는 모른다. 그저 막연히, 근거도 없이, 길에 떨어진 낙엽을 어느새 누가 쓸어버리듯, 차에 치인 고양이 시체를 어느새 누가 치우듯, 불탄 차도 금세 누가 어디론가 운반할 것이라고 예상하고 있었다.

그렇기에 저물녘 무쿠이 다리에 짜부라진 차가 그대로 남아 있는 것을 보니 어쩐지 거북한 기분이 들었다. 논리적으로 따지면 이상한 소리이지만, 청소중인 친구 집에 들어간 것처럼 다 치울 때까지 기다릴걸 그랬다고 후회했다.

다리를 오가는 차들은 속도를 약간 늦출 뿐 불탄 차 옆을 태연하게 지나간다. 어제는 거기까지 깨닫지 못했는데 사고 차량은 차체가 거의 차도로 나와 있지 않았다. 그만큼 인도는 완전히 막혔다. 막힌 쪽 인도에 통행금지 펜스를 가져다놓았다. 인도는 다리 양옆으로 있으니 걸어서 다리를 건너는 데 지장은 없다. 지날 수 있는 쪽 인도에 발을 들여놓으니 곧바로 진동이 느껴졌다.

미우라 선생님의 차는 검정과 노랑 테이프로 둘러싸여 있었다. 어제는 심지어 흉물스럽게 보였는데, 불탄 차는 밝은 햇빛 아래 어딘지 모르게 어설프고 얼빠진 느낌이 들었다. 사고 차량은 그저 사고 차량일 뿐이었다.

"봐, 역시 아무것도 아니잖아."

그렇게 말하니 조금 전까지 사로잡혀 있던 불길한 예감이 어이없게 느껴졌다. 부서진 차를 가까이서 볼 수 있다니 좀처럼 할 수 없는 경험이다. 미우라 선생님에게는 미안하지만, 뭐, 생명에 위험은 없다고 하겠다, 실컷 구경하자. 검게 그을린 차 도장에 노골적으로 눈을 주며 무쿠이 다리를 걸어갔다.

다리를 건너는 사람은 나만이 아니다. 내 앞뒤로 초등학생 몇 명이 가고, 개를 데리고 걷는 사람도, 장바구니를 든 사람도 있다. 아침 등교 시간대만큼은 아니지만 무쿠이 다리는 외딴곳이 아니다. 그나저나 정말 많이 흔들린다. 스쿠터가 지나가기만 해도 흔들렸다. 이것만은 사토루 말이 맞는다.

그런 생각을 하며 차량에서 시선을 떼고 절반에 이른 무쿠이 다리 앞쪽으로 눈을 돌렸다.

그 순간 나는 멈춰 섰다. 바로 뒤에 있었던 듯한 초등학생이 "에쿠" 하며 내 곁을 지나갔다.

다리 중간에 사토루가 있었다. 그렇게 겁내던 무쿠이 다리 중간에서 몸을 움츠리고 불탄 차를 꼼짝 않고 쳐다보고 있다. 물론 그것만이라면 멈춰 서지 않았다. 사토루는 이 다리를 건너서 학교에 다니니 사토루가 있어도 이상할 게 전혀 없다. 아니, 사토루가 어디서 뭘 하든 상관없다.

나를 멈춰 서게 한 것은 사토루 옆에 있는 세일러복이었다.

일이 있다던 린카가 그곳에 있었다. 사토루의 키에 맞춰 쭈그리고 앉아 귓가에 입을 갖다 대고 있었다.

그때 내가 무슨 생각을 했건, 무쿠이 다리를 무서워하는 사토루가 섬뜩하리만큼 무표정하고 린카의 입가에 소름 끼치는 미소가 떠올라 있었어도, 내가 할 수 있는 일은 하나밖에 없었다. ……못 본 척하고 지나가기에는 인도가 너무 좁았고, 왔던 길을 돌아가기에는 이미 너무 많이 건너왔다.

다시 말해, 나는 평소 이상으로 발랄하게, 세상일 따위 아무것도 모르는 바보 같은 얼굴로 "어라, 린카! 먼저 간 거 아니었어?" 하고 말을 걸었다.

나를 돌아본 린카의 표정에는 놀람도 동요도 없었다. 어떻게 저렇게 싶을 만큼 여느 때와 똑같았다. 교실에서 "안녕" 하고 인사할 때와 똑같이 웃으며 "아, 하루카"라고 말했다.

"굉장하네. 여기서 만날 줄 몰랐어."

린카는 가느다란 손가락으로 머리를 훑었다.

"우연이네."

"우연이랄지, 우리집, 강 건너라."

"그렇구나, 다리를 건너는구나. 그러고 보니 그렇게 엄청난 우연은 아닐지도 모르겠네."

아니, 엄청난 우연이다. 나는 평소 다른 길로 가니까. 린카는 그 사실을 알고 있었나? 만약 알고 있었다면 린카는 방금 시치미뗐다는 뜻이다. 어느 쪽인지 나는 과연 가릴 수 있을까. 린카의 눈을 응시했다.

"……왜?"

"응, 아무것도 아냐."

똑바로 쳐다보면 누구든 조금은 이상하게 생각한다. 약간 불쾌한 듯한 린카의 목소리는 아주 자연스러웠다. 린카는 시치미떼는 게 아니거나 연기력이 엄청나게 뛰어나거나 둘 중

하나다.

“마쓰키한테 메시지 들었어.”

그렇게 말하자 린카는 성가시다는 듯 얼굴을 찡그렸다.

“상조회 일이 있어서. 직접 말 못 해서 미안. 까맣게 잊어버렸다가 생각나서 서두르느라고.”

“그건 괜찮은데, 이러고 있어도 돼?”

“응, 뭐. 허둥지둥 뛰쳐나오긴 했는데 생각해보니까 어차피 아버지가 먼저 가 있을 텐데 일찍 가봤자 다리만 아프고 손해지 싶어서.”

“그렇구나.”

잘 모르겠지만 뭐, 그런 일도 있을지도 모른다. 린카가 먼저 간 것 자체는 원래 그렇게 이상하지 않았다.

“……그래서”라고 말하며 대화에서 소외되어 있던 사토루를 내려다보았다. 평소의 소심함이 고개를 내밀어 꽤나 겁에 질려 있겠거니 했는데, 어째 아무것도 보이지 않는 것처럼 멍하니 있다. 내가 눈에 들어오는지 아닌지도 의심스럽다. 뻥 걷어차주고 싶은 충동을 꾹 참으며 린카에게 물었다.

“사토루가 무슨 이상한 짓 하진 않았어?”

“그래, 맞아, 사토루였지.”

린카의 표정이 밝아졌다.

"우연히 보고 하루카 동생이란 건 금방 알았는데 이름이 생각 안 나지 뭐야. '하루카 동생'이라고 부를 수밖에 없었어. 미안해, 사토루. 이젠 안 잊어버릴게."

그렇게 말하며 미소 짓는 표정은 아까 내가 몰래 본 것과 달리 중학생답게 천진난만해 보였다. ……그 말은 이쪽이 꾸민 표정이라는 뜻일까. 내 억지웃음과 마찬가지로?

사토루는 말없이 고개를 흔들 뿐 입을 열지 않았다.

린카가 말했다.

"이상한 짓 안 했어. 그저……."

"그저 뭐?"

"'이런 사고, 본 적 있어'란 말은 했는데."

아마 내 얼굴에 그림자가 스쳤을 것이다. 린카는 나를 달래듯 말했다.

"원래 그런 일 많잖아. 기시감이던가? 나도 가끔 그럴 때 있어."

"그래? 난 별로 없는 것 같은데."

"사람마다 다른 거지, 뭐."

린카는 건성으로 대꾸하고는 휴대전화를 꺼냈다.

"시간이 벌써 이렇게 됐네. 이젠 가야겠다."

"그래, 잘 가."

"응, 내일 봐. 사토루, 안녕. 다음에 또 봐."

린카는 유치원생을 어르듯 조그맣게 손을 흔들었다. 사토루는 이번에도 고개만 살짝 끄덕였다.

별로 급하지 않은 발걸음으로 멀어져가는 린카를 배웅했다. 강 건너편에 볼일이 있다면 집에 갔다가 자전거를 타고 가면 될 텐데, 라고 생각하며. 린카에게 자전거가 있는지 없는지 그건 모르지만.

린카가 충분히 멀어졌을 즈음 탱크로리가 무쿠이 다리를 건너왔다. 출렁이는 듯한 진동에 자연히 다리에 힘이 들어갔다. 검은 배기가스에 눈살을 찌푸리며 나는 일부러 사토루의 얼굴을 보지 않고 말했다.

"너, 또 거짓말했어?"

어차피 사토루가 뭐라 말할지 알고 있다. 거짓말 아냐, 진짜야, 하고 대들고, 끝에 가서는 울먹거리며 자신이 옳다고 주장할 것이다.

오가는 차들의 엔진 소리와 타이어의 노이즈, 집에 가는 초등학생들의 웅성거림. 거기에 사이카와 강의 물소리까지 섞여 사토루의 목소리는 잘 들리지 않았다.

"……거짓말일까?"

"거짓말이야."

“그런가? 하루카, 나 거짓말한 걸까?”

“거짓말이야. 넌 아무것도 본 거 없어.”

세일러복이 당겨지는 느낌. 어느새 사토루가 내 교복 자락을 잡고 있었다. 구겨지겠다 싶었지만, 그쪽은 나중에 눈물이 쏙 빠지게 혼내주면 된다.

지금은 이렇게 물었다.

“얘, 린카가 무슨 말 했어?”

사토루의 손에 힘이 들어갔다.

“‘그리고 또?’라고.”

“그거 말곤?”

고개를 흔든다.

“‘그리고 또’라고만 했어.”

그러더니 사토루는 흔들리는 아스팔트를 내려다보며 나를 무시하듯 중얼거렸다.

“‘그리고 또?’라고 했어. 몇 번이고, 몇 번이고, 몇 번이고.”

3

집에 오니 엄마는 부엌에 있었다.

저녁때까지 아직 두 시간쯤 남았다. 아마 두고두고 먹을 반찬을 미리 만들어놓는 중일 것이다. 달짝지근한 냄새에 섞여 간장 냄새가 나니 조림이 아닐까. 엄마는 등을 돌리고 서서 칼로 뭔가를 썰고 있다.

부엌에는 들어가지 않고 문 앞에 서서 말했다.

"엄마, 나 병원 갔다 올게."

"병원?"

칼로 도마를 치는 소리가 중단되었다. 엄마가 돌아보았다.

"왜 그러니? 어디 아파?"

그러고는 말하기 거북한 것처럼 덧붙였다.

"새 보험증, 아직 못 받았는데."

전에 살던 곳에서 만든 보험증은 못 쓰나?

엄마가 걱정해주는 것은 고맙지만 나는 고개를 흔들었다.

"나 말고. 학교 선생님이 입원하셨거든. 어제 사고 난 거 이야기했잖아?"

"반에서 병문안 가는 거야?"

"응."

아주 자연스럽게 거짓말을 했다. 엄마에게 미우라 선생님에 대해 설명하기는 쉽지 않을 것 같아서. 아니, 아마 엄마에게 알리고 싶지 않아서일 것이다.

켕기는 구석이 있어서인지 엄마 표정이 흐려 보였다.

"그래. 저녁 먹기 전에 오니?"

"맞춰서 올 생각이지만 혹시 늦으면 미안. 먼저 먹어."

"그래, 조심해서 다녀오렴. 병원 위치는 알고?"

"지도 있으니까 괜찮아."

방으로 올라와 지도를 보았다. 이곳에 이사 오기 전에는 지도 보는 법도 몰랐는데, 요 며칠 새 꽤 익숙해졌다. 필요한 것은 금세 배운다.

밖에는 아직 해가 있었지만 그것도 오래가지는 않을 것이다. 올 때는 밤일 텐데, 비리디언 자전거의 라이트가 고장나지는 않았는지 걱정이다.

위문품을 살 돈은 없지만, 반에서 병문안을 가는 것이라고 거짓말한 이상 엄마에게 돈을 탈 수도 없다. 맨손으로 가는 수밖에 없다.

무슨 옷을 입고 갈지 망설이다가 결국 교복을 입기로 했다. 학교 선생님을 만나러 가는데 코디네이션을 고민해서 무슨 소용이 있나.

병원으로 가는 길은 지도를 볼 필요도 없을 만큼 간단했다. 여기저기에 안내판과 간판도 있고 뭣보다 멀리서도 건물이 보였기 때문이다.

진료 시간이 끝났기 때문인지 널찍한 주차장은 10분의 1도 차지 않았다. 자전거 보관소도 텅 비었다. 크림색 외벽에 적십자를 단 건물을 올려다보며 눈으로 층수를 세었다. 오 층 건물이다. 이렇게 큰 병원에 입원했으니 미우라 선생님은 괜찮다고 별 근거도 없이 안심했다.

로비에 늘어선 벤치는 백 명쯤 앉을 수 있을 것 같다. 지금은 구석에 지팡이를 짚은 할아버지 한 명이 앉아 아무것도 없는 장소를 멀거니 바라보고 있을 뿐. 접수 창구는 불이 꺼져 처음에는 아무도 없는 줄 알았다. 얼마 동안 서성거리고 있으려니 안쪽에서 간호사가 나왔다.

"병문안?"

"네. 교통사고로 입원한 미우라…… 미우라 선생님은 어디 계세요?"

간호사는 컴퓨터에 뭔가 입력하더니 금세 가르쳐주었다.

"외과 병동 417호실인데 찾을 수 있겠어?"

"네, 괜찮을 것 같아요. 고맙습니다."

실제로는 그 뒤 외과 병동 417호에 이르기까지 십 분 걸렸다. 일부러 그러나 싶을 만큼 구조가 복잡해서 엘리베이터를 두 번이나 잘못 탔기 때문이다.

417호실은 1인실이었다. 이름표를 보고 미우라 선생님이 미우라 다카미치라는 것을 알았다. 노크를 했는데 대답이 없었다. 들리지 않았을지도 모른다고 생각해서 미닫이문을 열었다. 문은 잠겨 있지 않았다.

병원 안에서 헤맨 게 결과적으로는 다행이었는지도 모르겠다. 침대에 일어나 앉아 있는 사람 앞에 쟁반이 놓여 있었다. 마침 저녁을 다 먹은 참인 듯했다.

하지만 그 사람이 미우라 선생님인지 아닌지, 보기만 해서는 알 수 없었다. 두 뺨과 턱, 그리고 오른쪽 눈을 가리듯 새하얀 붕대를 감았기 때문이다. 시트 밖으로 나온 왼팔은 깁스로 고정했고, 목에도 흰 고리 같은 것을 꼈다.

그게 섬뜩했던 것도, 무서웠던 것도 아니다. 그렇건만 나는 순간적으로 얼굴을 돌렸다. 시야 밖에서 들려온 목소리는 미우라 선생님의 여느 때와 같은 목소리였다.

"고시노구나. 병문안 와준 거야?"

"……네."

어째서 외면했을까. 자기혐오에 역겨움을 느끼며 선생님을 돌아보았다.

미우라 선생님은 우선 웃기부터 했다.

"놀라는 게 당연해. 나도 거울을 보고 깜짝 놀랐으니까. 이래선 미라 사나이 같지. 아아, 고시노 세대는 미라 사나이 모르나?"

"아뇨, 알아요."

"그래. 실은 선생님은 잘 모르거든. 그거 원작이 영화였던가, 소설이었던가. 앞으로 상당히 시간이 남아돌 것 같은데, 소설이면 읽어볼까."

"찾아볼게요."

"그래, 고맙다."

미우라 선생님은 그렇게 평소처럼 말하면서도 몸은 전혀 움직이지 않았다. 그게 어쩐지 몹시 어색하게 느껴졌다.

그래도 생각보다 건강한 것 같아서 안심했다. 선생님 목소리는 무리하는 느낌이 없이 학교에서 들을 때와 똑같았다. 그렇지만 붕대를 칭칭 감고 침대에 있는 사람에게 '생각보다 건강한 것 같다'고 말하면 어처구니없으려나.

"병문안 왔어요."

나도 모르게 손을 등뒤로 감추고 있었다. 아마 빈손으로 왔다는 게 켕겨서일 것이다. 하지만 그러고 있으면 위문품을 감추고 있는 것 같으니 그냥 왔다는 것을 알리기 위해 손을 앞으로 가져왔다.

"그래. 고시노가 올 줄은 몰랐는걸. 고시노가 세 번째야."

"저 오기 전에 두 명이 온 거예요?"

"부모님이 말이지."

생각해보면 학교 선생님에게도 부모님이 있는 게 당연한데 어째 느낌이 묘하다. 학생은 역시 아무도 오지 않았다.

목을 고정했으니 고개를 돌리고 있기 힘든가 보다. 선생님은 얼굴을 정면으로 되돌리고 눈만 내 쪽을 향하려 했다. 나는 침대 발치 부근으로 자리를 옮겼다. 얇은 커튼이 흔들리고 있었다. 창문이 약간 열려 있다.

"얼굴 말인데……." 미우라 선생님이 먼저 말을 꺼내주었다. "보기만큼 심각하진 않아. 화상이랑 타박상이거든. 어쨌거나 곪으면 큰일이라고 해서 일단 항생제를 잔뜩 투여했어. 잘하면 흉터도 안 남을 거라던데, 뭐, 그거야 의사가 듣기 좋으라고 한 말일지도 모르지. 미라 사나이는 처음뿐이라고 했으니까, 제일 형편없을 때 모습을 고시노한테 보이게 됐구나."

"그렇군요."

선생님은 미남이라고 할 수는 없지만 그래도 얼굴이 크게 다치지 않았다면 다행이다.

"심각한 건 갈비뼈야. 뚝 부러졌으니 웃으면 아프지 뭐야. 제일 고약한 건 재채기. 진짜 눈물나게 아프거든. 어머니가 꽃을 가져왔는데, 꽃가루 때문에 코가 근질거려서 도로 가져가라고 했지."

미우라 선생님이 '빈손으로 와줘서 되레 고맙다'라 말하려 한다는 것을 알았다. 자기는 중상을 입어 고개도 돌리지 못하면서 내게 신경써준 것이다. 선생님의 배려를 못 알아차린 척하는 게 예의일까. 움직이는 것에 무심코 시선이 향했다. 하늘하늘 움직이는 커튼을 보며 나는 말했다.

"큰 사고였죠? 불탄 차를 봤어요."

"아, 응……."

"어떻게 되신 거예요? 차가 고장난 건가요?"

잡담을 한답시고 꺼낸 이야기였는데, 화제를 잘못 고른 것 같다. 사고 원인을 추궁해서 어쩌자는 건가. 운전 과실을 제일 후회하는 사람은 미우라 선생님 본인일 텐데.

그런데 선생님은 의미심장하게 침묵했다. 이윽고 가라앉은 목소리로 "역시 자손 사고라고 생각하는구나"라고 말했다.

"자손 사고가 뭐예요?"

"내가 운전을 잘못해서 사고를 일으킨 거라고 돼 있구나, 학교에선."

숨을 훅 들이마셨다.

"아니에요?"

미우라 선생님은 바로 대답하지 않았다. 쓸 수 있는 오른

손을 뻗어 침대 머리맡의 코드를 잡았다. 끝에 달린 버튼을 누르며 변명하듯 말했다.

"식기를 치워달라고 하자. 차분하게 이야기도 못 하겠어."

얼버무렸다. ……다시 말해 단순한 사고가 아니었다는 뜻이다.

간호사가 병실로 들어왔다. 고개를 숙여 인사했지만 눈에 들어오지 않았는지, 그저 미우라 선생님을 보며 "다 드셨군요"라고 했다. 간호사가 쟁반을 들고 병실에서 나가자 선생님은 하던 이야기로 돌아가는 것을 두려워하듯 말했다.

"병문안 고맙다. 와줘서 기뻤어."

"아니에요."

"그렇지만 그게 다가 아니지?"

역시 간파당했다.

"네. ……그렇지만."

선생님의 모습을 다시금 보았다. 역시 딱해서 못 보겠다. 웃어서 갈비뼈가 아플 정도인데 이야기하는 게 부담되지 않을 리 없다.

"저, 좀더 회복되신 다음에……."

그러나 선생님은 미소를 지으며 말했다.

"아니, 실은 선생님도 고시노한테 할 말이 있거든. 마침 와줘서 잘됐다. 뭐, 선 채로 이야기하기도 그런데, 저기 의자 있으니까 그걸 쓰렴."

오른손을 약간 들어 흰 찬장 뒤를 가리켰다. 등받이가 없는 둥근 의자를 들고 와 앉았는데 조금 낮아서 눈높이가 잘 맞지 않았다. 선생님이 손 근처의 버튼을 조작하자 침대 등받이가 들려 올라갔다. 참 편리하다.

"이제 됐고. 우선 고시노 이야기부터 들어볼까."

침착한 목소리였다. 학교 수업 시간에 들을 때보다 약간 더 어른스럽다.

묻고 싶은 것은 여러 가지 있었다. 너무 많아서 무슨 이야기부터 시작하면 좋을지 나는 아직 결정하지 못했다. 시간은 있었는데도.

잠시 생각했다.

처음은 역시 이것이려나.

"그럼 선생님, 가르쳐주세요. ……도키와 사쿠라는 어떻게 죽었나요?"

오 년 전에 죽은 선대 다마나 아가씨.

이상했다. 다마나 아가씨도 참석하는 정기 모임이 열린다는 고신당, 거기 건물이 너무 새것이다. 그냥 개축했나 생각했는데, 미우라 선생님의 메모에 선대는 '분신자살'이라고 돼 있었다.

미우라 선생님은 입을 다물었다. 붕대를 감은 얼굴은 표정을 읽기 쉽지 않다. 선생님이 이 질문을 예상하지 못했을 리 없는데 왜 침묵하는지 이해할 수 없었다.

마침내 선생님의 입에서 나온 말은 질문에 대한 대답이 아니었다.

"……역시 열심이구나, 고시노. 무슨 이유라도 있어?"

"열심이라고요?"

"넌 이곳의 다마나 아가씨 전설을 열심히 파헤치고 있지. 난 그런 이야기를 좋아하거든. 관심이 있어. 언젠가 책도 쓰고 싶고. 하지만 중학교 1학년이 똑같이 열의를 갖고 파고들 거라는 생각은 사실 별로 안 든단 말이지."

선생님은 전에 내가 공동 연구자가 돼주면 기쁘겠다고 말했다. 지금 병원 침대 위에서 선생님은 그게 거짓말이었다고 이야기하고 있다.

그 때문에 내가 동요할 것이라고 생각했다면 선생님은 잘못 아는 것이다. 선생님이 어떻게 생각하든 상관없다. 나는 내게 필요한 내용을 듣고 싶은 것뿐이다.

"무슨 사정이 있구나. 이곳에 이제 막 이사 온 네가 어떤 사정을 짊어지고 있는지 상상도 안 되지만."

나는 고개를 끄덕였다.

"네. 사정이랄지, 이유는 있어요."

"그래. 원래는 네 상담을 받아줘야 하는지도 몰라. 난 교사니까. 그렇지만 여기는 학교가 아니야."

"상담을 드리고 싶은 게 아니에요. 질문을 드리고 싶은 거예요."

"그랬지. 그렇지만 그전에 충고랄지, 너한테 할 말이 있어."

선생님은 왼팔을 들려 했다. 깁스로 고정된 팔은 거의 꼼짝도 하지 않았다. 그 얼마 안 되는 움직임으로도 아픈지 낮은 신음 소리가 들렸다.

"난 말이지, 운전을 잘 못해."

"그러세요?"

"그건 이미 알고요, 같은 말은 안 하면 좋겠는걸."

선생님은 쓴웃음을 지으며 왼팔을 내렸다.

"못하니까 안전 운전을 하려고 늘 유념하지. 어제도 그랬어. 경찰에서 몇 번씩 확인하더라만, 무쿠이 다리를 건널 때 속도는 시속 사십 킬로미터 정도였어."

자동차의 속도를 말해봤자 감이 잡히지 않는 나를 위해 선생님은 설명을 덧붙였다.

"제한 속도는 육십 킬로미터야. 실제로는 긴 직선이니까 가속이 붙지. 사십 킬로미터란 게 어느 정도냐 하면……."

"뒤에 오는 차가 좀 화낼 정도군요."

"이해해줘서 기쁘다."

아버지는 운전을 좋아했다. 자주 차에 태워 산이나 호수처럼 별로 재미도 없는 곳에 데려가주었다. "사십 킬로미터라니. 아주 기어가라, 기어가" 하고 욕했던 게 기억났다.

"그럼 사십 킬로미터로 가다가 부딪혔단 말씀이시죠. 안전벨트를 안 매셨던 거예요?"

"설마."

선생님은 고개를 흔들려 했지만 고정되어 있으니 턱만 꿈틀거릴 뿐이었다.

"추돌이었어."

"추돌……?"

"뒤에서 들이받았다는 말이야."

그 정도는 안다. 하지만 설마 그럴 리가. 그런 소문은 못 들었다.

선생님은 목소리를 낮추었다. 그것으로 이야기하기 전에 간호사에게 식기를 치우게 한 이유를 알았다. 이건 비밀인 것이다.

"나는 다리를 천천히 건너고 있었어. 솔직히 털어놓자면 한눈은 팔았어. 여기가 민화의 무대인가 하고 감개에 젖어서 말이야. 옛날부터 여기에 다리가 있었나. 그런 것치곤 사이카와 강의 강폭이 넓은데. 증수 때 넓어지는 거지만. 에도 시대에 이런 큰 강에 다리를 놓은 예가 있었던가. 그런 생각을 하고 있었어. 고시노는 오이카와 강 알아?"

나는 고개를 흔들었다. 모른다는 의미와 탈선하지 말아달라는 의미를 담아. 그러나 후자는 전달되지 않았다.

"시즈오카 현에 있는 강인데 말이지, 에도 시대에 도카이도 가도가 거기를 지나는데, 다리를 놓지도 나룻배가 다니는 것도 허락받지 못했어. 군사적인 이유가 있었나 보더라. 그 이미지가 워낙 강하다 보니까 에도 시대엔 다리를 거의 놓을 수 없었던 것처럼 느껴져서, 무쿠이 다리는 언제쯤 놨을까 생각하고 있었어. 이건 경찰한테 비밀이야. 운전 부주의가 되니까."

"……그래서 핸들을 꺾으신 거 아니에요?"

어쨌거나 한번 빠지면 정신을 못 차리는 사람이니 무슨 일이 있을지 알 수 없다. 그러나 선생님은 강한 어조로 말했다.

"그건 아니야. 고시노, 너도 수업중에 지루해서 창밖을 볼 때가 있잖아?"

선생님에게 네, 하고 대답하기 거북한 질문이다. 그렇지만 뭐…….

“네, 그렇죠.”

“그런 때 아무리 멍하니 있는다고 해도 공책이랑 교과서를 떨어뜨리진 않지. 그거하고 마찬가지야.”

멍하니 있으면 공책을 떨어뜨리는 정도는 하지 않을까 싶었지만 그 부분을 문제삼아봤자 소용없다. 선생님은 똑바로 운전했다고 치자.

“그렇군요.”

선생님의 말투가 점점 열을 띠었다.

“실제로 다리를 반쯤 건널 때까지는 차선 한가운데를 문제없이 달렸어. 그런데 갑자기 옆에서 왜건이 추월을 하려는 거야. 난 정신이 번쩍 들어서 핸들에 매달렸어. 왜건이 하도 빨라서 놀랐거든. 왜건은 내 차 앞으로 나서더니 꽁무니를 흔들어 내 차 전조등을 쳤어. 강한 충격이었어. 제어를 상실해서, 난간을 뚫고 나가지 않게 브레이크를 거는 게 고작이었어. 그건 자손 사고가 아니었던 거야.”

“선생님 차가 왜건을 추돌한 거네요.”

“표현을 따지자면 그렇지. 그렇지만 나한테 묻는다면 난 치인 쪽이야.”

선생님의 말에 노여움이 묻어 있었다. 미우라 선생님이 화내는 모습을 아직 한 번도 본 적이 없었다.

"하지만 경찰은 사고를 일으킨 왜건한테서 신고가 안 들어왔고 차는 엉망진창으로 부서진데다가 충돌 흔적도 찾을 수 없으니 자손 사고 아니냐고 하는 거야. 뭐, 말로는 그래도 조사는 제대로 해줄 거라고 믿고 싶지만."

이야기는 이해했다.

"큰일이셨겠어요. 범인이 잡히면 좋겠네요."

하지만…….

"그게 제 질문이랑 관계가 있나요?"

선대 다마나 아가씨의 죽음, 그리고 선생님의 사고에 상대방이 있었다는 사실. 별로 연관성이 있을 것 같지 않다.

선생님은 나를 가만히 쳐다보았다. 평가하듯이, 가늠하듯이. 그러고 나서 말했다.

"고시노, 넌 내가 지금부터 할 말을 어처구니없다고 웃을지도 몰라. 웃고, 내일 학교 가서 떠들고 다닐지도 몰라. 만약 그렇게 되면 난 아마 학교에 있을 수 없게 될 테지. 그게 다가 아냐, 분명히 이곳을 떠날 수밖에 없게 될 거야."

아닌 게 아니라 입원중인 미우라 선생님에게 들은 어처구니없는 이야기는 반에서 어느 정도 화제를 모을 가능성이 있다. 다만 미우라 선생님은 알아차렸는지 어떤지 모르겠지만,

선생님은 인기가 없다. '어제 미우라 선생님이 말이지' 하고 떠들고 다녀도 아무도 상대하지 않을지 모른다.

"말 안 할 것 같아요."

"'같아요'로는 불안한걸. 그렇지만 이건 내가 아니라 널 위해서 하는 말이야."

나도 모르게 나 자신을 가리켰다.

"저요?"

"그래." 선생님은 움직이지 않는 목으로 고개를 끄덕였다. 그리고 내 눈을 똑바로 보며 말했다.

"의도적으로 날 노린 거라고 생각해."

순간적으로 대답을 할 수 없었다. 나도 모르게 선생님 얼굴을 빤히 쳐다봤지만 붕대 틈으로 보이는 눈에서 농담하는 빛을 찾을 수 없었다.

웃을지도 모른다고 예고했지만 웃으려야 웃을 수 없었다. 내가 맨 먼저 생각한 것은 미우라 선생님은 사고로 머리를 세게 부딪힌 게 아닐까 하는 것이었다.

그런 어이없어하는 분위기를 감지했을까. 선생님은 흥분하지 않고 되레 냉정하게 말했다.

"그 왜건은 운전을 실수한 게 아냐. 의도적으로 내 차를 차선에서 밀어낸 거야."

"왜 그렇게 생각하세요?"

"출두하지 않았으니까."

"차가 불탈 만큼 큰 사고가 나면 보통 도망치지 않을까요?"

미우라 선생님의 눈가에서 문득 힘이 빠진 듯했다.

"고시노, 선생님은 그거 좋게 생각할 수 없는걸. 자기 실수로 큰 사고가 났으면 돌아와서 사과해야지. 실수는 누구나 할 수 있어. 게다가 이런 말 하면 좀 그렇지만, 섣불리 도망쳤다간 죄가 무거워져."

"아, 네, 알았어요. 조심할게요."

학교 교사와 학생다운 말을 주고받은 뒤 선생님은 아주 자연스럽게 말했다.

"게다가 왜건에 번호판이 없었어."

말이 나오지 않았다. 만약 그게 사실이라면 보통 일이 아니다. 가까스로 나온 말도 "그러고 다녀도 돼요?"라는 것이었다.

"오래 다닐 순 없어. 경찰한테 들키면 끝장이고, 길을 다니기만 해도 신고가 쏟아질걸."

"그렇죠?"

"그렇지만 어디서 숨어 기다리고 있다가 노리는 차를 들이

받는 것뿐이라면 불가능할 것도 없어."

선생님의 얼굴을 슬쩍 보았다. 피해망상이라고는 생각하지만.

"……선생님, 죽임을 당할 이유라도 있으세요?"

이 사람은 학교 선생님이다. 사회를 가르치고, 역사와 민화 같은 것을 너무 좋아해서 학교에서 남들과 겉돈다. 그런데 알고 보니 실은 거물이었던 건가.

"죽이려 했다고 생각하고 싶진 않은걸. 그냥 위협하려고 했는데 불이 붙어서 일이 커졌겠지."

"위협이라도 그렇죠, 평범한 사람한테 그런……."

선생님의 상체가 약간 움직였다. 어깨를 으쓱한 걸까.

"아니, 위협받은 적은 있어." 아무렇지도 않게 말했다. "대학 필드워크로 어느 마을에 가서 화차火車 민화를 조사한 적이 있거든. 이게 의외로 요즘 거라 말이지, 메이지 이전으로 거슬러올라갈 수 없었어. 그럼 최근 들어 지어낸 '이야기'인가 싶었는데 그것도 아닌 거야. 대체 어떻게 된 건가 해서 여기저기 묻고 돌아다녔더니 마을 어디를 가도 사람들이 노려보지 뭐야. 괜한 짓을 했다간 무사히 못 돌아갈 줄 알라고 하더라. 여러 명이 린치를 당해 죽는 어두운 민화였으니까 불명예스러운 이야기라고 생각했겠지."

"그렇지만 이거랑 그건 다르잖아요."

"그런가?"

거기서 이야기가 끊겼다.

선생님이 하려는 말의 의미가 머릿속에 조금씩 침투했다. 내가 아무 말도 못 하게 되기를 기다려 선생님은 뒷말을 이었다.

"고시노한테 『도코이 민화 고찰』을 빌려줬지."

"네."

"내가 그때 분명히 소중한 책이니까 조심하라고 했을 거야. 실제로 그건 아주 귀중한 책이거든."

"그건 알겠어요. 별로 많이 안 팔릴 것 같은 책이기도 하고요."

선생님은 웃음을 짓듯 입꼬리를 들어올리며, 하지만 침착한 목소리로 말했다.

"아니, 그런 게 아니야. 확실히 발행 부수는 적었어. 그렇지만 학교나 시 도서관엔 있어야 한단 말이지. 그런데 없어. 데이터는 있는데 책이 없는 거야."

잠깐 생각했다.

"누가 대출해서 반납을 안 했다는 뜻인가요?"

"아니, 향토 자료는 어디나 대출 금지였어. 『도코이 민화 고찰』도 그랬다고 생각할 수 있지. 누가 대출한 게 아니야. 훔쳤다고 생각할 수밖에 없어."

"아무리요."

웃어넘기려고 했는데 잘 웃어지지 않았다. 미우라 선생님이 나를 너무 정색하고 쳐다봐서 그렇다.

"고시노, 여기는 작은 지역이야. 도서관이나 도서실이 몇 군데 있다고 생각하지?"

"어…… 모르겠어요."

"공적인 것만 해도 스물여덟 곳 있어."

나는 내심 다섯 곳쯤 있겠지 생각하고 있었다. 나도 모르게 "그렇게 많아요?" 하고 말했다.

"초중고교는 어디나 도서실이 있고, 시청이나 공립 양로원에도 도서 코너가 있어. 스물여덟 곳, 전부 다녀봤어. 데이터상으로는 거의 모든 곳에 『도코이 민화 고찰』이 소장되어 있어. 그렇지만 고시노, 이 말을 믿어주면 좋겠는데…… 아무데도 없었던 거야, 한 권도."

존재해야 할 스물 몇 권의 책. 그게 연기처럼 사라졌다. 난방이 되는 병실이 갑자기 추워졌다.

"누가 일부러 그런 거야. 한 명이 아닐 수도 있어. 집단일지도 몰라."

조금 전 선생님이 꺼낸 '불명예'라는 말이 머리를 스쳤다.

"그건 그 책에 이곳 사람의 나쁜 소문이 씌어 있어서 그런 게 아닐까요? 큰일은 아니고 예를 들면…… 선거에 떨어졌다든지."

선생님은 미소를 지으며 애써 고개를 끄덕이려 했다.

"그거 괜찮은데. 그래, 단순히 사카마키 시 도서관에서 『도코이 민화 고찰』이 없어진 것뿐이라면 그렇게 생각할 수 있을지도 몰라. 하지만…… 고시노, 내가 가지고 있던 책은 어떻게 구했을 것 같아?"

도서관에는 없었다. 만약 서점이나 헌책방에 있었다면 선생님은 굳이 이렇게 심각하게 이야기하지 않을 것이다.

생각한 끝에 천천히 말했다.

"잘은 모르지만…… 남한테 받으신 거 아니에요?"

"80점. 꽤 그럴싸한데. 그렇지만 100점은 아니야."

선생님은 퀴즈 놀이를 하는 게 아니었다. 이야기를 오래 끌지 않고 한 번에 대답을 가르쳐주었다.

"그건 유품이야."

"유품이라고요?"

"대학 다닐 때 선배가 급사했거든. 독버섯을 먹고 말이지. 고통에 얼굴이 정말 말도 못 할 정도였다고 들었어. 민화 연구가 전문인 대학원생…… 바꿔 말하자면 연구자였는데, 선배 본가에서 필요 없다고 하셔서 대학원생들하고 학부생들하고 책을 나눠 가졌어. 졸때기였던 나한테는 『도코이 민화 고찰』 한 권밖에 안 넘어왔어."

문득 말투에 과거를 돌이키는 듯한 느낌이 섞였다.

"좋은 사람이었지만 식생활에 신경을 전혀 안 써서 저러다 오래 못 살 거라고들 했어. 그러니 죽은 것 자체는 그렇게 이상할 거 없다고, 그렇게 생각하고 있었어. 그런데 어째 영 이상한 거야."

선생님은 허공을 노려보며 이름을 읊었다.

"『도코이 민화 고찰』의 엮은이는 나카바야시 히데토시. 다마나 아가씨와 관련된 서술은 고등학교 교사였던 하타 세이이치가 구판 『사카마키 시사市史』에 실었던 걸 나카바야시가 어린이용으로 각색한 거야. 하타는 쇼와 51년(1976년) 후지시타 효에를 만나 취재했어."

"죄다 모르는 이름들인데요."

"그건 나도 그래. 중요한 건…… 내가 『도코이 민화 고찰』을 얻게 돼서 관심을 갖고 이곳에 온 사 년 전 시점에서 이 사람들 전원이 죽고 없었다는 사실이야."

선생님은 움직일 수 있는 오른손으로 손가락을 꼽았다.

“후지시타 효에는 아흔 살에 세상을 떠났어. 연령만 들으면 대단히 장수한 셈이지만, 이야기를 듣기로 겨울인데 이불도 없이 자다가 싸늘하게 식은 채로 발견됐다더라. 나카바야시 히데토시는 취미인 계곡 낚시를 갔다가 소식이 끊겼는데 수색 결과 용소에 둥둥 떠 있는 시체를 찾았어. 그리고 하타는 식중독. 원인은 버섯이었어. 후지시타는 그렇다 치고 다른 두 사람 건은 신문에 나와 있어. 고시노가 조사해도 쉽게 확인할 수 있을 거야.”

누가 목덜미를 어루만진 것처럼 온몸에 한기가 들었다.

노크 소리가 들렸다.

목구멍까지 치민 불분명한 목소리를 가까스로 삼켰다. 미우라 선생님이 “네” 하고 대답하자, 아까 식기를 치운 간호사가 들어왔다.

“체온 잴 시간이에요.”

“네.”

간호사가 준 체온계를 선생님은 오른손만으로 재주 좋게 겨드랑이에 끼었다.

“십 분 정확히 지키셔야 해요.”

“네.”

대답에 쓴웃음이 어려 있었다. 선생님은 체온계를 일찍 뺀 전과가 있다는 뜻일까. 간호사가 나가자 선생님은 턱짓으로 내 뒤쪽을 가리켰다. 손을 움직이면 체온계가 빠지기 때문일 것이다.

"냉장고에 컵 젤리가 있는데 좀 먹어주지 않을래? 엄청나게 많이 갖다 놔서 난감하거든."

저녁 먹기 전에 간식을 먹고 싶지는 않다. 하지만 멍하니 있어야 하는 내게 마음 써준 것임을 알기에 나는 순순히 고마움을 표했다. 작은 냉장고 안에는 확실히 컵 젤리가 잔뜩 들어 있었다. 귤과 포도와 복숭아가 똑같은 개수로 있는 것 같다. 포도를 골랐다.

병실에 비치된 냉장고는 뭔가의 배려인지 별로 차지 않은 것 같다. 젤리는 차기는 했지만 약간 미지근한 듯도 했다.

"저……."

"사양 말고 먹어."

"아뇨, 그게 아니라 스푼은 어디 있을까요?"

"아, 응……. 냉장고 위에 찬장이 있어."

그렇게 해서 먹은 포도 젤리는 역시 미지근했고 조금 셨지만 단맛에 마음이 놓였다. 한입 먹을 때마다 아까 선생님이 해준 이야기가 머리에서 빠져나가는 듯했다. 전부 선생님의 심술궂은 농담이다. 사고로 크게 다쳐서 침대에 누워 있으려니까 심심해서, 유일하게 병문안을 온 어수룩한 학생을 놀리려고 장난친 것이다. 그렇게 나 자신을 설득하려 했다.

배고픈 것도 아니었는데 어느새 다 먹고 말았다. 체온계를 아직 뺄 때가 아니라 선생님은 꼼짝도 하지 않았다. 스푼을 들고 일어서자 "괜찮아, 그냥 놔둬"라고 했지만, 설 수도 없는 사람이 그런 말을 한들 설득력이 없다. 병실에서 나와 외과 병동 간호사 대기실에서 설거지를 할 수 있는 곳을 물었다.

스푼을 씻고 물기를 닦은 다음 병실로 돌아오자 체온계 알람이 울렸다. 선생님이 "매번 벨을 누르면 미안하니까 불러줄래?"라고 하기에 간호사 대기실에 다시 갔다.

선생님이 내민 체온계를 보고 간호사가 고개를 갸웃했다.

"으음, 미우라 씨, 정말로 십 분 재신 거예요?"

"십 분인지 아닌지는 모르지만 알람이 울릴 때까지 꼼짝도 안 했습니다."

"그래요……."

어째 의심하는 것 같다. 간호사가 여전히 고개를 갸웃거리며 나가기를 기다려 물었다.

"왜 그러는 거예요?"

선생님은 난처한 표정으로 웃었다.

"체온이 낮거든. 도중에 빼는 거 아니냐고 의심하나 봐."

"에고, 몇 도인데요?"

"35.2도."

진짜 낮다. 병 아니냐고 묻고 싶었지만 아무래도 무례한 것 같아서 그만두었다.

그렇게 해서 조용해지고 등받이가 없는 의자에 다시 앉았을 때는 나도 침착하게 이야기할 수 있는 상태로 돌아와 있었다. 일부러 명랑하게, 학교에서 '숙제는 없는 거죠?'라고 묻는 듯한 투로 "그러니까……" 하고 말했다. "『도코이 민화 고찰』에 관여한 사람들이 잇따라 죽었다는 말씀이시네요?"

"응, 뭐, 그런 셈이지."

선생님도 여유 있게 대답하는데 내가 보기에도 무리하는 느낌이 없다. 역시 어른은 다르다고, 이상한 데서 진 기분이었다.

"아까 하다 만 말이 있는데……" 이것도 괜한 힘을 주지 않고 자연스럽게 말했다. "『도코이 민화 고찰』 뒤에 옛 도코이 촌 외의 사카마키 시에서도 민화를 수집한 『사카마키 민화집』이란 책이 나왔어. 훨씬 두껍고 값도 비싸. 그런데 이쪽은 아무 문제 없이 구할 수 있단 말이지. 보통 서점엔 없을지 몰라도 주문하면 살 수 있어."

"어, 그래요?"

안심할 수 있는 재료에는 내가 생각해도 너무 쉽사리 달려든다. 그러나 내 들뜬 목소리에 선생님은 이렇게 답했다.

"『사카마키 민화집』엔 몇몇 전승과 고찰이 새로 추가돼 있어. ……그런데 빠진 것도 있거든."

거기까지 들으면 아무리 나라도 그다음 말을 짐작할 수 있다.

"다마나 아가씨와 관련된 글은 없군요."

선생님은 아무 말도 하지 않았다. 고개를 너무 작게 끄덕여 보이지 않았는지도 모른다. 날이 저물었는지, 아니면 다시 흐려졌는지, 병실은 어느새 어스름 속에 잠겨 있었다.

"어째서예요?" 말하고 싶지 않았지만 이것만은 말하지 않을 수 없었다. "그런 걸 알면서 선생님은 어째서 아무렇지도 않게 조사하신 거예요? 저한테까지 책을 빌려주고. 그건 저까지 끌어들인 거 아닌가요?"

붕대로 휘감긴 미우라 선생님의 얼굴이 침통하게 일그러졌다.

"아무리 그럴까 생각했어. 설마 그런 일이 있을 리 있느냐고. 내가 이런 일을 당할 때까지는."

깁스로 고정된 왼손. 끄덕이지도 못하는 목. 갈비뼈는 부러져 웃으면 아프다고 한다.

지금 다친 사람이 미우라 선생님이라는 것쯤은 나도 안다. 나 자신은 아직 섬뜩함을 느끼는 정도라는 것도. 그런데 어째서 선생님을 비난했을까.

하지만 이야기를 듣고 난 지금도 반신반의는 고사하고 팔십 퍼센트는 의심하는 쪽으로 기울어 있었다.

선생님은 말했다.

"그렇기 때문에 이야기하기 전에 고시노한테 꼭 확인할 필요가 있었어. 확인이라기보다 충고인데."

"네."

"선대 다마나 아가씨 도키와 사쿠라에 대해서, 네 생각대로 난 여러 가지를 알고 있어. 하지만 난 다마나 아가씨에 관여한 탓에 이런 일을 당한 게 아닌가 의심하고 있어. 사카마키 시는 작기는 해도 하나의 세계야. 외부 인간이 파헤치고 다니는 게 달갑지 않은 일도 있겠지. 나는 그에 대한 인식이 너무 물렀어. 그래봤자 언짢은 표정을 짓는 정도일 거라고 만만히 보고 있었어. 그렇지만 번호판을 뗀 왜건 같은 걸 보면 실수했다고 반성하지 않을 수 없어. 고시노, 넌 아직 중학생이야. 얌전히 집에 가서 내일 수업 준비나 하는 게 좋지 않겠어?"

그건 확실히 그렇다.

미래를 알 수 있다는 다마나 아가씨. 나는 어쩌다가 이 옛날이야기에 얽히고 말았나.

이유는 명확하다. ……사토루가 미래를 알 수 있다고 말하기 때문이다. 실제로 사토루의 예언대로 사건이 해결된 적이 있기 때문이다.

사토루가 '본 적이 있다'고만 했다면, 괜히 아는 척하는 것이라고, 아니면 평범한 기시감이라고 일축할 수 있었다. 안 그래도 바보인 녀석이 아주 겹으로 바보 짓을 한다고 말해주고, 그래도 계속 끈덕지게 굴면 머리라도 한 대 쥐어박고, 그러고 나서 무시하면 그만이었다. 예언이 일부 적중했어도 우연으로 넘기면 그만이었다.

그러나 사토루는 미래만 아는 게 아니었다. 이곳이 기억에 있는 게 다가 아니다.

그 녀석은 겁에 질려 있다. 겁에 질려 울고 있다. 들어오지 말라고 한 내 방 앞에 우두커니 서서 떨고 있다.

내 옷자락을 잡고 떨고 있는 것이다.

이제 와서 망설이지는 않는다. 나는 말했다.

"괜찮아요. 말씀해주세요."

미우라 선생님은 거듭해서 말리려 하지 않았다. 나는 사정을 듣고, 알고, 그런 다음 판단했다. 그리고 미우라 선생님은 나를 판단력을 갖춘 어른으로 취급해주었다.

"1998년 5월 12일. 시각은 8시 지나서였을 거야. 목조 사당, 고신당에서 불이 났어. 사람들 말로 그해는 기상이변으로 봄비도 거의 오지 않고 공기가 건조했던 모양이야. 불길이 솟나 싶더니 순식간에 번져서 소방차가 왔을 땐 이미 고신당 전체가 불길에 휩싸여 있었어.

고신당에선 특정한 날에 집회가 열려. 다행히 불이 난 날은 집회가 열리는 날이 아니었어. 정확히는 집회가 열리기 전날이었어. 다만 건물 안에 여자애가 있다고 여겨졌어. 도키와 사쿠라, 너도 알다시피 선대 다마나 아가씨야.

불길을 잡은 건 날짜가 바뀌기 전후였던 모양이더라. 현장을 수색한 끝에 시신을 찾아냈어. 본인 확인을 어떤 식으로 했는지 그것까진 알 수 없어. 하지만 당시 신문엔 죽은 사람이 도키와 사쿠라라고 분명하게 씌어 있어.

화재 원인은 불명이야. 다만 당시 고신당에선 조명으로 촛불을 이용했고, 가장 심하게 탄 곳이 시신 부근이었으니 도키와 사쿠라가 실수로 불을 냈다는 결론이 내려졌어. 배불뚝이 난로를 사용했기 때문에 그게 원인이란 말도 있었나 보더라. ……그런데 언제부터인가 묘한 소문이 퍼지기 시작했어."

선생님은 갑자기 오른손으로 가슴을 부여잡았다. 부러진 뼈가 아픈 걸까. 내가 일어서려 하자 선생님이 "괜찮아. 아, 그럼 물 좀 줄래?"라고 말했다.

냉장고에 들어 있던 생수 페트병을 꺼내 마개를 따서 건넸다. 선생님은 물을 단숨에 반쯤 마셨다.

긴 숨을 천천히 내쉬고 다시 이야기를 시작했다.

"죽은 도키와 사쿠라의 기관氣管에서 그을음이 안 나왔다는 거야."

"그을음이요?"

"그래. 화재로 죽은 사람은 죽기 전까지 호흡하면서 그을음을 들이마시거든. 그런데 부검 결과 그을음이 안 나온 거야.

이건 도키와 사쿠라가 화재 전에 죽었다는 걸 의미해. 그렇지만 사인은 몰라. 타살인가, 자살인가. 병사였을 수도 있어. 고시노, 너한테 오 년 전은 꿈같이 옛날 일일지도 몰라. 하지만 어른한테는 다르거든. 이곳 사람들은 지금도 선대 다마나 아가씨가 어째서 죽었는지 의심에 사로잡혀 있어.

……아니, 그건 말이 지나치네. 이곳 사람들은 입이 무거워. 지금도 의심하는 사람은 분명히 있어. 하지만 어쩌면 대다수 사람들은 그냥 예전에 있었던 불행한 화재라고 생각하는지도 몰라. 그건 타지 사람한테는 알 수 없는 부분이야. 그

렇지만 고시노, 이 이야기엔 명백히 이상한 점이 있어. 그게 뭔지 알겠어?"

나는 거의 즉각 대답했다.

"네."

"뭐지?"

"부검을 했더니 그을음이 안 나왔다는 결과가 지역에 알려졌다는 게 수상해요. 누가 엉터리로 꾸며낸 말이거나……."

거기까지 말했다가 입을 다물었다. 누가 엉터리로 꾸며낸 말이거나, 수사 도중에 경찰에서 흘러나온 소문이거나. 아버지가 직장 돈을 훔쳤다는 이야기는 어째선지 체포장이 나오기도 전에 이미 연립 주민 모두가 알고 있었다.

중단된 말을 선생님이 이어받았다.

"꾸며낸 말 아니면 정보 누출이야. 경찰 쪽에서 실화失火에 의한 사고라고 결론을 내렸는데, 경찰이 정보를 누출했다는 건 이상한 것 같거든. 난 역시 이건 꾸며낸 말이 아닐까 생각해. 어쨌든 그런 소문이 퍼진 탓인지, 나랑 이야기한 사람들은 아무도 화재가 실화에 의한 사고라고 생각하지 않았어. 다들 그건 방화라고 믿고 있는 거야."

그때까지 들은 이야기를 나는 천천히 이해했다. 고신당의 화재. 도키와 사쿠라의 죽음. 출처를 알 수 없는 수상쩍은 소문.

이 이야기에는 중요한 요소가 아직 하나 더 있을 터다.

"선생님. 선생님이 써주신 메모엔 과거의 다마나 아가씨가 어떻게 죽었는지 씌어 있었어요. 마을을 위해 최선을 다하고, 역할을 마치면……."

선생님은 보일 듯 말 듯 고개를 끄덕였다.

"그래. 민화에 따르면 역할을 마치고 나서 스스로 목숨을 끊어."

"만약 고신당의 화재가 전에 일어난 일들이랑 똑같다면 한 명 더 죽었을 텐데요."

어두워진 실내에서 선생님은 눈을 가늘게 뜨고 나를 보았다. 끔찍한 이야기를 하는데도 얼마나 다정한 눈이던지.

"불행한 일이지만 그래."

나는 그 사람의 이름을 말할 수 있다.

하지만 그 이름은 미우라 선생님의 메모에 적혀 있지 않았다. 선생님은 모르는 걸까? 그럴 리 없다고 생각한다. 무슨 이유가 있어서 일부러 쓰지 않았을 것이다.

미즈노 다다요시 교수. 이곳에 고속도로를 유치하려고 초대한 대학 교수. 무쿠이 다리에서 떨어져 익사했다.

그건 며칠에 벌어진 일이었을까. 나는 미우라 선생님처럼 날짜를 술술 대지 못한다.

하지만 아무래도 이상하다. 나도 모르게 묻고 말았다.

"이유가 뭘까요?"

"뭐가 말이지?"

온화한 물음에 내내 생각했던 게 말이 되어 나왔다.

"에도 시대의 부교도, 메이지 시대의 관리도, 선생님 메모에 씌어 있던 쇼와의 회사원도 다들 이곳을 위해 도움이 된 사람들이에요. 그런데 어째서 죽어야 하는 거죠?"

다마나 아가씨가 그들에게 한 '진정'이 어떤 것이었든 그들은 도움이 되었다. 세금을 깎아주고, 공장을 유치하고, 분명히 사카마키 시에 이롭게 해주었다. 미즈노 교수도 소문에 따르면 보고서를 완성했다. 아무것도 하지 않았다면 어느 정도 벌을 받아도 어쩔 수 없을지 모른다. 하지만 그렇지 않았다.

그렇건만 그들은 죽는다. 무쿠이 다리에서 떨어져 물에 빠져 죽는다. 어째서?

미우라 선생님의 눈빛이 문득 날카로워졌다.

"그게 말이지, 아주 흥미로운 포인트야. 나도 그에 관해선 이것저것 생각해봤는데, 힌트가 될 만한 민화가 있어. 고시노는 '할멈 가죽'이란 민화를 아니?"

고개를 흔들었다.

"그래. 그림책으로는 별로 없나? 할멈 가죽은 말 그대로 노파의 가죽이야. 가죽이라고 하면 끔찍하게 들리지만, 요는 변신용 인형 옷이라고 생각해도 돼.

정직한 젊은 처녀가 사정이 있어서 그걸 뒤집어쓰고 고용살이를 하러 가. 어느 날 할멈 가죽을 벗고 목욕하는 걸 주인집 아들이 봐. 아들은 처녀한테 첫눈에 반해서 처녀는 그 집 며느리가 돼. 간단히 말하자면 이런 이야기인데……."

"네."

"그렇지만 내가 문제삼는 건 이 클라이맥스의 전일담前日譚이라고 할 부분이거든. '할멈 가죽'엔 여러 버전이 있는데, 그중에 이런 게 있어.

이 정직한 처녀는 원래 농가의 세 자매 중 막내였어. 아버지는 착실하게 일하는 농민이었는데 어느 날 논에 물이 말라. 난처해진 아버지는 '누가 물을 끌어다만 준다면 딸을 줄 수도 있다'라고 중얼거려. 그랬더니 이튿날 아침 논에 물이 가득 차 있었어."

잠자코 뒷이야기를 기다렸다.

"논에 물을 끌어온 건 늪에 사는 이무기였어. 이무기가 아버지의 소원을 들어줬으니 약속을 지켜야 해. 막내딸은 이무기와 결혼해달라는 아버지의 부탁을 들어줘. 다만 처녀는 몇 가지를 요구했어. 하나는 조롱박. 또 하나는 바늘. 그리고 마지막으로 솜.

처녀는 늪에 가서 조롱박에 솜을 쑤셔 넣고 바늘을 꽂았어. 그리고 이무기의 아내가 되겠다고 선언하면서 조롱박을 늪에 던져. 이무기는 몸으로 조롱박을 감아 물속으로 끌어들이려고 하는데, 솜이 들어 있으니 자꾸 물 위로 떠오르거든. 그렇게 몇 번 하는 사이에 바늘이 온몸에 꽂혀 죽고 말아. 이렇게 해서 처녀는 이무기를 죽였지만 집에 갈 수도 없고 이런 일 저런 일이 있어서 할멈 가죽을 쓰고 고용살이를 하러 간다는 이야기야."

할멈 가죽은 어디서 났을까.

그건 그렇다 치고 선생님이 하려는 말은 알았다.

"이무기의 입장에서 보면 말한 대로 논에 물을 끌어다 줬는데 속아넘어가서 죽은 셈이네요."

"그래. 역시 요점을 빨리 파악하는구나."

미우라 선생님은 그렇게 말하며 희미하게 웃었다.

"이무기는 확실히 마을에 도움이 됐어. 하지만 역할이 끝나면 결국은 괴물이란 말이지. 더는 필요가 없어. 소중한 재산인 딸을 줄 이유가 없으니까 죽여. 비슷한 이야기는 다양하게 있어. 원숭이 색시란 패턴도 있고, 그림 동화엔 악마의 신부란 패턴도 있어. 넓게 생각하면 하이누벨레나 오게쓰히메에서도 공통되는 게 느껴지지. 하이누벨레는 보물을, 오게쓰히메는 먹을 것을 배출해줬는데, 상대가 그걸 받고 죽이거든."

"그렇지만 부교는 괴물이 아니잖아요."

"괴물은 아니지만 타지 사람이야. 소중한 재산을 줄 수 없다는 점에선 비슷할지도 몰라."

소중한 재산. 할멈 가죽 이야기에 견주자면 다마나 아가씨라는 뜻이다. 부교와 관리는 아가씨라는 보수를 약속받고 도코이를 위해 힘썼다. 그러나 문제가 해결되고 나자 아가씨를 얻지 못하고 죽임을 당한다…….

어쩐지 악몽을 꾸는 기분이었다.

선생님은 정말로 미즈노 교수를 비롯한 사람들이 '할멈 가죽' 이야기에서처럼 살해당했다고 생각하시는 거예요? 그렇게 직접 물을 수 있으면 좋았을 텐데. 하지만 나는 도저히 그런 말을 할 수 없었다. 뱀이면 또 몰라도 신문기사에도 나오는 인간에 대해 '살해당했다'고 말하면 왠지 돌이킬 수 없게 될 것 같았다.

게다가 내가 진짜로 묻고 싶었던 것은 미즈노 교수 이야기가 아니다.

선생님은 상태가 나쁘지 않은 것 같고 찾아오는 사람도 없다. 병실에 시계는 보이지 않았지만 엄마와 약속한 저녁때까지 아직 좀 남았을 것이다.

나는 머뭇머뭇 물었다.

"그럼, 선생님……. 만약 이곳에 진짜로 과거랑 미래를 내다볼 수 있는 '다마나 아가씨'가 실제로 존재한다면, 그게 정말 신이라고 생각하시나요?"

나는 어떤 대답을 기대하고 있었을까.

그럼, 신이지, 소원을 들어줄 거야, 라고 말해주기를 바랐나.

그러나 선생님은 주저없이 대답했다.

"그건 망상일 테지."

말의 의미가 받아들여질 때까지 시간이 조금 걸렸다.

"네? 하지만 선생님은……."

뒷말을 이을 수 없었다. 미우라 선생님은 나를 타이르듯 말했다.

"고시노, 옛날이야기와 현실을 혼동하면 안 돼. 이곳에 다마나 아가씨 전승이 있다는 건 사실이야. 하지만 그건 어디까지나 '사람들이 그렇게 믿는다'고 이해해야 해. 정말로 그렇다고 생각하면 학문은 마법이 되고 말아."

"선생님은 다마나 아가씨가 있다고 믿으시잖아요."

"그야 있지."

선생님은 깁스로 고정된 몸이 움직이지 않는 게 답답한 듯했다.

"오 년 전 죽은 도키와 사쿠라는 다마나 아가씨였고, 지금도 아가씨는 존재해. 하지만 미래를 예지한다든지 환생한다고 생각하면 안 되는 거야. 아가씨가 고신당에서 하는 역할에 관해선 『도코이 민화 고찰』에 나와 있는데, 고시노, 안 읽었어?"

고개를 흔들었다. 아사 이야기만 읽고 책을 돌려줬다는 것은 선생님도 알 텐데.

"다마나 아가씨는 경신일 이레 전부터 고기와 생선, 오훈채를 끊어 몸을 정결히 해. 특히 경신일 전날에는 목욕재계를 하고 고신당에서 철야를 해. ……무슨 말인지 알겠어?"

거의 모르겠다.

"경신은 알아요. 벌레가 신에게 고자질하는 걸 방해하는 거죠."

"오오, 대단한데. 그래, 신이 아니라 옥황상제지만. 목욕재계란 건 요는 몸을 씻는다는 거야. 오훈채는 향이 강한 야채인데, 마늘이라든지 파, 부추 같은 걸 말하고.

그렇지만 국내에 일반적으로 퍼져 있는 경신 신앙에서 몸을 정결히 하는 과정은 들어본 적이 없거든. 대표자가 전날 혼자 철야한다는 것도 내가 알기로 비슷한 사례가 없고. 보통 경신 신앙이라고 하면 옥황상제를 핑계로 다 같이 술판을 벌인다든지, 진지하게 하는 곳도 같이 모여서 독경을 한다든지 할 뿐이란 말이지.

내 생각에 다마나 아가씨 전승…… 신앙이라 해도 되지만, 그건 본래 경신 신앙하고 무관했을 거야. 그러다 어느 순간, 아마도 신앙의 정당성을 대외적으로 주장하려는 목적으로 경신을 끌어들인 게 아닐까 싶어.

다시 말하면 이런 거야. 다마나 아가씨의 유래는 아닌 게 아니라 확실치 않아. 어쩌면 오래전에 진짜 그런 아가씨가 도망쳐 온 적이 있을지도 모르지. 하지만 그렇다고 지금도 존재하는 다마나 아가씨에 진짜로 신이 빙의한다고 생각하는 건 별개의 이야기야."

선생님의 이야기를 나는 약간 멍하니 들었다. 한 가지, 설마 싶은 것을 깨달았기 때문이다. 하지만 그건 미우라 선생님과는 상관없는 일이었다.

병실은 조용하다. 살짝 열린 창문으로 불어드는 바람이 어쩐지 미적지근하다. 불을 켜고 싶지만 그만 가야 할 시간이다.

나는 마지막으로 물었다.

"도키와 사쿠라가 죽은 화재 말인데요, 목격자는 없었나요?"

미우라 선생님은 의아한 표정으로 말했다.

"그야 있었지. 시내에서 벌어진 화재인데다 그렇게 밤늦은 시간도 아니었으니까."

"아뇨, 그냥 본 게 아니라 좀더, 뭐랄까, 잘 알고 있을 것 같은 목격자가요."

선생님은 짚이는 데가 있는지 "아아" 하고 중얼거렸다.

"그런 이야기도 있긴 했어. 화재 직전까지 고신당에 누가 있었다는. 하지만 증언을 얻지 못한 모양이더라. 이유는 모르겠지만."

나는 일어섰다. 중상을 입은 환자를 병문안하러 와서 너무 오래 있었다. 게다가 빈손으로 왔으면서. 바람이 불쾌할지도 모른다고 생각해서 창문을 닫았다. 흔들리던 커튼이 천천히 움직임을 멈추었다.

마지막으로 선생님은 중얼거리듯 말했다.

"도키와 사쿠라는 열여섯 살에 죽었어. 생각하면 참 착잡해."

4

저녁은 햄버그스테이크였다. 꽤 오랜만이다.

사토루가 좋아하는 음식이기도 해서 아버지가 있을 때는 자주 식탁에 올랐다. 나는 고기만 먹는 것을 별로 좋아하지 않는데다가 뭣보다도 햄버거스테이크가 나올 때마다 사토루가 하도 호들갑을 떨어서 그리 애착이 없다.

그렇지만 이곳에 와서 처음 먹는 햄버거스테이크는 전에 살던 곳에서 먹던 것과 레시피가 다르다. 부엌에서 엄마를 거든 나는 저민 고기만큼, 또는 그 이상으로 비지가 들어 있다는 것을 알고 있었다. 칼로리는 낮을 테니 다이어트가 된다. 엄마가 비지를 섞은 것은 식비를 아끼기 위해서이지만.

학교 갔다 오는 길에 무쿠이 다리에서 린카와 이야기한 이래로 약간 이상했던 사토루는 햄버그스테이크를 보고 여느 때 같은 바보로 돌아왔다.

"만세!"

새된 소리로 환성을 지르며 만면에 웃음을 지었다. 힘차게 포크를 휘둘러 큼지막하게 자른 햄버그스테이크를 한입에 먹지 못하고 지저분하게 흘렸다. 좀더 행실 바르게 먹을 수 없나 싶은데 본인은 좋아죽겠다는 표정으로 "오랜만이네, 또

해줘"라고 벌써부터 조르고 있다. 비지가 섞였다는 것을 못 알아차린 것 같다. 엄마는 자상하게 "그러자"라고 했다. 언젠가 사토루에게 네 기쁨의 절반은 네가 싫어하는 비지라고 가르쳐줘야겠다.

고시노가에서는 저녁 식사중에 텔레비전을 켜지 않는다. 아버지가 절대로 허락하지 않았기 때문이다. 텔레비전을 좋아해 마지않는 사토루는 괴롭겠지만 한번 든 습관은 나름대로 규범이 되나 보다. 사토루도 이의를 제기하지 않는 채 아버지가 없는 지금도 규칙은 이어지고 있었다.

그러나 그날 나는 말했다.

"엄마, 텔레비전 켜도 돼?"

"뭐? 왜 그러니, 하루카?"

"어제 사고를 봤다고 했잖아? 뉴스에 그거 안 나오나 해서."

엄마는 젓가락을 내려놓고 나를 빤히 쳐다보았다.

"괜찮겠어?"

무슨 뜻인지 알 수 없어서 나는 당혹스러운 표정으로 고개를 끄덕였다.

"그래. 하루카가 그래도 괜찮다면."

그러고는 근처에 있던 텔레비전 리모컨을 내게 내밀었다. 받아서 텔레비전을 켰다.

그 순간 소란스러운 광고 음악이 흘러나왔다. 여성 고객층을 위한 새 차가 얼마나 세련됐는지 경쾌한 리듬으로 가르쳐준다. 사토루가 눈을 동그랗게 떴다. 그리고 나는 엄마가 무슨 말을 하려 했는지 뒤늦게 깨달았다.

조용한 식탁은 아버지가 아직 중요하게 여겨지고 있다는 상징이었다. 규칙은 깨졌고, 그것을 야단칠 사람은 아무도 없다. 내일부터 사토루가 텔레비전을 보겠다고 해도 막을 수 없을 것이다. 아버지가 정한 규칙은 사라져, 텔레비전 소리가 크면 클수록 아버지의 부재는 점점 뚜렷해진다.

엄마는 텔레비전을 켜면 이렇게 될 것을 알고 있었다. 알면서 내가 괜찮다면 하고 반대하지 않았다. 나는 바보였다. 아버지가 없어진 뒤로 조용한 식탁을 유지했던 것은 나에 대한 엄마의 배려였다. 지금 엄마는 안심하고 있다. ……그리고 어쩌면 마음 한구석으로, 제 손으로 아버지의 환영幻影을 매장한 나를 측은하게 여기는지도 모른다.

입술을 깨물려다가 간신히 참았다. '나는 결과를 생각하지 않고 규칙을 깬 게 아니다. 결과가 어떨지, 이제 아버지가 없다는 것을 얼마만큼 실감하게 될지 알면서, 그래도 끄떡없을 만큼 강하다'라는 것을 엄마에게 보여주기 위해, 태연한 표정으로 "뉴스를 봐야지"라며 리모컨 버튼을 잇따라 눌렀다.

이윽고 지역 뉴스를 방영하고 있는 채널을 찾았다. 어느 유치원에서 원생들이 뭘 어쨌다는 흐뭇한 뉴스가 나왔다. 나는 비지로 얼버무린 햄버그스테이크를 삼키고 말했다.

"그 사고, 우리 학교 선생님이 일으켰나 봐."

"그래."

"미우라라고 하는데."

"응."

듣는 척해주지만 그건 엄마가 착하기 때문이고 이야기에 관심이 있기 때문은 아니다. 그것을 이해한 나는 텔레비전에 집중하는 척했다.

밝은 뉴스 다음은 어두운 뉴스다. 전국 뉴스에 비해 색이 옅은 듯한 지역 뉴스는 사고와 사건으로 옮겨갔다.

오늘도 어처구니없을 만큼 많은 사고가 발생했다.

고속도로 추돌 사고로 세 살짜리 여자애를 포함한 일가 세 명이 죽었다.

음주운전을 하다가 전봇대를 들이받아 일흔한 살 먹은 남자가 의식불명에 빠졌다.

화재 뉴스도 있었다. 오래된 연립에서 불이 나 어린애 한 명이 죽었다고 한다. 현장에 있던 사람이 비디오카메라를 갖고 있었는지 '시청자 촬영' 화재 영상이 나온다. 타오르는 불길은 건물 전체를 휩쓸고, 무책임한 구경꾼의 "헉, 굉장하다" 같은 목소리까지 들린다. 그런 건 아무래도 상관없으니까 얼른 교통사고를 보도하라고 생각하는데 엄마가 말했다.

"하루카, 미안하지만 다른 뉴스 보면 안 될까?"

"어?"

무슨 일인가 싶어 엄마를 보니, 엄마는 시선을 사토루 쪽으로 옮겼다.

그 순간 나는 움찔했다. 사토루가 이상했다. 아무리 평소에 텔레비전을 좋아한다지만 지금은 크게 뜬 눈을 형형하게 빛내며 뉴스를 보고 있었다.

"사토루, 너 왜 그래?"

그렇게 묻는 내 목소리도 목에 약간 걸렸다.

사토루는 대답도 하지 않았다. 손에 든 밥그릇을 내려놓지도 않고 영상만 꼼짝 않고 쳐다보고 있다.

생각해보니 사토루가 텔레비전을 많이 본다는 것은 알고 있지만 사토루가 텔레비전을 보는 모습을 본 적은 별로 없었다. 언제나 나는 금방 내 방으로 가버렸기 때문이다. 이 녀석, 평소에도 이런가. 엄마는 알고 있었을까.

아무튼 엄마 말을 들으려고 리모컨에 손을 뻗었다. 마침 그때 화재 뉴스가 끝나고 이번에는 밝은 뉴스가 나왔다. 어디서 명물 뭐라나 하는 볶음국수를 출시하는 모양이다.

"후우."

사토루가 숨을 내쉬었다. 그러고는 아무 일 없었다는 것처럼 다시 밥을 먹기 시작했다.

나는 엄마에게 묻듯 시선을 돌렸다. 얘 방금 이상하지 않았어? 어떻게 된 거야? 하고. 그러나 엄마는 내 시선을 알아차렸을 텐데도 얼버무리듯 "선생님 뉴스, 안 하네"라고만 했다.

"……응, 그러게."

나는 싸늘하게 식어버린 햄버그스테이크를 무의식중에 포크로 찍으며 중얼거렸다. 사카마키 시의 불탄 차량에 대한 뉴스는 뭐라나 하는 볶음국수보다 가치가 없었나 보다.

"고마워, 끌게."

그렇게 말하며 다시 리모컨을 집었다. 그 즉시, 조금 전과는 다른 열의를 드러내며, 기회를 놓치지 않겠다는 듯 사토루가 대들었다.

"그냥 둬! 이다음은 내가 볼 거야!"

상관 않고 끌 수도 있었다. 하지만 그 뒤 '저녁 먹을 땐 텔레비전을 끄기로 돼 있잖아'라고 말해봤자 너무나도 부질없는 저항이다.

새로운 세제가 얼마나 기름때를 잘 빼는지 명랑한 음악이 가르쳐준다.

나는 사토루의 희망을 들어주었다.

대신 두 손을 모으고 "잘 먹었습니다"라고 말했다. 이것도 아버지가 정한 규칙인데, 이쪽은 아직 간신히 깨지지 않았다.

내 방으로 돌아오니 화살깃 무늬 커튼이 보일 듯 말 듯 나부끼고 있었다.

공기가 움직이는 것이다. 커튼을 열고 확인하자 확실히 창틀이 나무로 된 창문이 약간 열려 있다. 손잡이에 손가락을 걸어도 빽빽해서 조금 들어올리듯 해야 창이 닫혔다. 지금까지 몰랐다. 창문이 완전히 닫히지 않았는데도 춥다는 생각을 안 했으니 봄인가 보다.

집에서 입는 옷의 옷자락을 걷고 방석에 앉았다. 밥상을 앞에 두고 가방에서 공책과 샤프펜슬을 꺼냈다.

아무것도 씌어 있지 않은 페이지를 펴고 대충 휘갈기듯 썼다.

도키와 사쿠라는 오 년 전에 불타 죽었다.

미즈노 교수는 오 년 전에 물에 빠져 죽었다.

사토루가 한 말 – 무쿠이 다리에서 사람이 죽었다. 고신당 옆에 살고 있었다.

엄마가 한 말 – 사토루는 이곳에 처음 왔다.

미즈노 보고서 – 상금

글씨는 점점 지저분해졌다.

미우라 선생님이 한 말 – 자신은 살해당할 뻔했다.

적어도 두 명이 죽었다 오 년 전에

겨우 오 년 전! 옛날이야기가 아니다!

다마나 아가씨는 특별한 존재다 특별한 존재가 아니다 어느 쪽을 믿지?

미야지 유코 미우라 선생님 어느 쪽을 믿지?

그리고 나도 못 읽을 듯한 마구잡이 글씨로 마지막으로 덧붙였다.

고시노 하루카는 신을 믿나?

"아하하!"

결국 목소리가 나왔다. 소리 내어 웃으며 종이를 구깃구깃 뭉쳤다. 조그만 휴지 조각이 된 종이를 홱 집어 반침을 향해 냅다 던졌다.

폭 하고 가벼운 소리를 내며 휴지 조각이 튕겨 나왔다. 바닥에 앉은 채 손을 뻗어 집어 한 번 더 던졌다. 폭. 또 던졌다. 폭. 두세 번 되풀이하다 보니 어느 각도로 던지면 손으로 돌아올지 알 수 있었다. 재미있어서 계속 던졌다.

전에도 이런 일을 한 기억이 있다. 이전 집에 살았을 때다.

뭉친 종이를 벽에 던져 튕겨 나오게 하며 놀았다. 그때는 뭘 던졌더라? 지금보다 훨씬 힘껏 던졌던 것 같다.

"그게 언제였더라? 왜 그랬더라?"

중얼거렸다.

머릿속에 떠오르려 했던 장면이 명확해지지 않은 채 순식간에 엷어져 사라지려 했다. 그게 기분 나빠서 나는 휴지 조각을 집어 기억 속의 나와 행동을 일치시켰다. 힘껏 던진 것이다. 휴지 조각은 푹, 하고 약간 강한 소리를 내며 힘차게 돌아온다. 집어서 또 한 번, 또 한 번.

……아아, 맞다.

편지를 던진 것이었다. 쓴 사람은 엄마다.

쉬는 날, 밖에 놀러 나갔다가 집에 와보니 아무도 없었다. 저녁이 거의 다 됐을 때였던 것 같다. 편지에는 사토루가 갑자기 열이 나 병원에 간다고 씌어 있었다. 저녁 식사는 냉장고에 있다고도. 냉장고에 뭐가 있었는지는 기억나지 않는다. 먹지 않았을지도 모른다. 아버지가 온 다음 같이 먹자고 생각했던 것 같다.

하지만 아버지는 바깥이 캄캄해지도록 돌아오지 않았고 엄마도 오지 않았다. 나는 배가 고프고 화나고 분해서, 그래서 엄마가 남긴 편지를 구겨서 던진 것이다.

그래, 그때와 똑같이 뭉친 휴지 조각을 던지면 던질수록 점점 기억이 난다.

냉장고에 있었던 것은 연어구이였다. 지금 생각하면 사토루를 병원에 데려가려고 허둥대면서 나를 위해 그릴을 써서 구웠으니 아주 신경을 써준 것이다. 하지만 그때는 이해하지 못했다. 버터나 마가린을 써서 구웠는지 차게 식은 지방이 굳어 기분 나빴다. ……그게 기억나는 것을 보면 결국 먹었나 보다.

요령이 생겼다. 반침 바로 위, 상인방 바로 아래를 노리면 절묘하게 손 위치로 돌아온다. 이상한 일이지만 알고 나니 오히려 재미가 없다.

그때는 어떤 요령이었더라? 아무리 그래도 그것까지 생각날 것 같지 않다. 다만 지금처럼 다다미 바닥에 앉아 있지 않았다. 방은 마루 바닥에 황록색 양탄자가 깔려 있었다. 나는 분홍색 방석에 앉아 흰 붙박이장 문에 휴지 조각을 던졌다.

문은 좌우로 열리는 두짝문이다. 친구는 세련됐다고 좋게 말해주었지만, 문이 열리는 범위에 물건을 놓을 수 없어서 불편했다. 문을 열려다가 바닥의 물건에 걸릴 때마다 짜증났는데, 그 집은 수납장이 전부 붙박이장이었다. 내부가 별로 깊지도 않아서 계절 바뀔 때 옷 정리를 할 때마다 애먹었다. 우리 방은 그나마 나았지만 거실 붙박이장에 든 진공청소기를 넣고 꺼내기가 제일 귀찮았다. 어느새 청소기가 부엌에 그냥 나와 있게 된 것도 무리가 아니다…….

그렇게 생각하면 예전 집도 그렇게 살기 편하지는 않았나. 그나저나 그때 그 방석은 대체 어디 갔을까. 이사 올 때 버리지는 않았을 것 같은데.

마지막으로 한 번 있는 힘껏 휴지 조각을 던졌다. 힘이 과해 각도가 어긋나는 바람에 휴지 조각은 별로 많이 튕겨 나오지 않았다.

"……."

어쩐지 이상하다.

휴지 조각이 돌아오지 않은 것 이야기가 아니다. 방금 뭔가 이상하다는 생각이 들었다. 그게 뭐였을까. 분명히 뭔가 알아차릴 것 같았는데.

아까처럼 한 번 더 하면 기억날지도 모른다고 생각해서 팔을 뻗어 휴지 조각을 집었다. 있는 힘껏 반침을 향해 던졌다. 폭 하고 얼빠진 소리가 나고 휴지 조각이 구른다.

그래. 역시 그렇다.

부엌, 거실, 아버지와 엄마 방. 나와 사토루 방. 욕실, 화장실. 한 방씩, 정확하게 떠올려본다. 겨우 몇 달 전 일인데도 깜짝 놀랄 만큼 여러 가지가 모호했다. 우리 방에 걸려 있던 화살깃 무늬 커튼은 지금 내 방에 걸려 있다. 하지만 거실 커튼은 무슨 색이었더라? 벽지가 흰색이었다는 것은 생각나는데, 침실 문을 안으로 밀어 열었던가? 밖으로 당겨 열었던가?

하지만 아무리 생각해도 틀림없는 게 하나 있었다.

전에 살던 집에 반침은 없었다. 단 하나도.

손끝이 저렸다. 팔을 너무 세게 휘두른 탓에 피가 손끝에 모였나. 겨우 이 정도로 손이 저린데 소프트볼부 애들은 굉장하다.

휴지 조각을 주워 펼쳤다. 손바닥으로 눌러 주름을 반듯하게 폈다.

샤프펜슬을 들고 나열되어 있는 내 의문에 하나 덧붙였다.

목욕하는 순서를 물으려고 방에서 나왔다.

조금도 급할 게 없으므로 지난 며칠 동안 해온 연구를 계속하기로 했다. 계단을 삐걱거리지 않고 내려오려면 어떻게 해야 하나, 줄곧 시행착오를 거듭하는 중이다.

한밤중에 화장실에 가고 싶어졌을 때 너무 삐걱삐걱거리면 자는 데 방해가 된다. 사토루야 그렇다 치고 엄마에게 미안하다. 게다가 아마 이제 그렇게 자주 갈 일은 없겠지만, 밤에 산책 나갈 때도 발소리를 죽이고 싶다. 이 집에서 오래 살게 될 텐데 알아놔서 손해 볼 것 없다. 게다가 뭐랄까, 닌자 놀이 같아서 재미있다.

널 한가운데 부근을 밟으면 소리가 크게 난다는 것은 경험으로 알고 있다. 되도록 안쪽을 발끝부터 살며시 체중을 실어 디딘다. 삐걱 소리가 나지만 아주 작게 들린다. 완전히 무음은 아니지만 이 정도면 훌륭한 첫발이다.

둘째 단, 셋째 단을 내려가 문제는 위에서부터 넷째 단이다. 어디가 비틀렸는지 여기는 다른 데보다도 훨씬 심하게 삐걱거린다. 뭐랄까, 널 밑에 악기를 넣어놨나 싶을 정도다.

어제까지는 어떻게든 이 단을 지날 때 소리를 내지 않으려고 악전고투했다. 하지만 잘 생각해보니 여기만 문제라면 밟지 않고 건너뛰면 그만이다.

이 오래된 집은 조명까지 어둡다. 계단을 비추는 것은 꼬마전구 하나뿐. 이사 왔을 때 이미 있었으므로 언제부터 있었던 건지 알 수 없지만, 불은 문제없이 들어오기 때문에 일단 그냥 두었다. 힘없는 주황색 불빛 속에 나는 무릎을 굽혀 쭈그리고 앉아 살며시 발을 뻗었다. ……이 계단은 가파르다. 만에 하나 떨어지기라도 했다간 아마 죽을 것이다.

위에서 다섯째 단에 발을 딛고 살며시 몸을 이동시켰다. 한 단 건너뛰기 성공. 벌떡 일어나 나머지는 널 한가운데를 피하며 내려간다.

복도 불은 꺼져 있다. 거실 장지는 꽉 닫혀 있지만 어슴푸레 빛이 흘러나온다. 어느새 버릇이 돼서 발소리를 죽인 채 살금살금 다가갔다.

그리고 나는 이상한 것을 깨달았다.

텔레비전 소리가 들리지 않았다. 사토루는 아직 1층에 있을 텐데, 사토루가 거실에 있으면서 텔레비전을 켜지 않았다는 것은 있을 수 없는 일이다.

부엌도 조용하다. 불도 꺼졌다.

단순히 생각하면 사토루는 목욕중이고 엄마가 거실에 있을 것이다. 엄마는 텔레비전이 켜져 있으면 대개 그냥 두지만, 시끄러우면 끄기도 한다. 이상하다고 생각했는데 별로 이상한 일이 아닐지도 모르겠다.

그렇게 생각하면서도 나는 발소리를 죽이기를 그만두지 않았다. 마음속 한구석에 어색한 느낌이 있어서 몰래 다가가듯 한 걸까? 아니면 단순한 변덕이나 장난기였을까. 거실 장지를 아주 약간 열고 안을 살폈다.

엄마가 보였다. 사토루도 있었다.

두 사람은 방석을 깔고 마주보고 앉아 있었다. 엄마가 두 손을 사토루의 어깨 위에 올려놓고 있다. 자세는 마치 이제부터 마구 흔들 것처럼 보이는데 동작은 완만했다. 엄마의 목소리는 심하게 잠겼고, 지쳐 있었고, 작았다. 장지가 닫혀 있었다면 들리지 않았을 것이다.

"사토루, 누나가 물었지? 대답해줘."

각도가 맞지 않아서 사토루의 얼굴은 보이지 않았다. 그런 만큼 엄마의 얼굴은 거의 정면에 있다. 엄마가 얼굴을 들었다면 나와 눈이 마주쳤을 것이다. 하지만 엄마는 사토루를 쳐다보느라 나를 알아차리는 기색이 없었다.

"무리하진 말고. 그냥 네가 본 걸 말해주면 돼."

"부서진 차를 봤어."

사토루가 느닷없이 그렇게 말했다. 엄마는 사토루의 어깨에서 손을 떼지 않는다.

"응, 그렇지. 그리고 또?"

"하루카가 왔어."

엄마의 얼굴이 일그러졌다. 답답한 듯한, 비난하는 듯한 얼굴. 별로 보고 싶은 표정이 아니었다. 피로의 색이 짙을 때도 엄마는 언제나 미소 짓고 있었는데.

"그러게, 하루카가 왔지. 그리고 또?"

"그 사람이 무슨 말을 했느냐고 물었어."

"그래. 그래서 뭐라고 대답했니?"

"'그리고 또?'라고 자꾸만 물었다고 말했어. 지금 엄마가 그러는 것처럼."

그 말이 잘은 몰라도 엄마의 아픈 곳을 찌른 모양이다. 엄마의 팔에서 힘이 빠지는 것을 똑똑히 알 수 있었다. 엄마는 사토루의 어깨에서 손을 내리고 말했다.

"……그래. 미안해. 자, 이제 목욕하렴."

그것으로 이야기가 끝난 줄 알았다. 나도 모른 척하고 거실에 들어가려고 장지를 잡으려 했다.

그런데 사토루가 무척 작아 불분명한 목소리로 말했다.

"파란 담요."

"뭐?"

"파란 담요를 덮은 사람이 있었다고 그 누나한테 말했어."

"담요? 사고 다음에 말이니?"

사토루가 고개를 끄덕였다.

"나, 본 적 있어. 차가 강으로 떨어지려고 해서, 그 뒤에 파란 담요를 봤어. 선명한 파란색이라 부러웠어. 그리고…… 그리고 어떻게 됐더라?"

"아유, 착해라!"

엄마가 바짝 다가앉았다. 당장이라도 사토루에게 달려들 것 같다.

"그리고……."

"그리고?"

"……모르겠어."

엄마가 한숨을 쉬었다. 그때 사토루가 별안간 소리쳤다.

"몰라, 그렇지만 무서워! 무섭다고!"

너무나도 갑작스러운데다 듣는 사람이 소름 끼칠 정도로 날카로운 목소리였다. 나도 모르게 뒷걸음쳤다.

"나 싫어! 여기 이상해. 이상하단 말이야. 엄마, 우리 돌아가자!"

동감이다.

사토루와 의견이 일치할 줄은 몰랐다. 이곳은 확실히 어딘가 이상하다. 어디가 이상한지 분명하게 말할 수는 없지만 어쩐지 기묘하다. 돌아갈 수만 있다면 돌아가고 싶다. 나도 돌아가고 싶다. 임시 거처였을지도 모르지만 전에 살던 연립은 내게 태어나서부터 줄곧 지내온 단 하나뿐인 집이었다.

틈새 너머에서 엄마가 사토루를 끌어안았다.

"미안해, 사토루, 미안. 그렇지만 이해해주렴, 엄마가 돌아갈 곳은 여기밖에 없어."

"싫어!"

"떼쓰면 안 돼. 그래, 하루카가 듣겠다. 하루카가 들으면 사토루는 여전히 약골이라고 웃을 거야."

어째서 그런 장면에 나를 끌어들이나.

"하루카?"

"응."

효과가 있었다. 뒤통수밖에 안 보이지만 사토루는 어깨를 바들바들 떨면서도 그 이상 소리치지 않았다.

"엄마가 잘못했어. 이제 가서 목욕하렴."

"응."

나는 뒤로 펄쩍 물러났다. 그 직전에 엄마가 나를 발견한 것 같았지만 아무 말도 하지 않았으니 아마 못 봤나 보다.

아니, 분명히 못 봤다.

괜찮다. 괜찮다.

제8장

↺

1

화살깃 무늬 커튼으로 미약한 빛이 비쳐 드는 게 보였다.

아침이라기에는 어두워, 내가 언제 잠이 들었는지 몰라 혼란에 빠졌다. 혹시 낮잠이 들어 지금은 저녁인가 생각한 것이다. 시계는 5시 반을 가리키고 있었다. 오후가 아니다. 점점 기억이 선명해졌다. 그래, 어제 여느 때처럼 잠자리에 들었다.

이렇게 일찍 깬 적은 지금까지 없었다. 몸이 묘하게 나른했다. 팔다리가 무거웠다.

이불 속에서 엎드려 누웠다. 뜨뜻한 머리를 요에 갖다 대니 살짝 시원해 기분이 좋았다. 몸 상태는 좀 이상하지만 묘하게 머리가 맑아 다시 잠들지는 못할 것 같다. 얼마 동안 그렇게 몸을 뒤척거리다가 바깥공기가 마시고 싶어졌다. 무릎을 꿇고 이불을 확 젖히듯 일어섰다.

삐걱거리는 계단을 조용히 내려오는 데도 익숙해졌다. 아직 어두운 집안은 쥐죽은듯 고요해 심지어 내 숨소리까지 들렸다. 맨발에 스니커를 신고 현관문을 잡았다. 드르르 소리를 내며 문을 열자 싸늘한 공기가 뺨에 닿았다. 신문 배달통에 이미 조간이 들어 있었다. 당연한 일이지만 내가 이곳에서 제일 먼저 일어난 것은 아닌가 보다.

잠옷을 갈아입지도 않았으니 너무 여유를 부릴 수는 없다. 누가 보면 창피하다. 나는 좌우를 살펴 아무도 없는 것을 확인하고 나서 현관 옆에서 크게 기지개를 켰다.

골판지로 대충 만든 문패가 압정으로 붙어 있다. '고시노'.

고시노는 아버지의, 그리고 내 성이다. 이 문패가 있기에 나는 이 집에 있어도 되는 것 같다. 골판지니까 불에 타는 쓰레기다. 그건 나도 알지만.

방으로 돌아와 아직 온기가 남아 있는 자리에 누워 자려고 노력했다.

그렇지만 역시 정신이 말짱해서 쓸데없는 생각만 머릿속

을 맴도는 바람에 잠이 올 성싶지 않았다. 얼마 동안 의미 없이 몸을 뒤척이다가 결국 포기했다. 방금 일어난 것처럼, 이번에는 조심하지 않고 계단을 내려갔다. 신경에 거슬리는 삐걱삐걱 소리는 마치 자명종처럼 집안에 울려 퍼졌다. 그 탓에 사토루가 깨는 것은 상관없는데 엄마를 깨우면 미안하다. 역시 좀 주의할걸 그랬다고, 다 내려와서 후회했다.

어두운 거실에서 나는 불을 켜지 않았다. 새벽이 이렇게 어두운가 싶어 약간 즐거운 기분이 들었다. 신문 배달통에서 조간을 가져와 어둠 속에서 소리 나지 않게 주의하며 신문을 폈다. "어두운 데서 읽으면 눈 나빠진다"라고 아버지에게 혼날 걱정도 없다.

잔뜩 끼워져 있는 광고지를 보았다. 그러고 보면 아버지는 뒤에 아무것도 없는 광고지를 매일 아침 골라내곤 했다. 낙서나 글씨 연습에 이용할 수 있다고 했는데, 실제로 써본 적은 거의 없었다. 지금 생각하면 좀더 기꺼이 써줄걸 그랬다.

오늘 아침 광고지 중에는 뒤에 아무것도 없는 게 한 장도 없었다. 새로 바른 문종이로 스며드는 빛이 조금씩 밝아온다. 맨 위에 있는 광고지는 도코이 상점가의 재고 대방출을 알리는 내용이었다.

문득 손이 멎었다.

"……어라?"

광고지는 컬러 인쇄로, 상점가를 크게 찍은 사진을 사용했다. 거침없이 종이를 가로지르는 "재고 대방출!"이라는 글자가 거슬린다. 사진 속 장소는 기억에 있었다. 당연하다. 그럴싸한 물건이 없기는 해도 상점가에 그새 여러 번 갔으니까. 다만 뭔가가 마음에 걸렸다.

아케이드 상가. 재고 대방출 광고지의 사진에조차 셔터를 내린 가게가 보인다. 지나가는 사람들의 얼굴도 가리지 않고 그냥 보여준다. 그중에 아는 사람이 있나 해서 꼼꼼하게 살펴봤는데, 죄 모르는 얼굴이다. 뭐지, 좀 이상한 것 같은데, 하며 고개를 갸웃거리다 보니 정말로 뭔가 다르다는 느낌이 들었는지 아닌지 알 수 없어졌다.

"기분 탓인가."

그렇게 중얼거리며 기사로 시선을 옮겼다. 겨우 몇 분 지났을 뿐인데 글자가 훨씬 잘 보인다. 어둠에 눈이 익었는지 아니면 새벽이 가고 아침이 왔는지. 바깥은 당장이라도 비가 내릴 것처럼 흐린데 신문의 일기예보는 '오후부터 맑음'이었다.

장지 열리는 소리가 들렸다. 엄마가 일어난 것이다.

나 혼자만의 새벽은 이제 끝난 모양이다.

이윽고 사토루가 눈을 비비며 내려와 세수도 하기 전에 텔레비전부터 켰다. 마침 화면에 나온 일기예보에서도 구름이 점차 걷힌다고 했다. 그리고 이어지는 오늘의 운세 코너에서 태평한 아나운서가 이렇게 말했다.

"오늘 가장 큰 행운의 주인공은 천칭자리인 당신! 오랫동안 기다렸던 편지가 올지도!"

천칭자리인 나는 대체 어떤 편지를 기다리고 있을까. 이어서 "오늘 가장 운 나쁜 사람은 양자리인 당신. 좋아해 마지않는 상대방에게 야단맞을지도"라는 운세에 양자리인 사토루가 싫은 표정을 지었다.

미우라 선생님의 부재는 내게 생각지도 못한 영향을 미쳤다.

"무슨 일이야, 하루카. 기운이 없네."

점심시간에 린카가 그렇게 말하며 내 어깨를 쳤다.

"아, 응."

자각은 있었다. 그날 사회 시간에는 다른 선생님이 들어와서 수업은 문제없이 재개되었다. 대신 들어온 선생님은 미우라 선생님과는 다른 의미로 풋풋한 타입으로, 교단에 서더니 먼저 "미우라 선생님이 돌아오실 때까지 잘 부탁해요"라며 머리를 숙였다. 그 말로 미우라 선생님은 닷새나 열흘 만에 복귀하지 않을 것을 막연히 알 수 있었다.

대신 온 선생님은 얼굴이 예뻐서 순식간에 반 애들의 인기를 차지했다. "우랏치가 아예 안 돌아오면 좋을 텐데"라며 웃는 소리도 들렸다. 미우라 선생님이 위중한 상태는 아닌 것을 알기에 그런 농담을 듣고 동요하지는 않았다. 그저 기분이 우울할 뿐이다.

일기예보가 배신했다. 오후가 되어도 무겁게 드리워진 구름은 사라지지 않았다. 방과후, 오늘도 린카는 한발 먼저 가버려 나는 혼자 집에 가게 되었다.

어쩐지 바로 집에 가기 싫었다. 여느 때 지나는 길을 외면하고 낯선 길로 들어섰다. 비 맞으면 곤란하겠다는 생각도 했다. 생각해야 할 문제가 있으면서 비 걱정만 했다.

얼마만큼 지났을까. 길을 찾을 수 있을지 자신 없어질 만큼 집에서도 학교에서도 멀리 떨어진 곳까지 와서야 비로소 이 정처없는 방황의 까닭을 깨달았다. 나는 나만의 장소를 찾고 있었다.

유치원에 다닐 때는 늘 인적 없는 놀이터의 칠이 벗겨진 코끼리 미끄럼틀이었다. 미끄럼틀 밑에서 언제까지고 축축한 흙으로 흙장난을 했고, 가끔은 개미를 밟아 죽이곤 했다.

초등학생 때는 동네 폐가의 마당이었다. 날이 갈수록 황폐해지는 마당에서 힘차게 자라는 잡초에 둘러싸여 숨막힐 듯

피는 꽃을 바라보는 게 좋았다. 신경이 곤두서 있던 날 꽃을 뚝 꺾었다가 며칠 뒤 눈물이 날 만큼 후회한 적도 있다.

그리고 지금 이곳에서 나는 나만의 장소를 찾고 있다. 누구도 나를 찾지 못할 곳. 아무도 모르는 곳. 누구에게도 마음 쓸 필요가 없는 곳. 혼자가 돼서 모든 감정을 일시 정지시키고 멍하니 시간을 보낼 장소를 찾고 있다.

하지만 이곳은 가도 가도 끝없이 서먹하고 회색이고, 녹슨 함석으로 둘러싸인 골목도, 아무도 없는 길에서 깜빡이는 노란불도 나를 받아들여주려 하지 않는다. 가게를 닫고 간판을 뗀 흔적이 있는 쓸쓸한 민가, 언제 것인지도 알 수 없는 전단이 찢어져 풀 자국만 남은 전봇대, 그런 것들을 외면했다. 전에 살던 곳으로 돌아가고 싶었다. 나는 평범한 어린애라 그곳에 혼자 남는 것은 불가능했다. 학교에서도 연립에서도 범죄자의 딸인 내게 친절하게 대해주는 사람은 아무도 없었다. 하지만 그곳에는 적어도 내게 친절한 장소가 있었다.

어느새 기억에 있는 곳에 와 있었다. 붉은 깃발과 작은 도리이. 이나리 사당이다. 언젠가 린카와 이곳에서 만났다. "제비점 쳤어? 꽤 잘 맞는데"라는 린카의 말이 생각났다. 멈춰 서서 만일을 위해 들고 다니는 100엔 동전을 새전함에 넣고 육각형 제비 통을 들었다. 거꾸로 들고 흔드는 건가 했는데

보아하니 뚜껑을 열고 알아서 제비를 뽑는 식인가 보다. 손을 넣어 맨 처음 만져진 제비를 꺼내 펴보았다.

—대길. 기다리는 사람 온다.

그런 말도 새삼스레 입에 발린 소리를 하는 것처럼 보였다.

달리 갈 데를 찾지 못해 엄마의 집으로 돌아왔을 무렵에는 날이 저물어가고 있었다. 눈앞에서 가로등에 불이 들어온다.

집은 어두웠다. 석양빛에 의지해 신발을 벗었다. 어둠에 잠긴 집은 조용했고, 거실에서도 부엌에서도 불빛이 흘러나오지 않았다. 텔레비전 소리도 들리지 않았다. 아무도 없나. 내가 늦게 와서 엄마는 사토루를 데리고 맛있는 것을 먹으러 나갔나. 만약 그렇다면 아주 좋은 일이다. 가끔은 모자가 단둘이 지내는 날도 있어야 한다.

하지만 그건 내가 잘못 생각한 것이었다. 엄마는 집에 있었다. 거실에서 방석도 깔지 않고 맨바닥에 주저앉아 있었다. 내가 집에 온 것을 알아차리지도 못하는 걸까. 밤이 다가오는데 멍한 표정으로 불도 켜지 않고 있었다.

혹시 나 때문일까. 그런 두려움이 마음을 스쳤다. 저녁 식사 전에 돌아온다는 암묵의 약속을 어겼기 때문에 엄마가 화나서, 너무 화가 나서 이렇게 됐을까. 내게 엄마를 걱정시킬

권리는 없는데.

그렇기에 "다녀왔습니다" 하는 한마디조차 떨리는 목소리를 쥐어짜야 했다.

엄마는 천천히 얼굴을 들었다. 나를 보는 눈빛이 기이했다. 어리둥절한, 의아한 시선은 '이 애가 누구더라?'라고 생각하는 듯했다. 분명히 어둡기 때문이다. 이렇게 해가 졌는데도 불을 안 켜서 엄마는 멍하니 있는 것이다. 나는 전등 끈을 잡아당겼다. 불이 깜박거리다가 거실이 환해지자 엄마 눈이 빨간 게 보였다.

"어서 오렴."

목소리만은 여느 때처럼 다정하게 들렸다. 하지만 다정함은 지금 이 장면에 어울리지 않았다. 나는 엄마를 걱정시킬 만큼 늦게 집에 왔는데.

"죄송해요."

무슨 말을 듣기도 전에 먼저 사과한 것은 차라리 야단맞고 평소와 같은 밤으로 돌려놓자고 생각했기 때문이다. 아직 초점이 맞지 않는 엄마의 눈이 위기감을 자극했다. 그러고 보니 저녁은 어떻게 됐을까? 부엌에서 아무 냄새도 나지 않는데.

엄마는 나를 야단치지 않았다. 여전히 멍한 표정으로 물었다.

"하루카, 잠깐 얘기 좀 할래?"

"응."

"미안하구나."

훈계면 좋겠다고 생각하며 앉았다. 엄마처럼 바닥에 방석도 깔지 않고. 정좌를 하면 금세 다리가 저리니까 약간만 편한 자세로.

그러다가 테이블 위에 봉투가 있는 것을 알아차렸다. 처음부터 거기 있었을 텐데 꼭 방금 홀연히 나타난 것처럼 느껴졌다. 가위로 똑바로 자른 봉투에 끄트러기가 아무렇게나 붙어 있었다. 뒤집어져 있어서 받는 사람 이름은 보이지 않았다.

엄마는 무슨 말을 할 건지도 정하지 못한 게 아닐까. 나를 앉힌 것까지는 좋은데 왜 그랬는지 모르는 듯한 멍한 표정으로 입을 열지 않았다. 무슨 일인데? 라고 물으려던 말이 목에서 멎었다. 물으면 듣고 싶지 않은 이야기가 시작될 게 뻔하기 때문이다.

예전 집에서 가져온 벽시계에서 지이익 하고 불쾌한 소리가 났다. 너무 낡아서다.

배가 고팠다. 달랑 100엔 가진 것으로 제비점을 치느니 어디서 고기만두라도 사 먹는 건데.

수학 숙제가 아직 끝나지 않았다. 내일 수학 시간이 있던

가. 있는 것 같다. 엄마 이야기가 끝나면 얼른 해야겠다.

엄마 입에서 가늘고 긴 한숨이 흘러나왔다.

"하루카한테 고맙게 생각해." 엄마가 말했다. "집안일도 도와주고, 투정도 안 부리고. 참 착한 애야. 하루카가 있어줘서 안심하고 출근할 수 있어."

나는 어금니를 악물었다.

"지금은 직장에서 봐주고 있지만 바쁜 시기가 되면 휴일에도 출근해야 할 거야. 하루카 덕에 도움이 많이 돼. 이제 3학년이나 됐으니까 사토루가 좀더 철이 들면 좋겠지만, 애가 좀 그렇잖니?"

엄마는 내 눈을 피하며 이야기했다. 나를 보지 않고 나를 칭찬한다.

"사토루는 어렸을 때부터 낯가림이 심해서 학교 생활에 적응할 수 있을지 걱정이 많았어. 성격이 내성적이라 하고 싶은 말도 못 하니까 왕따라도 당하지 않을까 싶고……. 그런데 하루카 덕에 그 애도 많이 밝아져서 말도 똑똑히 할 수 있게 됐어. 하루카가 없었으면 어쩌나, 생각하면 겁날 정도야."

사토루는 확실히 낯을 가렸다. 그건 지금도 변함없지만 정도는 많이 가벼워졌는지도 모른다. 말수도 적었지만 그건 내성적이라기보다 겁이 많아서다. 지금은 적어도 내게는 상당히 건방지게 말한다. 밖에서도 그런지는 나도 모른다. 어쨌거나 사토루 때문에 엄마에게 고맙다는 말을 들을 이유는 전혀 없다.

"그 애는 사실 마음이 약한데 하루카한테 얕보이지 않으려고 노력하는 부분도 있거든. 그러니까 하루카한테 정말로……."

"엄마."

그 한마디로 엄마는 입을 다물었다. 엄마, 그게 아니잖아. 다른 할말이 있는 거 아냐? 그거, 테이블 위 봉투랑 상관있는 이야기지……?

이런 생각은 굳이 말로 하지 않아도 전해졌다. 엄마는 살며시 눈가를 훔치며 "그렇지"라고 중얼거렸다. 내가 보기에 눈물이 흐른 것 같지도 않았는데.

엄마는 봉투에 손을 뻗어 내 쪽으로 약간 밀어주었다. 속에 뭐가 들었는지 상상도 할 수 없었다. 안 좋은 게 들어 있을 것만은 알겠는데 나와 엄마의 관계에서 벌어질 수 있는 안 좋은 일이 너무 많아서 어떤 건지 모르겠다. 뒤집어져 있던 봉투를 돌려놓았다.

우편번호, 주소, 그리고 엄마 이름. 깨끗하고 어른스러운 글씨로 씌어 있다. 오른쪽 삐침이 뻗쳐 올라간 글씨가 눈에 익었다. 순간 숨 쉬는 것을 잊었다. 가슴을 누가 쿡 지른 것 같았다. 아버지 글씨였다.

아버지가 보낸 편지. 하지만 어째서 받는 사람이 엄마일까. 나여야 하는데. 잘못 썼나. 아무튼 무사해서 다행이다. 지금 어디 있는지는 씌어 있지 않겠지만 무사하다는 것만 알면 됐다…….

엄마가 보는 앞이니 들뜨고 초조한 기분을 감추었다. 하잘것없는 물건을 다루는 듯한 표정을 짓는데, 입꼬리가 움찔거리는 것을 막을 수 없었다. 봉투에 든 것을 꺼냈다. 얇은 종이가 두 번 접혀 들어 있었다. 편지지가 한 장뿐인가. 아버지는 예의범절에 까다로운 사람이라 편지를 쓸 때는 용건이 없어도 편지지를 꼭 두 장 이상 넣으라고 말했건만.

그러나 봉투에서 나온 것은 편지지가 아니었다.

"뭐지?"

나도 모르게 소리 내어 말했다. 녹색 글자가 인쇄된 종이다. 두 번 접은 종이를 펴기 전에 눈을 위로 뜨고 엄마를 슬쩍 보았다.

뭐였을까. 처음 보는 표정이었다. 엄마는 고개를 수그리고 아무것도 없는 테이블에 시선을 떨어뜨리고 있었다. 지칠 대로 지친 옆얼굴이다. 어깨에 힘이 없고 몸은 잔뜩 쪼그라든 것 같다. 그 예쁜 엄마가 한순간에 몇십 살 더 늙은 것처럼 보였다. 힘이 빠진 것뿐이라고도 할 수 있겠지만…….

종이를 폈다. 왼쪽 위에 적힌 글자를 보고 나는 엄마가 왜 그런 표정인지 의미를 깨달았다.

안심한 것이다. 안심할 대로 안심해서, 어깨를 짓누르고 있던 짐이 사라져서, 안도한 나머지 방심 상태에 빠진 것이다. 종이에는 이렇게 씌어 있었다. "이혼장".

'남편' 칸에 쓰인 이름은 오른쪽 삐침이 눈에 익은 형태로 뻗쳤다. 도장은 무슨 견본처럼 똑바로 찍혔다. 주소 칸에는 전에 살던 연립 주소가 그대로 적혀 있었다.

"그거, 제출하려고 해."

엄마가 말했다.

아직 시청에 내지 않았으니까, 그러니까 아직은 엄마라고 불러도 될 것이다. 하지만 이혼이 성립되면 엄마는 고시노 요시에가 아니라 유키사토 요시에가 된다. 아니, 유키사토 요시에로 돌아간다.

화가 난다든지, 슬프다든지, 그런 감정은 전혀 들지 않았다. 그저 바보처럼 엷게 웃으며 '이혼장이네. 이건 좀 예상 밖인데' 같은 생각을 하고 있었다.

내가 이 집에 있어도 되는 것은 아직 우리가 가까스로 가족이었기 때문이다. 하지만 그것도 이제 곧 끝난다. 엄마가 해방되는 것은 좋은 일이다. 아버지가 훔친 돈의 혜택을 엄마는 1엔도 보지 못했다. 그런데 언제까지고 눈치보며 살 필요가 없다. 꽤나 후련할 것 같다. 손을 잡고 '잘됐네!'라고 말해주고 싶다.

……어라? 그러면 혹시 나는 아버지에게 버림받은 걸까?

"그렇지만 말이지!"

엄마가 힘주어 말했다. 이혼장을 뚫어지게 쳐다보며 히죽거리는 내게 거짓말처럼 들릴 정도로 강력하게 말했다.

"하루카는 이 집에 있어도 돼. 나도 하루카 덕을 보고 있으니까 그럼 우리 둘 다 좋지. 안심하렴. 중학교를 졸업할 때까진 틀림없이 보살펴줄 테니까."

아아. 은근슬쩍 그 말을 하고 싶었구나. 아무리 얼버무리려고 들어봤자 소용없다. 중학교를 졸업할 때까지. 그래, 살림이 빠듯한 유키사토 씨로서는 파격적인 조건이겠지. 이렇게 착한 사람은 또 없다. 정말로.

나는 이혼장을 테이블에 가만히 놓았다. 소중한 서류인데 만에 하나라도 더럽히면 큰일이다.

"그럼" 하고 말하려는데 목소리가 목에 엉겨붙었다. 에헴 하고 헛기침을 한 다음 다시 말했다.

“그럼 난 어쩔까. 할아버지네 집은 무리일 테고.”

친가 쪽 할아버지 할머니는 과연 아버지를 기른 사람들답게 원칙을 중시한다. 그 사람들 이론에 따르면 어린애는 부모와 살아야 하고 예외는 일절 허용되지 않는다. 아버지가 없어진 뒤, 과묵한 할아버지 옆에서 할머니는 “그렇지만 자식은 부모 곁에 있어야 해. 우리는 집도 좁고 말이지”라는 말을 열다섯 번 했다. 할머니는 부모 곁에 없잖아, 라고 말하고 싶었던 게 기억난다. 할아버지 할머니 손에 자란 사람은 세상에 한 명도 없다고 할 것처럼 할머니는 원칙을 밀어붙였다. 집도 좁고 돈도 없고 마음도 안 내킨다고 똑똑히 말하면 오 분으로 끝날 일을. 그런 점도 정말이지, 딱 아버지 부모답다.

“그러게. 하지만 큰아버지가 계시잖아.”

“응…….”

있기는 하지만 나는 만난 적이 없다. 얼굴도 모른다. 할아버지 아버지와 사이가 나빴다는 것은 안다. 그러고 보니 이름도 모른다. 만난 적도 없지만 조카니까 오늘부터 잘 부탁드려요, 하란 말인가. 이야기가 쉽지 않을 것 같다. 그 이전에 연락처도 모르니 유령에게 신세 지라는 말이나 다름없다. 엄마도 그런 것쯤은 알 것이다. 이 사람은 그저 그런 건 내 알 바 아니라고 말하는 것이다.

졸업까지 삼 년. 가족에서 얹혀사는 신세가 되어, 지금도 비교적 눈치보며 산다고 생각했는데, 이제 앞으로는 코치까지 보며 삼 년 지내다가 그다음은 딱히 예정 없음이다.

산다는 거 참 힘들다.

"그래서 말인데……." 엄마 목소리가 들뜬 듯한 것은 아마 기분 탓일 것이다. "일이 이렇게 됐잖아? 앞으로 이것저것 의논도 해야 할 것 같거든."

"의논?"

"그러니까 그……."

우물쭈물하며 웃는다. 여느 때의 다정한 웃음이 아니었다. 알랑거리는 듯한 불쾌한 웃음이다. 가족을 대하는 표정이 아니구나 싶었다. 앞으로 삼 년간 이런 생각을 하며 사는 걸까.

"학비도 들고 쌀도 공짜가 아니니까……."

아아, 그 점을 깨닫지 못하다니 나는 정말 바보다. 엄마 말이 맞다. 그에 관해 꼭 의논해야 한다.

"얼마쯤?"

"액수는 다음에. 괜찮아, 힘들게는 안 할게. 조금만 도와주면 돼."

"아르바이트 해야겠네."

"그러게." 엄마는 가족처럼 신경써주었다. "좋은 일자리가 없는지 직장에서도 알아볼게."

학교는 아르바이트를 허용해줄까. 교칙이 어떤지 모르겠다. 하지만 사정이 사정이니만큼 어떻게든 될 것 같다. 안 된다고 해도 돈을 벌어야 하는 상황이니 어쩔 수 없지만. 미우라 선생님이 제일 편하지만 현재 반죽음 상태이니 담임인 무라이 선생님과 의논하는 수밖에 없다. 솔직히 미더운 것과는 거리가 멀어서 내 편이 돼줄 것 같지 않지만.

중학생은 편의점에서도 써주지 않을 테고, 역시 신문 배달이려나. 길도 익힐 수 있을 것 같다. 생활비를 내며 언젠가 이 집에서 도망칠 자금을 모을 수 있을까. 잠깐 생각해보았지만 아르바이트로 얼마나 벌 수 있는지 모르는 이상 계획을 세울 수 없다.

나도 모르게 입술을 깨물고 있었다. 욱신욱신 쑤실 만큼 세게. 지금 멍하니 상황에 휩쓸렸다가는 돌이킬 수 없게 될지 모른다. 무의식중에 그것을 두려워해 아픔으로 의식을 붙들어 매두려는 것처럼. 다만 너무 심했다. 입안에 쇠 맛이 퍼졌다.

엄마가 손을 뻗어 가방을 당겼다. 지갑을 꺼내 테이블에 천 엔을 놓았다.

"하루카, 미안한데 엄마가 피곤해서. 오늘은 밖에서 먹고 오렴."

밥 한끼 먹는데 천 엔이라니 너무 많다. 거스름돈을 가져다주면 되겠지만 그래도. 망설이는 내게 엄마가 일어서며 덧붙였다.

"둘이서."

사토루도 아직 저녁을 먹지 않은 모양이다. 비척비척 불안정한 발걸음으로 거실에서 나가려던 엄마는 흠칫 돌아보더니 테이블에 그냥 놓여 있던 이혼장에 달려들었다. 갈색 봉투를 수호 부적처럼 가슴에 끌어안고 내게 겸연쩍게 웃어 보였다.

2

삐걱거리는 계단을 올라와 내 방으로 돌아왔다.

처음에는 그저 낯설기만 했던 이 방도 점점 익숙해진 참이었다. 전에 살던 연립과 비교해 마루에서 다다미 바닥으로, 침대에서 이부자리로, 책꽂이가 붙은 책상에서 밥상으로 달라졌지만 내 방이라고 생각하기 시작한 참이었다.

하지만 이제는 아니다. 이건 내 방이 아니다. 내가 유키사토 씨에게 빌려 쓰는 방이다. 언젠가 견디기 힘든 일이 생겨도 이 방 물건에 화풀이하지는 말아야겠다.

하지만 화살깃 무늬 커튼은 다르다. 저건 아버지가 사준 것이다. 연립에서 세 평짜리 방을 사토루와 함께 썼다. 그때 창에 걸려 있던 커튼은 코끼리니 기린, 하마 등이 그려진, 정말이지 구제불능으로 어린애 같은 무늬였다. 결국 그 커튼은 나와 사토루의 공간을 구분하는 용으로 쓰고, 창문에는 새 커튼을 사서 달기로 했다. 나는 "이제 어린애 같은 건 싫어"라고 말했다. "좀더 예쁜 게 좋아." 다음날 아버지는 화살깃 무늬 커튼을 사 왔다. "어때, 예쁘지"라면서 자랑스럽게. 이런 게 아닌데, 라고 말하고 싶은 마음은 굴뚝같았지만, 그런 말을 했다가는 아버지가 얼마나 화낼지 상상이 됐으므로 잠자코 있었다.

아버지라.

나는 느릿느릿 반침으로 다가갔다. 이사 와서 아직 풀지 않은 상자 몇 개가 방치되어 있었다.

첫 번째 상자에는 여름옷이 들어 있었다. 그래, 여름옷을 정리해야 하는데 잊어버리고 있었다. 이런 식으로 두면 곰팡이가 필 것이다. 알아차려 다행이다. 하지만 지금은 뚜껑을 덮었다.

두 번째 상자에는 책이 들어 있었다. 죄다 만화 잡지다. 그렇게 급하게 짐을 싸면서 왜 이런 것을 가져왔을까. 지금이야

걸리적거리지 않으니 괜찮지만 언젠가 묶어서 재활용 쓰레기로 내놓게 될 것이다. 뚜껑을 덮는다.

세 번째 상자에는 온갖 잡동사니가 있었다. 예쁘다고 생각했던 비즈 구슬, 쓰던 비닐테이프, 초등학교 마지막 해에 만든 문집, 아직 쓸 수 있는지 없는지 모르는 건전지. 그런 물건들 틈에 섞여 예쁜 깡통이 있었다.

납작하고 네모난 깡통. 반짝이는 보석 같은 게 그려져 있다. 사탕 상자다. 무슨 선물로 아버지가 가져와서 사탕을 다 먹은 뒤 내가 몰래 챙겼다. 사토루도 이 깡통을 갖고 싶어했기 때문에 없어진 것을 알아차렸을 때 한바탕 소동이 벌어졌다. 어디 있는지 모르냐고 물어도 끝끝내 시치미를 떼며 자물쇠가 달린 책상 서랍에 넣은 뒤로, 이 사탕 상자는 내 보물 상자가 되었다. 이 집에 온 뒤로도 바로 꺼내서 바라본 다음 다시 이 상자에 감춰놓았다. 그것을 가만히 꺼냈다.

다다미 바닥에 털썩 앉아 사탕 상자를 내려놓았다. 이사올 때 어디 부딪혀 찌그러졌는지 잘 열리지 않는다. 왼손으로 상자를 꽉 잡고 오른손 손가락을 걸어 뚜껑을 들어올렸다. 달칵 하고 무척 얼빠진 소리가 나며 뚜껑이 열렸다.

종이쪽지 몇십 장이 주름을 잘 편 상태로 들어 있었다. 어려운 한자가 줄줄이 씌어 있는, 그럴듯하게 꾸민 말로 가득찬 종이쪽지. 제비점.

사업 기회를 잠시 기다릴 것.

연애 버드나무에 바람.

이사 길일을 택할 것.

그런 건 아무래도 상관없다. 신경쓴 적도 없다. 대길, 중길, 소길, 말길, 길, 그런 온갖 말도 무시한다. 내가 보는 항목은 단 하나뿐.

……초등학교 6학년 때, 누가 퍼뜨렸는지 아버지의 범죄가 알려져 친구들이 모두 나를 떠났다. 아버지가 구체적으로 무슨 일을 했는지 아무도 모르면서 나를 도둑의 딸이라고 불렀다.

혼자 집에 가다가 육 년이나 지나다녔으면서 그동안 몰랐던 신사를 발견했다. 버림받은 것처럼 다 허물어져가는 신사 경내에 작은 제비점 자동판매기가 있었다.

녹슬어서 다시 칠했는지, 자동판매기는 무척 야단스러운 붉은색이었다. 솔직히 만지기도 싫었다. 하지만 나는 어째선지 휘청휘청 다가가 저녁 먹을 돈으로 받은 동전 중 100엔을 넣었다. 먼지를 쓴 레버에 손을 뻗어 손가락 끝만 살짝 대고 눌렀다. 덜컹 하고 묵직한 소리가 났는데, 떨어진 제비는 작고 가벼웠다. 생각보다 풀로 딱 붙여놔서 손톱을 깎은 직후의

손으로 펴느라 애먹었다.

그렇게 해서 편 제비에 쓰인 '대길'이라는 글자를 나 스스로도 예상하지 못했을 만큼 냉랭한 기분으로 바라보았다. 하지만 "기다리는 사람—온다"라고 쓰인 것을 발견하고 제비를 끌어안았다. 기다리는 사람은 틀림없이 온다. 제비에 그렇게 씌어 있었다. 나는 진심으로 그렇게 믿으며 웃는 얼굴로 집에 갔다.

내가 기다리는 사람. 아버지. 꼭 올 것이라고 생각했다.

분명히 올 것이다. 제비에 그렇게 씌어 있었다.

그날은 아버지가 오지 않았다. 무슨 착오가 있는 것이라고 생각해서 다음날도 제비점을 쳤다. 이번에는 대길이 아니었다. 하지만 "기다리는 사람—온다"라고 씌어 있었다.

몇 번을, 몇십 번을 제비점을 쳐도 그 항목만은 변함없었다. 몇십 번의 "기다리는 사람—온다". 몇십 개의 제비. 사탕 상자에 넣어두었던 비즈며 유리구슬, 헤어밴드를 꺼내고, 주름을 반듯하게 편 제비들을 소중하게, 정말 소중하게 보관해왔다.

연거푸 배신당해 제비 따위 인쇄물에 불과하다고 자신을 타이르게 된 뒤로도 "기다리는 사람—온다"를 버릴 수 없었다. 희망을 갖고 있었던 것이다. 언젠가 이 제비 무더기가 내

소원을 이뤄줄지도 모른다고. 아버지가 돌아와서 다시 가족이 함께 살 수 있게 될지도 모른다고.

바보다.

나는 진짜 바보다.

이까짓…… 이까짓 것에서, 종잇조각에서, 조금이라도 희망을 찾고 있었다니!

"거짓말쟁이!"

부르짖었다.

사탕 상자에 손을 홱 넣어 "대길"이며 "중길" "소길"이라고 쓰인 제비들을 움켜쥐었다. 찢었다. 얇은 종잇장이다. 몇 장을 포개봤자 그냥 찢어진다. 찢었다. 또 찢었다.

쓰레기다. 배고픔을 참아가며 수십 개에 이르는 100엔 동전을 여기에 썼다. 기대하고 싶었다. 몇 번을 배신당해도 원하는 글이 나올 것이라고 믿고 싶었다. 보물인 줄 알았다. 하지만 쓰레기였다. 봐라, 이렇게 쉽사리 찢어지지 않나!

소리를 지르고 또 질렀다. 그럴 생각은 없었건만 의미를 이루지 못하는 고함을 계속 내질렀다. 수십 장에 이르는 휴지 조각을 찢고 또 찢었다.

그 이상 찢을 수 없게 되자 다다미에 쌓인 휴지 조각을 꽉 쥐었다. 세게, 세게. 손톱이 하얗게 되며 손바닥에 파고들 정도로. 손이 떨리고 팔이 떨릴 정도로. 그리고 나는 다다미를 쳤다. 중학생씩이나 돼서 이런 휴지 조각에 희망을 걸고 있었던 자신이 가소로워서, 미워서, 악을 쓰며 주먹을 내리치고 또 내리쳤다.

자신의 고함 소리와 시끄러운 소리 탓에 알아차리는 게 늦어졌다. 어깨에 손이 놓여 돌아보자 눈물 콧물로 뒤범벅된 얼굴이 있었다.

"하루카! 그러지 마, 하루카!"

목소리도 한심하다. 그러고 보니 귓가에서 계속 소리질렀던 것 같다. 그러지 말라고.

손이 아팠다. 일단 깨닫고 나니 참을 수 없는 아픔이 번졌다. 여태 주먹 쥔 손을 보니 검푸르게 변색되어 있었다.

어깨에 놓인 손을 뿌리쳤다. 아직 교복 차림이었다. 내일도 입어야 하는데 콧물 묻은 손으로 만지지 말면 좋겠다.

그래, 도대체가…….

"너 뭐야, 들어오지 말라고 했잖아!"

그러자 사토루는 건방지게도 "하루카가 우니까 그렇지!"라고 반박했다.

"울긴 누가 울어."

"하루카가!"

"안 울어."

"울면서, 바보 하루카!"

사토루가 잘못 본 것이다. 휴지 조각을 움켜쥔 주먹을 펴려는데 손이 꼼짝하지 않았다. 아프다기보다 마비됐다. 사토루가 징징대는 것을 틈타 손을 살그머니 등뒤로 감추었다.

숨이 잘 쉬어지지 않는다. 울지는 않지만 흥분은 좀 했는지도 모르겠다. 심호흡을 하려는데 숨이 가슴에 걸려 괴로웠다.

사토루가 훌쩍거리며 물었다.

"하루카, 인제 안 울어?"

"처음부터 안 울었다니까."

어차피 꿱꿱거리겠지 하고 예상할 수 있었으므로 손만 움직여주면 귀를 틀어막고 싶었다.

그런데 사토루는 그러지 않았다. 애써 참듯 입술을 꽉 다물고 입을 오물오물하더니, 간신히 진정했는지 얄밉게 웃었다.

"다행이다."

사토루는 쥐어짜듯 그렇게 말하고 눈물로 범벅된 못생긴 얼굴을 얼버무리려는지 심호흡을 되풀이했다.

좌우지간 시간은 벌었다. 뻣뻣하게 굳어 있던 손 근육이 풀렸다. 사토루만 없으면 손가락을 꽉 물고 하나씩 잡아떼는 것도 가능했는데. 그래도 조금씩 벌어진 손에서 찢어진 휴지 조각이 밑으로 떨어지는 것을 알 수 있었다.

사토루의 시선은 텅 빈 사탕 상자에 쏠려 있었다. 속임수를 써서 차지한 사탕 상자다 보니 아무리 상대가 사토루라도 약간은 멋쩍다. '이거 내 건데'라고 하면 어떻게 하지.

이윽고 호흡을 가다듬은 사토루는 입술을 불만스레 삐쭉 내밀고 어리광부리듯 말했다.

"하루카……. 나 배고파."

사토루치고 괜찮은 말을 한다. 시계를 보니 벌써 8시다. 나도 배고프다.

주머니에 저녁밥값으로 받은 천 엔이 들어 있다. 밖은 이미 캄캄하겠지만.

"먹으러 가자."

"뭐?"

"밥 먹으러 가."

"밤인데? 엄마도?"

같은 말을 여러 번 시키지 않으면 좋겠다. 사토루를 노려보며 다시 한번 똑똑히 말했다.

"밥 먹으러 갈 거야. 넌 싫어?"

그러자 사토루는 본 적이 없을 만큼 기쁘게 웃었다. "진짜? 그래도 돼?" 하고 끈덕지게 여러 번 되풀이하며, 방금 전까지 울었던 것도 잊은 듯 신이 났다. 옷차림을 보니 반팔에 반바지. 집안에서야 괜찮지만 아무리 사월이라도 밤에 밖을 걷기에는 추울 것 같다.

"긴팔 옷으로 갈아입고 와. 꾸물거리면 놓고 갈 거야."

"응."

사토루는 서둘러 고개를 끄덕이고 방에서 뛰쳐나갔다. 한숨을 쉰 순간 다시 얼굴을 쏙 들이밀고 말했다.

"하루카, 세수하는 게 좋을걸."

아주 적절한 조언이라 분통이 터졌다.

환한 밤이었다.

낮 동안 줄곧 하늘을 뒤덮고 있던 구름이 어느새 바람에 날아가고 없다. 달은 보름달. 하도 밝아 별이 거의 보이지 않는다. 가로등 불빛 근처를 나방 한 마리가 날아다니고 있다. 큼직한 나방이다. 그것을 보고 사토루가 차도 쪽으로 약간 비켰다.

바람이 분다. 속이 비어 약간 춥게 느껴지지만, 뭔가 먹어 몸이 따뜻해지면 딱 기분 좋은 바람일 것이다.

달은 밝고 바람은 시원하다. 이런 나와는 전혀 아무런 상관도 없이 그날은 아주 멋진 밤이었다.

손이 아프다. 아직 손가락이 똑바로 펴지지 않아서 두 손을 후드티 주머니에 넣고 있었다. 아픔이 차차 가시는 것을 보면 뼈나 다른 곳은 이상 없는 것 같다. 전에 살던 연립이었다면 마룻바닥이 단단하니 뼈에 금이 갔을지도 모른다. 다다미 만세다.

아무 생각도 없었는데 문득 보니 학교 가는 길을 걷고 있었다. 익숙한 길이기는 하지만 이리로 가면 나오는 것은 중학교다. 저녁밥을 줄 것 같지 않다. 어떻게 할까 생각하는데 사토루가 물었다.

"우리 뭐 먹어?"

"음, 뭐 먹고 싶은데?"

사토루가 괴상한 소리를 질렀다.

"어, 안 정한 거야? 그럼 왜 이쪽으로 가는 건데?"

"저쪽으로 안 갔으니까."

그런 말로 얼버무리자 사토루는 심각한 표정으로 입을 다물었다. 뭐, 시가지도 이쪽이니 틀린 길은 아니다.

실은 손 말고 목도 아프다. 소리를 너무 많이 질렀다. 울고 악을 써도 소용없는 일인데. 이제 와서 어떻게 될 일도 아니고. 돈 문제는 일단 아르바이트 자리를 찾은 다음 생각하기로 하고, 삼 년 뒤에는 어떻게 할까. 그런 생각을 하다가 퍼뜩 깨달았다. 나, 지금 별로 무리하는 거 아닌데, 어째서 이렇게 담담하게 장래 같은 걸 생각할 수 있는 걸까. 내가 이렇게 미련 없는 여자애였던가.

"하루카, 이젠 웃고 있어."

"그래? 안 웃는데."

"하루카 바보, 울면서는 안 운다고 하고 웃으면서는 안 웃는다고 하고."

손만 괜찮으면 사토루의 뒤통수를 후려치고 싶다. 지금은 팔꿈치로 질러주는 것밖에 못 하겠다.

아마 나는 각오하고 있었으리라. 아버지는 자신이 말하는 것만큼, 그리고 타인에게 요구하는 것만큼 올바른 사람이 아니었다. 나는 아버지를 좋아하고 지금도 돌아와주기를 바란다. 그렇지만 아버지는 '어쩔 수 없는 일이다'라고 자신을 설득할 수만 있으면 충분히 나를 버릴 수 있는 사람이라는 것을 마음속 한구석으로 깨닫고 있었다.

그런데도 희망을 계속 품고 있었던 것은 그래, 저 휴지 조각 때문이 틀림없다. '신의 계시니까 돌아오지 않을까' 하고 생각한 것이다. 그것만 없었다면 좀더 일찍 포기했을 텐데.

신은 없다. 하지만 믿고 싶었다.

제방 도로를 따라 철교를 향해 걸어간다. 자, 어디로 갈까.

전부 잊고 이대로 어디론가 사라지고 싶은 마음은 굴뚝같다. 하지만 그러려면 문제가 세 가지 있다. 첫째, 가진 돈이 천 엔뿐이다. 둘째, 사토루가 걸리적거린다. 셋째, 그보다 배가 고프다.

"그래서 정했어?"

자기는 아무 생각도 해놓지 않은 것을 모른 척하고 사토루에게 물었다.

"어?"

"'어'가 아냐. 뭘 먹고 싶은지 정했느냐고."

"내가 정해도 돼?"

사토루가 그렇게 말하니 어째 안 되는 것 같다. 왜 내 저녁 식사 메뉴를 사토루가 정하나.

역시 내가 정하겠다고 말하려 했는데 사토루가 이상할 정도로 열의를 보였다. 평소에는 웃을 때도 어딘가 비뚤어진 느낌이 드는 녀석이, 그날 밤만은 순수하게 만면에 웃음을 지으며 큰 소리로 말했다.

"라면!"

"어……."

"라면 먹을래!"

사토루는 히죽거리며 검지를 들고 좌우로 흔들었다. 그 꼴

갈잖은 제스처는 뭔가. 업신여기기 전에 어이가 없어져서 그만 웃고 말았다.

"한밤의 라면은 낭만이라고."

"그런 말은 어디서 배웠어?"

"텔레비전."

허세도 부리지 않고 인용 출처를 고백한다. 뭐랄까, 참, 시시하다.

그러고 보니 사토루는 밤에 외출한 적이 거의 없다. 밤이면 텔레비전을 독차지한다. 나는 내 방으로 가니까 뭘 보는지는 모르지만.

"그런데 너 괜찮은 거야? 텔레비전 볼 거 있는 거 아냐?"

그러자 사토루는 나를 깔보는 듯한 표정을 지었다.

"별로."

"맨날 텔레비전만 보잖아."

"재미 하나도 없어. 심심하니까 그냥 보는 거야."

주머니 속에서 손가락을 움직여봤다. 됐다, 감각이 꽤 많이 돌아왔다. 오른손을 주머니에서 꺼내 사토루의 머리를 찰싹 때렸다. 무딘 아픔이 남아 있으니까 평소보다 훨씬 약하게.

"아야!"

"공부 좀 하셔. 넌 바보니까."

찢어질 듯한 목소리로 대들 줄 알았는데 예상이 어긋났다. 사토루는 머리를 문지르며 눈을 위로 뜨고 말했다.

"그럼 하루카가 가르쳐줄래?"

"뭘?"

"공부."

"내가 왜. 알아서 하셔."

그 즉시 고개를 떨어뜨리고 별로 아프지도 않을 머리를 끈덕지게 문지르며 중얼거린다.

"바보라서 못 가르쳐주는 거지, 바보 하루카."

철교까지 왔다. 라면 가게가 어디 있었더라 생각하다가 기억났다. 그래, 도서관 가는 길에 봤다. 체인점이니까 분위기도 나쁘지 않을 것이다. 애들 둘이 가도 아르바이트 점원은 다짜고짜 내쫓지 않을 것이다. 게다가 값도 싸다. 천 엔이면 둘이 먹을 수 있다.

"이코마야 가자."

"뭐?"

믿기지 않는 복음이라도 들은 것처럼 의심스레 눈살을 찌푸렸던 사토루의 얼굴에 서서히 웃음이 번졌다.

"이코마야? 라면?"

"응."

"이코마야는 전에 살던 데 있었잖아."

"이런 바보. 그런 집은 체인점이라고 해서 어디에나 있는 거야."

사토루가 팔짝 뛰었다.

"야호!"

설치는 어린애 옆에 있으면 창피하니 앞서 걸음을 뗐다.

지금 8시 반쯤 됐을까. 너무 늦으면 경찰 아저씨가 무섭다. 아무튼 시내 쪽으로 가려고 철교를 건너기 시작했다. 사토루가 바로 따라붙었다.

"너 말이야, 나 머리 좋아."

"거짓말."

그러고 보면 말한 적이 없을지도 모른다. 사토루가 내 성적을 알 수 있을 리 없고 나도 딱히 이야기할 필요를 못 느꼈다. 아버지가 없어진 뒤로는 더더욱 엄마 눈치를 보느라 성적 이야기를 하지 않은 것 같다.

"진짜야. 너 정도 학년일 땐 전 과목 100점이었는걸."

"거짓말이야."

"성적이 너무 좋으면 미움받는 분위기라서 얼마나 신경썼는데. 그래도 반장 같은 거 정할 때면 맨 먼저 뽑혀서 능력 있는 것도 괴롭네 하고 생각했는걸."

사토루는 벌레 씹은 표정이었다. 고소하다.

다리를 건너는 차는 많지 않았지만 경차 한 대라도 지날라치면 발밑에서 미세한 진동이 느껴졌다. 강 위로 불어오는 바람이 약간 차다. 나는 통증 때문이 아니라 선득해서 손을 주머니에 도로 넣었다.

다리를 반쯤 건너도록 사토루는 입을 열지 않았다. 진동이 무서운가 했는데 그게 아니었다. 갑자기 "하루카" 하고 나를 부르더니 고개를 들지 않은 채 이렇게 말했다.

"바보 싫어?"

생각도 해본 적이 없는 문제다.

음, 대놓고 물어보니 의외로 안 그런 것도 같다.

"최소한……." 신중하게 대답했다. "성적이 안 좋아서 싫으냐고 하면 그건 아닐 것 같아."

초등학교 때 제일 친했던 애는 빈말로라도 공부를 잘한다고 할 수 없었다. 하지만 나는 그 애의 성적을 신경쓴 적조차 없었다. 지금쯤 어떻게 지내고 있을까. 다른 애들이 나를 도둑의 딸이라고 부르며 악질적으로 괴롭히는 가운데 그 애만은 내내 나를 위로해주었다.

뭐, 그 애도 끝내는 교실 분위기에 굴복해 미안한 표정을 지으며 내 곁을 떠났지만.

"그렇구나."

중얼거리는 소리가 들렸다.

다리 건너편에서 자전거 라이트가 다가왔다. 나와 사토루는 옆으로 나란히 걷고 있으니 가만 있으면 통행에 방해가 된다. 말없이 앞으로 나섰다. 자전거를 탄 사람은 뚱뚱한 남자였다. 요즘 세상에 밤에 길을 걷는 어린애가 신기할 것도 없을 텐데, '몹쓸 것들'이라고 말할 것처럼 대놓고 뜯어본다. 엇갈려 지나치는 순간 남자는 "하여간" 하고 들으란 듯이 내뱉었다. 하여간 요즘 젊은 것들은, 이라는 말일까. 술 냄새가 뒤늦게 코를 찌른다.

기분이 나빠졌다. 입 다물고 있기 싫어서 아무래도 상관없는 것을 물었다.

"그래서 사토루, 너 무슨 라면 먹을 거야?"

사토루는 짐짓 팔짱을 끼며 고개를 갸웃했다.

"으음……. 그냥 보통."

"이거저거 많잖아. 간장이라든지 된장이라든지. 잘은 모르지만."

"소용돌이무늬 어묵 있는 게 좋아."

"소용돌이무늬? 분홍색으로 그려진 거? 그런 게 좋아?"

"별로 좋아하는 건 아닌데."

사토루는 어째선지 거기서 갑자기 말을 멈추었다. 어묵에 무슨 심오한 원칙이라도 있는 걸까. 그래봤자 또 무슨 바보 같은 생각을 하겠지 싶어 딱히 신경쓰지도 않았다.

이윽고 사토루는 작은 목소리로 말했다.

"전에 먹었던 게 좋아."

"전에?"

살짝 고개를 끄덕이고 띄엄띄엄 이야기했다.

"전에 이코마야에서 먹은 거. 밤중에…… 엄마랑 하루카랑."

그랬다. 외식을 싫어하는 아버지가 출장 가고 없는 동안 몰래 갔었다.

"담배 냄새가 나고 시끄러웠어. 엄마가 작은 그릇을 달라고 해서 거기에 라면을 덜어줬어. 하지만 라면만 주는 건 싫었어. 소용돌이무늬 어묵이 먹고 싶어서, 그래서……." 사토루는 나를 올려다보며 괴상하게 웃었다. "잊어버렸어. 라면을 먹으면 생각날 것 같아."

아마 비슷한 일은 내게도 있었을 것이다. 아버지는 비록 엄한 사람이었지만 어린 내게 음식을 덜어준 적이 한 번쯤은 있지 않았을까.

하지만 잊어버렸다. 사토루는 똑똑히 기억하는 편일 것이다. 그건 사토루의 발 한 짝이 아직 유아기에 남아 있기 때문일 수도 있지만.

흐응, 하고 건성으로 대답했다.

나는 철교 위에서 밤바람을 맞으며 내가 여러 가지를 안다는 것을 깨달았다.

이곳에 관해. 엄마에 관해. 사토루에 관해.

고속도로 유치를 위한 간판. 갓 지은 고신당. 미즈노 보고서. 다마나 아가씨.

반침이 없었을 방. 『도코이 민화 고찰』.

벼룩시장. 노점에서 먹은 점심. 문화회관. '야경치는 패거리'.

무쿠이 다리. 미우라 선생님의 선배. 미우라 선생님의 사고.

장수풍뎅이 모양 간판. 상점가 광고지.

이혼장.

소중하게 모았던 제비.

사토루는 어째서 이곳에서 일어나는 온갖 일을 '본 적이 있는' 건가?

나는 그것들을 하나로 엮을 줄거리를 알고 있다. 그것을 방금 깨달았다. 너무나도 자명해서 웃음이 다 난다!

하지만 솔직히 내가 깨달은 진실은 별로 기분 좋은 게 아니었다. 내게도 유쾌하지 않지만, 그 이상으로 아마…….

"하루카?"

내가 이상해 보였는지 사토루가 걱정스레 불렀다.

사토루, 무슨 말을 해도 대드는 성가신 동생. 아니, 심지어 동생도 아니다. '유키사토 씨의 아들'이지 나와는 상관없는 인간이다.

이 녀석은 바보라 자기가 어떤 상황에 처해 있는지 이해할 수 없을 것이다. 불쌍해라, 하고 한마디하고 그냥 모르는 척 해도 되지만.

"바보는 딱히 싫지 않지만……." 나는 사토루를 보지 않고 말했다. "약한 애는 싫어. 우는 애는 싫어."

"하루카도……." 그 즉시 목이 메어 사토루가 맞받아쳤다. "아까 울었으면서."

"응, 그래." 울부짖고 있었다. "그럴 때도 있어. 하지만 여기 가서 울고 저기 가서 울고 하는 모습을 남한테 보였다간 그걸로 끝장이야. 저 녀석은 약해빠졌다고 찍히면 얼마나 호된 꼴을 당하는지 알아? 그러니까 울고 싶어도 아무렇지도 않은 척하면서 허벅지 꼬집고 참는 거란 말이야.

그런데 넌 뭔 일만 있으면 금세 훌쩍거리면서 자기는 아무것도 안 하지. 넌 노력을 좀더 해야 해. 오기 좀 부리고 폼 좀

잡고 좀 으쓱대봐. 넌 남자애잖아?"

"그렇지만……." 중얼중얼 변명한다. "무서운걸. 하루카는 몰라."

"난 왜 모르는데."

"하루카는 강하니까."

"야, 이 바보야, 남의 말을 들은 거야, 안 들은 거야." 나는 목이 아픈 것도 무시하고 부르짖었다. "강하지 않으니까 강한 척하는 거 아냐!"

사토루는 등을 구부정하게 말고 몸을 움츠렸다. 무슨 자세가 저 모양인가.

사토루의 허리에 왼손을 갖다 댔다. 오른손은 턱에.

"똑바로 서란 말이야!"

억지로 몸을 펴게 했다. 사토루는 생각보다 키가 작지 않았다. 더 땅꼬마였을 텐데. 잘못하다 밟아버릴 것처럼 조그만 어린애였을 텐데.

나를 향해 얼굴을 들게 했다. 지금은 아직 내가 더 크다. 순식간에 눈물이 글썽거리는 사토루의 눈을 똑바로 노려보았다.

"잘 들어. 내 말 잘 듣고 잊지 마. 우는 건 혼자 있을 때만이야. 그게 되기 전까진 어린애야."

무슨 말을 들어도 부당하게 야단맞았다고 생각하는 사토

루가 이때만은 달랐다. 입술을 꽉 다물고, 숨을 멎고, 자신도 나를 노려보았다. 아직 한참 나약한 얼굴이지만 눈물을 흘리지 않은 것만은 칭찬해줘도 될 것 같다.

"알았어?"

내 말에 무척 괴로운 것처럼 고개를 끄덕였다.

"알았어."

"좋아."

손을 뗐다.

"그럼 됐어. 이제 라면 먹으러 가자."

그렇게 말한 순간 내 배에서 꾸르륵 소리가 났다.

어쩌면 이렇게 타이밍이 나쁠까!

제9장

↺

1

이튿날 아침 세면실에서 평소의 갑절은 시간을 썼다.

지난밤에 푹 잤다고 생각했는데 거울을 봤다가 깜짝 놀랐다. 눈은 빨갛고 눈밑이 거뭇한데다 어쩐지 볼도 홀쭉해진 것 같다. 꼴이 말이 아니지만 마지막 것은 살 빠진 것처럼 보이기도 하니까 나쁘지 않다. 아무리 학교가 서로의 약점을 찾는 장소라지만 얼굴 표정 하나로 무슨 일이 있었는지 알아차리지는 못할 것이다. 그래도 뭐, 일단 신경써서 세수했다.

아침밥은 여느 때와 다름없이 준비되어 있었다. 밥과 된장국과 달걀 프라이, 우엉조림. 아주 평범한, 가정의 아침 식사라는 느낌이다. 엄마가 이혼장을 시청에 제출하는 것은 빨라도 오늘일 것이다. 아침은 사양 않고 먹는다. 내가 열심히 먹는 모습을 보고 엄마가 "안심했어"라고 중얼거렸다. '충격받아서 밥이 목을 안 넘어가요' 같은 연극은 내게 어울리지 않는다. 다가올 아르바이트 생활에 대비해 체력을 길러야 한다.

사토루와 함께 집을 나섰다. 무쿠이 다리를 겁내는 사토루와 같이 가주기로 되어 있기 때문이다. 그렇지만 이제는 어째 그러기도 바보 같다.

"얘, 너 혼자 학교 갈 수 있지?"

투정 부리면 두고 가야지 생각하며 말하자 사토루는 의외로 선뜻 "응" 하고 고개를 끄덕였다.

집에서의 내 입장이 어떻게 달라지든, 엄마와 사토루의 성이 바뀌든 말든, 학교생활과는 상관없다. 다행히 가정 사정을 이야기할 만큼 친해진 상대방은 아직 없다. 뺨을 한 번 찰싹 때리고 학교로 갔다. 평소대로 다수파에 붙어 웃고 있으면 뭐든 넘길 수 있다. 나는 나다. 아무것도 바뀌지 않는다.

그런 줄 알았는데.

반 분위기가 아침부터 어쩐지 이상했다.

점심시간이 시작될 무렵에는 공기가 달라진 것을 뚜렷이

느낄 수 있었다. 나름대로 영리하게 행동한다고 했지만 이 교실에서 내 지위는 아직 확립되지 않았다. 출신 초등학교별로 모인 파벌에 파고들기에는 시간이 모자랐다. 현재 나와 반 애들의 관계는 사실상 아리와라 린카 한 명을 창구로 성립된다고 해도 과언이 아니다. 같은 조인 고타케나 구리타와도 아직 그 애들을 의지할 수 있을 만큼 관계를 맺지 못했다.

내 입장이 위태롭다는 것은 알고 있었다. 타지 사람인 내가 한 번이라도 밉보였다가는 그것을 해소할 카드를 준비하기는 쉽지 않다. 다 알고 있었으면서.

아무도 나와 눈을 마주치려 하지 않았다. 우연인가 했는데 점점 그게 아니라는 것을 알 수 있었다. 어제까지 세 개 건너 책상에 모이던 그룹이 오늘은 교실 구석에 모여 있었다. 고타케는 내 대각선 앞자리인데 아침에 책상에 책가방을 올려놓더니 어디론가 사라졌다. 그리고 쉬는 시간이 될 때마다 노골적으로 서둘러 자리를 떴다.

구리타의 태도가 결정적이었다. 구리타는 반에서 '얌전한 애' 그룹에 속해 있다. 학급 내 서열 중 맨 밑에 가깝다. 그런 만큼 나는 구리타에게 가까이 가지 않도록 조심했다. 내가 거리를 두는 것은 구리타도 알고 있었을 것이다. 그렇건만 오늘 한순간 사고처럼 시선이 마주쳤을 때, 구리타는 나를 동정하는 눈길로 바라보았다.

공책에 휘갈겨 썼다.

오늘 진짜 최악!

사전 공작을 편 것이다.

오늘 학교가 시작되고 나서? 아니면 어제? 누가 주모자인지는 모른다. 반 전체를 선동할 수 있는 리더가 이 반에 있는 것 같지 않았는데.

찍힌 이유는 짐작이 갔다.

미우라 선생님이다.

선생님의 사고(선생님 본인은 사건이라고 하지만)는 반 애들에게 오락을 선사했다. 다들 특별한 경험에 굶주려 있다. 담당 교사가 교통사고로 죽기라도 했다면 아주 큰 흥분을 맛볼 수 있었을 것이다.

그런데 선생님은 중상으로 그쳐 생명에 지장이 없었다. 아무도 입 밖에 내어 말하지 않지만 낙담한 애도 있었을 것이다.

그런 분위기는 나도 파악하고 있었다. 다만 평가를 잘못했을지도 모르겠다.

미우라 선생님의 병실에 혼자 병문안 간 게 들킨 것이다. 그렇게 생각할 수밖에 없다.

중학교 삼 년은 이제 막 시작된 참이다. 이런 상태가 삼 년

씩이나 계속되면 언젠가 악화될 게 뻔하다. 대처하려면 얼른 해야 하는데 상황이 더없이 나빴다. 오늘 린카는 학교에 오지 않았다.

운이 없다. 비어 있는 린카의 자리를 원망스레 쳐다보며 돌파구를 찾는데, 누구 한 사람 빈틈을 보이지 않으니 말도 걸 수 없다. 이렇게 일찍 반 애들이 단결할 줄이야. 역시 린카가 없으면 여기서 기어 올라갈 실마리조차 찾을 수 없다. 결국 아무와도 말 한마디 못 한 채 학교가 끝났다.

학교가 끝났다고 하루가 끝난 것은 아니다. 나는 내가 쓴 "오늘 진짜 최악!"이라는 말이 사실임을 얼마 지나도록 깨닫지 못했다.

더 일찍 깨달았어야 하는데. 내가 집에 온 게 4시 반, 그때 사토루는 아직 돌아와 있지 않았다.

엄마는 5시 반에 왔다. 양손에 장바구니를 들고. 내 얼굴을 보자마자 "아직 안 냈어"라고 했다.

저녁 준비가 다 된 게 6시 반. 엄마는 내게 다정하게 말했다.

"하루카, 저녁 먹게 사토루 불러올래?"

아마 내 얼굴에서 핏기가 싹 가셨을 것이다.

오늘은 진짜 최악이었다.

사토루가 집에 오지 않았다.

2

어째서 사토루가 오지 않은 것을 몰랐을까.

나는 집에 온 뒤로 그저 멍하니 '내일부터 어쩌지' 하고 생각하고 있었다. 분명히 그 탓이다. 내가 자기 생각만 했기 때문에.

어디 다른 데 들른 걸까. 지금까지 사토루가 저녁 전에 오지 않은 적은 한 번도 없다. 없는 정도가 아니라 훨씬 전부터 거실에서 텔레비전 앞에 진 치고 앉아, 볼 게 없으면 하다못해 뉴스라도 넋 놓고 보며 저녁 식사를 기다리곤 했다. 하지만 그 녀석도 언젠가는 성장한다. 혼자 있을 시간이 필요해서 집에 늦게 올 날이 언젠가는 올 것이다. 그게 오늘이었나?

"나가서 찾아볼게."

그렇게 말하는 나를 엄마가 부드럽게 말렸다.

"너무 허둥대지 말렴, 하루카. 친구랑 노는 걸지도 모르잖니."

"하지만……."

"걱정 마. 괜찮아."

무슨 그런 태평한 소리를!

흥분해서 쳐다본 엄마의 얼굴은 소름 끼칠 정도로 하얬다. 그렇건만 내게는 허둥대지 말라고 한다. 분명 엄마는 스스로에게 진정하라고 타이르는 것이다. 그것을 알았기에 나는 고개를 살짝 끄덕이고 2층으로 뛰어 올라왔다.

방에 들어와 불도 켜지 않았다.

밥상에는 미우라 선생님이 준 메모가 놓여 있다. 밝아지면 그게 보일 것이다. 기분 나쁜 이야기만 씌어 있는 메모가. 그런 것은 보기 싫다. 등을 돌리고 앉아 무릎을 끌어안았다.

꼼짝도 할 수 없었다. 화살깃 무늬 커튼이 약간 열려 있다. 나는 석양을 보며 돌아왔다. 지금 커튼 틈으로 보이는 하늘은 온통 군청색이었다. 이제 곧 캄캄해질 것이다.

나는 어젯밤 사토루에게 '울지 마'라고 말했다. 하지만 사실은 '조심해'라고 했어야 했다. 이곳에서 무슨 일이 벌어지고 있는지, 거기에 사토루가 어떻게 엮여 있는지 나는 눈치채고 있었다. 그렇건만 경고 한마디 하지 않았다. 왜 알아차리지 못했을까. 그 녀석은 바보니까 스스로는 아무것도 못 알아차릴 것을 알고 있었으면서!

……그대로 한 시간은 지난 것 같다. 실제로 지난 시간은 더 짧았겠지만 시계를 보지 않았으니 모른다. 갑자기 계단이 삐걱거리는 소리가 났다. 사토루가 돌아왔을지도 모른다는 생각은 조금도 하지 않았다. 그 녀석이 계단을 올라올 때는 더 가벼운 소리가 난다. 지금 올라오는 사람은 어른이다.

이윽고 장지를 연 사람은 생각대로 엄마였다. 그리고 이 또한 예상대로 "불이라도 켜렴"이라고 말했다.

"응."

"왜 그래, 하루카. 밥도 안 먹고. 사토루랑 싸우기라도 했어?"

아아, 그렇구나. 그렇게 생각하는 게 자연스럽다. 사토루는 나와 싸웠기 때문에 집에 오지 않는 것이라고.

고개를 흔들었다.

"아무것도 아냐. 그냥 밥 생각이 없어서."

그렇게 말하면서 바랐다. 엄마, 제발 내 예상을 깨줘.

그러나 엄마는 여느 때와 마찬가지로 자상했다.

"그래. 이따 먹을 수 있을 것 같으면 내려오렴."

"……응."

"주먹밥은 어때? 만들어줄까?"

"아냐, 지금은 괜찮아. 나중에 먹을게."

나는 엄마를 가만히 쳐다보며 말했다.

"미안해, 엄마. 내 멋대로 해서."

엄마는 당황하더니 미소 지었다.

"그런 건 신경쓰지 말렴. 그 애를 걱정해주는구나. 괜찮을 거야."

"몇 시……."

"응? 뭐?"

몇 시까지 돌아오지 않으면 경찰에 신고할 건지, 그것을 정해두면 마음이 편하다. 언제까지 기다려야 다음 행동으로 넘어갈 수 있을지 모르면 이러지도 저러지도 못해서 괴롭다. 하지만 나는 하려던 말을 도로 삼켰다.

자정이 넘도록 사토루가 돌아오지 않아도 엄마는 신고하지 않을 것이다.

"아무것도 아냐."

"그래……. 아무튼 불이라도 켜렴. 눈 나빠져."

장지를 닫으려다가 엄마는 불현듯 생각난 것처럼 덧붙였다.

"잠깐 주위를 찾아보고 올 테니까 하루카는 집 좀 봐줄래? 그 애가 돌아왔을 때 아무도 없으면 불쌍하니까."

고개를 끄덕였다. 그리고 계단이 삐걱거리는 소리가 점점 멀어지는 동안 귀기울여 들었다. 이윽고 현관문을 여닫는 소리가 들렸다.

무릎을 끌어안고 있던 팔을 풀었다. 나는 천천히 일어섰다.

엄마는 자상하다. 여느 때와 똑같이.

그게 이상하다.

바깥은 이제 완전히 밤이었다. 창문이 없는 계단에는 달빛마저 들지 않았다. 복도도 캄캄하고 아무 소리도 들리지 않았다.

밤에 집에 나 혼자 있었던 적이 지금까지 있었던가.

기억이 확실하지는 않지만, 내가 아주 어렸을 때 딱 한 번 있었던 것 같다. 밤에 자다가 깨서 이부자리에서 나왔다. 집 안은 지금처럼 캄캄하고 찾아봐도 아무도 없었다. 무척 슬퍼서 창문을 열고 밖을 보고 있었다. 아버지도 어머니도 나를 버리고 어디론가 가버렸다. 이제 두 번 다시 못 만날 것이다. 엉엉 울고 싶은 것을 필사적으로 참으며 나는 창가에서 훌쩍거리고 있었다.

그래. 이윽고 돌아온 아버지 어머니는 선물을 가져왔다. 닭꼬치였다. 싸늘하게 식어 허옇게 굳은 지방이 양념에 붙어 있던 닭꼬치. 아버지는 외식을 싫어했으면서 밖에서 술 마시는 것은 좋아했다. 아버지는 "이런 시간에 왜 안 자냐"라며 나를 야단쳤다. 이상하다. 이런 옛날 일, 지금까지 생각난 적도 없었는데. '나밖에 없는 밤의 집'이라는 연결점 하나만으로 잇따라 기억이 떠오른다.

거실 장지는 살짝 열려 있었다. 나는 부엌으로 갔다. 엄마가 저녁을 해준 뒤로 벌써 꽤 시간이 흘렀을 것이다. 음식 냄새가 나지 않는다.

부엌 테이블에 먼지가 앉지 않도록 랩을 씌운 접시와 작은 그릇이 하나씩 놓여 있었다. 어둠 속에서 전기밥통 보온 스위치가 빛나고 있다. 부엌에는 창문으로 가로등 불빛이 비쳐 든다. 그 빛을 의지해 나는 밥그릇에 밥을 펐다. 주걱이 밥솥 바닥에 닿았다. 딱 한 공기 펐더니 밥이 다 없어졌다. 나중에 씻을 생각을 해서 솥에 물을 담아놓았다.

오늘 반찬은 가자미조림이었다. 엄마는 조림을 할 때 생강을 늘 너무 많이 넣는다. 나는 처음에 그게 참 싫었다. 지금은 익숙해졌다. 작은 그릇에 든 반찬은 우엉조림. 아침과 똑같다. 이건 엄마가 만든 게 아니라 슈퍼에서 파는 반찬이다.

1인분의 식사를 쟁반에 얹었다. 가자미조림의 국물을 흘리지 않도록 조심하며 어두운 복도를 걸어 거실로 돌아왔다.

그새 눈이 익어 거실도 그렇게 어둡게 느껴지지 않았다. 테이블에 식사를 늘어놓고 랩을 벗겨 말없이 먹기 시작했다.

식욕은 없었다. 하지만 먹어둬야 한다고 생각했다. 오늘밤은 분명 무척 길 것이다.

젓가락으로 가자미 살을 발랐다. 밥에 얹어 입으로 가져간다. 아직 온기가 약간 남아 있었다. 미적지근한 느낌이 기분 나쁘지만 뜨거운 밥에 얹으니 딱 좋다. 오늘도 역시 생강 맛이 강하다. 여느 때와 같은 엄마의 음식 맛이다.

엄마는 언제나 내게 다정하다.

하지만 오늘은 그러지 말았어야 했다. 사토루가 집에 오지 않고 나는 2층에 틀어박혀 있었다. 엄마는 "사토루랑 싸우기라도 했어?"라고 물었다. 거기까지는 자연스럽다고 생각한다.

하지만 그 뒤 엄마는 실수했다.

만약 사토루가 집에 오지 않은 게 그저께였다면 나는 엄마의 다정함을 이해할 수 없었을 것이다. 어쩌면 그런 상황에서도 내게 신경써주는 엄마에게 되레 소외감을 느꼈을 수도 있다.

지금은 그렇지도 않다.

저녁 먹은 뒷정리도 뒤로 미루고 나는 우선 전화부터 걸었다.

신호음이 다섯 번 울린 뒤 들려온 것은 "지금은 전화를 받을 수 없습니다"라는 싸늘한 목소리였다. 그럴 줄 알았다. "메시지를 남기시려면 삐 소리가 난 뒤 말씀해주세요." 여기서 말을 더듬거나 하면 꼴불견이겠다고 생각해서 조심스레 이렇게 말했다.

"찾는 걸 가져갈 테니까 교환해."

시간은 정해놓지 않았다. 시계를 보았다. 9시였다. 두 시간이면 충분할까.

"오늘밤 11시. 고신당에서 기다려."

3

밤이 깊어질수록 추워질 것이다. 옷을 갈아입으며 얇은 긴소매로 골랐다.

내가 가진 긴소매 옷 중에 얇은 것은 두 개다. 하나는 흰색에 꽃을 수놓았다. 또 하나는 회색이다. 아무 장식도 없는 회색은 집에서나 입을 수 있다. 나는 지금까지 이 옷을 입고 밖에 나간 적이 없었다. 하지만 오늘밤은 별개다. 가만히 입었다.

아래는 면바지. 지갑은 들고 가지 않는다. 하지만 무슨 일이 있을지 모르니까 오른쪽 주머니에 500엔 동전을, 왼쪽 주머니에는 100엔 동전을 하나씩만 넣었다.

문득 보니 양말이 흰색이었다. 처음에는 딱히 상관없나 했는데 뭐가 치명적인 실패로 이어질지 모른다고 생각을 바꿨다. 검은 양말은 아마 없는 것 같지만 감색은 있다. 바꿔 신고 한숨을 돌렸다.

일이 잘 풀리면 이런 준비는 전부 소용없게 될 것이다. 꼭 그랬으면 좋겠지만, 오늘밤만은 만에 하나의 가능성을 염두에 둬야 한다.

몇 분 뒤, 나는 자전거 페달을 밟고 있었다.

달이 밝아서 내 모습이 낮보다 오히려 더 눈에 띌 것 같다. 철교를 단숨에 건너 시내 중심부로 향한다. 옛날에 도코이 촌이라고 불렸던 일대다. 마음은 급하지만 함부로 서두르지는 않는다. 사고를 당한다든지, 가능성은 낮지만 경찰 아저씨에게 걸리기라도 했다가는 큰일이니까.

밤이 되어 경치가 바뀌어도 길을 헤매지 않을 정도로는 나도 이곳에 익숙해졌다. 집을 나서 십 분 만에 도코이 상점가에 도착했다. 달빛 아래로 내려진 셔터가 끝없이 이어진다. 우연인지 아니면 무슨 이유가 있는지 사람은 한 명도 보이지 않는다. 기억을 더듬어 모퉁이를 한 번 돌았다.

악몽을 꾸는 기분이다. 이사 온 이래로 줄곧 이곳에 뭔가 이상한 점이 있다고 생각했지만 그게 이런 식으로 이빨을 드러낼 줄은 몰랐다. 미우라 선생님의 충고를 좀더 진지하게 받아들여야 했는지도 모른다.

꼭대기에 고신당이 있는 작은 언덕. 언덕을 오르는 비탈길 중간에서 멈춰 섰다.

"여기야."

중얼거린 내 목소리가 약간 떨리고 있었다.

콘크리트 담장으로 둘러싸인 집. 이층집이다. 지붕은 파란색일 텐데 달빛 아래 짙은 감색으로 보인다. 동백나무 덤불에 가려져 집안은 보이지 않는다. 문패에는 "모리모토"라고 적혀 있다.

숨을 스윽 들이쉬었다.

콘크리트 담장에 초인종은 보이지 않았다. 좁은 마당에 징검돌이 현관까지 이어져 있다. 문 위에 큰 전구가 붙어 있지만 지금은 어둡다. 여기까지 와서 망설일 수는 없다. 나는 모리모토 씨 집의 현관을 노크했다.

두 번, 세 번.

문의 재질 탓인지, 아니며 내 기분 탓인지 메마른 노크 소리가 백 미터 밖까지 들릴 것처럼 컸다.

입술을 깨물고 기다렸다. 아무도 나오지 않았다. 한 번 더, 이번에는 좀더 작게, 노크.

몇 분 뒤, 나는 한숨을 쉬었다.

"아아, 진짜."

이런 밤중에 모리모토 씨는 집을 비웠나 보다. 가능하면 대화로 온건하게 해결하고 싶었는데.

하지만 없는데 어쩔 수 없다. 아직 끝이 아니다. 이것도 예상 범위 내다.

이것 때문에 어둠 속에서 잘 보이지 않을 회색 옷과 감색 양말을 고른 것이다. 만일을 위해 뒤를 돌아보고 콘크리트 담장과 동백나무 덤불 사이에서 보는 사람이 아무도 없음을 확인한 뒤, 집 외벽을 따라 걷기 시작했다.

거실에 면한 테라스. 살며시 문을 열려 해봤다. 안 열린다.

부엌으로 통하는 듯한 뒷문. 가스 미터기의 눈금은 꼼짝도 하지 않는다. 손잡이를 잡았다. 이쪽도 열리지 않는다.

그 뒤, 아주 약간 냄새가 나는 환풍기 밑에 섰다. 욕실이면 좋겠지만 냄새로 미루어 아마 화장실일 것이다. 창문은 높이 있다. 뒷꿈치를 들고 검지 끝을 창틀에 걸었다.

"아아."

입에서 흘러나온 목소리는 안심해서일까, 긴장해서일까. 역시 예상이 맞았다. 모리모토 씨 집의 화장실 창문은 방금 기름칠을 했나 싶을 만큼 아무런 저항도 없이 열렸다.

창틀을 잡고 철봉에 오르는 요령으로 몸을 위로 끌어올렸다. 창문은 작았지만 머리에 이어 어깨를 밀어넣는 데 성공했다.

화장실을 마지막으로 사용한 사람은 남자였나 보다. 양변기 뚜껑이 시트와 함께 올려져 있다. 이대로 머리부터 내려갔다간 큰일난다. 불안정한 자세로 변기 뚜껑을 잡아 천천히 내렸다.

손가락이 미끄러졌다.

플라스틱 변기 뚜껑이 도기 변기에 세게 부딪혔다. 만약 자기집에서 들렸다면 무슨 일인가 하고 놀라 달려올 만큼 엄청나게 큰 소리가 들렸다.

옆집과는 거리가 꽤 있으니까 괜찮다. 게다가 화장실 뚜껑을 세게 닫았다고 보러 오는 이웃사람은 없다. 모리모토 씨가 돌아오지 않는 한 괜찮다. 숨을 크게 쉬고 싶었지만 희미한 암모니아 냄새에 망설였다. 닫힌 뚜껑에 손을 대고 남은 몸뚱이도 조심스럽게 끌어당긴다.

타일 바닥에 매트와 슬리퍼가 놓여 있다. 지금까지 한 번도 써본 적이 없을 듯한 근육을 움직여 몸을 비틀어서는 신발을 벗고 그럭저럭 슬리퍼 위에 착지했다. 화장실 밖으로 나와 염원했던 심호흡.

그리고 스스로도 알 수 있을 만큼 히죽거리며 중얼거렸다.

"이제 나도 어엿한 범죄자네."

나는 법률을 잘 모른다. 음……. 그게 뭐였더라, 주거침입죄란 게 있었던 것 같다. 이름이야 뭐가 됐든 지금 경찰 아저씨가 나타나면 체포될 것은 확실하다. 아니면 지도로 끝날까. 어쨌거나 '아아, 역시 그 아버지에 그 딸이네' 하고 아버지와 나란히 놓일 것은 틀림없다. 생각해보니 그것도 나쁘지 않을 것 같다. 그렇게 생각했더니 마음이 편해졌다.

자, 여기서부터가 문제다.

낯선 집에, 조명도 없고, 스위치의 위치를 알아도 섣불리 불을 켤 수 없다. 손전등을 갖고 올걸 그랬다고 뒤늦게 깨달았지만 어쨌거나 집에 그런 물건은 없었던 것 같다.

맨 먼저 할 일은 미리 정해놓았다. 외벽을 따라 걸으면서 여기쯤이겠다고 찍었던 부엌으로 향했다. 복도는 마루. 이렇게 어두운데도 광택이 보이는 것 같다. 모리모토 씨는 청소를 열심히 하나 보다.

부엌은 생각했던 위치에 있었다. 큰 테이블, 그리고 창문으로 비쳐 드는 불빛에 반짝이는 볼이며 냄비. 내가 전에 살던 연립이나 지금 사는 유키사토 씨 집보다 갑절은 더 넓은 것 같다. 이건 부엌이라기보다 부엌 겸 식당이라 해야 할 것 같다. 들어본 적은 있었지만 직접 보는 것은 처음이다. 실내에 들어찬 냄새로 오늘 저녁 메뉴를 완벽하게 알 수 있다. 틀리려야 틀릴 수 없다. 카레다.

나보다 더 키가 큰 냉장고 옆에 의외로 아담한 알루미늄 문이 있다. 뒷문이다. 잠금장치를 열고 신발을 내다 놓았다. 가능하면 들어온 곳으로 나가고 싶지만 여차하면 이쪽으로 도망치자.

모리모토 씨는 담배를 피우나 보다. 식탁 위에 재떨이와 라이터가 있다.

"이거 일회용 라이터야."

나 자신을 설득하듯 말했다. 조명이 없다. 스스로도 뜻밖일 만큼 서슴없이 라이터를 집었다. 싸구려 일회용 라이터면 빌려도 된다고 생각하는 걸 보면 나도 제법 막돼먹은 인간이다.

부엌 겸 식당에 벽시계가 있었다. 불을 끈 상태에서 부엌에 올 일은 거의 없을 것 같은데 어째선지 바늘이 형광색으로 어렴풋이 빛났다. 덕분에 시간을 알 수 있었다. 12시.

벌써 그렇게 됐다고?

"아무리. 한 시간도 안 됐어."

스스로를 타이른다. 저 시계가 미친 것이다. 괜찮다, 시간은 아직 있다. 부엌 겸 식당을 나섰다.

이 집은 이미 뒤졌을 것이다. 그런데 원하는 것을 찾지 못했다. 그럼 여기 없느냐 하면 그건 아닐 수도 있다. 나는 딱 한 군데 짚이는 데가 있었다.

모든 방을 뒤지려면 시간이 걸리는데다 무섭다. 만약 2층에 올라가 있는 동안 모리모토 씨가 돌아오면 끝장이다. 있을 만한 곳을 먼저 찍고 싶다.

복도를 걸었다. 삐걱거리지 않는다. 뭐, 원래는 그게 보통이지, 하고 생각하며 현관 근처까지 왔다. 현관 옆에서 찾던 것을 발견했다.

"찾았다, 계단."

계단참이 없이 곧장 2층으로 이어진다. 지금 사는 집도 계단이 가파른데 이 집도 상당하다. 폭은 좁고 난간도 없다. 위험한 계단이다. 어린이방이 2층에 있었을 것 같지 않다.

"그럼 1층일까?"

조용한 집안에서 내가 소곤거리는 목소리가 또렷하게 들린다. 원래는 조용히 하고 싶은데 나도 모르게 자꾸 소리 내어 말하게 된다. 정적이 무섭기 때문일 것이다.

바닥이 삐걱거리지 않는다는 것을 아는데도 소리를 죽이려고 발을 끌며 걷는다. 제일 가까운 방은 유리문이었다. 거실이다. 하얀 테이블, 커다란 텔레비전, 어두워서 잘 보이지 않지만 아마도 붉은색일 소파. 쾌적해 보이는 방이다.

안에 들어갈 것까지도 없다. 이 방이 아니다.

이 집은 그렇게 크지 않다. 1층은 이미 화장실과 부엌 겸 식당, 거실을 봤다. 욕실도 1층일 테니까 남은 방은 이제 하나, 기껏해야 두 개일 것이다.

현관에서 복도 안쪽으로 돌아갔다. 화장실과 부엌을 지나 직각으로 꺾었다.

금색 손잡이가 어둠 속에서도 눈에 띄는 문이 있었다. 그 옆에는 소나무가 그려진 장지. 문은 작고, 장지는 두 짝이 옆으로 나란히 있다.

"이쪽."

장지 쪽을 골랐다. 그렇게 노크를 했는데도 아무도 나오지 않았으니 괜찮을 것이라고 생각하며, 그래도 소리가 나지 않도록 천천히 장지를 열었다.

먼지 냄새가 코를 찔렀다. 직감으로 알았다. 모리모토 일가는 이 방을 쓰지 않는다.

방에 들어갔다. 양말 바닥에 먼지가 묻을 것 같다. 장지를 잡고 닫을까 말까 망설였다. 닫는 편이 만일의 경우 시간을 벌 수 있을 것 같은데…….

역시 열어두기로 했다. 지금 문 닫힌 방에서 혼자 있을 용기는 보아하니 없는 것 같다.

세 평쯤 되는 방이다.

정면에 있는 장지로 달빛도 들어, 이미 어둠에 익숙해진 눈으로 충분히 보였다.

오른쪽으로는 세로로 긴 두짝문이 있다. 흰 종이를 붙였고, 문 손잡이에 술이 달렸다. 안에 불단이 들었구나 하고 바로 알았다.

그 말은 곧, 불단 방이라는 뜻이다. 세 살짜리 어린애가 평소 쓸 것 같지 않지만, 생각해보면 문제는 어린이방이 어디 있느냐가 아니다. 찾는 물건이 어디 숨겨져 있느냐다. 평소 들어갈 일이 없는 불단 방을, 감출 장소로 택하는 것은 오히려 있을 법하다. 엄마도 이 방을 불단 방으로 썼는지 아닌지는 알 수 없지만.

왼쪽은 벽 한 면이 전부 반침이다. 숨을 훅 들이마셨다.

"여기려나?"

지난번 사토루는 국어 시험지를 반침에 감추었다. 분명히 65점이었다. 좋지는 않지만 창피해할 만큼 나쁘지도 않은데.

그 녀석이 시험지를 감춘 곳은 엄밀히 말하면 반침이 아니다. 반침의 장지 뒤에 바른 종이를 찢고 그곳에 시험지를 밀어넣었다. 그것을 발견하려면 반침에 머리를 들이민 다음 장지 뒤쪽을 봐야 한다. 감추는 장소로 아주 훌륭한 것은 아니다. 하지만 뭐, 사토루치고는 그럭저럭 머리 좀 썼다.

그때 사토루가 말했다. 전에도 비슷한 곳에 감춘 적이 있다고.

하지만 이곳에 이사 오기 전 살던 연립은 모든 방이 서양식이었고, 어느 방이나 수납은 붙박이장이었다. 장지로 여닫는 반침은 하나도 없었다. 그럼 그 녀석은 어느 반침에 숨겼다는 말인가.

아버지와 엄마가 결혼하기 전에도 사토루는 살아 있었다. 그리고 어딘가에 살고 있었다. 그 집에 반침이 있었으리라고 짐작은 하고 있었다.

설마 그 집에 몰래 숨어들게 될 줄은 몰랐지만. 반침 손잡이에 손을 얹었다.

"후우."

무섭다. 손을 뗐다.

내가 생각한 게 맞을까. 어딘가에 실수한 부분은 없을까. 혹은 내 생각이 전부 맞았다고 해도 오 년 사이에 누가 가져갔을 가능성은 없을까. 이 장지가 오 년 전과 같은 장지라는 보장은 있나?

뭐 하나라도 들어맞지 않으면 원하는 것을 손에 넣을 수 없다. 그렇게 되면 사토루를 되찾을 방법이 아무것도 없다.

쓸모가 없어지면 그 녀석도 무쿠이 다리에서 떨어뜨릴까. 사토루가 헤엄을 칠 수 있던가. 나는 그런 것조차 모른다.

고개를 내저었다. 지금 그런 것을 생각해봤자 소용없다.

이 방에 없더라도 어쩌면 2층에도 반침이 있을지 모른다. 아무튼 서둘러야 한다. 다시 한번 손잡이에 손을 뻗었다.

그때였다.

거침없는 소리에 목구멍 안에서 비명이 얼어붙었다. 여자의 장난스런 목소리가 이어졌다.

"다녀왔습니다!"

돌아왔다!

남자 목소리도 들렸다.

"어휴, 피곤해."

"뭐야, 재미있었잖아."

"그야 그렇지. 그렇지만 지금은 좌우지간 목욕하고 싶은데."

"그래, 알았어. 바로 물 받을게."

활기가 넘치는 목소리다. 세상에 걱정거리 하나 없는 듯한, 즐겁고 명랑한 목소리. 뭘 했는지는 모르지만 그렇게 재미있었으면 그냥 아침까지 놀다 오지!

머릿속으로 욕하느라 움직임이 늦어졌다. 복도에 불이 켜졌다. 눈이 부셔 순간적으로 눈을 감고 말았다.

경쾌한 발소리가 다가왔다. 입구의 장지는 열려 있다. 도망칠까? 아니, 안 된다. 일단 후퇴한다 해도 부엌으로 가는 길을 발소리가 차단하고 있다.

몸이 딱딱하게 굳었다. 혀끝까지 마비됐다.

복도는 직각으로 꺾어져 있으니 아직 나를 보지 못했을 것이다. 하지만 한 발짝만 더 다가오면 끝장이다. 내가 할 수 있는 일은 이제 눈을 더욱 꽉 감는 것뿐.

그런데 그때 남자 목소리가 들렸다.

"잠깐 나 좀 도와줘. 아, 떨어뜨리겠다."

후후 웃는 소리에 이어 여자가 말했다.

"한꺼번에 드니까 그렇지. 일단 내려놔."

"아니, 그쪽을 들어줘."

"아휴, 알았어."

발소리가 멀어졌다.

지금이다. 팔을 뻗어 입구의 장지를 닫았다. 서두르다가 쾅 닫았다간 여기서 인생 끝장이다. 공포가 몸을 결박해 완전히 닫지 못했다. 약간 열린 틈새로 빛의 띠가 방안에 드리워졌다.

"자, 이제 됐지? 목욕물 받아야지. 목욕물."

발소리가 돌아온다.

이번에는 숨어야 한다. 숨을 곳은 한 군데밖에 없다. 수색하려던 반침을 열었다. 안은 두 단으로 돼 있고 아랫단은 이불이 가득 들었다. 윗단은 담요 몇 장이 개켜져 있을 뿐이라

공간이 있다. 나는 그곳에 뛰어들듯 올라갔다.

문을 닫았다. 어둠 속에 숨어 약간 진정됐는지 이번에는 천천히, 끝까지 닫을 수 있었다.

"괜찮아."

소리 내지 않고 입속으로 중얼거렸다.

괜찮아, 괜찮아. 불단 방 장지는 아닌 게 아니라 약간 열려 있다. 뒷문에는 내 신발이 남아 있고 라이터는 없어졌다. 하지만 당연히 괜찮을 것이다. 내가 집에 왔는데 어느 방 문이 약간 열려 있다고 그런 것을 알아차릴 리 없다. 밥상 위에 맨날 놔두는 헤어밴드가 없어져도 어디 두고 왔나 보다고 생각할 뿐이다. 신발은…… 모르는 신발이 있으면……. 괜찮다. 이런 밤중에 일도 없는데 뒷문에 가지는 않을 것이다!

발소리가 멎었다.

내 호흡도 분명히 순간 멎었다.

여자 목소리가 아까보다 훨씬 가까운 데서 들렸다.

"저기……."

괜찮다, 전혀 상관없는 일이다. 내일 아침 식사로 뭘 먹고 싶으냐, 라든지, 목욕물은 미지근한 게 좋으냐, 라든지, 그런 이야기일 게 뻔하다.

"불단 방에 들어갔었어?"

신이시여!

캄캄한 반침에서 나는 두 손을 꽉 맞잡았다. 그리고 곧바로 부끄러워했다. 있지도 않은 존재에 매달리지는 않겠다, 무슨 일이 있어도!

하지만 이 숨막히는 반침에서 그럼 나는 누구에게 빌어야 하나.

남자가 대답했다.

"왜?"

"문이 열려 있어."

장지를 슥 여는 소리. 혼잣말도 가까이에서 들린다.

"이상하네."

안으로 들어온다.

발각되면, 그래, 전부 설명하자. 그게 원래 계획이었다. 이 집에 찾아와 모리모토 씨를 만나 집안을 찾아보게 해달라고 부탁할 작정이었다. 만나는 방식에 약간 불행한 차질이 있었을 뿐 처음 예정대로다.

그럼 내가 먼저 나갈까? 숨어 있다가 들키는 것보다는 그나마 낫지 않을까?

손은 기도하는 모양새로 맞물린 채 꿈쩍도 하지 않았다. 손톱이 살을 파고든다.

여자의 기척이 반침 앞을 지났다. 뭔가가 미끄러지는 소리. 바로 장지임을 알 수 있었다.

"자물쇠는 잠겨 있고."

이어서 달칵 문 여는 소리. 불단이 든 두짝문을 연 것이다.

달그락달그락 뭔가를 뒤지는 소리.

"통장도 있고."

안심한 기색이 역력한 목소리였다.

모리모토 씨는 예금통장을 불단에 감추는 모양이다. 나는 통장 따위에는 관심 없다. 이제 나가주려나. 반침에 주의하지 않고 그냥 나가주려나.

"으음, 이상하네."

목소리가 이쪽으로 다가왔다. 여자가 반침으로 다가오는 것이다.

문이 열린 순간 주먹을 날리고 도망치면 어떨까? 붙잡히지만 않으면 나라는 것은 모를 텐데…….

방금 전까지 사정을 설명하려고 했던 것도 잊고 팔에 힘을 주었다. 그럴 셈이었는데 몸이 되레 조그맣게 움츠러들었다.

……누구 없어요! 신 말고, 나를 버린 아버지도 말고, 다정한 웃음을 계속 지으며 지칠 대로 지친 엄마도 말고, 누가 나 좀 도와줘요!

"아, 그러고 보니 들어갔었어."

남자 목소리가 들렸다. 끔찍할 정도로 간단하게.

"어? 그랬어?"

"응."

여자는 왜 들어갔느냐고 묻지 않았다. 의심이 전부 사라져 개운한 목소리로 "뭐야, 문은 잘 닫아야지"라고 말했다. 그 뒤 입구의 장지가 열렸다 닫히는 소리에 이어 발소리가 멀어졌다. 이윽고 들려오는 것은 욕조에 물을 받는 물소리.

그제야 가까스로 몸에서 힘이 빠졌다. 맞물려 있던 손가락을 하나씩 풀었다.

나는 어둠 속에서 웃었다. 도와준 사람은 신도, 아버지도, 엄마도 아니고 모리모토 씨의 남편이었다.

다 그렇지, 뭐.

장지를 열고 다다미에 살짝 내려섰다. 신기하다. 아까는 그렇게 불안했으면서 지금은 어째선지 여기 장지 속에 찾는 물건이 있으리라는 것을 눈곱만큼도 의심하지 않았다.

욕실은 이 방에서 가까운 것 같다. 콸콸 쏟아지는 물소리를 들으며 장지 뒤쪽을 들여다보았다.

종이는 비스듬하게 찢어져 있었다. 물론 그래야 한다. 손을 넣었다.

종이 같은 물건이 손에 닿았다. 약간 뾰족하다. 엄지를 움직일 공간은 없으므로 검지와 중지로 집어 끌어올렸다.

"꽝."

종이를 접어 만든 수리검이었다. 감춰놓은 게 이것뿐이라는 법은 없다. 한 번 더 손을 넣었다.

두 번째로 손에 닿은 것은 딱딱했다. 작은 물건이다.

꺼내서 손바닥 위에 올려놓았다.

나는 컴퓨터를 잘 모른다. 하지만 이게 뭔지는 알고 있다.

"광자기 디스크였구나."

손바닥에 약간 거칠거칠한 느낌이 있다. 장지를 열어 달빛을 불러들였다.

플라스틱 겉면의 일부가 부글부글하게 변형되어 있었다. 고열에 녹은 것이다.

속은 괜찮으려나. 뭐, 그건 아무래도 상관없다.

이게 여기 사람들이 오 년 동안 포기하지 않고 찾은 보물. 백만 엔의 값어치가 있다고 들었다.

"그 바보가 백만 엔."

어둠 속에서 나는 중얼거렸다.

4

모리모토 씨 집에서 탈출하면서 얼핏 본 식당의 벽시계는 여전히 자정을 가리키고 있었다. 고장난 시계로는 약속 시간을 가늠할 수 없다.

나는 시계를 찾아 언덕을 내려갔다. 편의점의 위치는 알고 있었다. 하지만 어쩐지 밝은 점포에 들어가기 싫어서 가까이 가지 못했다. 그렇게 해서 간 곳은 매일 다니는 중학교. 교정에 시계 기둥이 있다. 달빛이 환한 덕에 닫힌 교문을 타넘지 않아도 시계가 보였다. 10시 반. 생각보다 시간이 남았다.

고신당은 모리모토가에서 언덕을 더 올라가야 한다. 학교에서 가면 걸어서 가도 십오 분이면 도착할 것이다. 자전거를 타면 시간이 너무 많이 남을 정도다. 인적이 없는 곳에서 오래 기다리기는 싫다. 자전거에서 내려 잠시 학교를 바라보았다.

밤의 학교는 무섭다는 말을 많이 듣는다. 두고 온 물건을 찾으러 온 아이가 유령을 봤다는 소문은 기본이다. 하지만 지금 눈앞에 있는 중학교는 전혀 무섭지 않았다. 사람이 없는 학교가 무섭긴 뭐가 무서운가. 라이터 하나로 간단히 잿더미로 만들어버릴 수 있을 것처럼 무방비하다……. 그렇게 생각하니 내일도 마음 편하게 학교에 갈 수 있을 것 같다.

달밤의 학교를 얼마 동안 바라보고 있었다. 산들바람이 불기 시작했다. 사월의 밤. 이런 밤중에 이렇게 오래 밖에 있었던 것은 처음이다. 그래도 알 수 있었다. 오늘밤은 좋은 밤이다.

"……슬슬 가볼까."

10시 45분이 된 것을 보고 자전거에 올라탔다.

그래, 마치 친구를 만나러 가는 기분으로 자전거 페달을 힘주어 밟았다.

고신당.

아름다운 달밤인데 울창한 나무들에 가려져 달빛이 비치지 않았다. 지은 지 얼마 안 된 새 사당은 불빛이 전혀 보이지 않았다. 가로등도 없다. 밤이란 게 이렇게 어두웠던가.

하지만 그런 어둠 속에서도 사람이 서 있는 것쯤은 알 수 있었다.

상대방은 이미 오래전에 알아차렸을 것이다. 이야기하기에는 아직 먼 거리에서 손을 흔든다. 나도 같이 손을 흔들며 다가갔다. 말은 내가 먼저 걸었다.

"미안, 린카. 이렇게 밤늦게 불러내서."

아리와라 린카는 미소를 지었다.

"가까운데, 뭐."

"오늘 학교 안 나왔지?"

"응."

"린카가 없어서 내가 얼마나 힘들었는지 알아? 왕따까지는 아니었지만."

그러자 린카가 눈살을 찌푸렸다.

"뭐? 그랬어? 너무하네. 친절하게 대해주라고 애들한테 말해놨는데."

"역시 안 보는 데선 쉽지 않다는 뜻이려나."

"에휴, 참 싫다."

"그러게."

뭐가 싫은지 잘 알 수 없는 채 맞장구를 쳤다.

린카는 허리에 손을 얹고 말했다.

"그래서 이런 밤중에 무슨 일이야? 갑자기 전화해서 얼마나 놀랐는데."

린카가 어떤 태도로 이 자리에 나올지 몇 가지 패턴을 생각해놓았었다. 선뜻 인정하는 패턴, 화내는 패턴. 보아하니 정답은 시치미떼는 패턴인가 보다.

나는 일부러 농담을 들은 것처럼 웃었다.

"그런 소리 마. 오늘, 밤새울 거잖아? 힘들겠다. 그렇지만 어차피 긴 밤이 될 건데 조금쯤은 나한테 시간 내줘도 되잖아."

"내가 밤을 새워? 이래 봬도 나 밤엔 일찍 자는 편인데. 지금도 졸려죽겠는걸. 내가 왜 밤을 새울 거라고 생각해?"

"그렇잖아." 웃음을 머금은 목소리로 대답했다. "오늘은 경신 전날이니까."

린카는 어떤 표정을 지었을까. 보고 싶었는데 애석하게도 아직 눈이 어둠에 익지 않아 잘 보이지 않는다.

린카는 다정하게 타이르듯 말했다.

"하루카, 너 뭔가 착각하는 것 같아. 경신 전날에 밤을 새우는 건 다마나 아가씨잖아."

"응, 그랬지. 그럼 지금 고신당 안에 유코 씨가 있겠네?"

대답이 없다.

역시 이곳을 협상 장소로 고르기를 잘했다. 경신 전날 다마나 아가씨는 고신당에서 혼자 지낸다고 한다. 그렇다면 유코 씨가 이곳에 있을 리 없다.

"없지?"

"……."

"그렇겠지, 그 사람은 다마나 아가씨가 아니니까. 미우라 선생님한테 들었어. 다마나 아가씨는 경신 전 이레 동안 고기도 생선도 안 먹는다며? 그렇지만 그 사람, 살라미를 먹었거든."

"요즘 세상에 정진결재 같은 걸 누가 지키겠어? 강講 사람이 보는 앞이 아니면 유코 씨도 적당히 하겠지."

"그럴지도 모르지. 그런데 선생님이 가르쳐준 게 또 있거든. 안 먹는 게 고기랑 생선, 또 뭐였더라, 오향채?"

떠본 게 아닌데 결과적으로 그런 셈이 됐다. 린카가 수정해준 것이다.

"오훈채."

"아, 맞다, 그거. 잘 아네. 마늘이라든지 부추라든지, 파 같은 거라며?"

점점 어둠 속에서 볼 수 있게 되었다.

"그런데 린카, 벼룩시장에서 국수 먹을 때 파 빼달라고 했지?"

"용케 그런 걸 기억하네……." 린카는 어이없다는 듯 말했다. "파를 싫어하거든."

믿게 할 마음도 없는 장난스러운 말투다.

"아닐 텐데. 그런 게 아니잖아? 린카는 파를 먹을 수 없었던 거야."

내가 무슨 말을 하려는 건지, 무엇을 간파했는지, 린카는 이미 오래전에 알아차렸을 것이다. 그러니까 구태여 말하지 않아도 되겠지만 확실히 해두자. 나는 어둠 속에 잠긴 린카의 눈을 바라보며 말했다.

"린카가 다나마 아가씨지?"

뜻밖에 린카는 그래도 항복하지 않았다. 더 뭘 좀 아는 애인 줄 알았는데.

"파 좀 뺐다고 다마나 아가씨 취급을 받으면 곤란한데. 그게 다야?"

물론 아니다. 고개를 흔들었지만 린카에게 내 동작이 보였을지는 알 수 없다.

"토요일에 날 여기 데려왔잖아? 유코 씨한테 소개해줬어."

"좋은 사람이지?"

"응, 좋은 사람이었어. 방석까지 깔아주고."

그것만으로 린카는 그다음 말을 짐작한 모양이다. 오른손을 이마에 갖다 대는 게 보였다.

"아아, 그때 말이구나. 진짜 잘도 기억하고 잘도 보네. 너무 쉽게 생각했나……."

이로써 인정한 셈이나 마찬가지다. 그래도 만일을 위해 말한다.

"상석이지."

방석을 깔려고 일어선 유코 씨는 원래 앉아 있던 곳에서 자리를 옮겼다. 입구의 장지 앞에 앉은 것이다. 린카는 약간 내키지 않는 표정으로, 아니면 난처한 표정으로 장식단 앞에 앉았다.

아버지는 예의범절에 엄격한 사람이었다. 텔레비전을 보는 규칙을 확고하게 정하는 한편 상식적인 매너도 가르쳐주었다. 장식단 앞은 상석이다. 유코 씨는 린카에게 그 자리를 양보했다.

“유코 씨보다 린카가 더 높다는 걸 나중에 깨달았어. 그 자리에서 바로 알아차릴 만도 했는데.”

정확히 말하면, 미우라 선생님에게 다마나 아가씨는 경신전에 오훈채를 먹지 않는다는 말을 듣고 혹시나 싶었던 게 발단이었다. 거기서부터 거슬러 올라가 생각하다가 유코 씨가 자리를 양보한 것을 깨달았다.

린카는 뒤통수 뒤로 손을 깍지 끼었다.

“그런 거 하지 말라고 계속 말했는데 말이지. 그런데 안 그만두지 뭐야. 가정교육을 잘 받은 것도 문제야.”

“계속? 나한테 보여주려고 유코 씨를 불러온 게 아냐?”

“아, 그건 아냐. 음, 대역이랄까?”

아아, 그래.

“미우라 선생님 같은 사람에 대한 대책?”

“그렇지, 뭐. 책에 실리면서 괜히 들쑤시고 다니는 자칭 학자가 늘어나서 말이야. 난 아무래도 상관없다고 생각하지만 ‘강’에서 싫어하거든.”

린카는 ‘상조회’가 아니라 ‘강’이라고 말했다. 원래는 그 말이 더 익숙한 모양이다.

책이란 『도코이 민화 고찰』을 말하는 것이리라. 그럼 이곳 도서관에서 『도코이 민화 고찰』이 없어졌다는 것도 혹시 ‘강’ 사람들 소행일까. 하지만 그에 관해서는 묻지 않기로 했다. 책의 행방에 관심 있는 사람은 미우라 선생님이지 내가 아니다.

린카는 발밑 흙을 걷어차며 불만스레 말했다.

“뭐, 상관없나. 그래서 그럼 뭐? 내가 다마나 아가씨고 경신일에 건배 담당이라면 뭐가 어떻다는 건데?”

아직도 그런 소리를 하나.

“다마나 아가씨면 ‘강’이랑 이어져 있잖아. 모르는 어른들이랑 거래하는 건 힘드니까 린카랑 하고 싶어.”

“거래라.”

린카는 팔짱을 끼었다. 세세한 표정까지는 아직 보이지 않는다. 하지만 어쩐지 웃고 있다는 느낌이 들었다.

“전화로도 그런 말을 했는데. 교환하자느니 뭐니. 무슨 뜻인지 모르겠네. 교환해줄 수 있는 건 일기 정도인데 말이야."

"교환 일기도 버리기 아깝지만."

여유 있는 태도는 린카의 작전이다. 거기에 말려들면 안 된다. 속아넘어가면 안 된다.

"사토루를 먼저 돌려줘."

"사토루? 네 동생 말이지? 행방불명됐어? 걱정되겠네."

도발에 넘어가도 안 된다. 나는 애써 냉정하게 말했다.

"거래라고 했을 텐데. 손해 보진 않을 거야. 그런데 그렇게 잡아떼기만 하면 이야기도 못 해."

"글쎄, 그렇게 말해봤자. 꼭 '강'에서 사토루를 유괴한 것 같잖아. 왜 그런 짓을 해야 하는데?"

'유괴한 것 같다'고 말한 적 없다. 하지만 린카는 끝까지 순순히 인정하지 않을 모양이다. 이유가 뭘까. 내가 '그래? 내가 착각했나 보네' 하며 물러날 리 없다는 것은 린카도 알 텐데.

어쩌면, 하고 한 가지 가능성이 생각났다. 만약 내가 우리 대화를 녹음하고 있다면 범죄에 대한 증거가 된다. 이곳 어른들이 단체로 경찰에 잡혀갈 수 있다. 그렇게 생각하면 린카가 경계할 만도 하다.

그렇다면 교섭할 마음이 들 때까지 가진 카드를 차례차례

내놓으면 그만이다.

"좋아, 그럼 내가 말할까." 입속으로 살짝 입술을 축였다. "이곳엔 고속도로를 유치한다는 꿈이 있었어. 어처구니없는, 바보 같은 꿈이야. 그렇지만 '강'은 그 때문에 대학 교수를 불렀어. 미즈노란 교수는 초대에 응해 이곳에 왔어. 그리고 보고서를 완성했지.

그런데 미즈노 교수는 이곳에서 죽고 말았어. 다리에서 떨어져 익사했어. 그것만이면 '강'한테는 단순히 타지 사람이 죽은 걸로 끝났을지도 몰라. 하지만 분명히 받았을 보고서, 미즈노 보고서가 행방불명됐기 때문에 상황이 달라졌어. 교수는 죽고, 조사 내용을 아는 사람은 없었어.

그때부터 오 년 동안 '강'은 미즈노 보고서를 찾았어. 거짓말인지 진짜인지 상금 백만 엔이 걸려 있다는 소문도 있었지. 그거 진짜야? 미즈노 보고서를 찾으면 '강'은 정말 돈을 줄 거야?"

린카는 냉랭하게 대답했다.

"줄 수도 있다, 주는 것도 마다하지 않겠다 하는 정도의 각오란 뜻이라고 생각해."

그럴 것이다.

병원에서 미우라 선생님과 이야기했을 때, 나는 선생님이 비유로 든 '할멈 가죽' 이야기를 완전히 이해하지 못했다. 선생님 생각에는 알기 쉽게 설명한 것이었을 수도 있지만, 색시니 마을 재산이니 하이누벨레니 그런 관계없는 말을 잔뜩 하는 바람에 헷갈렸다.

에도 시대의 부교, 메이지의 관리, 쇼와의 회사원. 그들이 도코이에 이익을 가져다주고도 무쿠이 다리에서 떨어진 이유를, 미우라 선생님은 할멈 가죽 이야기를 들어 이렇게 설명한 것이었다. 처음에는 줄 생각이었는데 막상 일이 끝나고 보니 주기 싫어졌다. 그래서 죽이고 떼어먹었다.

그런 옛날이야기보다 즉물적인 설명이 나는 더 이해하기 쉽다. 그게 '강'의 역사라면 미즈노 보고서를 찾아 갖다준들 잘돼야 '고맙다'는 말 한마디 듣고 끝날 테고, 자칫 잘못하면 사이카와 강에 시체로 떠오를 수 있다.

나는 수영을 할 수 있지만 어두운 강에서 헤엄치는 것은 취향이 아니다. 어깨를 으쓱하고 말을 이었다.

"그리고 같은 오 년 전에 여기 고신당에 불이 났다지? 오 년 전 다마나 아가씨였던 도키와 사쿠라 씨는 화재로 죽었어. 불쌍해라."

고신당은 척 봐도 새 건물이다. 최근 들어 재건되었음은 명백하다. 화재 자체는 비밀이 아니다. 어쩌면 도키와 사쿠라가 다마나 아가씨였다는 것을 부정할 수도 있다고 생각했는데 린카는 그 사실은 시인했다.

"그러게."

"그런데 이상한 게 하나 있는데."

침묵 속에서 린카가 이야기에 빠져든 게 느껴졌다. 이 자리의 주도권은 내가 잡아가고 있다. 좋아, 잘하고 있다.

"미즈노 교수의 노트북을 조사할 수 없었다고 했지?"

"……응."

"그 말은 노트북은 남아 있었단 뜻이야. 아마 여관이나 호텔에. 그런데 그것과 별개로 미즈노 보고서가 존재한다고 믿고 있어. 그거 이상하잖아? 조사 내용은 노트북에 들어 있는데, 운반할 수 있는 보고서가 별도로 있다니. 만일의 경우를 대비한 백업이었을까? 하지만 그런 개인적인 행위를 '강'이 알 리 없지.

조사는 끝났고 보고 내용을 정리한 뭔가가 존재한다는 걸 '강'은 알고 있었어. 그래서 그걸 찾고 있었어. 어떻게 알았나? 그건 물론 미즈노 교수가 그렇게 말했기 때문이야. 전화해서 다 됐으니까 갖고 가겠다고 한 거야. 인도 약속이 구체적으로 잡혔기 때문에 '강'은 노트북 외에 미즈노 보고서가 있다는 걸 알 수 있었어."

어둠 속에서 린카의 한숨 소리가 들렸다.

"대단하네. 맞아. 그런 작은 단서로 알아냈단 말이야?"

다행이다. 백 퍼센트 자신은 없었는데 맞은 모양이다. 하지만 으쓱대기에는 아직 이르다.

"알아낸 건 그게 다가 아냐." 잠깐 숨을 돌렸다. "미즈노 교수의 죽음에 관해선 신문을 조사했어. 도키와 사쿠라의 죽음은 미우라 선생님께 들었고. 나중에 합쳐보고 놀랐다고. 둘이 한날 죽었지 뭐야. 미우라 선생님은 도키와 사쿠라가 죽은 날을 '집회 전날'이라고 했어. 고신당에서 열리는 집회라고 하면 경신 날이지. 그 전날이면 고신당에 다마나 아가씨가 혼자 있었을 거야.

아까 린카는 다마나 아가씨가 건배 담당이라고 했지. 이젠 안 믿어. 학교 축제의 신데렐라란 말도 안 믿고.

오 년 전 미즈노 교수가 죽고 선대 다마나 아가씨도 죽었어. 이거 과거에 여러 번 있었던 일이 또 되풀이된 거지. 꼭 재현 같아. 겨우 오 년 전까지만 해도 되풀이됐던 게 지금은 중단됐다는 말을 어떻게 믿겠어?

다마나 아가씨는 '강'의 대표적 존재야. 평소 역할은 건배 담당일지 몰라도 외부 사람의 도움이 필요해졌을 때 지역의 얼굴이 돼. 그래서 난 생각했어. 미즈노 교수는 보고서를 다마나 아가씨한테 넘긴 게 아닐까."

린카의 몸짓, 호흡은 알겠다. 하지만 표정까지는 읽을 수 없었다. 최소한 이 울창한 나무들이 오 년 전 화재 때 같이 탔다면 린카가 어떤 표정을 짓고 있는지 달빛으로 알 수 있었을지도 모르는데.

미즈노 교수는 다마나 아가씨에게 보고서를 주었다. 다시 말해 '강'에게 주었다. 따라서 미즈노 교수는 쓸모가 없어졌다. 그다음은 전례와 똑같다.

"인도 장소에서 보수를 둘러싸고 말썽이 생겼다……고 생각하면 추측이 과한 걸까. 유코 씨의 선대 때까지 조명은 촛불이었다며? 촛불은 위험해. 잠깐 넘어졌는데 불이 나도 이상할 거 없어. 하지만 고신당이 원인 불명의 화재로 타버린 건 사실이고, 다마나 아가씨가 화재 전에 이미 죽었다는 소문도 돌고 있다니까 내 추측도 그렇게 빗나가진 않았을지 몰라. 어때?"

린카는 대답하지 않았다. 거기까지 서비스를 해줄 마음은 없는 모양이다. 뭐, 상관없다. 그렇게 기대하지는 않았다.

여기까지는 모르는 지역의 모르는 사람들 사이에서 벌어진 사건이다. 내게는 이다음이 본론이다.

"불이 났을 때 목격자가 있었다지? 하지만 증언을 얻지 못

했어. 왜 그랬을까."

"……."

"여기서 좀 내려가면 모리모토 씨 집이 있잖아? 거기서 사토루가 어처구니없는 소리를 하더라고. 전에 그 집에 산 적이 있다고. 그리고 집 근처 숲속 같은 곳에서 지금 내 나이 정도 되는 여자애가 놀아줬다는 말도 했던가 그래.

얘, 린카. 왜 '강'이 사토루를 유괴해야 하느냐고 물었지? 그걸 묻고 싶은 건 내 쪽이지만, 나는 이렇게 생각해."

승부에 나섰다.

"사토루가 오 년 전 화재의 목격자니까."

만약 사토루에게 아무 일도 일어나지 않았다면 나는 이런 생각을 하지 않았을 것이다. 혹시 그런 생각이 들었어도 설마 그런 일이 있겠느냐고 웃어넘겼을 것이다.

하지만 사토루가 집에 오지 않은 탓에 의심이 강해졌다. 누가 그 녀석을 노린다는 사실에서 거꾸로 짚어가면 생각나는 이유는 이것밖에 없었다.

"걔, 화재 뉴스만 나오면 이상하게 흥분하거든. 오 년 전 화재 목격자한테서 증언을 얻을 수 없었던 건 목격자가 너무 어려서 그랬던 게 아닐까 해서."

"만약 그렇다면……." 린카가 말허리를 자르고 끼어들었다. "경찰이 사토루랑 이야기하고 싶어할지도 모르겠네. 아니면 소방서일까? 하지만 '강'은 상관없잖아?"

나도 처음에는 그렇게 생각했다. 단순히 화재 목격자인 것뿐이라면 사토루를 노릴 이유가 없지 않느냐고. 하지만 그게 아니다. 보다 근본적으로는 사토루가 화재를 목격했다는 사실은 중요하지 않다.

"걔가 화재 목격자였다는 건 오 년 전 경신 전날에 여기 고신당에 있었다는 뜻이지. 그럼 걔가 도키와 사쿠라를 마지막으로 만난 사람일 수도 있어. ……미즈노 보고서의 행방을 알 수도 있겠지."

"전부 추측이네."

"난 추측으로 말할 수밖에 없어. 하지만 오 년 전 관계자는 좀더 확신이 있었을걸. 화재 직후였다면 사토루가 다마나 아가씨를 만났다고 말했을 테고."

"그것 때문에 어린애를 유괴했다는 거야?"

미즈노 보고서 때문에. 출력했다면 겨우 종잇장 한 장일지도 모르는데. 그게 발견된다고 뭐가 좋아진다는 보장은 전혀 없는데.

나라면 그렇게 생각한다. 어쩌면 린카도 그렇게 생각할지도 모른다.

하지만, 나는 목소리를 높였다.

"린카가 가르쳐줬잖아. 여기선 고속도로가 마지막 희망이라고. 변변한 회사도 없고, 상점가 가게들은 거의 망했고, 학교는 점점 폐교되고, 남은 학교에도 빈 교실이 넘쳐나는 이 지역에서 고속도로는 신이라고.

난 어처구니없다고 생각해. 코웃음쳐주겠어. 하지만 이곳 사람들 생각은 다르다고, 린카 네가 그렇게 말했잖아."

벼룩시장에 간 날, 화장실을 쓰려고 들어간 문화회관에서 나는 '유치를 재고하는 모임' 전단이 떨어져 있기에 게시판에 도로 붙였다. 그것만으로 소름 끼치는 남자가 나를 구석구석 훑어봤고, 오해라는 것을 안 뒤로도 헷갈리는 짓을 하지 말라고 혼냈다.

그것만이라면 별일 아니다. 이곳에도 무서운 사람이 있다는 뜻이다. 그러나 더 무서운 일이 있었다.

"미우라 선생님, 사고를 당했지. 나, 병문안 갔다가 선생님한테 들었어. 누가 의도적으로 노린 거라고 했어."

"그 선생님, 좀 이상하잖아."

나는 고개를 세차게 가로저었다.

"그게 아냐. 생각났어. '유치를 재고하는 모임' 전단을 어디서 봤는지. 선생님한테 빌린 책 속에 끼워져 있었어. 선생님은 그런 사람이니까 보러 갔어도 단순한 호기심 때문이었을 텐데. '재고하는 모임'이 있었던 일요일에 선생님은 번호판을 뗀 왜건에 치여 죽을 뻔했어. 어느 쪽이 이상한 거야?"

선생님은 다마나 아가씨 전승을 조사했기 때문에 자신을 노렸다고 생각하는 것 같다.

내 생각은 다르다. 『도코이 민화 고찰』에 관련된 사람이 죽었다고 했지만, 살다 보면 언젠가는 죽는다. 우연일 것이다. 정말 연구가 원인이라면 이곳에서 교사로 일하며 연구도 계속해온 선생님이 일요일까지 아무 일도 당하지 않았다는 것은 이상하다.

내 생각은 이렇다. 미우라 선생님은 타지 사람인 주제에 '야경쳤기' 때문에, 타지 사람인 주제에 지역의 희망 자체인 고속도로 유치를 트집 잡는 인간들 편을 든다고 여겨졌기 때문에, 보복으로 차를 들이받은 게 아닐까. 그 이야기가 반 애들에게도 전해져서 미우라 선생님과 엮인 나까지 그렇게 갑작스레 백안시된 게 아닐까.

"미안하지만 난 고속도로 유치가 희망이란 생각은 안 해. 그건 광신이야."

무성한 나뭇잎 새로 비쳐 드는 희미한 달빛과 어둠에 익은 눈 덕분에 린카가 조그맣게 고개를 끄덕이는 게 보였다.

"……광신이라서 대학교수를 불러다 유리한 보고서를 쓰게 하고, 반대파 집회를 망치려고 벼룩시장도 갑자기 열고, 어린애도 유괴한다고? 인정사정없네, 하루카."

그렇게 말하는 린카의 목소리는 이상하게도 어쩐지 부드럽게 들렸다.

"얼마 안 되는 사이에 용케 그만큼 재료를 모았는걸. 진짜 나, 하루카를 만만히 봤을지도. 하지만 내 잘못만은 아냐. 내가 들은 이야기랑 다른걸."

들은 이야기?

린카의 실루엣이 할 수 없다는 듯 양손을 살짝 들어올렸다.

"하루카는 사토루를 싫어한다. 무슨 일이 있어도 나설 염려는 없다. 그렇게 들었는데 말이야."

그 말을 나는 스스로도 뜻밖일 만큼 냉정하게 받아들일 수 있었다. 린카가 드디어 사토루를 유괴한 게 '강'이라고 인정했는데. 그리고 또 하나. 내 정보가 '강'에 들어가 있었다는데.

전자에 관해서는 거의 확신이 있었으니 새삼 놀라지 않는다.

그리고 후자에 관해서도…… 그럴 것이라고 생각했다.

"물론 싫어해. 그렇지만, 그렇지만 말이야."

나는 할말을 찾았다.

사토루에게는 편들어줄 사람이 없다.

아버지가 없어진 뒤로 나는 신에게 간절하게, 간절하게 빌었다. 제비 몇십 장이 "기다리는 사람—온다"라고 가르쳐주었다.

그런데 아버지에게서 온 것은 이혼장이었다.

경험에 비추어 볼 때 신은 없다.

신이 없으면 다마나 아가씨도 없다.

과거와 미래를 알고 있고 여자애를 매개로 계속해서 존재하는 다마나 아가씨 따위 없다. 미우라 선생님이 빌려준 민화집은 신의 존재를 이야기하는 게 아니다. 매수와 살인의 기록에 불과하다.

그런 당연한 사실을 깨닫고 나면 어째서 사토루가 이곳에 관해 알고 있었는지, 이곳에서 벌어진 여러 가지 일을 '본 적이 있다'고 말했는지, 어처구니없을 만큼 간단하다.

사토루가 정말로 봤기 때문이다.

오 년 전 사토루를 이곳에서 빼돌린 사람은 엄마다. 엄마는 다마나 아가씨 이야기에, 나아가 '이 지역의 발전'에 관한 이야기 속에 여러 죽음이 등장한다는 것을 알고 있었을까? 바로 직전에 벌어진 미즈노 교수의 죽음도, 이미 여러 차례 반복된 패턴의 일환임을 알고 있었을까? 내 생각에는 알고 있었을 것 같다. 엄마는 사토루를 지키기 위해 사카마키 시를 탈출한 게 아닐까.

이윽고 엄마는 내 아버지를 만나 재혼한다. 양쪽 다 재혼인 사람들끼리 그런대로 사이가 좋았다고 기억한다. 나도 잘은 모르지만 행복하지 않았을까. 적어도 경제적인 문제는 없었다.

그러나 아버지가 자취를 감추었다. 갈 곳을 잃은 엄마는 사토루에 더해 나라는 짐까지 떠안은 상황에서 도망쳤던 이 곳으로 돌아올 수밖에 없었다.

생각해보면 지금 사는 집은 꽤나 쉽사리 빌린 것 같다. 엄마의 일자리도 아주 간단히 정해졌다.

엄마를 도와준 사람들이 있었다. 나는 알아차리고는 있었지만 엄마가 전에 알던 사람들이라고만 생각했다. 하지만 십중팔구 그게 아니었다. 그러고 보니 이사 온 날 저녁으로 국수를 먹었다. 예전에 알던 사람 가게에서 배달시켰다고 했는데 자세히 봐둘 것을 그랬다. 아마 린카네 집이었을 것이다.

사토루가 집에 오지 않았을 때 엄마는 내게 상냥했다.

어떻게 그럴 수 있었을까?

내가 뭔가를 아는 듯한 눈치를 보였으니 엄마는 내게 상냥한 태도를 보일 때가 아니었다. 내 멱살을 잡고 따귀를 때리고 울부짖으며 고함을 쳐야 했다. "너, 대체 뭘 아는 거야?" 하면서. 그 점에서 엄마는 실수했다.

어떻게 그럴 수 있었을까.

사토루가 집에 오지 않을 것을 알고 있었기 때문이다. 이유도, 누구 소행인지도 알고 있었기 때문이다. 각오하고 있었기 때문이다.

사토루. 나와 아버지의 조촐한 생활에 끼어든 바보 같은 어린애.

매사를 자신에 대한 부조리한 비난이라고 생각하고, 뻔한 허세를 부리거나 흔해빠진 푸념을 늘어놓지 않는 날이 단 하루도 없는, 조금만 모질게 대하면 금세 질질 짜는, 하여간 대책이 없는 초등학생.

그런 사토루가 울면 엄마는 늘 다정하게 안아주곤 했다.

하지만 엄마는…… 사토루를 팔아넘긴 것이다!

낡지만 넓은 셋집과 주말에 쉴 수 있고 저녁 시간에 맞춰 퇴근할 수 있는 직장. 엄마에게 그게 얼마나 매력적이었을까. 한 번은 도망쳤을 고향에서 '사토루와 이야기하게 해주면 살 집과 일자리를 마련해주겠다'라고 제안하는데 퇴짜 놓을 기력은 이미 없었을 것이다. 어쩌면 엄마가 먼저 연락했을 수도 있다. '돈이 필요해요. 도와주시면 사토루에 대해 다시 생각할게요'라고.

그래도 엄마는 뒤가 켕겼을 게 틀림없다. 스스로를 지키기 위해 내게 거짓말을 했다. 사토루는 이곳에 온 적이 없다고.

거짓말도 그런 거짓말이 없다. 그 거짓말에 속아넘어갔다.

사토루는 이곳에 와서 자신의 기억 때문에 겁을 먹었다. 본 기억이 있건만 가장 신뢰하는 어머니에게 봤을 리 없다는 말을 듣고 혼란에 빠졌다. 그 녀석이 울어도 엄마는 '괜찮아, 넌 실제로 본 적이 있으니까 무서워할 거 없어'라고 하지 않았다. 엄마는 천사처럼 자상하게 대해준다. 그렇지만 천사가 아니었다.

신이 없다는 것을 알고 비로소 엄마 말을 의심할 수 있었다. 약간 의미심장한 것 같다.

그리고 엄마가 사토루 편이 아니라면.

이곳 자체가 사토루를 몰아붙이고 있다면.

진짜로 싫지만, 내가 편이 돼줄 수밖에 없지 않나.

왜냐하면, 이것도 진짜로 싫지만…….

"어쨌거나 누나니까."

아주 작은 목소리였으니 린카에게는 들리지 않았을 것이다.

린카는 달래듯 말했다.

"걱정하는 건 당연하지만 괜찮아. 그냥 작은 시험이야. 그게 끝나면 집까지 잘 데려다줄 거야. 사토루가 미즈노 보고서를 어디 숨겨놨는지 생각나면 좋고, 아니어도 그건 그것대로 할 수 없는 일이지, 뭐. 요시에 씨, 사토루네 어머니도 다 알고 있어. 하루카가 그렇게 흥분하지만 않으면 전부 평화롭게 끝나."

웃기는 소리다.

"그 말을 믿을 수 있을 것 같아? 이곳에, '강'에 도움이 된 사람들이 지금까지 어떤 꼴을 당했는데. 책에 쓰인 이야기가 죄다 엉터리라고 해도 미즈노 교수가 죽었다는 것만은 틀림없는 사실이야. 그런데 평화롭게 끝난다고 해봤자 내가 못 믿을 걸 알면서 그래? '강'은 정상이 아냐. 사토루의 기억을 되살리려고 무슨 짓을 할지……."

거기까지 말했다가 깨달았다.

기억을 되살리려고 무슨 짓을 할지.

설마.

"너희들 혹시……. 사토루의 '미래 예지'란 게……."

생각날 듯 말 듯하는 것을 생각나게 하는 요령이 있다.

가령 이삿날 2층에서 해야 할 일이 있었다고 치자. 현관에 급히 들어서는 순간 알아차렸는데 그게 뭐였는지 잊어버렸다. 그런 때 어떻게 하나.

나라면 한 번 더 현관에 급히 들어가본다.

둥글게 뭉친 휴지 조각을 던지다가 전에도 이런 식으로 휴지 조각을 던진 적이 있는데 싶다. 그런데 언제였는지 생각나지 않는다. 그런 때는 한 번 더 휴지 조각을 던져본다.

당시와 똑같은 상황을 만들어 재현함으로써 그때 어떤 생각을 하고 있었다는 것을 기억해낸다.

어둠 속에서 린카가 웃은 것을 똑똑히 알 수 있었다.

"맞아. 사토루가 여기서 살 때 있었던 일들을 재현하고 있어. 사토루가 기억을 되찾도록 도와주는 거야."

상점가에서 일어난 날치기 사건. 그게 시작이고 가장 규모가 컸다.

그게 다가 아니다. 지금 사는 집에서 초등학교에 가려면 무쿠이 다리를 건너야 한다. 그 다리를 건너면서 사토루는 미즈노 교수의 죽음이 기억났다. 뚱뚱한 선생님이 죽었다고 했고, 나중에는 강변에 펼쳐진 '파란 담요'를 봤다고 했다. 파란 담요가 뭘 의미하는지 이제는 알 수 있다. 시체를 덮은 파란 비닐 시트다.

모리모토 씨 집, 즉, 사토루가 전에 살던 집으로 유도한 솜씨도 교묘했다. '싯카이'라고 쓰인 장수풍뎅이 모양 간판. 그건 사토루가 살던 당시 실제로 있던 간판일 것이다. 그렇지만 지금은 가게가 망해 간판도 내렸다. 상점가 재고 대방출을 알리는 광고지의 사진에는 그 간판이 없었다. 그런데 사토루가 상점가에 올 타이밍에 맞춰 도로 걸어놨다. 어렸을 때 사토루는 그 간판을 기준으로 집을 찾았을 것이다.

"여기 사람들이 전부?"

"뭐, 그렇게 되겠지."

"사토루의 기억을 되살리는 거, 단지 그거 하나 때문에?"

"응."

내가 다다른 결론을 린카는 아무렇지도 않게 긍정했다. 정말로 그랬다니.

우리가 이사 온 뒤로 오늘까지, 이곳이 사토루의 기억을 되살리기 위한 대규모 재현극의 무대였다니.

완전히 미쳤다!

"하루카 말이 맞아. 오 년 전 미즈노 교수랑 도키와 사쿠라는 사례를 둘러싸고 다퉜어. 미즈노는 조사가 끝난 뒤로도 관계를 계속하기를 바랐는데, 사쿠라가 거절한 거야. 늘 그런 것처럼 말이지. 그러다가 몸싸움이 벌어져서……. 촛대가 쓰러지면서 고신당에 불이 났어. 건물이 불길에 휩싸이기 전에 사토루가 달려왔어.

도키와 사쿠라는 지금까지 다마나 아가씨가 모두 그랬던 것처럼 죽어야 했어. 그래서 불이 완전히 번지기 전에 사토루한테 미즈노 보고서를 맡겼어. 잘 지켜달라고. 사토루는 부탁을 들어줬어. 사쿠라가 상상한 이상으로. 어딘가에 감춰놓고 유아 특유의 고집스러움을 발휘해서 아무한테도 장소를 말해주지 않았어. 사쿠라 말고는 아무한테도 안 주겠다고 떼쓰면서……. 얼마나 귀여웠는데.

계산 착오도 다소 있었지만 사토루는 지금까지 잘 기억해줬어. 기뻤다고. 눈치채지 못한 것 같은데, 하루카한테도 역할이 있었어. 세 살배기 사토루는 도키와 사쿠라랑 자주 놀았거든. 누나, 누나 하고 따르면서 말이지. 누나 역이 있어준 덕분에 순조롭게 기억이 나지 않았을까.

그렇지만 미안해, 하루카. 이제 이야기할 시간이 별로 없어. 마지막 무대를 시작해야 해."

오 년 전 경신 전날, 사토루는 불타는 고신당에서 미즈노 보고서를 가지고 도망쳤다. 그날 기억을 되살리기 위해 준비한 마지막 무대. 그게 뜻하는 것은 하나뿐이다.

"린카……. 너 설마 화재까지 재현할 생각이야?"

린카는 노래하는 듯한 목소리로 말을 이었다.

"내가, '강'이 재현하는 게 아냐. 도코이에선 모든 게 되풀이되거든. 그런 곳이야. 자, 이제 밤이 늦었으니까 조심해서 돌아가렴. 나도 고신당에 들어가서 오 년 전이랑 똑같이 불타야 하니까 이제 널 상대해줄 수 없어."

누구 마음대로.

나는 목구멍 깊은 곳에서 목소리를 쥐어짰다.

"멋대로 정하지 마. 내 말 못 들었어? 거래하자고 했잖아! 미즈노 보고서는 나한테 있어!"

어둠 속에서 린카가 동작을 딱 멈추었다. 함정을 경계하듯 조심스레, 천천히 다가왔다.

지금은 린카의 표정이 똑똑히 보인다.

그 기이한 음성은 뭐였을까. 내가 잘못 들은 걸까. 눈앞에 선 린카는 학교에서 만날 때와 똑같은 모습이었다.

린카가 고개를 살짝 갸웃하며 말했다.

"하루카에게? 진짜?"

"거짓말해서 뭐하게?"

"응, 그야 그렇지만."

나를 꼼짝 않고 쳐다보는 눈에도 방금 전까지 말에 담겨 있던 광기 어린 열기는 느껴지지 않았다. 어깨를 으쓱하는 린카는 평소와 똑같았다. 이런 일은 이미 여러 번 경험했다는 듯이.

"뻥치는 걸 수도 있으니까."

"내 이야기를 뭘로 들은 거야? 날 만만히 봤다고 반성한 거 아니었어? 여기 사람들이 오 년씩이나 찾고도 어떻게 발견을 못 했는지 이해가 안 되네. 난 여기 온 지 이제 겨우 열흘 됐지만 미즈노 보고서가 어디 있는지 벌써 알고 있었어."

"그래? 그럼 보여줘."

나는 애써 비웃는 표정을 지었다.

"농담이시겠지. 사토루를 먼저 만나게 해줘."

린카는 잠시 생각하더니 이윽고 고개를 끄덕였다.

"하긴 그렇겠지. 따라와."

순간 불길한 생각이 머리를 스쳤다. 린카는 거래에 응하는 척하면서 나를 붙잡아놓은 게 아닐까. 그사이 사토루가 다른 곳으로 옮겨졌다면 이제 찾을 방법이 없다.

"에이, 아냐." 린카에게 들리지 않도록 작은 목소리로 억지로 스스로를 타일렀다. "그럼 반복이 아니게 되니까."

불은 오 년 전과 똑같이 고신당에서 나야 한다. 그러니 사토루는 이곳에 있을 것이다. 린카가 데려올 것이라고 생각한 게 잘못이다. 안에 있을 게 틀림없다.

고신당에 다가갔다. 겉보기로는 그냥 싸구려 목조 사당이다. 하지만 생각해보면 거기에도 이유가 있었을지 모른다.

이 고신당은 처음부터 오 년 전 밤을 재현하기 위한 세트로 지어진 것일 수 있다. 언젠가 엄마가 사토루를 데리고 이곳으로 돌아왔을 때 어차피 재연 무대로서 태울 게 정해져 있었으니 싸구려로 절충했다……. 거기까지 생각하는 것은 지나친 걸까.

린카는 아직 새것인 나무문을 옆으로 드르르 열었다. 바닥은 마루. 린카는 물론 신을 벗었지만 나는 주저 없이 신발을 신은 채 들어갔다. 경우에 따라서는 신발도 못 신고 도망쳐야 할 수도 있다. 예의에 어긋나지만 남의 동생을 납치하는 인간들 상대로 예의를 차릴 마음은 나지 않는다.

마주보고 왼쪽이 미야지 유코와 대면했던 방이다. 쿠키는 지금도 남아 있을까.

정면에는 장지. 무슨 그림이 그려진 것 같은데 어두워서 잘 보이지 않는다. 하지만 좁은 틈새로 빛이 새어 나오는 것은 알 수 있었다. 약하고, 주황색에, 흔들리는 불빛이었다. 장지를 열지 않아도 그 방의 조명이 촛불임을 확신할 수 있었다.

기습당할 것 같은 느낌은 들지 않지만 몸이 멋대로 경계했다.

린카가 돌아보고 쿡 웃었다.

"그냥 큰방이야."

손잡이를 잡고 장지를 연다.

나는 숨을 훅 들이마셨다.

방은 밖에서 볼 때보다 훨씬 넓었다. 끝에서 끝까지 공간을 가득 메운 다다미는 몇 장쯤 될까. 흔들리는 촛불이 세워진 키 큰 검정 촛대가 여럿 서 있다.

정면에는 커다란 흰색 커튼이 걸려 있다. 아니면 장막일까. 촛불 불빛을 받아 깜박깜박 빛난다. 저 너머에 고신강의, 아니 다마나 아가씨 신앙의 비밀이 숨겨져 있을까. 미우라 선생님이라면 흥분해서 커튼을 잡아 뜯었을지도 모른다.

하지만 내 관심은 그쪽에 없었다.

"어서 오세요, 라고 해야 할까. 봐, 평범하지?"

방 한복판, 사방을 촛대에 둘러싸여 린카가 다다미 바닥에 앉았다. 정좌가 아니다. 다리를 몸 옆으로 쭉 뻗었다. 왠지 몰라도 직감적으로 추잡하다는 생각이 들었다.

린카의 손이 가까운 촛대 자루를 잡았다. 세 발로 안정된 촛대를 흔들흔들하며 린카는 농담조로 말했다.

"하루카가 좀더 늦게 왔으면 불속의 대탈출극을 벌였을지도 모르는데."

"하!"

어이없다. 내일부터 학교에서도 계속 친구로 지낼지 생각해보는 게 나을 것 같다.

린카 앞에 사토루가 누워 있었다. 칠칠치 못하게 팔다리를 축 늘어뜨리고.

"무슨 짓을 한 거야?"

이번에는 린카도 진지하게 대답했다.

"아무것도 안 했어. 그냥 자는 것뿐이야. 여덟 살배기 어린 애한테 심야 영시는 너무 늦은 시간인가."

"아직 영시 아닌데."

"자, 사토루를 만나게 해줬어. 거래는?"

"알고 있어. 여기."

가까이 갈 마음이 나지 않아 광자기 디스크를 바닥에 놓고 린카를 향해 미끄러뜨렸다. 디스크는 한 번 더 해보라고 해도 안 될 것처럼 완벽하게 린카의 손 앞으로 갔다.

린카는 장난스레 살짝 웃더니 디스크를 집었다. 눈을 가늘게 뜨고 이리저리 뜯어본 다음 어깨를 으쓱했다.

"굉장하네. 이거야. 틀림없어. 하루카, 나 너 마음에 들어."

어디 있었느냐, 어떻게 찾았느냐 물을 마음은 없는 듯했다. 물었어도 대답하지 않았을 것 같다. 그런 것은 아무래도 상관없었다.

"사토루를 돌려줘."

물건을 먼저 넘기지 말았어야 했다. 이것저것 딴소리를 늘어놓기 시작하면 후려갈길 셈으로 애써 으름장을 놓았다.

그러나 린카는 선뜻 고개를 끄덕였다.

"그래, 데려가."

사토루를 깨울지 아니면 그냥 자게 둘지 잠시 망설였다. 바로 다가가려다가 문득 멈춰 섰다. 묻고 싶은 게 한 가지 있었다.

"있지."

"응?"

"린카는 고속도로가 유치될 거라고 생각 안 하지? 그러면 좋겠단 생각도 안 해. 그런데 왜 이런 짓을 한 거야?"

그러자 린카는 혀를 쏙 내밀었다.

"미안, 하루카. 나도 이래 봬도 이거저거 쉽지 않아."

종장

↺

바람이 부는지 구름이 걷히고 없었다.

원래도 우거진 나무들 사이를 벗어나기만 하면 환한 밤이었는데, 휘황찬란한 달 탓에 상당히 창피했다.

사토루는 고신당 다다미방에서 묶이지도 않은 채 반 접은 방석을 베개 삼아 자고 있었다.

"사토루, 사토루. 일어나, 집에 가자."

그렇게 부르며 뺨을 두세 번 쳤는데, 여덟 살 먹은 사토루는 일어나는 눈치도 없이 태평하게 "으응" 하고 중얼거리기만 했다.

린카는 어느새 사라지고 없었다. 발소리도, 장지 여는 소리도 나지 않았다. 하기야 내가 사토루에게 정신이 팔려 못 들었을 수도 있지만.

사토루가 일어나지 않아서 결국 등에 업고 가야 했다. 하여간 달빛 때문에 얼마나 튀는지 모른다. 캄캄한 밤이었다면 몰래 갈 수 있었는데. 정말이지 화난다.

쿨쿨 자고 있으니 내 목에 두른 사토루의 팔이 점점 느슨해졌다. 그때마다 반동을 이용해, 주르르 미끄러지는 사토루의 몸을 추켰다. 12시도 넘었으니 밤바람이 찰 것이다. 강을 따라 걷고 있으니 더욱더. 하지만 무거운 짐을 지고 가는 중노동과 사람의 체온 덕에 조금도 춥지 않았다.

내일 아침 엄마는 어떤 표정으로 사토루를 맞이할까. 그 생각을 하면 조금 슬픈 반면 어쩐지 통쾌한 기분이 드는 것도 같다. 눈이 휘둥그레져서 유령이라도 본 것처럼 졸도할까. 아니면 아무 일도 없었던 것처럼 여느 때와 똑같이 다정하게 웃으며 '세수하고 오렴, 아침 먹자'라고 할까.

어쩌면 쓸데없는 짓을 했다고 나를 원망할지도 모른다. 하지만 뭐, 너무 신경쓰지 말자.

사토루가 또 떨어지려 했다.

"얘는 진짜, 잘 때조차 바보라니까."

그렇게 투덜거려도 '바보라고 하는 사람이 바보야, 바보 하루카'라고 맞받아치지 않는다. 재미없다. 멈춰 서서 상체를 기울여 얼마 동안 버티도록 단단히 둘러업었다.

자전거는 놓고 왔다. 사토루를 업고 탈 수는 없으니까. 나름대로 거치적거리지 않을 곳에 놓고 왔는데, 어쩌면 길거리에 방치했다고 높은 사람에게 혼날 수도 있다. 그것도 역시 어쩔 수 없다.

밤바람에 이끌려 멜로디를 흥얼거리고 싶어졌다. 하지만 맨 처음 입에서 나온 노래가 하필이면 〈도나도나〉였던 바람에 어쩐지 지금 이 상황에 너무 딱 맞는 것 같아서 그만두었다.

그래서 노래하는 대신 생각했다.

내가 발견한 광자기 디스크를 린카는 잘 살펴보고 틀림없다고 말했다. 하지만 디스크에 라벨은 붙어 있었어도 아무것도 씌어 있지 않았다. 뭘 보고 그게 진짜 미즈노 보고서라고 했을까.

물론 디스크에도 종류는 있을 테고 제조사에 따라 디자인 차이도 있을 것이다. '강'은 미즈노 교수가 어느 회사 디스크를 쓰는지 알고 있었을 수도 있다. 하지만 그것만으로 틀림없다고 단언할 수 있을까. 내가 아무 가게에서나 사 온 공디스크일 수도 있는데.

디스크에 특징 같은 게 있다고 한다면 불에 그슬린 자국뿐이다. 미즈노 보고서는 광자기 디스크에 들어 있었으며 플라스틱이 일부 녹았다는 사실을 아는 사람이 있었을까.

사토루는 제외한다. 이 녀석은 도키와 사쿠라가 준 게 뭔지도 몰랐을 것이다. 아무리 그래도 그것 때문에 바보라고 하지는 않는다. 어쨌거나 그때 겨우 세 살이었으니까.

미즈노 교수는 어떨까. 미즈노 교수는 자신의 조사 결과를 담은 디스크가 불에 그슬리는 것을 봤을까.

타이밍을 생각하면 봤어도 이상할 것 없다. 미즈노 교수는 보고서를 전달하기 위해 고신당으로 왔다가 그날 밤 물에 빠져 죽었다. 새삼 확인할 것도 없다고 생각해서 린카에게 묻지 않았지만 '강' 사람들이 빠뜨렸을 것이다. 이건 직감인데 마루 씨 역할이 아니었을까. 청과물 가게에서 물건을 훔쳐도 모두가 '눈감아주는' 마루 씨. 그런 특권은 끔찍한 일에 대한 보수가 아닐까. 뭐, 문화회관에서 워낙 무서웠기 때문에 앙심을 품어 색안경을 끼고 보는 것일 수도 있지만.

미즈노 교수가 죽은 날 밤 고신당이 불타고 미즈노 보고서가 없어졌다. 그러니 미즈노 교수는 디스크의 일부가 녹은 것을 봤을 수도 있다.

하지만 죽기 전에 타인에게 그것을 말할 기회와 필요가 있었을까. 없었다고 생각한다.

그럼 남는 것은 도키와 사쿠라뿐. 다마나 아가씨인 그녀는 디스크를 받고, 그 뒤 화재를 보고 달려온 사토루에게 디스크를 지켜달라며 맡긴 다음 숨을 거두었다. 그녀는 디스크에 든 게 미즈노 보고서라는 것을 알고 있었고, 디스크가 불에 그슬린 것도 알고 있었다.

도키와 사쿠라는 죽었다. 그러니 아무에게도 그 사실을 전할 수 없었다.

하지만 린카는 알고 있었다. 다마나 아가씨인 린카는 선대 다마나 아가씨만이 봤을 것을 본 적이 있었다. 그렇게 생각할 수밖에 없다.

이상한 일은 또 있다.

오 년 전 화재로 도키와 사쿠라가 죽은 것에 대해 린카는 "지금까지 다마나 아가씨가 모두 그랬던 것처럼 죽어야 했어"라고 말했다. 꼭 직접 본 듯한 말투인데, 내가 마음에 걸리는 것은 그 부분이 아니다.

불타는 고신당에서 사쿠라가 사토루에게 미즈노 보고서를 맡겼다면 더더욱 기묘하다.

도키와 사쿠라는 어째서 도망치지 못했나. 세 살배기 어린애도 탈출할 수 있었던 화재인데.

혹시 도망치려고 하지 않았나?

미우라 선생님은 죽은 도키와 사쿠라의 허파에서 그을음이 나오지 않았다는 소문을 가르쳐주었다. 진위는 의심스럽지만, 만약 그게 사실이라면 사쿠라는 불에 타기 전에 이미 죽었다는 뜻이다. 순서로 볼 때, 불이 나 미즈노 교수가 떠나고 사토루가 디스크를 받은 다음이다. 그럼 사쿠라는 혼자 있었을 테니 자살했다는 뜻이 된다. 『도코이 민화 고찰』에서 본, 벼랑에서 몸을 던진 아사처럼…….

어째서 그렇게 간단히 죽음을 택할까. 나도 죽고 싶을 때가 있기는 하다. 하지만 힘겹다고 생각하면서도 살고 있다. 다마나 아가씨들은 어째서 죽음을 두려워하지 않을까.

꼭 금방 돌아올 것이라고, 모든 게 되풀이된다고 아는 것처럼.

내일 학교에서 린카를 만나면 넌지시 물어보자. 지금 몇 살이냐고.

의외로 재미있는 대답을 들을 수 있을지도 모른다.

고개를 내저었다. 이미 끝난 일이다.

다마나 아가씨의 정체가 뭐든.

엄마의 속셈이 뭐든.

앞으로 내 학교생활이 어떻게 되든.

아버지가 두 번 다시 내 앞에 나타나지 않는다 해도.

전부 아무래도 상관없는 일이다. 나는 앞으로도 살아야 하고, 어쨌거나 산다는 것은 힘겨운 일이다. 언젠가 나도 지칠 대로 지쳐 마치 꿈같은 마지막 희망에 홀려서는 그것을 손에 넣기 위해 뭐든 가리지 않게 될지도 모른다. 하지만 지금은, 오늘밤은 얼른 집에 가서 자고 싶다.

등에서 사토루가 뭐라 중얼거렸다. 사이카와 강의 물소리에 묻힐 듯한 목소리를 귀기울여 들었다.

"하루카."

"왜."

"하루카."

"뭔데."

"……누나."

잠꼬대에 대답해봤자 소용없나.

이 녀석도 앞으로 분명 쉽지 않을 것이다. 사토루를 감싸고 있던 사랑은 결코 무한하지도, 무상도 아니었다. 엄마가 맨 먼저 그것을 깨달았고, 나는 오늘밤 깨달았다. 사토루도 언젠가 알게 될 것이다.

그렇지만 말이지, 사토루.

네 편이 돼줄 사람이 아무도 없을 것 같으면 나한테 말해. 네가 내 말을 지킨다면, 울 때는 혼자서 우는 남자애가 된다면. 나도 생각 못 해줄 것 없으니까.

바람 속에 나지막이 중얼거렸다.

"괜찮아, 괜찮을 거야. 이제 걱정 없어. 그러니까 푹 자렴, 바보야."

깜박이는 가로등 불빛 아래 드디어 집이 보였다.

새근새근 편안한 숨소리가 들리기 시작했다.

옮긴이 **권영주**
서울대 외교학과를 졸업하고 대학원에서 영문학을 전공했다. 옮긴 책으로는 헬렌 매클로이의 『어두운 거울 속에』, 요네자와 호노부의 '고전부' 시리즈와 『보틀넥』을 비롯하여 『삼월은 붉은 구렁을』(제20회 노마문예번역상 수상)부터 『달의 뒷면』까지 온다 리쿠의 작품 다수와, 미쓰다 신조의 『잘린 머리처럼 불길한 것』 등이 있다.

리커시블

1판 1쇄 2016년 4월 29일
1판 2쇄 2016년 7월 8일

지은이 요네자와 호노부
옮긴이 권영주
펴낸이 염현숙

책임편집 지혜림
편집 임지호
디자인 이혜경 이정민
저작권 한문숙 박혜연 김지영
마케팅 정민호 나해진 박보람 이동엽
홍보 김희숙 김상만 이천희
제작 강신은 김동욱 임현식
인쇄 한영문화사 **제본** 신안문화사

펴낸곳 (주)문학동네
출판등록 1993년 10월 22일 제406-2003-000045호
임프린트 엘릭시르

주소 10881 경기도 파주시 회동길 210
문의 031-955-1901(편집) 031-955-3579(마케팅) 031-955-8855(팩스)
전자우편 editor@elmys.co.kr **홈페이지** www.elmys.co.kr

ISBN 978-89-546-4024-4 (03830)

엘릭시르는 출판그룹 문학동네의 임프린트입니다.